JEUX DE DUPES

Nicci French

JEUX DE DUPES

ÉDITIONS FRANCE LOISIRS

Titre original : *The Safe House*
Traduit de l'anglais par Emmanuelle Delanoë-Brun

À Pat et John

Édition du Club France Loisirs,
avec l'autorisation des Éditions Flammarion

Éditions France Loisirs,
123, boulevard de Grenelle, Paris
www.franceloisirs.com

MICHAEL JOSEPH LTD.
© Joined-Up Writing, 1998

© Flammarion, 1999, pour la traduction française
ISBN : 2-7441-3414-7

1

La première chose qu'elle remarqua, ce fut la porte. Elle était ouverte. La porte d'entrée n'était jamais ouverte, même quand il faisait merveilleusement chaud comme l'été dernier, cet été qui lui avait tant rappelé le pays. Et pourtant, elle était bel et bien ouverte. Elle battait légèrement contre le chambranle, par un matin si froid que l'humidité de l'air accrochait les joues grenues de Mrs. Ferrer. De sa main gantée elle poussa le panneau laqué de blanc, pour s'assurer qu'elle n'était pas victime d'une illusion.

« Mrs. Mackenzie ? »

Silence. Mrs. Ferrer éleva la voix et appela à nouveau sa patronne, gênée d'entendre ses paroles résonner, haut perchées et tremblantes, dans le vaste couloir. Elle s'avança dans l'entrée et s'essuya les pieds sur le paillasson intérieur, trop longtemps comme toujours. Elle retira ses gants qu'elle retint serrés dans sa main gauche. Il y avait une odeur, à présent. Une odeur lourde et douceâtre. Ça lui rappelait quelque chose. L'odeur d'une cour de ferme. Non, plutôt quelque chose de renfermé. Une grange peut-être.

Chaque matin, à huit heures trente précises, Mrs. Ferrer croisait Mrs. Mackenzie et lui adressait le bonjour d'un signe de tête, puis elle poursuivait son chemin, laissant claquer ses talons sur le parquet ciré du couloir. Ensuite elle tournait à droite et descendait l'escalier qui menait à la cave. Là, elle ôtait son manteau, sortait l'aspirateur de la remise et passait une heure dans un nuage de bruit anesthésiant. Elle commençait par l'escalier de l'entrée, puis elle faisait les couloirs du premier étage, ceux du second, avant de terminer par le petit escalier de derrière. Mais où donc était Mrs. Mackenzie ?

Mrs. Ferrer hésitait, incertaine, sur le pas de la porte, engoncée dans son manteau de tweed avoine boutonné jusqu'en haut. Elle restait là à se balancer d'un pied sur l'autre. Le son d'une télévision lui parvenait. La télévision n'était jamais allumée d'habitude. Elle frotta avec précaution ses semelles sur le paillasson. Elle baissa les yeux. Elle s'était déjà essuyé les pieds, non ?

« Mrs. Mackenzie ? »

Elle s'écarta du paillasson et posa le pied sur le parquet – cire d'abeille, vinaigre et paraffine. Elle se dirigea vers le salon d'apparat situé sur le devant de la maison, une pièce très rarement utilisée qui n'avait presque jamais besoin d'être aspirée, mais qu'elle nettoyait quand même tous les jours. Il n'y avait personne, bien entendu. Tous les rideaux étaient tirés, et la lumière allumée. Elle traversa le couloir jusqu'au pied de l'escalier où se trouvait l'autre salon. Elle appuya la main sur le pilastre surmonté d'une pièce de bois travaillée, semblable à un ananas fuselé de bois sombre. De l'*afrormosia* – à passer à l'huile de lin, bouillie exclusivement. Il n'y avait personne. Elle savait que la télévision était dans la salle de séjour. Elle fit un pas, effleurant le mur de la main pour se donner de l'assurance ; elle sentit du bout des doigts un rayon de la bibliothèque. Des couvertures de cuir, à traiter avec une solution de lanoline et d'huile de pied de bœuf, en quantités égales. Il était possible, se dit-elle, que la personne qui regardait la télévision ne l'ait pas entendue appeler. Et pour ce qui était de la porte, peut-être y avait-il eu une livraison, à moins que le laveur de carreaux ne l'ait laissée ouverte en repartant. Ces conjectures la rassurèrent. Elle avança jusqu'au fond de la maison et pénétra dans la salle de séjour. Moins d'une seconde plus tard, elle vomissait sans retenue sur la moquette qu'elle aspirait chaque jour de la semaine depuis dix-huit mois.

Pliée en deux, la bouche grande ouverte, elle fouilla dans la poche de son manteau, en sortit un mouchoir et s'essuya la bouche. Elle était surprise de sa réaction, presque embarrassée. Quand elle était enfant, son oncle l'avait emmenée voir des abattoirs près de Fuenteobejuna ; il avait souri quand elle s'était obstinée à ne pas s'évanouir à la vue du sang, des démembrements, et surtout à la vapeur âcre qui s'échappait

10

au contact du dallage de pierre froid. C'était de cette odeur-là qu'elle s'était souvenue. Ça n'avait rien à voir avec une grange.

Les éclaboussures de sang s'étalaient sur une surface si grande, il y en avait jusqu'au plafond, jusqu'au mur du fond même, tant qu'on aurait pu croire que Mr. Mackenzie avait explosé. Cependant, la plus grande quantité formait des mares sombres sur ses genoux et sur le canapé. Il y en avait tellement. Se pouvait-il qu'un seul homme perde autant de sang ? C'était peut-être la banalité de sa tenue, ce pyjama si tranquille, si anglais, boutonné jusqu'au col, qui avait provoqué son haut-le-cœur. La tête de Mr. Mackenzie penchait à présent en arrière selon un angle tout à fait improbable. On lui avait tranché la gorge de part en part, et seul le dos du canapé lui retenait la tête. Elle apercevait l'os et les veines, et les lunettes absurdes, inutiles, qui étaient restées perchées sur son nez. Il avait le visage très blanc. Marbré d'horribles reflets bleus inattendus.

Mrs. Ferrer connaissait l'emplacement du téléphone, mais elle l'avait oublié et dut le chercher. Elle le trouva sur une petite table, à l'autre bout de la pièce, loin du sang. Elle avait entendu le numéro à une émission de télévision. Trois fois neuf. Une voix de femme lui répondit.

« *Allô. Il y a eu un meurtre horrible.*

– Pardon ?

– *Il y a eu un meurtre.*

– Ne vous énervez pas. Calmez-vous, tout va bien. Vous parlez anglais ?

– *Oui, oui.* Je suis désolée. C'est Mr. Mackenzie. Il est mort. Il a été tué. »

Ce n'est qu'au moment où elle reposa le combiné qu'elle pensa à Mrs. Mackenzie, et elle s'engagea dans l'escalier. Il ne fallut pas longtemps à Mrs. Ferrer pour découvrir ce qu'elle craignait. Sa patronne était attachée sur son lit. Elle paraissait presque noyée dans son sang. Sa chemise de nuit en était baignée, luisante, et collait à son corps maigre. Mrs. Ferrer l'avait toujours trouvée trop mince. Et la fille ? En montant l'escalier qui la conduirait au deuxième étage, elle sentit une masse se former dans sa poitrine. Elle poussa la porte de la seule pièce

11

qu'elle n'était pas autorisée à nettoyer. Elle ne put presque rien distinguer de la personne attachée au lit. Que lui avaient-ils fait ? Des bandes de Scotch brun brillant lui recouvraient le visage. Elle avait les bras écartés, les poignets liés aux barreaux du lit, et des traînées rouges maculaient le devant de sa chemise de nuit.

Mrs. Ferrer parcourut du regard la chambre de Finn Mackenzie. La commode et le sol étaient jonchés de bouteilles. Des photos déchirées, mutilées, dont on avait détruit les visages, gisaient éparpillées à terre. Sur un mur s'étalait un mot qu'elle ne connaissait pas, écrit en rouge sombre plein de coulures : porcs. Elle se retourna brusquement. Il y avait eu un bruit dans le lit. Un gargouillement. Elle se précipita vers la jeune fille. Elle lui toucha le front, au-dessus du Scotch qui masquait son visage d'un bandeau net. Il était chaud. Elle entendit une voiture au-dehors, puis des pas lourds dans le hall. Elle dévala l'escalier et vit apparaître des hommes en uniforme. L'un d'eux leva les yeux dans sa direction.

« Vivante, bégaya Mrs. Ferrer. Elle est vivante. »

2

Je regardai autour de moi. Ce n'était pas ça la campagne. Je me trouvais au milieu d'un vaste terrain vague dans lequel on avait déposé çà et là des morceaux de verdure avant de les abandonner à eux-mêmes : ici un arbre, là un buisson, une haie dénudée par l'hiver et tout à coup un champ, égaré au milieu de la boue et des marécages. Je cherchai un élément géographique à partir duquel me repérer – une colline, une rivière. Peine perdue. Je saisis un de mes gants entre les dents, le retirai afin de regarder la carte et le laissai tomber sur l'herbe détrempée. La carte dépliée battit bruyamment au vent, jusqu'à ce que je parvienne à la compresser en un petit paquet compact. Je fixai du regard les sillons bruns et les tracés rouges indiquant les chemins, des pointillés pour les sentiers de grande randonnée et des tirets pour les droits de passage. J'avais suivi la ligne pointillée rouge durant des kilomètres, mais je n'avais pas réussi à rejoindre la digue, ce qui me ramènerait à mon point de départ. Je regardai au loin. Elle était encore au diable. D'ici, on n'apercevait qu'une mince virgule grise entre le ciel et l'eau.

J'examinai à nouveau la carte qui semblait se désintégrer sous mon regard pour ne devenir qu'un lacis impénétrable de croisements et de lignes, de points et de tirets. J'allais être en retard pour Elsie. Je déteste être en retard. Ça ne m'arrive jamais. Je suis même toujours en avance, et c'est moi qu'on fait attendre, furieuse, sous une horloge, assise dans un café devant une tasse de thé qui refroidit, la paupière inférieure agitée d'un tic d'impatience. Et je ne suis jamais, mais alors jamais, en retard pour Elsie. Cette promenade était censée prendre précisément trois heures et demie.

Je tordis la carte : j'avais dû manquer le moment où le chemin bifurquait. Si je coupais sur la gauche, en suivant cette fine ligne noire, je pourrais traverser le promontoire marécageux et atteindre la digue juste avant qu'elle ne rejoigne le hameau où j'avais laissé ma voiture. La carte commençait à se déchirer à l'endroit des plis ; je l'enfournai dans la poche de mon anorak et ramassai mon gant. Une fois ses doigts glacés et boueux enfilés sur mes mains engourdies, je me remis à avancer. Les muscles de mes mollets me faisaient mal et j'avais le nez qui coulait. Des petites gouttelettes salées venaient s'écraser au-dessus de mes lèvres piquantes de froid. Le ciel immense menaçait de virer à l'averse.

À un moment, un oiseau à la robe sombre et au long cou étiré, les ailes battant lourdement l'air, passa devant moi au ras du sol, mais à part cela je me trouvais tout à fait seule dans un paysage de marécages gris-vert et de mer gris-bleu. C'était probablement une espèce rare et intéressante, mais je n'y connais rien en oiseaux. Pas plus qu'en arbres d'ailleurs, à l'exception des plus connus comme les saules pleureurs ou les bouleaux argentés qu'on voit dans toutes les rues de Londres et qui projettent leurs racines sous les maisons pour les ébranler. Et pas plus qu'en fleurs non plus, hormis les plus évidentes comme les boutons-d'or, les pâquerettes, ou encore celles qu'on peut acheter chez le fleuriste le vendredi soir et mettre dans un vase quand des amis viennent dîner : les roses, iris, chrysanthèmes et œillets arrangés à la façon de natures mortes. Mais je ne connaissais pas les plantes rases qui écorchaient mes bottes tandis que j'avançais en direction d'un petit bosquet qui ne semblait pas se rapprocher pour autant. Parfois, à Londres, il m'arrivait de me sentir oppressée par tous les panneaux d'affichage, par toutes les enseignes de magasins, les plaques aux murs pour signaler les arrondissements, le numéro des maisons ou le nom des rues, les camionnettes et leurs réclames proposant du « poisson frais » ou les services de « déménageurs à toute heure », les néons lumineux qui n'arrêtent pas de clignoter sur le ciel orange. À présent, je n'avais plus les mots pour qualifier ce qui m'entourait.

14

Je me trouvais maintenant devant une clôture de fil de fer barbelé qui séparait le marécage de ce qui ressemblait à un terrain cultivé. J'abaissai le barbelé du pouce et passai une jambe par-dessus.

« Est-ce que je peux vous aider ? » La voix était amicale. Je me retournai dans sa direction et une pointe de fil de fer vint se loger dans l'entrejambe de mon jean.

« Je vous remercie, mais tout va bien. » Je parvins à passer l'autre jambe par-dessus la clôture. L'homme qui m'avait parlé avait la cinquantaine et portait une barbe. Il était vêtu d'une veste matelassée et chaussé de bottes de caoutchouc vertes. Il était plus petit que moi.

« Je suis le cultivateur.

– Si je traverse tout droit, est-ce que je rejoins la route ?

– Ce champ m'appartient.

– Ah, eh bien...

– Il n'y a pas de droit de passage dans ce champ. Vous êtes sur une propriété privée. Vous vous trouvez sur mes terres.

– Oh !

– Vous allez devoir remonter par là. » Il m'indiquait une direction d'un air grave. « Et au bout vous tomberez sur un sentier de randonnée.

– Est-ce qu'il n'est pas possible que je...

– Non. »

Il me souriait, sans méchanceté. Sa chemise était boutonnée de travers au cou.

« Je me figurais que dans la campagne on pouvait marcher où on voulait.

– Vous voyez mon bois là-bas ? me demanda-t-il d'une voix amère. Des petits gars de Lymne – il prononçait *Lumney* – ont commencé à venir y faire du VTT en descendant par le chemin là-bas. Après ça a été le tour des motos. Ça terrifiait les vaches et ça a rendu le chemin impraticable. Au printemps dernier, des gens se sont promenés dans le champ de mon voisin avec leur chien. Il lui a tué trois agneaux. Et c'est sans parler des barrières qu'on oublie de fermer...

– Je suis désolée d'entendre ça, mais...

– Et Rod Wilson, qui habite juste là-bas. Autrefois il envoyait des veaux à Ostende. Ils ont commencé à bloquer

15

le port à Goldswan Green. Il y a deux mois, la grange de Rod a été incendiée et le feu a tout détruit. La prochaine fois, ils s'attaqueront à une maison. Et puis il y a les chasses de Winterton et de Thell.

– C'est bon, j'ai compris. Vous savez quoi ? Je vais repasser de l'autre côté de la clôture et faire un grand tour pour contourner votre champ.

– Vous venez de Londres ?

– J'y habitais il y a peu. J'ai acheté " Les Ormeaux " de l'autre côté de *Lumney*. Vous savez, la maison où il n'y a pas d'ormes.

– Alors ils ont fini par la vendre ?

– Je suis venue m'installer à la campagne pour échapper au stress.

– Pas possible ? Nous sommes toujours ravis d'accueillir des gens de Londres. J'espère que vous repasserez par ici. »

Mes amis avaient cru à une blague quand je leur avais annoncé que j'allais travailler à l'hôpital de Stamford et vivre à la campagne. J'ai toujours vécu à Londres. C'est là que j'ai grandi, enfin, dans la banlieue pour être précise, c'est là que je suis allée à l'université ; j'y ai étudié la médecine et j'y ai travaillé. Et les plats à emporter, m'a dit quelqu'un. Et les séances de cinéma tard le soir, les magasins ouverts vingt-quatre heures sur vingt-quatre, les baby-sitters, les repas achetés tout préparés chez Marks & Spencer, les partenaires d'échecs ?

En revanche, le jour où j'avais finalement trouvé le courage de l'annoncer à Danny, il m'avait adressé un regard plein de colère, blessé.

« Qu'est-ce que c'est que cette connerie, Sam ? Tu veux passer plus de temps avec ta gosse dans un trou ? Tu rêves de grands repas du dimanche et de planter des oignons de tulipe ? » À dire vrai, je m'étais bien imaginée en train de planter des fleurs ici et là.

« Ou alors, avait-il poursuivi, est-ce que tu t'es finalement décidée à me quitter ? Est-ce que c'est ça le fin mot de l'histoire, la raison pour laquelle il ne t'est jamais venu à l'esprit de m'annoncer que tu cherchais du boulot à la cambrousse ? »

16

J'avais haussé les épaules et je m'étais montrée froide et hostile, sachant bien que j'avais tort d'agir de la sorte. « Ce n'est pas moi qui suis allée chercher ce poste. Ce sont eux qui sont venus me trouver. Et puis nous ne vivons pas ensemble, Danny. Souviens-toi, tu voulais ta liberté. » Il m'avait répondu d'un grognement, avant d'ajouter : « Écoute, Sam, peut-être que le temps est venu de... » Mais je ne l'avais pas laissé finir. Je ne voulais pas l'entendre dire que nous devrions nous décider enfin à vivre ensemble, pas plus que je ne voulais l'entendre opter pour une séparation définitive, tout en ayant conscience qu'il nous faudrait nous prononcer un jour ou l'autre. J'avais posé une main sur son épaule butée. « Ce n'est qu'à une heure et demie de route. Tu pourras venir me rendre visite.

– Te rendre visite ?

– Tu pourras rester auprès de moi.

– Oh ça oui ! je viendrai te rendre de longues visites, ma chérie. » Et il s'était penché vers moi, avec sa tignasse brune, sa barbe de trois jours, et l'odeur de sciure et de sueur qui lui collait à la peau. Il m'avait attirée contre lui par la ceinture qui retenait mon jean. Il l'avait défaite, et m'avait fait glisser sur le lino de la cuisine, là où un tuyau souterrain chauffait le sol, sans oublier de passer les mains dans mes cheveux courts pour m'éviter de me cogner la tête dans notre chute.

Si je courais j'arriverais peut-être à temps pour Elsie. Sur la digue le vent rugissait et le ciel se faisait avaler par l'eau. Mon souffle sortait par saccades. Il y avait des petits cailloux dans ma chaussure gauche qui me rentraient dans le talon, mais je ne voulais pas m'arrêter. Ce n'était que son deuxième jour d'école. L'institutrice allait penser que j'étais une mauvaise mère. Des maisons, enfin j'apercevais des maisons. C'étaient des maisons des années trente, carrées, en brique rouge, semblables à celles que l'on voit sur les dessins d'enfants. De la fumée s'échappait en volutes parfaitement rondes des rangées bien ordonnées que formaient les cheminées, par petites bouffées régulières. Et voilà enfin la voiture. Je réussirais peut-être à être à l'heure.

17

Elsie se balançait d'avant en arrière, glissant des talons sur la pointe des orteils, avant de repartir dans l'autre sens. Ses cheveux lisses s'agitaient au rythme de ses oscillations. Elle portait une épaisse veste marron, une robe à carreaux orange et rouges et un collant rose à pois tire-bouchonné autour de ses chevilles maigrelettes qu'animait un pivotement régulier («Tu m'as dit que je pouvais choisir mes vêtements et c'est ceux-là que je veux», m'avait-elle lancé d'une voix pleine de défi au petit déjeuner). Elle avait le nez rouge et les yeux dans le vide.

«Je suis en retard?» Je pris dans mes bras son petit corps rebelle.

«Mungo était avec moi.»

Je regardai la cour déserte.

«Je ne vois personne.

– Plus maintenant.»

Ce soir-là, après qu'Elsie se fut endormie, je me sentis seule dans ma maison au bord de la mer. La nuit au-dehors était si noire, le silence si étrangement absolu. Je restais assise devant la cheminée éteinte avec Anatoly sur les genoux, à le caresser derrière les oreilles. Ses ronronnements semblaient emplir la pièce. De temps en temps j'allais ouvrir le réfrigérateur pour en retirer un morceau de fromage desséché, une demi-pomme, un carré de chocolat au lait aux noix et aux raisins. J'appelai Danny mais je tombai sur la voix sèche de son répondeur et ne laissai pas de message.

J'allumai la télévision pour attraper les nouvelles du soir. Un couple de notables locaux avait été sauvagement assassiné. On leur avait tranché la gorge. La télévision montra une photo de leurs visages souriants, ceux d'un homme prospère et rondouillard et d'une femme pâle, maigre et effacée, puis un plan de leur grande maison rouge aperçue depuis le bout d'une large allée gravillonnée. Leur fille adolescente avait été admise à l'hôpital de Stamford; sa vie n'était pas en danger. Une photo de classe floue, qui avait sans doute des années, laissa voir une enfant heureuse, au visage poupin. Pauvre gosse. Un grand officier de police déclara que ses services ne ménageraient pas leurs efforts, un responsable politique local exprima son désarroi et sa colère, et exigea que des mesures soient prises.

Brièvement, je pensai à la jeune fille sur son lit d'hôpital, à son avenir ravagé. Puis on en vint à parler d'un nouvel obstacle dans un processus de paix quelque part et bientôt j'oubliai cette histoire.

3

« Après toi.
– Ah non ! je t'en prie.
– Pour l'amour du ciel, sers-toi, espèce d'andouille. »
Ils étaient agglutinés autour de la machine à café. Les uniformes et les costumes se débattaient pour attraper le sucre ou le lait. Ils étaient pressés. Dans la salle de conférences, qui n'était que rarement utilisée, le nombre de sièges était limité et personne ne voulait manquer l'occasion.
« C'est un peu tôt pour une réunion de mise au point, non ?
– C'est le commissaire qui l'a voulu.
– N'empêche, il me semble que c'est un peu tôt. »

La salle de conférences se trouvait dans la nouvelle extension du commissariat central de Stamford. Tout n'y était que Formica et néons, et on entendait bourdonner le chauffage central. Le commissaire Bill Day avait fixé une réunion générale à onze heures quarante-cinq le jour de la découverte des corps. Les stores avaient été relevés, dévoilant de l'autre côté de la rue un immeuble de bureaux dont les vitres miroitantes reflétaient un ciel d'hiver dégagé. Un appareil de rétroprojection et une caméra vidéo occupaient le coin le plus éloigné de la salle. Des officiers entreprirent de défaire les piles de chaises en plastique pour les installer autour de la longue table.
L'inspecteur principal Frank Baird, dit Rupert, se fraya un passage entre les officiers attroupés – il dépassait la plupart d'entre eux d'une bonne tête – et vint s'asseoir au bout de la table. Il déposa devant lui une pile de dossiers et consulta sa

montre en se passant sur la moustache un doigt songeur. Bill Day entra dans la pièce, en compagnie d'un homme plus âgé vêtu d'un uniforme ; il se fit immédiatement un silence attentif. Day alla s'asseoir à côté de Rupert Baird, mais l'homme en uniforme demeura volontairement debout près de la porte, légèrement adossé contre le mur. Ce fut Bill Day qui prit la parole le premier.

« Bonjour messieurs... et mesdames. » Il venait de croiser le regard ironique de l'agent Pam MacAllister, assise à l'opposé. « Nous ne vous retiendrons pas longtemps. Il s'agit simplement d'une réunion préliminaire. » Il marqua une pause pour observer les visages qui le fixaient autour de la table. « Écoutez, les enfants, soyons clairs. Nous n'avons pas droit à l'erreur. » Il y eut des hochements de tête. « J'aimerais profiter de l'occasion pour vous présenter le commissaire principal Anthony Cavan, que la plupart d'entre vous ne connaissent pas. »

L'homme en uniforme debout près de la porte accueillit d'un petit signe de tête les regards qui se tournèrent vers lui.

« Merci, Bill. Bonjour tout le monde. Je suis ici pour la conférence de presse, mais je tenais à passer vous voir, histoire de vous encourager. Faites comme si je n'étais pas là.

– D'accord, reprit Bill Day, un léger sourire aux lèvres. J'ai demandé à l'inspecteur principal Baird de conduire la réunion. Rupert ?

– Je vous remercie, monsieur, enchaîna Baird en remuant d'un air assuré des papiers posés devant lui sur le bureau. Cette réunion a pour but d'établir la clarté sur cette affaire dès le départ. La police de Stamford va faire l'objet d'une grande attention médiatique. Il importe de ne pas nous ridiculiser en public. Souvenez-vous de l'affaire Porter. » Tout le monde connaissait l'affaire en question, ne serait-ce que de réputation : les documentaires télévisés, le procès en appel, les livres, les retraites anticipées, les mutations. L'atmosphère s'était nettement refroidie. « Je vais essayer de faire le point le plus rapidement possible. » Il mit ses lunettes et se plongea dans ses notes. « Les corps ont été trouvés vers huit heures trente ce matin, jeudi 18 janvier. Les victimes sont Leopold Victor Mackenzie et sa femme Elizabeth. Mr. Mackenzie était le président de la société Mackenzie et Carlow. Ils fabriquent des produits pharmaceutiques, des médicaments, ce genre de choses. Leur fille Fiona a été conduite à l'hôpital général de Stamford.

– Est-ce qu'elle va survivre à ses blessures ?

– Je n'ai pas eu de nouvelles de l'hôpital. Nous l'avons placée dans une chambre sous haute surveillance, avec un droit de visite très limité. C'est son médecin de famille qui a insisté là-dessus et nous pensons qu'il a raison. Deux agents montent la garde devant sa porte.

– A-t-elle dit quoi que ce soit ?

– Non. C'est la femme de ménage espagnole de la famille, Mrs. Ferrer, qui a prévenu la police, peu après huit heures et demie. L'endroit a été bouclé dans les dix minutes qui ont suivi. Mrs. Ferrer se trouve en ce moment même dans nos locaux.

– Est-ce qu'elle a vu quelque chose ?

– Apparemment non. Elle... »

Baird s'interrompit et leva les yeux en entendant la porte s'ouvrir. Un homme d'âge mûr affublé de lunettes à monture métallique pénétra dans la pièce, les cheveux en bataille. Il tenait une sacoche rebondie à la main et haletait.

« Philip, je vous remercie d'être passé, dit Baird. Quelqu'un pourrait-il lui donner une chaise ?

– Je n'ai pas le temps de m'asseoir. Je viens de rentrer de la maison et je suis en route pour Farrow Street. Je veux qu'on y amène les corps sans attendre. Je n'ai qu'une minute à vous accorder. Et de toute façon, je ne crois pas pouvoir vous être d'une quelconque utilité pour l'instant.

– Je vous présente le docteur Philip Kale, notre médecin légiste, expliqua Baird aux agents présents. Qu'êtes-vous en mesure de nous apprendre ? »

Le docteur Kale posa sa sacoche par terre et fronça les sourcils.

« Comme vous le savez, je me dois en tant que médecin légiste de ne pas construire de théories prématurées. Cependant... – il se mit à marquer les étapes de sa présentation avec ses doigts. D'après le premier examen pratiqué sur les corps sur le lieu du crime, les deux assassinats présentent des similitudes frappantes. Cause du décès : anoxie par hémorragie massive, due aux blessures pratiquées à la gorge, que certains d'entre vous ont pu voir. Les victimes ont été tuées d'une incision faite dans le cou avec une lame, sans doute effilée, d'au moins deux centimètres de longueur. Il peut s'agir de n'importe quel instrument, d'un simple canif à un couteau à découper la viande. Conclusion : homicide.

– Pouvez-vous nous indiquer l'heure du décès?

– Pas avec précision. Comprenez bien que tout ce que je vous dis là est tout à fait préliminaire.» Il s'arrêta un instant. « Quand j'ai examiné les corps sur le lieu du crime, le processus hypostatique avait démarré sans être complètement développé. Si je devais formuler une hypothèse, je dirais que la mort est survenue au moins deux heures avant la découverte des corps, mais pas plus de cinq ou six heures plus tôt. Certainement pas au-delà de six heures.

– La fille n'aurait pas pu survivre cinq heures la gorge tranchée, vous ne croyez pas?»

Le docteur Kale réfléchit.

«Je ne l'ai pas examinée. Sans doute pas.

– Y a-t-il autre chose que vous puissiez nous apprendre? Un détail concernant le crime?»

Un très léger sourire se dessina sur les lèvres du médecin.

«La personne, homme ou femme, qui s'est servie du couteau a utilisé sa main droite et n'éprouve aucune aversion handicapante à la vue du sang. À présent je dois y aller. Les autopsies devraient être terminées d'ici au milieu de l'après-midi. Je vous enverrai mon rapport.»

Après son départ, la salle s'emplit de murmures. Baird ramena le silence en donnant plusieurs petits coups sur le bureau.

«Est-ce qu'on a obtenu une information, la plus infime soit-elle, des gens qui se trouvaient sur les lieux?»

Plusieurs agents remuèrent la tête.

«J'ai parlé à la femme de ménage.»

C'était le détective Chris Angeloglou qui avait pris la parole.

« Et alors?

– Elle m'a dit qu'avant-hier Mrs. Mackenzie avait donné une réception. Deux cents personnes y étaient présentes. Ce n'est pas une très bonne nouvelle pour nous. Désolé.

– Bon Dieu! Vous l'avez dit à Foster?

– Oui.

– Eh bien, il va devoir s'en occuper avec son équipe. Il va nous falloir une liste des invités.

– J'y travaille déjà.

– C'est bien. Nous n'avons pas encore trouvé le moindre signe indiquant que les portes aient pu être forcées. Mais nous n'en sommes qu'au tout début. Et puis, de toute façon, leur porte d'entrée ne présente aucune résistance. N'importe qui pourrait l'ouvrir avec une carte de crédit ou une règle en plastique. Un examen rapide des pièces a révélé que les tiroirs et les armoires avaient été fouillés. Il y a beaucoup de dégâts. Des photographies ont été déchirées et réduites en morceaux.

– Le meurtrier cherchait quelque chose en particulier?

– Ne nous lançons pas dans des hypothèses avant d'avoir rassemblé toutes les informations et de les avoir recoupées. Je ne veux pas que vous vous mettiez à chercher des indices dans le but de prouver une théorie. Il me faut tous les indices d'abord. Après, vous pourrez commencer à échafauder des hypothèses. » Il jeta un coup d'œil sur ses notes. « Qu'avons-nous d'autre? Il y avait ce mot sur le mur, écrit avec le rouge à lèvres de Mrs. Mackenzie. " Porcs ".

– Manson, lança le détective Angeloglou.

– Pardon?

– Il me semble que c'est ce que le gang de Manson avait écrit sur le mur avec du sang le jour où ils ont tué tous ces gens en Californie. C'est tiré d'une chanson des Beatles.

– OK, Chris. Vous allez me vérifier ça. Mais ne vous laissez pas emporter. C'est sans doute un cul-de-sac. Voilà donc où nous en sommes pour le moment, et ce n'est pas terrible. Je ne vais pas tarder à mettre fin à cette réunion. Si vous passez ensuite voir Christine, elle vous remettra une copie du tableau de service. Il va falloir passer au peigne fin le moindre centimètre de la maison, faire du porte-à-porte pour interroger les voisins, aller chez Mackenzie et Carlow pour parler avec quelqu'un de la société, et interroger les gens qui se trouvaient à la réception. Nous avons déjà envoyé des agents à la gare et nous avons établi des barrages sur Tyle Road pour trouver d'éventuels témoins. J'espère qu'on attrapera les salopards qui ont fait ça dans les vingt-quatre heures. Si jamais on n'y arrive pas, je veux le maximum d'informations pour étayer l'enquête. Des questions ?

– Avaient-ils des ennemis ?

– Pourquoi croyez-vous que nous faisons une enquête ?

– Y avait-il beaucoup d'objets précieux dans la maison ?

– C'est à vous d'aller vérifier ça. Vous êtes policier, non ?

– C'est peut-être très simple, monsieur. »

Les sourcils broussailleux de Baird s'élevèrent à quarante-cinq degrés. Tous les regards se tournèrent en direction de Pam MacAllister, qui était assise tout au bout de la table.

« N'hésitez pas à nous apporter vos lumières, agent MacAllister.

– Si elle survit à ses blessures, la fille nous dira sans doute ce qui s'est passé.

– À la bonne heure, répondit sèchement Baird. En attendant, tant qu'elle ne sera pas en mesure de nous faire une déclaration, nous allons agir comme si nous étions des hommes de terrain. Des femmes de terrain dans votre cas. En tout cas, moi, je vais m'y employer. »

Pam MacAllister rougit mais s'abstint de répondre.

« Bien, reprit Baird, tout en rassemblant ses papiers avant de se lever. Si vous tombez sur la moindre information significative, passez me voir. Mais ne venez pas me déranger pour rien. »

4

« Remonte ta fenêtre.

– Mais j'ai trop chaud.

– Il fait un froid de canard. Nous allons toutes les deux attraper une pneumonie. Remonte ta fenêtre. »

Elsie se débattit d'un air boudeur avec la poignée. La vitre se releva d'un centimètre, puis s'arrêta.

« J'y arrive pas. »

Je me penchai et passai devant son corps de petite fille furieuse. La voiture fit une légère embardée.

« On peut mettre ma cassette?

– Est-ce que tu t'amuses à l'école? »

Silence.

« Qu'est-ce que tu as fait hier?

– Je sais pas.

– Dis-moi trois choses que tu as faites hier.

– J'ai joué et puis j'ai joué et puis j'ai joué.

– Avec qui? demandai-je avec entrain, pleine d'espoir.

– Avec Mungo. Je peux mettre ma cassette?

– L'appareil est cassé. Tu l'as bourré de pièces.

– C'est pas juste. Tu avais promis.

– Je n'avais rien promis du tout.

– C'est pas vrai. »

Cela faisait déjà trois heures que nous étions levées, et il n'était pas encore neuf heures. Elsie s'était glissée dans mon lit avant le lever du jour pour se recroqueviller contre moi. Elle avait d'abord tiré la couette à elle dans l'aube glacée, puis m'avait écorché les jambes avec les ongles de ses orteils, que j'avais oublié de couper, avant de poser ses petits pieds froids contre mon dos; elle avait fait passer sa tête sous mon bras,

m'avait embrassée de ses lèvres chaudes et humides, et sou-
levé les paupières de ses doigts experts avant d'allumer la
lumière de la table de chevet, de sorte que l'espace d'un instant la pièce remplie de cartons et de caisses encore à déballer, d'où débordaient des vêtements froissés, avait disparu
dans un éblouissement douloureux.

« Pourquoi tu peux pas venir me chercher ?
– Il faut que je travaille. Et puis tu l'aimes bien, Linda.
– J'aime pas ses cheveux. Pourquoi est-ce que tu dois travailler ? Pourquoi est-ce que papa ne va pas travailler et que
tu ne restes pas à la maison comme les autres mamans ? »
Elsie n'a pas de père. Pourquoi dit-elle des choses
pareilles ?

« Je viendrai te chercher chez Linda dès que possible, je te
le promets. Je te préparerai un bon petit dîner. » J'ignorai la
grimace qu'elle fit à ces mots. « Et je t'emmènerai à l'école
tous les matins. D'accord ? » Je tentai de trouver quelque
chose pour chasser sa mauvaise humeur. « Elsie, ça te dirait
de jouer à notre jeu ? Qu'est-ce qu'il y a dans la maison ?
– Je sais pas.
– Mais si, tu sais. Qu'y a-t-il dans la cuisine ? »
Elsie ferma les yeux et plissa le front, absorbée par l'effort
de concentration.

« Une balle jaune.
– Très bien. Et dans la salle de bains ?
– Une boîte de Choco Pops.
– C'est parfait, ma chérie. Et dans le lit d'Elsie ? »
Mais je l'avais perdue. Elsie regardait par la fenêtre. Elle
tendait le doigt vers un nuage bas couleur gris ardoise. J'allumai la radio. « ... des gelées... un vent violent... nord-est. »
Est-ce que cela signifiait qu'il venait du nord-est, ou était-ce sa
direction ? Qu'est-ce que cela pouvait bien faire ? Je tournai le
bouton de réglage : des crépitements, du jazz, des crépitements, une discussion sans intérêt, des crépitements. J'éteignis
le poste et me concentrai sur le paysage qui m'entourait.
Était-ce pour cela que j'avais quitté Londres ? Un pays plat,
strié de sillons, gris et humide, interrompu ici et là par la présence d'une grange à l'allure d'entrepôt industriel, construite
en aluminium ou en parpaing. Triste endroit pour se cacher.

27

À l'époque où je tentais de prendre une décision au sujet du poste que me proposait l'hôpital de Stamford, j'avais dressé une liste. Dans une colonne j'avais inscrit les arguments pour, dans l'autre ceux qui plaidaient en faveur d'un refus. J'adore les listes. Chaque jour, au travail, j'établis de longues listes, sériant les priorités à l'aide d'astérisques de couleurs différentes. Je me sens tout à fait maîtresse de ma vie quand je suis parvenue à la concentrer sur une demi-feuille de format A4, et j'aime barrer au fur et à mesure les choses que j'ai effectuées, d'un trait net. Il m'arrive même parfois d'inscrire en tête de la liste quelques tâches déjà barrées avec soin, correspondant à des travaux déjà accomplis, afin de me donner l'énergie nécessaire pour abattre tout ce qui me reste à faire.

Qu'avais-je mis dans la colonne POUR ? Quelque chose comme :

La campagne
Une maison plus grande
Plus de temps à consacrer à Elsie
Le travail dont j'ai toujours rêvé
Un meilleur salaire
Du temps pour terminer le projet sur les traumatismes
Des balades
Un animal de compagnie pour Elsie (?)
Une école plus petite
Réfléchir à la suite de la relation avec Danny
De l'aventure et du changement
Plus de temps (ce dernier élément était précédé de plusieurs astérisques, dans la mesure où il englobait toutes les autres raisons).

Dans la colonne CONTRE, une seule inscription : Quitter Londres. J'ai grandi dans la banlieue londonienne, et pendant toutes mes années d'adolescence ma seule préoccupation était de me rendre dans le centre de la capitale, d'atteindre le noyau, le cœur de la cible. Quand j'étais petite et que ma mère choisissait encore mes affaires, c'était sur Oxford Street que nous faisions les courses ; elle me dégottait de petites jupes larges très sages, des pulls à col roulé, des jeans de coupe bien nette, des sandales bleu marine à petites boucles, des manteaux sans fantaisie inutile avec des boutons de cuivre, des collants à grosses côtes qui tire-bouchonnaient toujours (je l'entends encore s'écrier « Oh ! mais regarde-toi, tu deviens si grande » alors qu'elle essayait de faire rentrer de force mon corps dégingandé dans des vêtements pour petites filles sages). J'allais m'asseoir en haut des bus à impériale et j'observais la foule, la saleté, le chaos, les jeunes aux cheveux ébouriffés qui avançaient à grandes enjambées molles sur les trottoirs, les couples qui s'embrassaient au coin des rues, les boutiques clinquantes tout éclairées, le désordre général qui régnait, la terreur et les délices liées à ce spectacle. J'ai toujours dit que j'allais devenir docteur et m'installer dans le centre de Londres. Pendant que Roberta habillait ses poupées et les promenait partout, serrées contre sa poitrine, en leur roucoulant des paroles tendres, j'amputais les miennes. J'allais devenir docteur parce que personne autour de moi ne l'était, parce que la moitié des élèves de ma classe voulaient être infirmières, et aussi parce que ma mère levait les sourcils et haussait les épaules chaque fois que je lui parlais de mes ambitions.

Londres à mes yeux c'était la fatigue, les départs au petit jour, les séances de cinéma tardives, les embouteillages, les stations de radio plus branchées les unes que les autres réparties sur toute l'échelle des fréquences, les vêtements vite sales, les crottes de chien sur les trottoirs. Ça voulait dire que des hommes qui ressemblaient à mon père m'appelaient « docteur ». Cela signifiait aussi un avancement certain et une somme rondelette à la banque, que je pouvais dépenser sur des boucles d'oreilles voyantes, des manteaux de coupe farfelue et des chaussures pointues ornées d'énormes boucles ; sans parler des week-ends passés à faire l'amour avec des inconnus, ces week-ends étranges dont je me souviens à peine à présent, si ce n'est pour la sensation euphorique dans mon corps d'avoir abandonné Edgware, pas tant l'endroit en soi mais cet Edgware de mes souvenirs avec ses repas du dimanche et les trois rues à prendre pour se rendre dans ce qui n'était pas une maison. Londres, ça signifiait avoir Elsie et perdre son père, Londres, ça signifiait Danny. C'était la géographie de mes années de maturation. Tandis que je traversais Stamford, après avoir fait lâcher prise à Elsie qui s'agrippait à ma veste, embrassé sa joue soudain rougie, et lui avoir promis sur une impulsion de venir la chercher moi-même à l'école, je me pris à avoir envie de Londres tout d'un coup comme s'il s'agissait d'un amant, d'un objet de désir éloigné. Et pourtant, la ville m'avait trahie après la naissance d'Elsie. C'était devenu un labyrinthe de squares et de crèches, de baby-sitters et d'aides aux mères célibataires. Un univers parallèle que je n'avais jamais remarqué avant d'y pénétrer et de me retrouver à passer mes semaines à travailler et mes week-ends à promener une poussette dans les rues, tout en jurant de me venger.

C'était de ça que j'avais rêvé. D'avoir du temps. De me retrouver toute seule dans la maison, sans enfant, sans nou-nou, sans Danny et sans emploi du temps toujours présent à l'esprit. J'entendis un miaou et des griffes vinrent me grat-touiller la jambe. J'ouvris la boîte de nourriture pour chat à bout de bras, remplis le bol d'Anatoly et me dépêchai de les expédier, l'un et l'autre, dans le jardin, en passant par la porte de derrière. Un léger souffle d'air me fit revenir aux narines les effluves de la pâtée de thon et de lapin à la gelée, ce qui provoqua une mauvaise toux et des souvenirs de mal de mer. Comment une telle mixture pouvait-elle être comestible, même pour un chat ? Je lavai le bol et la tasse du petit déjeu-ner d'Elsie, et me préparai une tasse de café instantané avec de l'eau pas assez chaude, de sorte que les granulés flottaient à la surface. Dehors, il pleuvait sur mon jardin détrempé ; les jacinthes roses qui m'avaient tellement enthousiasmée hier s'inclinaient à présent piteusement vers le sol couvert de gra-vats et leurs pétales caoutchouteux avaient l'air tout poisseux. Aucun son ne me parvenait par-dessus le bruit de la pluie, pas même le bruit de la mer. Un sentiment d'ennui lugubre s'empara de moi. D'ordinaire, à cette heure, je me trouvais déjà au travail depuis deux ou trois heures, voire quatre en temps de crise ; le téléphone n'arrêtait pas de sonner, la cor-beille contenant mon courrier débordait, ma secrétaire m'apportait une tasse de thé et j'étais effarée par la rapidité avec laquelle la journée se déroulait. J'allumai la radio.

« Quatre enfants ont trouvé la mort dans... » Je m'empressai de l'éteindre à nouveau. Je me pris à espérer que quelqu'un m'avait envoyé une lettre ; même des prospectus publicitaires seraient mieux que rien.

Je me décidai à me mettre au travail. Le dessin qu'Elsie avait fait pour moi la semaine précédente, quand je m'étais plainte des espaces tristement vides sur les murs jaunâtres et pelés de mon bureau, me lançait des regards accusateurs depuis l'endroit où je l'avais épinglé, au-dessus de ma table de travail. La pièce était humide et froide, et j'allumai le radiateur électrique. Je me réchauffai la jambe gauche ; cela me fit tomber dans un engourdissement paresseux, trahissant mon envie de m'accorder une petite sieste matinale.

J'allumai mon ordinateur dont l'écran s'éclaira d'une lueur verte. La barrette du curseur clignotait au rythme vigoureux de soixante pulsations/minute. Je cliquai sur l'icône du disque dur, puis sur un dossier vide intitulé « Livre ». « Même un très long voyage doit commencer par un premier pas », avait déclaré un jour un phraseur irritant. Je créai un document que j'appelai « Introduction ». J'ouvris le document et y inscrivis à nouveau le même terme. Le mot pitoyable, minuscule, précédait un grand vide vert. Je le repris en caractère gras et augmentai la police, puis j'en changeai, de sorte qu'il s'épaissit encore. Il était en italique à présent. Voilà qui était mieux, ou en tout cas plus impressionnant.

Je tentai de me rappeler ce que j'avais écrit dans la proposition que j'avais soumise à mon éditeur. Mon cerveau me donna l'impression d'être aussi luisant et vide que l'écran devant mes yeux. Pourquoi ne pas commencer par le titre ? Comment peut-on intituler un livre sur le traumatisme ? Dans ma proposition, je m'étais contentée de l'appeler *Traumatisme*, mais ce titre sonnait creux. Il faisait du livre une sorte de manuel de grande vulgarisation à l'usage d'un public lettré, alors que je voulais écrire un ouvrage polémique et stimulant, qui invite à la controverse ; j'avais l'intention de montrer à quel point on emploie le terme de traumatisme à tort et à travers, de sorte que ceux qui en souffrent réellement passent inaperçus, tandis que les accros du désastre se comptent par milliers. Au-dessus de mon « Introduction », j'inscrivis en

31

grosses lettres les mots « La blessure cachée » et je les centrai. À présent on aurait dit un livre sur la menstruation. D'un doux balayage de la souris j'effaçai ce premier essai. « États de choc : du traumatisme de guerre à une culture de la catastrophe ». Non mais, et puis quoi encore ? « Victimes et accros du traumatisme ». Mais cela ne correspondait qu'à une dimension du livre, laissant de côté son articulation générale. « Une âme à découvrir ». Cela annonçait un pamphlet religieux. « Sur les traces du chagrin ». Beurk. Et que dire de « Les années traumatisme » ? Je garderai ça pour mes Mémoires. Au moins, le temps s'était remis à s'écouler. J'avais presque passé trois quarts d'heure à taper puis à effacer des titres, pour finir par me retrouver là où j'avais commencé. « Introduction ». Et maintenant ?

Je me fis couler un bain auquel j'ajoutai une bonne rasade d'huiles fort dispendieuses et me prélassai dans sa chaleur gluante jusqu'à ce que mes doigts de pied se couvrent de rides, tout en lisant un recueil qui traitait de différentes stratégies pour terminer une partie d'échecs et en écoutant tomber la pluie. Puis j'avalai deux toasts recouverts de sardines écrasées, un reste de *cheesecake* aplati emballé dans du plastique qui attendait depuis des jours au frigo, deux biscuits au chocolat et une tranche de melon bien charnue.

Je retournai à la lueur verte mélancolique de l'ordinateur dans mon bureau et écrivis d'une main ferme : « Samantha Laschen est née en 1961 et a passé son enfance à Londres. Elle est spécialiste en psychiatrie, responsable du nouveau Centre de traitement des afflictions post-traumatiques basé à Stamford. Elle vit dans l'Essex, à la campagne, en compagnie de sa petite fille âgée de cinq ans et de son chat, et affectionne les échecs. » Je supprimai la référence au chat, qui avait un petit côté médium extralucide. Et la mention des échecs. J'effaçai également mon âge (trop jeune pour faire autorité, trop vieille pour jouer les prodiges), ainsi que le passage qui concernait mon enfance à Londres et le fait que je vivais aujourd'hui dans l'Essex (sans intérêt). Je supprimai la référence à Elsie : il n'était pas question que j'utilise ma fille en guise d'accessoire décoratif. Puis je commençai à m'amuser. Nous autres médecins, n'avons-nous pas tendance à faire trop

de cas de notre statut ? Voilà, ça me plaisait mieux à présent :
« Samantha Laschen est spécialiste en psychiatrie. » Et pourquoi pas tout simplement « Samantha Laschen est... » Le
minimalisme a toujours eu mes faveurs. Je m'adossai à mon
fauteuil et fermai les yeux.

« Pas un geste », ordonna une voix. Deux mains chaudes et
calleuses vinrent masquer mes yeux fermés.

« Mmmm, murmurai-je en renversant la tête en arrière.
Surprise par un inconnu... »

Je sentis des lèvres se poser à la base de mon cou. Mon
corps glissa sur le fauteuil et se relâcha entièrement.

« " Samantha Laschen est... " Là, rien à redire. Trois mots
en une journée. Il y a peut-être de meilleures façons de passer
le temps, non ?

– Comme quoi par exemple ? » Les yeux toujours cachés,
le corps amolli, je ne bougeai pas mon visage d'entre les plis
rugueux de ses mains.

Il fit pivoter la chaise et, quand j'ouvris les yeux, son visage
se trouvait à quelques centimètres du mien : des yeux si foncés sous des sourcils très bruns qu'on aurait dit qu'ils étaient
noirs, des mèches de cheveux pas lavés en bataille retombant
sur une veste de cuir fatiguée, un menton orné d'une fossette
recouvert d'une barbe de trois jours, une odeur d'huile, de
sciure et de savon. Nous nous regardâmes sans nous toucher.
Il scrutait mon visage et moi ses mains.

« Je ne t'ai pas entendu arriver. Je croyais que tu construi-
sais un toit.

– C'est fait. Je l'ai monté et la dame a réglé. Combien de
temps nous reste-t-il avant que tu ailles chercher Elsie ? »

Je consultai ma montre.

« Environ vingt minutes.

– Eh bien, il va falloir faire avec. Viens par ici. »

« Maman.

– Oui.

– Lucy dit que tu te fais tinter les cheveux.

– Ce n'est sans doute pas ce qu'elle a voulu dire. Elle voulait dire que je me teins les cheveux. Je les colore.

– Sa maman elle a les cheveux bruns.

– Oui, eh bien...

– Et la maman de Mia aussi elle a les cheveux bruns.

– Et tu voudrais que moi aussi j'ai les cheveux bruns.

– Ils sont vraiment très rouges, maman.

– Ah ça oui, on ne peut pas dire le contraire. » Il m'arrivait parfois de recevoir un choc en découvrant mon propre visage dans la glace piquetée de rouille de la salle de bains, les matins de réveil difficile, quand j'apercevais ma peau blanche sur laquelle de minuscules ridules commençaient à apparaître et à se répandre autour de mes yeux, et ma tignasse flamboyante qui retombait sur ma nuque fine.

« On dirait... – elle regardait par la fenêtre, son petit corps impassible penché en avant – on dirait cette lumière là-bas. »

Puis le silence se fit et, quand je me tournai à nouveau dans sa direction, elle était plongée dans un profond sommeil, suçant son pouce comme un nourrisson, la tête inclinée sur le côté.

Assise à côté d'Elsie sur son lit étroit, je lui lisais un livre, et de temps en temps je lui montrais un mot qu'elle épelait de sa voix mal assurée, à moins qu'elle ne tente de le deviner et ne se lance dans des propositions folles et absurdes. De l'autre côté Danny tortillait des petits bouts de papier dont il sortait une fleur anguleuse, un homme à la silhouette agile, un chien à l'air malin. Entre nous deux Elsie était assise bien droite contre ses oreillers, l'œil allumé et les joues enflammées, attentive à se montrer sage et sérieuse. On aurait dit une vraie famille. Ses yeux passaient sans cesse de lui à moi, nous liant l'un à l'autre du regard. Mon corps rayonnait, plein du souvenir de nos rapides retrouvailles sur le sol poussiéreux de mon bureau, et dans l'attente impatiente de la soirée à venir. Tandis que je lisais, je sentais le regard de Danny posé sur moi. L'air entre nous était épais. Et quand la voix d'Elsie se fit plus hésitante, avant de s'éteindre, et que ses paupières se fermèrent, nous nous rendîmes dans ma chambre sans un mot. Nous nous déshabillâmes l'un l'autre et nos mains explorèrent doucement nos corps, sans autre bruit que le clapotement de la pluie dehors et parfois un soupir plus appuyé que les autres, comme un halètement de douleur. C'était comme si nous ne nous étions pas vus depuis des semaines.

Par la suite, je sortis une pizza du congélateur et la glissai dans le four. Tout en mangeant devant le feu que Danny avait allumé, je lui racontai mes débuts à l'unité de traitement des traumatismes, les premiers jours d'Elsie à l'école, mes tentatives malheureuses pour démarrer mon livre, et ma rencontre avec le paysan.

Danny me parla des amis qu'il avait vus à Londres et de ses journées passées perché sur des poutres humides et friables dans le froid glacial, puis il avait ri et remarqué qu'à mesure que je montais en grade dans mon travail lui-même descendait les échelons : d'abord acteur, puis chômeur, il était devenu charpentier et se retrouvait à présent à faire des petits boulots, comme ce toit qu'il avait construit pour une vieille bonne femme acariâtre.

« Ce n'est pas la peine, m'interrompit-il alors que j'avais commencé en toute hâte à rétorquer que la réussite n'a rien à voir avec le travail. Tu n'as pas besoin de me faire la leçon. Et ne t'inquiète pas tant. Tu aimes ce que tu fais, et moi aussi. »

Une fois le feu éteint, nous montâmes à nouveau l'escalier grinçant. Après avoir passé la tête dans la chambre d'Elsie et l'avoir regardée dormir dans son nid de plumes et de peluches, nous nous glissâmes dans mon lit et restâmes à nous regarder, la paupière lourde et l'esprit trop engourdi pour les complications.

« Peut-être qu'on pourrait le faire, dit Danny.

– Faire quoi ?

– Vivre ensemble. Et même... – de sa main il me caressait le dos, et sa voix se fit très légère, insouciante – ... et même penser à avoir un enfant.

– Oui, murmurai-je d'une voix ensommeillée. Peut-être. »

Nous étions dans un de nos bons jours.

5

« Tout va comme vous voulez, monsieur ?

– Non.

– Laissez-moi vous remonter le moral. Que diriez-vous d'un peu de lecture ? »

Le détective Angeloglou fit tomber une revue sur le bureau de Rupert Baird. Ce dernier s'empara du feuillet et grommela en lisant le titre.

« *Rabbit Punch* ? Qu'est-ce que c'est que ce machin ?

– Vous n'y êtes pas abonné ? Nous en avons la collection complète à l'étage au-dessous. C'est le magazine publié par l'ACDA.

– L'ACDA ?

– L'Association des chevaliers pour la défense des animaux. »

Baird émit un nouveau grognement. Il lissa d'une tape affectueuse les cheveux qui recouvraient sans pour autant la masquer une calvitie naissante.

« Vraiment ?

– Rien que ça. Ce sont eux qui ont investi un élevage de visons à Ness en 92. Ils ont libéré les bestioles. » Angeloglou consultait le dossier qu'il avait à la main. « Ils sont aussi responsables de l'incendie au supermarché de Goldswan Green en 93. Et puis plus grand-chose jusqu'à l'attentat à l'université l'année dernière. Ils ont également été impliqués dans quelques-unes des actions les plus extrémistes du mouvement de protestation en faveur des veaux, comme des interventions directes contre certains éleveurs et contre des compagnies de transport.

– Et alors ?

– Jetez donc un œil là-dessus. »

Angeloglou ouvrit le magazine en page centrale, réservée à ce qu'un gros titre en lettres rouges appelait « Le coin des bouchers ».

« En quoi est-ce que ça nous intéresse ?

– C'est un des services que le magazine offre à ses lecteurs. Il divulgue les noms et adresses de gens qu'ils accusent de torturer des animaux. Regardez, voilà le professeur Ronald Maxwell de l'Institut Linaeus. Il fait une étude sur le chant des oiseaux. Des oiseaux qu'il garde en cage. Le docteur Christopher Nicholson est accusé de coudre les paupières à des chatons. Charles Patton dirige une entreprise familiale de traitement de fourrures. Et ici on trouve Leo Mackenzie, le président de Mackenzie et Carlow. »

Baird s'empara du magazine.

« Et qu'est-ce... de quoi était-il censé être coupable ?

– De pratiquer des expériences sur des animaux, si l'on en croit ce qui est écrit là.

– Bon Dieu ! Bien joué, Chris. Vous avez fait des vérifications ?

– Oui. Dans ses laboratoires de Fulton la compagnie travaille sur un projet en partie financé par le ministère de l'Agriculture. Il s'agit d'étudier le stress chez les animaux d'élevage, d'après ce qu'ils m'ont dit.

– Ce qui signifie ? »

Le visage d'Angeloglou se fendit d'un large sourire.

« Voilà le plus intéressant, reprit-il. Leur étude consiste à soumettre des cochons à des chocs électriques ou à diverses sortes de lacérations, pour tester leurs réactions. Vous avez déjà vu tuer un cochon ?

– Non.

– On lui tranche la gorge. Il y a du sang partout. On en fait du boudin noir.

– Je déteste le boudin noir, dit Baird tout en feuilletant le magazine. Je ne vois pas de date. Est-il possible de savoir à quel moment ça a été publié ?

– Ce n'est pas le genre de magazine qu'on peut se procurer chez le marchand de journaux du coin. La publication en est très irrégulière et la distribution épisodique. Nous avons mis la main sur cet exemplaire il y a six semaines.

37

– Mackenzie avait-il été prévenu?

– On lui en avait parlé, répondit Angeloglou. Mais ça n'avait rien de nouveau. D'après ce qu'ils ont déclaré à son siège, il avait l'habitude de ce genre de choses.»

Baird fronça les sourcils; il réfléchissait.

« Ce qu'il nous faut à présent, ce sont des noms. Qui était à la tête de l'opération animal? Ce n'était pas Mitchell par hasard?

– Si, mais il est enfoncé jusqu'au cou dans les West Midlands pour le moment. J'ai eu Phil Carrier au téléphone, l'inspecteur qui était chargé des enquêtes. Il a passé ces derniers mois à tourner autour de granges brûlées et de camions accidentés. Il va nous donner quelques noms.

– Bien. Il s'agit de ne pas perdre de temps. Quelles sont les dernières nouvelles au sujet de la fille Mackenzie?

– Elle est consciente. Son état n'est pas critique.

– Peut-on espérer lui tirer une déclaration?»

Angeloglou secoua la tête.

«Pas pour l'instant. Les médecins disent qu'elle est en sérieux état de choc. Elle n'a encore rien dit. Et de toute façon, elle avait les yeux bandés, souvenez-vous. Si j'étais vous, je n'attendrais pas de miracle de ce côté.»

Jusqu'à très récemment, en 1990, Melissa Hollingdale était professeur de biologie dans un collège, et son casier judiciaire ne comportait même pas la moindre contravention impayée. À présent c'était une habituée des salles d'interrogatoire de la police, et son dossier couvrait des pages et des pages sur l'ordinateur. Assis derrière un miroir sans tain, Chris Angeloglou observait cette femme impassible de trente-cinq ans environ. Elle avait relevé ses longs cheveux noirs et épais en queue de cheval et ne portait aucune trace de maquillage sur une peau pâle, lisse et impeccable. Elle s'habillait de façon à pouvoir se déplacer rapidement. Un pull à col roulé moucheté, un jean, des baskets. Immobiles sur le bureau devant elle, ses mains étaient d'une blancheur et d'une délicatesse surprenantes. Elle attendait sans laisser échapper le moindre signe d'impatience.

«Nous allons donc commencer par Melissa?»

Angeloglou se retourna. C'était Baird.

« Où est Carrier ?

– Il est sorti. Il paraît qu'un élevage d'oies a reçu une bombe.

– Seigneur !

– Elle accompagnait une carte de vœux.

– Mon Dieu ! C'est un peu tard pour ça, non ?

– Il passera plus tard. »

Un agent entra dans la pièce, chargé d'un plateau sur lequel se trouvaient trois tasses de thé. Angeloglou s'en empara. Les deux enquêteurs échangèrent un signe de tête et pénétrèrent dans la salle d'interrogatoire.

« Merci d'être venue nous voir. Désirez-vous une tasse de thé ?

– Je ne bois pas de thé.

– Une cigarette ?

– Je ne fume pas.

– Vous avez le dossier, Chris ? Qu'est-ce qui justifie la présence de Miss Hollingdale parmi nous ?

– Miss Hollingdale est coordinatrice de l'Alliance contre la vivisection et l'exportation des animaux. L'AVEA.

– Je ne vois pas de quoi vous voulez parler », rétorqua Miss Hollingdale d'une voix calme.

Angeloglou se replongea dans le dossier.

« Cela fait combien de temps que vous êtes sortie à présent ? Deux mois il me semble. Non, trois. Dégradations volontaires, coups et blessures infligés à un officier de police, désordre sur la voie publique. »

Melissa Hollingdale se permit un sourire résigné.

« Je me suis assise devant un camion à Dovecourt. Et maintenant, de quoi s'agit-il ?

– Quel métier exercez-vous en ce moment ?

– J'éprouve quelques difficultés à trouver un emploi. Il semblerait que je figure sur plusieurs listes noires.

– Quelle pourrait bien en être la raison à votre avis ? »

Elle ne répondit pas.

« Il y a trois jours, un homme d'affaires appelé Leo Mackenzie et sa femme ont été assassinés à leur domicile à Castletown, dans la banlieue de Stamford. Leur fille est à l'hôpital, sévèrement atteinte.

– Et alors ?

– Vous arrive-t-il de lire un magazine intitulé *Rabbit Punch* ?

– Jamais.

– Il s'agit d'un magazine qui circule sous le manteau. Il est publié par un groupe de terroristes défenseurs des animaux. Dans son numéro le plus récent, on trouve le nom et l'adresse de Mr. Mackenzie. Six semaines plus tard, l'homme, sa femme et sa fille ont la gorge tranchée. Qu'avez-vous à dire là-dessus ? »

Elle haussa les épaules.

« Quelle est votre opinion sur ce genre d'activisme ? reprit Baird.

– Vous m'avez fait venir pour discuter des droits des animaux, demanda Melissa Hollingdale, un sourire sarcastique aux lèvres. Je suis contre le fait qu'on tranche la gorge à une créature quelle qu'elle soit. C'est ça que vous voulez m'entendre dire ?

– Est-ce que vous condamneriez de tels actes ?

– Je ne cherche pas à faire de gestes symboliques.

– Où étiez-vous la nuit du 17 au 18 janvier dernier ? »

Elle resta un long moment silencieuse.

« J'imagine que j'étais au lit, comme tout le monde.

– Non, pas comme tout le monde. Vous avez des témoins ?

– Je peux certainement en trouver un ou deux.

– Je n'en doute pas. Au fait, Miss Hollingdale, ajouta Baird. Comment vont vos enfants ? »

Elle sursauta comme sous l'effet d'une douleur intense, et son expression se durcit.

« On refuse de me le dire. Je serais ravie que vous me l'appreniez. »

« Mark Featherstone, ou devrais-je vous appeler par votre nom d'emprunt, Loket ? »

Loket était vêtu d'une tunique informe constituée d'un assemblage de morceaux de tissus extravagants, qu'il portait par-dessus un large pantalon blanc. Ses cheveux roux entortillés formaient des nattes grossières et raides qui lui pendaient dans le dos à angles rigides, comme autant de cure-pipes géants. Il sentait le patchouli et la cigarette.

« Ça rime avec " hoquet " ou avec " fumette " ? La deuxième solution me semble plus appropriée. » Angeloglou consulta son dossier. « Vol avec effraction. Coups et blessures. Je croyais que vous condamniez la violence ? »
Loket ne répondit rien.
« Vous êtes un homme intelligent, Loket. Études de chimie. Vous avez fait une thèse. J'imagine que ça doit vous être bien utile pour fabriquer des explosifs.
– Vous voulez dire qu'ils ont reçu une bombe, ces gens dont il s'agit ? répondit Loket.
– Non, mais mes collègues ne manqueront pas de vous interroger au sujet du paquet envoyé aux Volailles Marshall.
– Il a sauté ?
– Heureusement non.
– Alors... soupira Loket avec mépris.
– Mr. et Mrs. Mackenzie ont eu la gorge tranchée. Quelle est votre réaction ? »
Loket gloussa.
« J'imagine qu'il y réfléchira à deux fois avant de recommencer à torturer des animaux.
– Espèce de salopard, et vous croyez arriver à quoi en tuant les gens comme ça ?
– Vous voulez que je vous fasse une conférence sur la théorie de la violence révolutionnaire ?
– Essayez toujours, dit Baird.
– Notre économie et notre culture reposent en partie sur la torture des animaux. Le problème qui se pose n'est pas différent de celui qu'ont connu les opposants à l'esclavage ou les colons américains, tout comme n'importe quel groupe opprimé. Il suffit de rendre l'activité combattue détestable et peu rentable économiquement.
– Même si ça implique de commettre un meurtre ? »
Loket se renversa sur sa chaise.
« Toutes les guerres ont leurs victimes.
– Pauvre con, éructa Baird. Où étiez-vous la nuit du 17 janvier ?
– Je dormais. J'ai mal dormi. Comme les Mackenzie.
– J'espère bien pour vous que vous avez un témoin. »
Loket sourit et haussa les épaules.

41

« C'est pour vous ou pour moi que vous parlez ? »

« Permettez-moi de vous lire quelque chose, professeur Laroue », commença Baird. Il tenait à la main une feuille sur laquelle on apercevait un texte tapé à la machine. « Veuillez m'excuser si je ne rends pas justice au style :

> *Chacun d'entre nous accepte de fixer des limites aux obligations qu'il a vis-à-vis de la loi. Après l'Holocauste, nous pouvons ajouter qu'il y a des moments où il est obligatoire de violer la loi, même si cela implique de violer les limites de ce que nous considérerions comme un comportement acceptable. Les générations futures nous interrogeront sans doute au sujet de l'holocauste que nous commettons, l'holocauste des animaux, et elles nous demanderont comment nous avons pu rester là sans rien faire. Nous autres Britanniques vivons avec Auschwitz tous les jours. Sauf que cette fois-ci c'est plus grave parce que nous ne pouvons pas plaider l'ignorance. Nous le consommons pour le petit déjeuner. Nous en faisons des vêtements. Qu'allons-nous leur répondre ? Seuls ceux qui ont agi, ceux qui se sont battus pourront peut-être garder la tête haute.*

Vous reconnaissez ces mots, professeur ? »

Frank Laroue avait les cheveux coupés si ras qu'on aurait dit qu'une fine gaze lui drapait le crâne. Il avait des yeux bleu très pâle autour de pupilles curieusement minuscules, de sorte qu'il avait déjà l'air d'avoir été ébloui par un flash. Il était vêtu d'un costume impeccable couleur rouille, d'une chemise blanche et de souliers de toile. Il tenait un stylo qu'il faisait tourner de manière compulsive, le heurtant parfois sur la table.

« Oui. C'est un extrait d'un discours que j'ai prononcé à une réunion publique l'année dernière. Incidemment, il n'a jamais été publié. Je serais curieux d'apprendre comment vous vous en êtes procuré le texte.

– Oh ! c'est que nous aimons sortir le soir. Que vouliez-vous dire dans ce passage ?

– De quoi s'agit-il exactement ? Mon opinion sur nos responsabilités vis-à-vis des animaux est bien connue. J'ai accepté de venir répondre à des questions, mais je ne comprends pas où vous voulez en venir.

– Vous avez écrit pour *Rabbit Punch* ?

– Non, jamais. » Il esquissa un sourire. « Des choses que j'ai dites ou écrites ont peut-être été reproduites dans ce magazine comme dans d'autres. Ça n'est pas du tout la même chose.

– Donc vous lisez cette publication ?

– Il m'est arrivé d'y jeter un œil. Nous avons des intérêts communs. »

Chris Angeloglou était appuyé contre le mur. Baird ôta sa veste et la posa sur le dossier de la chaise de l'autre côté de la table derrière laquelle Laroue était assis. Puis il s'assit à son tour.

« Votre discours constitue une incitation directe à la violence. »

Laroue secoua la tête.

« Je suis professeur de philosophie. J'ai fait une comparaison.

– Vous suggérez que les gens ont le devoir de recourir à la violence pour défendre les animaux. »

Laroue marqua une légère pause. Puis il reprit, avec patience :

« Cela n'a rien à voir avec mon opinion personnelle. En toute objectivité, je crois fermement que les gens ont le devoir d'agir.

– S'agit-il de votre devoir à vous ?

– Oui. » Il sourit. « En toute logique.

– *Rabbit Punch* partage cette opinion, n'est-ce pas ?

– Que voulez-vous dire ?

– Le magazine publie les noms et les adresses de gens qu'il accuse de faire souffrir des animaux. Dans le but d'encourager leurs lecteurs à recourir à la violence à l'encontre de ces personnes ?

– Ou peut-être de leurs biens.

– Vous n'avez pas fait de telles distinctions dans votre discours.

– Effectivement. »

Baird se pencha vers son interlocuteur.

« Pensez-vous que l'attaque contre Leo Mackenzie et sa famille est condamnable ? »

Tac tac tac.

« Objectivement, non, répondit Laroue. Pourrais-je avoir du thé ou de l'eau, ou au moins quelque chose à boire ?

– Mais les victimes innocentes ?

– L'innocence est un terme difficile à définir.

– Professeur Laroue, où étiez-vous la nuit du 17 janvier ?

– Je me trouvais chez moi, au lit, avec ma femme. »

Baird se tourna en direction d'Angeloglou.

« Passez-moi le dossier s'il vous plaît. Merci. » Il l'ouvrit et feuilleta quelques pages avant de trouver ce qu'il cherchait. « Votre femme s'appelle bien Chantal Bernard Laroue ?

– C'est cela. »

Baird parcourut la page du bout du doigt.

« Sabotage de repaires de chasse, sabotage de repaires de chasse, perturbation de l'ordre public deux fois, obstruction, elle en est même venue à des coups et blessures.

– C'est tout à son honneur.

– Mais ce n'est pas forcément très bon pour vous, professeur Laroue. Souhaitez-vous vous entretenir avec votre avocat ?

– Non merci, monsieur l'agent.

– Monsieur l'inspecteur.

– Inspecteur. » Un sourire traversa le visage osseux de Laroue. Il leva les yeux et soutint pour la première fois le regard de Baird. « Tout ça ce sont des conneries. Les discours et ce que j'ai fait je ne sais plus quelle nuit. À présent, je m'en vais. Si vous voulez me parler à nouveau, débrouillez-vous pour avoir quelque chose de précis à me demander. Auriez-vous l'obligeance de m'ouvrir la porte, monsieur l'agent ? »

Angeloglou regarda Baird.

« Vous avez entendu ce salopard ! lança Baird. Ouvrez-lui la porte. »

Au moment de passer la porte, Laroue se retourna et fit face aux deux enquêteurs.

« Nous allons gagner, vous savez. »

Paul Hardy ne dit pas un mot. Il restait assis sans bouger dans son long pardessus en toile, comme si l'ôter constituait déjà en soi une concession mineure. À une ou deux reprises il passa la main dans ses cheveux bruns et bouclés. De temps en temps, il jetait un regard à Baird puis à Angeloglou, mais pour l'essentiel ses yeux se perdaient dans le vide. Il ne répondait pas aux questions, sans indiquer par le moindre signe s'il les avait entendues ou non.

« Êtes-vous au courant du meurtre des Mackenzie ?

– Où étiez-vous la nuit du 17 ?

– Vous vous rendez compte que si jamais vous deviez faire l'objet de poursuites votre silence pourrait être retenu contre vous ? »

Rien. Après quelques minutes de cet interrogatoire inutile, quelqu'un frappa à la porte. Ce fut Angeloglou qui ouvrit. Il se trouva en présence d'une jeune femme agent de police.

« L'avocat de Hardy est là, annonça-t-elle.

– Faites-le entrer. »

Sian Spenser, une femme à la mâchoire ferme, la petite quarantaine, pénétra dans la pièce, à bout de souffle et en colère.

« Je veux pouvoir parler à mon client cinq minutes seule à seul.

– Nous ne retenons pas d'accusation contre lui.

– Qu'est-ce qu'il fait là, dans ce cas ? Allez, dehors. »

Baird inspira profondément, puis il quitta la pièce, suivi d'Angeloglou. Quand l'avocate leur permit de revenir, Hardy était assis dos à la porte.

« Mon client n'a rien à dire.

– Deux personnes ont été assassinées, intervint Baird en élevant la voix. Nous avons des informations qui nous permettent de penser que les militants pour les droits des animaux sont impliqués dans l'affaire. Votre client a été condamné pour avoir conspiré à provoquer des dégâts criminels. Il a eu une sacrée chance de ne pas être pris en possession des explosifs. Nous souhaitons lui poser quelques questions.

– Messieurs, j'exige que mon client ait quitté ce bâtiment dans les cinq minutes qui suivent, faute de quoi je dépose une plainte.

– Inspecteur Angeloglou.

– Monsieur ? »

– Qu'il soit noté dans le procès-verbal que Paul Michael Hardy a refusé de coopérer à cette enquête.

– Vous avez fini ? demanda Sian Spenser, dont le visage laissait transparaître une expression énigmatique, presque amusée.

– Non. Vous pouvez emmener cette cochonnerie avec vous. »

Hardy se leva et se dirigea vers la porte. Il s'arrêta devant Angeloglou. Une idée sembla lui traverser l'esprit.

« Comment va la fille ? » demanda-t-il, puis il s'éloigna sans attendre la réponse.

Une heure plus tard, Baird et Angeloglou étaient dans le bureau de Bill Day pour le mettre au courant de l'avancée de l'enquête. Bill Day se tenait devant la fenêtre, scrutant la nuit du regard.

« Du nouveau ? demanda Day.

– Rien de concret, monsieur, répondit Angeloglou, prudent.

– Je n'attendais rien de probant, ajouta Baird. Je voulais juste voir à quoi ressemblaient ces gens. Prendre leur pouls.

– Et... ?

– Je crois que ça vaudrait le coup de poursuivre les recherches.

– Qu'est-ce qu'on a ?

– Presque rien. La référence dans le magazine, le message écrit sur les lieux du crime.

– Presque rien, répéta Day d'une voix sarcastique. Sur les lieux du crime ? »

Baird secoua la tête.

« Ça ne vaut pas grand-chose. Il y a eu une grande réception quelques jours plus tôt. Les analyses de cheveux et de fibres sont un désastre complet. La chambre de la fille nous portera peut-être davantage chance.

– Et la fille ? s'enquit Day. Vous en avez tiré quelque chose ? »

Baird secoua la tête.

« Qu'allons-nous faire à son sujet ?

– L'hôpital va bientôt la laisser sortir.

– Est-ce un problème ?

– Il est possible, même si rien n'est certain, qu'elle soit en danger.

– Vous pensez à ces crétins d'amoureux des bêtes ?

– À eux ou à d'autres.

– Est-ce qu'ils ne pourraient pas la garder à l'hôpital quelques jours de plus ?

– Ça pourrait être une affaire de mois, pas simplement de jours.

– Qu'en est-il de son état mental ?

– Elle est perturbée. Elle souffre de stress post-traumatique, un truc dans le genre. »

Day grommela.

« Bon Dieu ! On a traversé deux guerres mondiales sans ce putain de soutien psychologique. Écoutez, Rupert, ça ne me plaît pas, mais trouvez-lui un endroit discret. Et par pitié débrouillez-vous pour que la presse n'en sache rien.

– Vous avez une idée ?

– Pas la moindre. Adressez-vous à Philip Kale, il pourra peut-être vous proposer quelques noms. »

Baird et Angeloglou se retournèrent pour prendre congé.

« Rupert ?

– Oui ?

– Trouvez-moi des preuves. Tout ça commence à me porter sur les nerfs. »

6

En à peine quelques semaines j'avais réussi à me construire une vie. J'avais une maison et un jardin. C'était une vieille maison carrée, d'apparence robuste, avec de grandes fenêtres, construite sur ce qui avait dû être un quai il y a longtemps. À présent, un marécage tristounet la séparait de la mer, sept cents mètres plus bas.

En novembre, durant les quelques jours bousculés qui avaient suivi l'achat de la maison, je m'étais renseignée auprès des agents immobiliers ainsi qu'au magasin de Lymne, à quelques kilomètres de là, et j'avais fini par trouver quelqu'un pour s'occuper d'Elsie. Linda était petite et menue ; elle avait le teint terreux et paraissait plus âgée que ses vingt ans. Elle habitait à Lymne, et, quoiqu'elle ne puisse se targuer de brillantes études, elle possédait les deux qualités qui m'importaient, à savoir le permis de conduire et un air calme et posé. Le jour où Elsie la vit pour la première fois, elle alla s'asseoir sur ses genoux sans un mot ; il ne m'en fallait pas plus. Dans le même élan il fut décidé que Sally, la meilleure amie de Linda, viendrait deux à trois fois par semaine faire le ménage.

L'école primaire la plus proche, St. Gervase, se trouvait à Brask, cinq kilomètres après Lymne. Je m'y étais rendue et j'avais regardé à la grille. Il y avait un terrain de jeux sur gazon, des fresques colorées au mur, et je n'y vis presque pas d'enfants en pleurs ou isolés dans leur coin. À la suite de quoi j'étais entrée dans l'école pour remplir les papiers d'inscription, et Elsie n'avait pas rechigné.

Tout s'était déroulé avec beaucoup trop de facilité, c'en était presque inquiétant. Je me retrouvai avec une vie d'adulte assortie au métier d'adulte dans lequel je m'apprêtai à faire mes premiers pas. À la mi-janvier, alors que la Grande-Bretagne reprenait une activité normale après la pause de Noël, et après que Danny eut passé cinq jours à la maison sans manifester le moindre désir de s'en aller, remplissant ma maison de canettes de bière et mon lit de sa chaleur, je me rendis à l'hôpital général de Stamford. J'avais rendez-vous avec l'adjoint du directeur administratif. Geoffrey Marsh avait à peu près mon âge. À la netteté impeccable de son costume on aurait dit qu'il était sur le point de présenter les informations. La superficie et l'élégance de son bureau auraient par ailleurs tout à fait convenu à un plateau de télévision. Je me sentis immédiatement gênée, mal habillée, ce qui était sans doute en partie l'effet recherché.

Geoffrey Marsh me prit la main – « Appelez-moi Geoff, Sam » – et me dit combien il était enchanté de mon arrivée au sein de l'hôpital, ainsi que du nouveau service que j'allais diriger. Il était convaincu que ce dernier allait servir de modèle dans les méthodes de gestion des patients. Il m'emmena à l'étage au-dessous et me fit parcourir un certain nombre de couloirs pour me montrer l'aile encore vide que j'allais occuper. Il n'y avait presque rien à voir, sinon la grandeur de l'endroit. L'aile se situait au rez-de-chaussée, ce qui me convenait bien. D'une fenêtre on apercevait une tache de verdure. Tout cela était très prometteur.

« Qu'y avait-il ici auparavant ? » lui demandai-je.

Il secoua la tête comme si je me préoccupais là d'un détail sans importance.

« Retournons dans mon bureau. Il faut que nous mettions sur pied un certain nombre de réunions de réflexion, Sam. »

Il utilisait mon nom comme une incantation.

« À quel sujet ?

– Au sujet du service.

– Vous avez lu la proposition que je vous ai remise ? Je pensais que les demandes de personnels et les protocoles thérapeutiques que j'avais formulés étaient suffisamment clairs.

– Je l'ai lue hier soir, Sam. Elle constitue un point de départ tout à fait passionnant. Soyez assurée de ma confiance sans réserve. J'ai la certitude absolue que votre service et vous-même allez promouvoir l'hôpital général de Stamford. C'est pourquoi je veux donner toutes ses chances à ce projet.

– Il faudra bien sûr que je sois mise en contact avec les services sociaux.

– Tout à fait, reprit Marsh, comme s'il n'avait pas entendu, ou comme s'il n'avait pas voulu entendre. Tout d'abord, je veux vous faire rencontrer mon directeur des ressources humaines, et vous introduire auprès du service de gestion du travail concerné par le programme actuel d'expansion. » Nous étions à présent de nouveau dans son bureau. « Je veux vous montrer la structure à fort influx énergétique que j'ai en tête. » Il dessina un triangle. « À ce point culminant... » Son téléphone se mit à sonner et il décrocha avec un froncement de sourcils. « Vraiment ? » Son regard se posa sur moi. « C'est pour vous. Un certain docteur Scott.

– Le docteur Scott ? » Interloquée, je pris l'écouteur qu'il me tendait. « Thelma, c'est vous ?... Mais comment avez-vous fait pour me trouver ici ?... Oui, bien sûr, si c'est important. Voulez-vous que nous nous retrouvions à Stamford... Très bien, comme vous préférez. Ça vous donnera l'occasion de découvrir mon nouveau style de vie. » Je lui donnai mon adresse et les instructions détaillées que je connaissais par cœur, à commencer par la troisième sortie au rond-point, puis le passage à niveau et les mares aux canards sans canards, avant de raccrocher. Marsh était déjà pendu à l'autre téléphone. « J'ai bien peur de devoir vous quitter. C'est urgent. » Il acquiesça et me gratifia d'un signe énergique pour me montrer qu'il était occupé. « Je vous appellerai la semaine prochaine. » Il hocha à nouveau la tête, apparemment absorbé par d'autres problèmes.

Je rentrai directement à la maison. La camionnette de Danny était encore dans l'allée mais il n'était pas là et sa veste de cuir ne pendait plus au crochet. Quelques minutes plus tard, Thelma arriva dans sa vieille Morris Traveler qui crachotait. Je souris de la voir remonter l'allée en tournant la tête de tous côtés pour prendre la mesure de l'endroit où j'avais atterri. Elle portait un jean et un long manteau de tweed. Thelma avait le don de rendre disgracieuse même la tenue la plus chic. Et pourtant elle ne me semblait jamais ridicule.

Quand on avait fait des recherches sous sa direction, il était impossible de rire du personnage. J'ouvris la porte et je la pris affectueusement dans mes bras, ce qui requérait une certaine dextérité dans la mesure où elle était beaucoup plus petite que moi.

« Je vois bien la maison, dit-elle. Mais où sont les ormes ?

– Si vous voulez faire le tour de la maison je peux vous montrer les souches. Les arbres ont été les premières cibles des bestioles dès leur descente du ferry hollandais.

– Vous m'en bouchez un coin, reprit-elle. Des champs tout verts, le silence, un jardin. De la boue.

– C'est beau, non ? »

Elle me répondit d'un haussement d'épaules peu convaincu et passa devant moi pour se diriger vers la cuisine.

« Un café ? proposa-t-elle.

– Faites comme chez vous.

– Comment avance votre livre ?

– Très bien.

– C'est si terrible que ça ? Danny est encore ici ?

– Oui. »

Sans rien me demander, elle ouvrit le placard à provisions et en sortit un paquet de café moulu et des biscuits. Elle versa un nombre impressionnant de cuillères à café dans la cafetière. Puis elle ajouta une pincée de sel.

« Une pincée de sel, expliqua-t-elle. C'est mon secret pour faire un bon café.

– Et quelle est la raison secrète de votre présence ici ?

– J'ai fait un peu de recherches pour les services de la justice. Nous examinons la pathologic neurologique qui commande les phénomènes de remémoration chez les enfants. Il s'agit d'évaluer si l'on peut accepter le témoignage de petits enfants dans un procès criminel. » Elle versa le café dans deux tasses avec une concentration toute théâtrale. « Un des avantages quand on devient membre du gratin c'est qu'on vous propose des billets pour des attractions auxquelles vous n'aviez pas droit avant.

– Ça a l'air sympa. Vous êtes ici pour m'inviter à l'Opéra ?

– Un autre avantage, c'est que des gens vous appellent avec des requêtes bizarres. Hier, quelqu'un m'a demandé des renseignements à propos des affections post-traumatiques, sujet sur lequel je ne suis absolument pas compétente. »

Je ne pus m'empêcher de rire.

« Bienheureux le médecin qui sait au moins qu'il ne connaît rien aux affections post-traumatiques !

– Et ce n'est pas tout. Sa question concernait un problème qui est survenu à Stamford. J'ai été frappée par la coïncidence remarquable qui voulait que la personne la plus compétente que je connaisse dans ce domaine vienne justement de s'installer à deux pas de Stamford, et c'est pour ça que je suis venue vous rendre visite.

– Vous me flattez. En quoi puis-je vous être utile ? »

Thelma croqua dans un biscuit et fronça les sourcils.

« Vous devriez conserver vos biscuits dans une boîte hermétique. Si vous les laissez dans leur paquet, ils ramollissent. Comme celui-là. » Ce qui ne l'empêcha pas de le finir.

« Pas si vous mangez le paquet entier dans la journée.

– Nous sommes en présence d'une jeune fille de dix-neuf ans dont les parents ont été assassinés. Elle aussi a été attaquée, mais elle a survécu.

– Si je fais appel à mes fameuses compétences analytiques, il me semble que je devine à quelle affaire vous faites allusion. C'est le meurtre de ce patron d'industrie pharmaceutique, ce milliardaire, et de sa femme.

– Oui. Vous le connaissiez ?

– J'ai peut-être utilisé un de ses shampooings à l'occasion.

– Donc vous êtes au courant des détails de l'affaire. La vie de Fiona Mackenzie n'est pas en danger. Mais elle parle à peine. Elle a refusé la moindre visite. D'après ce que j'ai compris, elle n'a pas d'autre famille dans le pays, mais elle refuse de voir ses amis.

– Vous voulez dire qu'elle ne veut voir personne, absolument personne ? Je sais que ce ne sont pas mes affaires, mais il faudrait l'encourager à rétablir certains liens avec sa vie d'avant.

– Elle a autorisé son médecin de famille à lui rendre visite. Je crois que c'est tout.

– C'est déjà un début.

– Quels seraient vos conseils dans un cas pareil ?

– Voyons, Thelma. Je ne peux pas croire que vous avez fait tout le chemin depuis Londres pour me demander des conseils au sujet d'un patient dont le cas ne m'est connu qu'à travers les journaux. Que se passe-t-il ? »

Thelma sourit et se resservit une tasse.

« Il y a un problème. La police estime qu'elle est sans doute encore en danger. Elle pourrait à nouveau être la cible des gens qui ont tué ses parents et tenté de l'assassiner. Il va falloir lui trouver un lieu d'accueil relativement sûr. Je voulais savoir ce qui conviendrait le mieux à quelqu'un qui a souffert ce qu'elle a souffert.

– Vous voulez que je la voie ? »

Thelma secoua la tête.

« Rien de tout cela n'est officiel. Je ne demande rien de plus que vos premières impressions.

– Par qui est-elle suivie ? Par Colin Daun, j'imagine ?

– Oui.

– C'est un très bon médecin. Pourquoi ne pas lui demander à lui ?

– C'est votre avis que je veux.

– Vous savez bien ce que je vais répondre. Le mieux pour elle serait de se retrouver dans un environnement familier, entourée de membres de sa famille ou d'amis.

– Elle n'a plus de famille. Nous avons envisagé la possibilité de la confier à des amis, mais la question ne se pose pas dans la mesure où elle a catégoriquement rejeté la proposition.

– Eh bien, je ne pense pas qu'il soit très bon pour elle de rester longtemps à l'hôpital.

– Et quoi qu'il en soit, ce n'est pas très pratique. » Thelma vida sa tasse. « Vous avez là une charmante maison, Sam. Elle est grande, non ? Et puis calme aussi.

– Non, Thelma.

– Je ne vous...

– Non.

– N'allez pas trop vite, répliqua Thelma, d'un ton à présent plus insistant. Nous sommes en présence d'une jeune fille sérieusement perturbée. Attendez que je vous aie appris ce que je sais à son sujet. Après, vous pourrez dire non. » Elle s'adossa à sa chaise pour rassembler ses idées. « Fiona Mackenzie a dix-neuf ans. C'est une jeune fille intelligente, qui obtient de bons résultats au lycée, sans briller particulièrement pour autant. Apparemment elle s'est toujours montrée soucieuse de plaire et de se conformer à ce qu'on attendait d'elle. On peut donc parler d'une jeune fille un peu anxieuse, en d'autres termes. J'ai cru comprendre qu'elle était un tant soit peu dominée par son père, qui avait une personnalité très imposante. Depuis sa puberté, elle a toujours été un peu forte. » Je revis le visage rond et souriant de la jeune fille entrevu aux informations. « À l'âge de dix-sept ans elle a fait une dépression, et elle a passé six mois dans un service psychiatrique privé hyperchic en Écosse. Pendant son internement elle a perdu environ la moitié de son poids et sa tendance à la gourmandise s'est transformée en anorexie. Elle a failli en mourir.

– Depuis combien de temps en est-elle sortie ?

– Elle a quitté l'institution l'été dernier, après avoir manqué son dernier trimestre et la session d'examens. Je crois qu'il était question de l'inscrire dans une boîte privée pour qu'elle repasse ses examens cette année. Immédiatement après son retour d'Écosse elle est partie quelques mois faire le tour de l'Amérique du Sud. Je suppose que ses parents entendaient ainsi marquer un nouveau départ pour elle. Elle en est rentrée il y a à peine quelques semaines. Apparemment les gens qui ont commis ces crimes ne s'attendaient pas à la trouver là. C'est peut-être le point faible dans cette enquête. D'où le danger qui la guette. D'où aussi le fait qu'elle ait besoin d'aide. Ça ne vous intrigue pas ?

– Désolée, Thelma, la réponse est non. Pendant les dix-huit mois qui se sont écoulés je n'ai jamais réussi à voir Elsie en dehors des week-ends, et dès qu'elle s'endormait le samedi et le dimanche il fallait que je me précipite pour rédiger des rapports jusqu'à deux heures du matin. La seule chose qui me reste de cette époque, c'est le souvenir de migraines dans un brouillard de fatigue. Si vous avez vraiment envisagé que je puisse recevoir chez moi une adolescente traumatisée, dans la maison où vit ma propre fille – et ce parce qu'elle est en danger –, laissez-moi vous dire que vous vous êtes fourré le doigt dans l'œil. »

Thelma baissa la tête en signe de compréhension, mais je la connaissais suffisamment pour savoir qu'elle n'était pas convaincue.

« Comment va la petite Elsie, au fait ?

– Elle est têtue et désobéissante. Rien de bien nouveau. Elle vient de commencer à sa nouvelle école. » J'étais contrariée par l'expression intéressée de prédateur qui s'était dessinée sur le visage de Thelma à la mention d'Elsie et de la maison. Il fallait que je passe à autre chose. « Vos recherches ont l'air tout à fait passionnantes.

– Mmmm, murmura-t-elle, refusant de se voir entraîner sur un autre terrain.

– J'ai dirigé quelques travaux portant sur le traumatisme chez les enfants. Ça pourrait vous intéresser, poursuivis-je, butée. Vous savez certainement que les enfants revivent les expériences traumatiques par l'intermédiaire de jeux répétitifs. Une équipe dans le Kent tente de mesurer l'effet que cela produit sur leur souvenir de l'événement traumatique.

– Ce ne sont donc pas vos propres travaux.

– Non, répondis-je en riant. La somme de mes recherches sur la mémoire enfantine se résume à un jeu mnémonique auquel je joue avec Elsie.

– Un quoi ?

– Un jeu mnémonique. Avec un *m*. Je le fais juste pour m'amuser, mais j'ai toujours été intéressée par les systèmes qui permettent d'organiser les processus mentaux, et celui-là est un des plus anciens. Elsie et moi avons inventé une maison imaginaire, nous savons dans nos têtes à quoi elle ressemble. Nous arrivons à nous souvenir d'objets en les plaçant dans différents endroits de la maison, et en les retirant de leur place quand nous voulons nous les rappeler. »

Thelma fit une moue dubitative.

« Elle y arrive ?

– Avec une facilité surprenante. Quand elle est de bonne humeur nous pouvons mettre un objet sur la porte, un autre dans la cuisine, dans l'escalier, et ainsi de suite, et plus tard elle se souvient généralement de chacun d'eux.

– Ça paraît être une rude tâche pour une enfant de cinq ans.

– Je ne le ferais pas si elle n'aimait pas ça. Elle est très fière d'y arriver.

– Ou de vous faire plaisir », corrigea Thelma. Elle se leva. La petite femme boulotte était ébouriffée et couverte de miettes. « À présent je dois y aller. Si vous avez d'autres idées à propos de notre problème, passez-moi un coup de téléphone.

– D'accord.

– Accrochez donc un mouchoir à la porte de la maison imaginaire d'Elsie, histoire de ne pas oublier. »

Je me sentis obligée d'ajouter quelque chose.

« Vous savez, quand je suis devenue médecin, j'avais l'idée que j'allais faire du monde un endroit plus sain, plus rationnel. Il m'arrive de penser que, lorsque j'ai commencé à traiter des patients victimes de traumatismes, j'ai laissé tomber le monde pour tenter plus modestement d'aider les gens à vivre avec.

– C'est tout à fait honorable », répondit Thelma.

Je la raccompagnai jusqu'à la porte et la regardai rejoindre sa voiture. Je m'attardai sur le seuil quelques minutes encore après son départ. C'était une idée ridicule, tout à fait hors de question. Je m'assis sur le canapé et me mis à y réfléchir.

7

« Ce morceau-là est un peu mou. » À la fourchette de Danny pendouillait une fine lamelle brun pâle dont l'aspect évoquait plus un bout de semelle qu'une tranche de viande prélevée sur le dos d'un cochon.

« Plains-toi auprès d'Asda. Ou du micro-ondes. Je n'ai fait que suivre les instructions sur le paquet.

– J'aime bien quand c'est mou. On dirait du chewing-gum.

– Merci, Elsie, et enlève tes pieds de la table. Ce n'est pas parce tu ne vas pas à l'école aujourd'hui encore que tu as gagné le droit de copier Danny et de prendre tes aises. Passe-moi la sauce aux pommes, Danny, s'il te plaît. C'est de la sauce en boîte, ajoutai-je.

– Ta mère ne t'a pas appris à faire la cuisine ?

– Sers-toi d'épinards. Des surgelés passés au micro-ondes. »

Je déposai deux tranches de viande blanchâtre au fond de mon assiette.

« Fais-moi un oiseau, demanda Elsie.

– Attends, répondit Danny.

– Rien qu'un petit oiseau.

– D'accord. »

Danny déchira un coin de journal. En à peine quelques secondes, après trois ou quatre pliages effectués avec une surprenante agilité pour ses gros doigts râpeux, il déposa sur la table une forme gracile au long cou qui pouvait sans trop de mal passer pour un oiseau, perché sur deux échasses. Elsie laissa échapper une exclamation ravie. Comme toujours, j'étais impressionnée.

« Comment se fait-il que les hommes savent toujours fabriquer ces machins-là ? Je n'ai jamais été douée en origami.

– Ça n'a rien à voir avec de l'origami. C'est juste une manie que j'ai adoptée pour me calmer les nerfs quand je n'ai rien de mieux à faire. »

On ne pouvait dire plus vrai. Déjà, des petites créatures de papier grouillaient dans la maison comme autant d'insectes envahissants. Elsie les collectionnait.

« Et maintenant je veux un petit chien, ordonna-t-elle.

– Attends, reprit Danny.

– Est-ce qu'on peut faire de la peinture après le déjeuner ? De toute façon, moi, j'ai fini. C'est pas bon. Je peux avoir de la glace comme dessert ?

– Encore deux cuillerées. Après le déjeuner, nous irons nous promener. Après...

– Je veux pas aller me promener ! » La voix d'Elsie grimpait dans les aigus. « J'en ai marre des promenades. J'ai mal aux jambes. Et puis je tousse. » Elle émit une toux peu convaincante.

« Ce ne sera pas une promenade, se dépêcha de corriger Danny. Ce sera une aventure. Nous allons trouver des coquillages, et avec, nous ferons un... – l'inspiration lui manqua –... une boîte à coquillages, termina-t-il sans beaucoup de conviction.

– Je pourrai monter sur tes épaules ?

– Si tu marches d'abord un peu.

– Merci, Danny », chuchotai-je tandis qu'Elsie quittait la pièce à la recherche d'un sac pour mettre les coquillages. Il haussa les épaules en enfournant une généreuse bouchée de viande entre ses lèvres. Nous avions passé une bonne nuit, et à présent nous vivions une journée raisonnablement agréable, sans prises de bec. Il n'avait rien dit de son prochain contrat, n'avait pas mentionné la nécessité de retourner à Londres – il parlait toujours de Londres comme s'il s'agissait d'un rendez-vous, pas d'une ville – et je ne lui avais rien demandé à ce sujet. Nos relations s'amélioraient. Il nous faudrait parler un jour ou l'autre, mais pour l'instant cela ne paraissait pas urgent. Je m'étirai et repoussai mon assiette, fatiguée, molle, heureuse.

« Ça va me faire du bien de sortir de la maison. »

Il ne me fut pourtant pas donné de faire cette promenade parce que, au moment où j'enfilais les bottes rouges à tête d'éléphant sur les pieds étirés d'Elsie, alors qu'elle criait que je lui faisais mal, nous entendîmes une voiture s'arrêter devant la maison. Je me levai et jetai un œil par la fenêtre. Un homme grand, solidement charpenté, dont le visage rougeaud se préparait déjà à sourire, sortit de la voiture côté conducteur. Côté passager, je vis surgir Thelma, vêtue d'un jogging qui ne lui allait absolument pas. Je me tournai vers Danny.

« Ça serait gentil si Elsie et toi partiez dans vos aventures sans moi. »

Son expression ne changea pas mais il prit sa main et l'entraîna, sans le moindre cri de protestation, vers la cuisine, d'où ils sortirent tous les deux par la porte de derrière.

« Non.
– Miss Laschen...
– Docteur Laschen.
– Excusez-moi. Docteur Laschen. Je vous prie de croire que je comprends tout à fait votre réticence, mais il ne s'agirait là que d'un arrangement provisoire. Elle a besoin de se retrouver dans un environnement sûr, anonyme, et protégé, en compagnie de quelqu'un qui soit en mesure de comprendre sa situation, et ce pour un temps très court. »

L'inspecteur Baird arborait un sourire rassurant. Il était si grand qu'il dut baisser la tête pour passer la porte qui menait au salon. Il s'appuyait contre la cheminée et sa présence massive conférait à la maison une apparente fragilité. Autour de lui elle paraissait construite de grands morceaux de toile peinte, comme un décor de théâtre.

« J'ai une petite fille, et mon travail me prend beaucoup de temps.
– Le docteur Scott m'a dit que vous ne preniez pas vos fonctions à l'hôpital de Stamford avant quelques mois. »

J'adressai un coup d'œil assassin à Thelma qui, assise au beau milieu du canapé, caressait Anatoly avec une grande détermination, sans paraître prêter la moindre attention à notre conversation. Elle leva les yeux.

« Avez-vous quelque chose à grignoter pour accompagner le thé, à part ces biscuits trop mous ? demanda-t-elle.

– Et puis il y a le côté pratique à considérer », repris-je. L'inspecteur Baird avala son thé. Thelma ôta ses lunettes de son nez et je remarquai la profonde marque rouge qu'elles y avaient creusée. Elle se frotta les yeux. Ni l'un ni l'autre ne dirent mot.

« Je viens tout juste d'emménager. Je voulais être tranquille quelques mois. » Ma voix indignée, trop haut perchée, remplit le silence de la pièce. Tais-toi, m'ordonnai-je ; tu n'as qu'à pincer les lèvres. Mais que faisaient Danny et Elsie ? « Il me faut du temps. Je suis désolée pour cette jeune fille, mais...

– Oh ça, oui, coupa Thelma. Elle a bien besoin d'aide. » Elle engouffra un biscuit entier dans sa bouche et le croqua avec vigueur.

« J'allais dire que je suis désolée au sujet de cette jeune fille, mais je ne crois pas que ce soit... » La phrase s'éteignit et je n'arrivais plus à me rappeler comment je devais la terminer.

« Combien de temps avez-vous dit ?

– Je n'ai rien précisé à ce sujet. Et il faut que vous preniez une décision.

– Mais oui, c'est ça. Inspecteur Baird, combien de temps ?

– Sans doute pas plus de six semaines, peut-être même beaucoup moins. »

Je laissai passer quelques minutes en silence, plongée dans une intense réflexion.

« Si jamais j'envisageais de dire oui, comment pourrais-je être sûre de ne pas mettre ma fille en danger ? Je veux dire, si j'accepte de l'accueillir.

– L'opération sera très discrète, répondit Baird. Rien ne filtrera. Personne ne saura qu'elle est chez vous. Comment voulez-vous que quelqu'un l'apprenne ? C'est seulement une mesure de précaution.

– Thelma ?

– Oui ? » Elle leva les yeux vers moi. On aurait dit un petit troll venu du froid.

« Était-ce votre idée ?

– Vous connaissez bien les problèmes de traumatisme. Vous habitez à côté. Le choix s'est imposé.

– Si elle devait venir, demandai-je d'une voix faible, quand arriverait-elle ? »

Baird plissa le front, comme s'il cherchait à se rappeler l'heure de départ d'un train.

« Oh ! répondit-il d'une voix tranquille. Nous avons pensé que demain matin serait sans doute raisonnable. Disons, neuf heures trente.

– Raisonnable ? Dites plutôt onze heures trente.

– Bien, et ça signifie que son médecin pourra l'accompagner, conclut Baird. Voilà une bonne chose de réglée. »

Au moment de partir, Thelma me prit la main.

« Je suis désolée », me dit-elle, mais ce n'était pas vrai.

« Je serai parti avant qu'elle n'arrive.

– Danny, personne ne te demande de partir. Je pense simplement que ça ne serait pas une bonne idée que tu sois là au moment où...

– Ne me raconte pas de conneries, Sam. Quand tu as pris ta décision au sujet de cette fille, est-ce que tu as pensé à moi ? Je suis où, moi, dans cette histoire ? » Il me fixait du regard. « Ça ne t'est pas venu à l'esprit, hein ? Tu aurais au moins pu m'en parler, non, avant d'accepter, tu aurais au moins pu faire comme si mon opinion t'intéressait. Est-ce que l'avenir de cette fille est plus important que le nôtre ? »

J'aurais pu répondre qu'il avait raison et que j'étais désolée, sauf que je savais que je n'allais pas revenir sur ma décision. J'aurais pu plaider. J'aurais pu me fâcher à mon tour. Au lieu de cela, je tentai de raccommoder nos différends selon la recette habituelle. Je le pris dans mes bras, je repoussai ses cheveux en arrière, je caressai sa joue piquante de barbe en posant mes lèvres sur le coin de sa bouche furieuse, et m'employai à défaire le premier bouton de sa chemise. Mais il me repoussa avec colère.

« Tu vas me baiser et je vais tout oublier, hein, c'est ça ? »

Il enfila ses chaussures et attrapa la veste qu'il avait jetée sur une chaise.

« Tu t'en vas ?

– À ton avis ? » Il fit une pause devant la porte. « Salut, Sam. À un de ces jours. Peut-être. »

8

Le plus pénible quand on reçoit un invité – ou dans le cas présent un pseudo-invité –, c'est la tradition selon laquelle on doit faire le ménage en son honneur. Fiona Mackenzie devait arriver au milieu de la matinée. Ce qui me laissait environ deux heures pour m'affairer dans la maison une fois Elsie à l'école. Des choix tactiques s'imposaient. Il n'était à l'évidence pas question d'opérer un véritable rangement, vu l'étendue de la tâche. Établir un début d'ordre représentait une perspective encore plus désespérée, qu'il me faudrait un jour explorer en détail avec Sally. Mais Sally était très lente, et parce que sa vie sentimentale était très compliquée, la moindre conversation avec elle se perdait dans des labyrinthes. Pour l'instant, je n'avais que le temps nécessaire pour dégager quelques cartons du chemin de manière que l'on puisse entrer dans les pièces, circuler dans les couloirs et s'asseoir sur les chaises.

Le dessus de la table de la cuisine était totalement invisible, mais il me suffit de transvaser le bol et la tasse d'Elsie dans l'évier, de ranger ses paquets de céréales dans un placard, de jeter à la poubelle le tas d'enveloppes ouvertes accumulées en quelques jours, pour en libérer au moins une moitié redevenue utilisable. Je remontai légèrement la fenêtre au-dessus de l'évier et j'ouvris la porte du jardin. Au moins la maison sentirait un peu le propre. Puis je fis des aller et retour entre l'étage et le rez-de-chaussée à la recherche d'autres coins à arranger. Un des radiateurs coulait, imprégnant le sol d'un liquide rouillé, et je posai une tasse sous la fuite. Je jetai un œil dans les toilettes et me dis qu'il serait bon de les laver. Il m'aurait fallu pour cela de l'eau de Javel et une de ces bouteilles pourvues d'un bec recourbé conçu pour passer sous le rebord de la cuvette. Je me contentai de tirer la chasse. J'avais bien assez travaillé pour une journée.

Par une fenêtre du premier étage j'observai les rayons du soleil qui striaient la pelouse et j'entendis un oiseau siffloter une mélodie rapide. Des petits détails comme ceux-là devaient constituer un des avantages qu'il y avait à vivre dans ce trou perdu en rase campagne. On était censé apprécier le chant des oiseaux. S'agissait-il d'une alouette ? D'un rossignol ? Mais ces oiseaux ne chantent-ils pas uniquement la nuit ? Un rouge-gorge alors ? Un pigeon ? Sauf que je savais que les pigeons roucoulent, ils ne chantent pas. J'arrivais au bout de mes connaissances en la matière. Il faudrait que j'achète un livre sur les chants d'oiseaux. Ou un CD peut-être.

Tout cela était une erreur. Ma curiosité était piquée, cependant plus que tout je m'en voulais d'avoir accepté un arrangement sur lequel je n'avais aucun contrôle. Je m'en voulais pour Danny ; pire, j'étais profondément mal à l'aise. Je savais qu'il me faudrait l'appeler et admettre que j'avais eu tort, mais je ne cessais de remettre ça à plus tard. Je me préparai une tasse de café instantané et j'établis intérieurement une liste d'arguments pour et contre la prise en charge de Fiona Mackenzie : cela représenterait une distraction pour moi, mais aussi une perte de temps ; c'était une façon peu professionnelle de traiter quelqu'un qui avait besoin d'aide ; cela pourrait même s'avérer dangereux ; ce ne serait pas très bon pour Elsie ; je n'aimais pas l'idée de voir quelqu'un d'autre occuper mon espace ; et je n'aimais pas l'idée d'un engagement ouvert, à l'issue imprécise. Je me sentais exploitée et ça me rendait grognon. J'allai pêcher une vieille enveloppe dans la poubelle et dressai une véritable liste.

À mesure qu'on approchait des onze heures et demie, je me mis à traîner à proximité de la fenêtre qui donnait sur la route menant à la maison. Une autre matinée de gâchée. J'essayai de me persuader que j'aurais dû savourer ces minutes absolument inutiles où il n'y a rien d'autre à faire que voir passer le temps. Après des années où je n'avais pas eu une seconde à moi je me retrouvais à errer de pièce en pièce, incapable de trouver la moindre énergie. Bientôt, heureusement, je finis par entendre une voiture s'arrêter près de la porte d'entrée. Je regardai par la fenêtre en restant suffisamment en retrait pour ne pas être vue d'en bas. La voiture était une quatre-portes des plus banales, en forme de coin, comme un morceau de cheddar prédécoupé du supermarché. Elle ne comportait ni gyrophare ni bande fluorescente orange. Trois portes s'ouvrirent au même moment. Baird et un autre homme en costume en sortirent à l'avant. Un homme vêtu d'un long pardessus noir descendit de l'arrière de la voiture. Il se redressa avec un soulagement évident, parce qu'il était très grand. Il jeta un rapide coup d'œil autour de lui, et je vis pivoter des mèches blond foncé et un visage mince et aquilin. Puis il se pencha et rentra la tête dans la voiture. Je me rappelai combien, il y avait à peine un an, j'avais maudit les courroies du siège arrière d'Elsie, les positions gauches et tordues qu'il me fallait prendre pour la sortir de ma vieille Fiat. Une jambe émergea de la voiture et bientôt une jeune fille en sortit. Le grain grossier de la vitre ancienne brouillait ses traits. J'apercevais un jean, une veste bleu marine, des cheveux foncés, une peau pâle, rien de plus. J'entendis frapper à la porte et descendis ouvrir.

Baird entra chez moi en me gratifiant d'un regard paternaliste et possessif qui me déplut beaucoup. Je soupçonnai que toute cette histoire n'était pas à son goût, ou tout du moins qu'il aurait préféré quelqu'un d'autre que moi pour s'occuper de Fiona, mais qu'il allait jouer le maître de la situation. Il s'effaça pour laisser passer les autres. L'homme au long pardessus guidait doucement la jeune fille par le bras.

« Je vous présente le détective Angeloglou, dit Baird. Et le docteur Daley. » L'homme m'adressa un petit signe de tête. Il n'était pas rasé, mais ça lui allait bien. Il regarda autour de lui en plissant les yeux. Il semblait soupçonneux, et on l'aurait été à moins. « Et voici Miss Fiona Mackenzie. Finn Mackenzie. »

Je lui tendis la main mais, comme elle ne regardait pas dans ma direction, elle ne remarqua pas mon geste, que je transformai alors en petit battement de main imbécile. Je les invitai à entrer dans le salon, où se trouvait un canapé, et nous nous assîmes, un peu gênés. Je leur proposai du thé. Baird déclara qu'Angeloglou allait le préparer. Angeloglou se leva, l'air agacé. Je le suivis dans la cuisine, laissant planer derrière nous un silence profond.

« Vous pensez que c'est une si bonne idée que ça ? » murmurai-je en rinçant quelques tasses.

Il haussa les épaules.

« Ça ne peut pas faire de mal, répondit-il. Nous n'avons même pas le début du commencement d'une piste, mais ne le dites à personne. »

Quand nous retournâmes au salon, la pièce était toujours aussi silencieuse. Baird avait ramassé un vieux magazine par terre et le feuilletait d'un œil absent. Le docteur Daley avait ôté son manteau et s'était assis à côté de Finn sur le canapé. Il portait une chemise jaune assez surprenante, qui aurait tout aussi bien pu sortir de chez un designer italien que d'une boutique de fripes. Je tendis deux tasses de thé dont il se saisit pour les poser sur la table. Il tâtonna les poches de son pantalon, comme s'il avait perdu quelque chose sans savoir quoi.

« Je peux fumer ? » Il avait une voix presque anormalement profonde, qu'il laissait traîner légèrement dans les voyelles. Cela me rappelait des phrasés entendus à l'université. C'était la marque du type plein d'assurance en société, sentiment qui m'était totalement étranger.

« Je vais vous apporter un cendrier, répondis-je. Ou quelque chose qui puisse en faire office. »

Il ne ressemblait pas à l'idée que je me faisais du médecin de campagne, de sorte que je me sentis immédiatement plus à l'aise avec lui qu'avec Baird ou Angeloglou. De haute stature, il mesurait au moins un mètre quatre-vingts ; le paquet de cigarettes paraissait un peu trop petit entre ses doigts trop longs. Il alluma immédiatement une cigarette et en fit bientôt tomber la cendre dans la soucoupe que je lui avais apportée. Il devait avoir autour de quarante-cinq ans, mais c'était difficile à établir au premier abord parce qu'il avait l'air fatigué, ailleurs. Des cercles sombres s'étalaient sous ses yeux gris et ses cheveux raides étaient un peu gras. Son visage présentait un drôle d'aspect surchargé, avec des sourcils féroces, de hautes pommettes et une grande bouche sardonique. À côté de lui, Finn paraissait petite, fragile et assez insipide. La pâleur de son visage ressortait davantage encore en contraste avec ses épais cheveux noirs et ses vêtements sombres. À l'évidence, elle n'avait pas mangé depuis plusieurs jours : elle était très maigre et ses pommettes saillaient. Ses yeux étaient agités de légers soubresauts mais ne se fixaient jamais sur rien ; à part cela, elle se montrait d'une immobilité inhabituelle, presque inquiétante. Elle avait le cou bandé et les doigts de sa main droite venaient constamment se poser à la lisière du pansement qu'elle tiraillait.

Je devrais sans doute dire que je ressentais de la compassion envers cette pauvre enfant victime de cruels abus, mais je me sentais trop impliquée et trop embrouillée pour éprouver de tels sentiments. C'étaient là des circonstances absurdes pour accueillir une nouvelle patiente, seulement elle n'était pas là en qualité de patiente, pas vrai ? Mais alors, qu'était-elle donc vis-à-vis de moi ? Et moi, j'étais quoi dans tout cela ? Son médecin ? Sa grande sœur ? Sa meilleure amie ? Sa surveillante ? Une espèce de psychologue légiste amateur à l'affût d'indices ?

« Vous appréciez la vie à la campagne, docteur Laschen ? » lança Baird sur le ton de la conversation.

J'ignorai la question.

« Docteur Daley, commençai-je. Je crois que ce serait une bonne idée que Finn et vous montiez à l'étage voir la chambre qu'elle va occuper. Une fois en haut, c'est la pièce au fond à gauche, qui donne sur le jardin. Prenez votre temps et dites-moi si j'ai oublié quoi que ce soit. »

Le docteur Daley lança un regard interrogateur à Baird.

« Oui, tout de suite », insistai-je.

Il entraîna Finn vers l'escalier et je les entendis monter lentement à l'étage. Je me tournai vers Baird et Angeloglou.

« Cela vous dirait-il de sortir un peu voir cette campagne que je suis censée tant apprécier. Vous n'avez qu'à apporter votre tasse de thé. »

Baird secoua une tête affligée en découvrant l'état de mon potager.

« Je sais, admis-je, en repoussant du pied une babiole en plastique rose qu'Elsie avait dû laisser tomber. J'aurais voulu pouvoir vivre en autarcie.

66

– Ce ne sera pas pour cette année, répliqua Angeloglou.
– Non. On dirait que j'ai maintenant d'autres soucis en vue. Écoutez, inspecteur...
– Appelez-moi Rupert.»
Je ne pus m'empêcher de rire.
«Vous êtes sérieux? D'accord, Rupert. Avant de commencer quoi que ce soit, il y a un certain nombre de choses dont j'aimerais discuter.»
Je tirai la vieille enveloppe de la poche de mon jean.
«C'est officiel?» demanda Baird.
Je fis non de la tête.
«Je me fous bien de savoir si c'est officiel ou non. On vous a dit que j'étais une autorité en matière de traumatismes.
– Une autorité en matière de traumatismes qui vit dans une maison isolée à la campagne à deux pas de Stamford.
– Bien, je dois alors commencer par vous signaler, même si ça reste entre nous trois, qu'en qualité de spécialiste je n'aime pas beaucoup ce que vous me demandez de faire.
– Ça a l'avantage d'être une solution pratique.
– Je ne sais pas pour qui. Quoi qu'il en soit, Finn devrait se trouver dans un environnement familier, entourée de gens qu'elle connaît et en qui elle a confiance.
– Les gens qu'elle connaît et en qui elle a confiance sont morts. En dehors de ça, elle a catégoriquement refusé de voir qui que ce soit. À l'exception du docteur Daley, bien entendu.
– Ainsi qu'on vous l'a certainement appris, il s'agit là d'une réaction classique pour quelqu'un qui a vécu ce qu'elle a vécu. Ça ne justifie pas en soi qu'on la projette dans un environnement totalement nouveau.
– Et nous avons des raisons de penser que sa vie pourrait être en danger.
– Je suis d'accord, et ce n'est pas le propos. Je voulais seulement vous présenter mon opinion objective en tant que médecin.» Je regardai à nouveau mon enveloppe. «Deuxièmement, je voulais savoir si vous envisagiez de me voir jouer un rôle officieux dans votre enquête, parce que si c'est le cas...
– Rien de tout cela, docteur Laschen, interrompit Baird d'un ton rassurant qui me mit en rage. Bien au contraire. Comme vous le savez, Miss Mackenzie n'a rien déclaré au

67

sujet des meurtriers. Mais nous n'attendons absolument pas de vous que vous tentiez de faire resurgir en elle des souvenirs enfouis ou que vous partiez en quête d'indices. Cela risquerait de créer plus de dégâts qu'autre chose. Et de toute façon, je crois comprendre que ce n'est pas votre style thérapeutique.

– C'est juste.

– Miss Mackenzie est une citoyenne comme les autres. Si elle désire faire une déclaration, contactez-moi et nous serons très heureux d'entendre ce qu'elle a à dire. Nous-mêmes, de notre côté, nous viendrons peut-être lui rendre visite dans le cadre de notre enquête.

– Qu'est-ce qui vous fait penser qu'elle est menacée ? »

Baird fit deux fois le geste de prendre une photo, d'un air moqueur.

« Vous avez vu sa gorge ?

– Arrive-t-il souvent que des meurtriers reviennent quand ils ont manqué leur coup une première fois ?

– Il s'agit ici d'un cas inhabituel. Ils voulaient tuer toute la famille.

– Je me fiche des détails de votre enquête. Mais si vous me faites suffisamment confiance pour me laisser la garde de Finn, vous devez également me confier toutes les informations importantes relatives à ce que vous savez.

– Ça me paraît normal. Chris ? »

Angeloglou, pris en flagrant délit de boire une gorgée de thé, manqua s'étouffer.

« Excusez-moi, finit-il par répondre. Il est possible que cela ait un rapport avec les groupes de protection des animaux. En tout cas, c'est une de nos pistes.

– Pourquoi s'en prendre à Finn ?

– Pour éviter à des petits cochons de se voir administrer des lotions ou des potions sur des blessures délibérément entretenues. Elle est coupable par association familiale. »

Il me vint une idée soudaine.

« Quand j'étais à l'université, j'ai appartenu à un groupe de saboteurs opposés à la chasse. Quelque temps. J'ai été arrêtée et on m'a donné un avertissement.

– Oui, nous sommes au courant.

– Dans ces conditions, comment pourrait-elle être en sécurité avec moi ?

– Vous avez prêté le serment d'Hippocrate, non ?
– Les médecins ne prêtent pas le serment d'Hippocrate. C'est un mythe.
– Oh ! lâcha Baird, déconcerté. Alors dans ce cas-là, ne la tuez pas, s'il vous plaît, docteur Laschen. L'enquête est suffisamment lente comme ça. »

Je jetai un nouveau coup d'œil à mon enveloppe. « J'ai des amis, une fille, et des gens viennent me rendre visite. Qu'est-ce que je suis censée leur raconter ? J'ai déjà mis Danny au courant de l'identité de Fiona – c'est mon... enfin... mon compagnon.

– Le mieux c'est de faire simple. Les histoires compliquées finissent toujours par créer des ennuis. Est-ce qu'on ne pourrait pas dire qu'elle est étudiante et qu'elle passe quelque temps chez vous ? Qu'en dites-vous ? »

Je restai silencieuse un instant. Tout cela était beaucoup trop compliqué pour moi.

« Écoutez, je ne veux pas être mêlée à ces jeux de cache-cache. Je n'y arriverai pas et je ne pourrai pas être d'une grande aide à Finn.

– C'est la raison pour laquelle nous essayons de tout simplifier au possible. Je sais que rien n'est idéal là-dedans. Mais d'autres arrangements ne feraient qu'empirer les choses.

– D'accord, et puis de toute façon j'ai bien peur d'avoir déjà accepté.

– Elle pourra peut-être vous aider pour votre livre.

– J'en serais ravie mais ça m'étonnerait.

– Et puis vous n'aurez pas beaucoup à transformer son nom. Vous n'avez qu'à l'appeler Fiona Jones. Ça ne devrait pas être trop dur à se rappeler.

– D'accord. Mais écoutez-moi, Rupert. Je me réserve le droit de mettre fin à cet arrangement à tout moment. Si vous n'êtes pas d'accord, vous n'avez qu'à la remmener avec vous tout de suite. S'il m'arrive à n'importe quel moment de considérer que ce petit jeu est mauvais pour moi, pour ma fille, ou même pour Finn, j'y mettrai fin. Nous sommes d'accord ?

– Ça va de soi, docteur Laschen. Mais tout se passera bien. Nous avons tous entièrement confiance en vous.

– Si c'est le cas, vous accordez trop facilement votre confiance ».

Une fois de retour à l'intérieur, je demandai au docteur Daley de m'aider à rapporter les tasses à la cuisine. Je voulais lui parler seule à seul. Il n'y avait aucun risque que Finn nous suive. En fait, il n'y avait apparemment aucun risque que cette pauvre gosse démolie fasse quoi que ce soit.

« Désolée de vous attirer ainsi dans la cuisine, m'excusai-je. Il aurait fallu que nous nous rencontrions avant l'arrivée de Finn, mais je n'ai pas l'impression d'avoir grand pouvoir de décision dans cette histoire. Ce qui ne me plaît pas du tout d'ailleurs. »

Le docteur Daley sourit par pure politesse. Je m'approchai de lui pour le regarder.

« Comment allez-vous, vraiment ? »

Il me rendit mon regard inquisiteur. Il avait des yeux très profonds, opaques. Un regard qui me plaisait. Puis son visage se relaxa et il sourit.

« J'ai connu des jours meilleurs, répondit-il.

– Vous dormez correctement ?

– Je vais bien.

– Ne cherchez pas à m'impressionner. Gardez ça pour l'administrateur de votre cabinet. J'aime les hommes vulnérables. »

Il rit puis resta silencieux quelques instants. Il alluma une nouvelle cigarette.

« J'ai le sentiment que j'aurais pu mieux me débrouiller dans cette affaire. Je suis aussi navré que vous de la tournure que prennent les événements, confia-t-il, appuyant ses propos d'un geste à la grâce discrète en forme de commentaire affligé sur la situation dans laquelle nous nous trouvions tous deux. Je n'ai fait qu'obéir aux ordres. »

Je ne répondis pas. Il recommença à parler, comme s'il ne pouvait supporter le silence.

« Tant que j'y suis, je cherchais l'occasion de vous dire que j'avais lu votre article paru dans le *British Medical Journal* : " L'invention d'un syndrome ", si je me souviens bien du titre. L'article qui a causé tout ce bruit. J'ai été impressionné.

– Merci. Je ne pensais pas que des généralistes tels que vous allaient le lire. »

Son visage se colora légèrement et il plissa un peu les yeux.

« Vous voulez dire les petits médecins de campagne.

– Non, ce n'est pas ça. Je voulais simplement dire un médecin qui ne pratique pas ma spécialité. »

Une gêne s'installa, mais bientôt Daley sourit à nouveau.

« Je me souviens d'une expression par cœur : " Le dogme, fondé sur des prémices qui n'ont pas été examinées et qu'aucune démonstration ne vient étayer. " À mon avis, les spécialistes des problèmes de stress ont dû ressentir le besoin d'aller eux-mêmes consulter après avoir lu ça.

– Et pourquoi donc croyez-vous que je me retrouve ici en pleine cambrousse à monter mon propre service ? Qui voulez-vous qui m'emploie à présent ? Au fait, quand je dis " la cambrousse ", ça n'a rien de péjoratif.

– Je ne vous en veux pas. » Il releva les manches de sa chemise et s'empara des tasses. « Vous lavez les tasses, moi j'essuie.

– Non. Je vais vous laisser les laver, et ensuite vous allez les poser sur le torchon et elles sècheront toutes seules comme des grandes. Comment se porte Finn ?

– Eh bien, les lacérations superficielles...

– Ce n'est pas ce que je veux dire. Vous êtes son médecin. Que pensez-vous de son état ?

– Docteur Laschen...

– Appelez-moi Sam.

– Moi c'est Michael. Si c'est de son humeur qu'il s'agit, si vous voulez mesurer l'étendue du choc qu'elle a subi, alors là je sors de mon domaine de compétence.

– En général ça ne gêne personne. Qu'est-ce que vous pensez de son cas ?

– Je pense qu'elle est très traumatisée par ce qui s'est passé. Et j'ajouterai que c'est très compréhensible.

– Qu'en est-il de sa voix ?

– Est-ce que ses blessures vont l'empêcher de parler ? C'est difficile à dire. Son larynx a effectivement été atteint et elle souffre d'une légère paralysie. Il peut y avoir eu quelques lésions mineures au niveau des cordes vocales.

– Doit-on craindre un risque de stridor ou de dysphonie ? »

Daley s'arrêta un instant de frotter une tasse.

71

« C'est votre spécialité ?

– C'est plutôt un passe-temps. C'est un peu plus drôle que de collectionner les timbres. Enfin, à mon avis.

– Peut-être devriez-vous aller voir le docteur Daun à l'hôpital général de Stamford, suggéra Daley en retournant à la vaisselle. Quoi qu'il en soit, elle est à vous à présent.

– Ce n'est pas vrai, répliquai-je. Elle reste votre patiente. J'insiste sur ce point. Cette situation est déjà suffisamment anormale comme ça. Je n'ai là-dedans qu'un rôle informel, un rôle de soutien, j'espère. Mais d'après ce que j'ai compris vous êtes son généraliste depuis des années, et il est absolument essentiel que vous conserviez cette position vis-à-vis d'elle. Est-ce que cela vous paraît acceptable ?

– Tout à fait. Je ferai tout ce que je peux pour vous aider.

– Dans ce cas, j'espère que vous viendrez régulièrement la voir. Vous êtes le seul lien qui lui reste avec le monde dont elle vient.

– Et voilà, c'est terminé, déclara-t-il après avoir lavé non seulement les tasses mais aussi la vaisselle du petit déjeuner et celle du dîner de la veille. Je devrais ajouter que je ne suis pas très content de tout ça. Je veux dire de tout ce projet. Mais à ce que je vois, il me semble que Finn n'aurait pas pu tomber dans de meilleures mains.

– Je souhaite que tout le monde continue de me montrer un soutien aussi inconditionnel une fois que tout aura raté.

– Et pourquoi voulez-vous que ça rate ? » rétorqua Daley en riant, tandis que ses sourcils s'inclinaient pour dessiner un V à l'envers. « La seule chose que je veux dire, c'est que je m'inquiète de voir Finn tellement coupée de son environnement habituel, des gens qu'elle connaît.

– Croyez bien que j'ai les mêmes réticences.

– Vous connaissez le problème, mais si vous me permettez une suggestion je dirai qu'il faudrait lui faire voir du monde. À condition qu'elle en exprime le souhait et que la police soit d'accord, bien entendu.

– Attention, cependant, à ne pas précipiter les choses.

– C'est vous le médecin, répliqua Daley. Enfin, je suis médecin moi aussi, mais ce que je veux dire c'est que c'est vous le médecin dans ce cas.

– Je ne vois pas ce que vous voulez dire, protestai-je. Je suis médecin. Vous aussi. Et nous allons simplement nous débrouiller pour tirer le meilleur parti possible de cette situation stupide et tragique. En attendant, je vais avoir besoin de tous les détails sur le traitement qu'elle suit, sur son histoire médicale, etc. Et il me faudra aussi votre numéro de téléphone. Je ne veux pas devoir faire appel à Baird à chaque fois que j'ai besoin d'une information.

– J'ai tout ça dans ma sacoche dans la voiture.

– Autre chose encore. Cette situation nage dans un flou ridicule, de sorte que je veux me montrer ferme sur un point. Je tiens à vous signaler, et je vais aussi le dire à Baird, que je veux que nous fixions une limite temporelle stricte à tout cela. »

Daley sembla pris au dépourvu.

« Que voulez-vous dire ?

– Si tout se passe bien, il existe un risque que nous devenions pour Finn une famille de substitution, dans sa nouvelle vie. Et ce n'est pas bon. Quel jour sommes-nous aujourd'hui ? Le 25 janvier, si je ne m'abuse.

– Le 26.

– Je vais être très claire avec Finn et lui faire savoir que quoi qu'il arrive, quel que soit le cours que prennent les événements, cet arrangement prendra fin à la mi-mars – disons le 15 – et pas plus tard. D'accord ?

– D'accord, répondit Daley. Mais je suis persuadé que ça ne durera pas aussi longtemps.

– Bien. Dans ce cas, allons rejoindre ces messieurs-dames.

– Vous prenez ça comme une blague, Sam. Attendez de recevoir les premières invitations à dîner des voisins.

– Vous m'en voyez impatiente. J'ai déjà mon poudrier à portée de main. »

9

Je me tournai pour faire face à la jeune fille. Je ne l'avais pas vraiment regardée jusqu'à présent. Son visage pâle et ovale, entouré du flot de ses cheveux sombres, ne trahissait absolument aucune expression. Sous ses épais sourcils bien dessinés, ses yeux bruns restaient perdus dans le vague. Elle était mignonne, elle aurait même sans doute pu devenir très jolie dans d'autres circonstances, mais il semblait qu'on avait balayé toute personnalité de son visage.

« Je vais te faire faire le tour de la maison, si tu veux bien, dis-je. Même s'il n'y en a que pour quelques secondes. »

Elle se pencha pour ramasser la petite valise posée à côté d'elle, quoiqu'elle semblât trop faible et trop amorphe pour porter quoi que ce soit.

« Attends, laisse-moi faire. Nous allons commencer par ta chambre, même si tu l'as déjà vue. » Elle tressaillit au moment où ma main toucha la sienne sur la poignée de la valise. « Tu as les mains froides ; je vais mettre le chauffage dans une minute. Suis-moi. »

Je m'engageai dans l'escalier et Finn me suivit, docile. Jusque-là elle n'avait pas dit le moindre mot.

« Nous y voilà. Je suis désolée pour les cartons, nous pourrons les monter au grenier plus tard. » Je déposai sa valise sur le lit. Sous le haut plafond de la chambre elle parut tristement minuscule. « J'ai peur que ça ne soit un peu vide. » Finn restait sans bouger au milieu de la pièce, les bras ballants, terminés par des doigts pâles et inertes dont on aurait dit qu'ils ne lui appartenaient pas. Je désignai d'un geste vague l'armoire et la petite commode que Danny m'avait dénichées dans un village voisin. « Tu pourras ranger tes affaires ici. »

74

Je repartis dans le couloir. J'aperçus un petit objet blanc et anguleux sur le sol. Je m'accroupis pour le ramasser délicatement entre mes doigts.

« Et ça, Finn, c'est un oiseau en papier fabriqué par l'homme avec qui je vis plus ou moins, Danny. » Pouvais-je encore parler de lui en ces termes, ou s'était-il maintenant vraiment détaché de moi ? Je repoussai cette idée. J'y reviendrais plus tard. « Regarde, il bat des ailes, enfin presque. C'est mignon, non ? Quand tu auras passé quelque temps ici, tu commenceras à trouver ces petites créatures dans tes affaires, dans tes cheveux, accrochées à tes vêtements, dans ta nourriture. Elles se faufilent partout. Ah, les hommes ! »

Je me parlais essentiellement à moi-même.

« Voici ma chambre. Et ça – elle me suivait à deux pas et s'arrêtait quand je le faisais –, c'est la chambre de ma petite fille, Elsie. » La porte ne s'ouvrit qu'à moitié, entravée par un assortiment de poupées Barbie à la crinière blonde, de boîtes de crayons et de poneys en plastique. « Elsie, c'est le diminutif d'Elsie. » J'observai Finn du coin de l'œil mais elle ne broncha pas. De toute façon, ce n'était pas très drôle. Mais elle fit un petit signe de tête, plutôt comme un petit soubresaut nerveux. J'entr'aperçus le plâtre autour de son cou.

En bas, je lui montrai mon bureau (« interdit à toute personne étrangère au service »), le salon, la cuisine. J'ouvris la porte du réfrigérateur.

« N'hésite pas à te servir de quoi que ce soit. Je ne sais pas faire la cuisine, mais au moins je fais les courses. »

Je lui indiquai l'endroit où je rangeais le thé et le café, et le trou où allait venir se loger la machine à laver ; je lui parlai également de Linda, de Sally, et du déroulement habituel des journées à la maison. « Et je crois que c'est tout, à part bien sûr le jardin que tu peux voir d'ici... – je lui désignai du doigt le terrain boueux, les tas de feuilles éparpillés que je n'avais pas ramassés, les bordures incertaines de la pelouse qui se dégarnissait – ... un jardin sans jardinier ! »

Finn tourna la tête, mais il m'était toujours impossible de dire si elle avait vu quoi que ce soit. Je jetai à nouveau un coup d'œil dans le frigo et j'en sortis une boîte de soupe de légumes.

« Je vais nous faire chauffer de la soupe. Que dirais-tu d'aller te rafraîchir un peu dans la salle de bains, et ensuite nous pourrons déjeuner ensemble. » Elle resta plantée là sans bouger, égarée, au milieu de la cuisine. « C'est là-haut », repris-je sur un ton encourageant, en désignant l'étage. Je la regardai faire lentement demi-tour et commencer à monter une par une les larges marches pas très hautes, en s'arrêtant après chacune, très doucement, comme une très vieille femme.

Quelquefois je vois des victimes de traumatismes qui ne disent pas un mot pendant des semaines ; d'autres au contraire déversent des flots de paroles comme une gigantesque coulée de boue que rien ne peut arrêter. Assez récemment un homme d'une cinquantaine d'années était venu me voir après un accident de train dont il avait eu la chance de réchapper. Toute sa vie cet homme s'était montré très avare de paroles, un peu coincé. Au moment de l'accident il s'était vidé les boyaux sous le choc (selon sa propre expression, prononcée du bout des lèvres), et cela semblait l'avoir affecté aussi profondément que les morts qu'il avait vus. Plus tard, une fois sorti de l'hôpital, il fut pris d'incontinence verbale. Il m'avait raconté comment il lui arrivait de faire la queue à l'arrêt de bus, d'entrer dans un magasin, ou de se mettre devant sa porte, et de raconter à tous les gens qui l'approchaient ce qui lui était arrivé. Il n'arrêtait pas de rejouer la scène, et pourtant la raconter ne lui apportait aucun soulagement. C'était comme s'il se grattait à l'endroit d'une démangeaison insupportable. Finn parlerait quand elle en éprouverait le besoin ; à ce moment-là je serais là pour l'écouter, si c'était à moi qu'elle décidait de parler. En attendant, il fallait lui proposer une structure dans laquelle elle se sente en sécurité.

Je l'observai tandis qu'elle mettait de toutes petites quantités de soupe dans sa cuillère et qu'elle l'amenait précautionneusement jusqu'à sa bouche. Que dirait-elle si elle pouvait parler ?

« Elsie rentre à six heures, annonçai-je. Il peut arriver que ce soit plus tôt. Je vais souvent moi-même la chercher à l'école. Elle est très contente de ta venue. Je lui dirai la même chose qu'à tout le monde : tu es étudiante et tu vas passer quelque temps ici. Et tu t'appelles Fiona Jones.»

Finn se leva. Les pieds de sa chaise grincèrent bruyamment sur les carreaux de la cuisine si silencieuse. Elle prit son bol, encore à demi plein de soupe, et le porta jusqu'à l'évier. Elle le lava et le déposa sur l'égouttoir avec le reste de la vaisselle, puis elle vint se rasseoir à la table, en face de moi, sans me regarder. Elle entoura de ses deux mains la tasse de thé que je lui avais préparée et frissonna. Ensuite, elle leva ses yeux de velours pour venir rencontrer les miens et me fixa du regard. C'était la première fois qu'elle le faisait et cela provoqua chez moi un trouble étrange. J'avais l'impression de regarder à l'intérieur de son crâne.

«Tu es en sécurité ici, Finn, lui dis-je. Tu n'es pas obligée de me dire quoi que ce soit, à moins d'en avoir envie ; et tu n'es pas non plus obligée de faire quoi que ce soit. Mais tu es en sécurité.»

La pendule récupérée dans la cuisine, les petites lumières vertes qui clignotaient sur mon radio-réveil, le lourd battement de métronome de l'horloge de mon grand-père dans l'entrée, tous étaient d'accord avec moi pour dire que cet après-midi s'étirait en longueur, interminable. Le temps, qui m'avait toujours semblé se précipiter auparavant, ralentissait à présent et se traînait péniblement.

Je fis couler à Finn un bon bain chaud, auquel j'ajoutai mon huile favorite. Elle entra dans la salle de bains, ferma la porte à clé ; je l'entendis se déshabiller et entrer dans la baignoire, mais elle réapparut dans les mêmes vêtements à peine cinq minutes plus tard. Je l'aidai à choisir des rideaux pour sa chambre : nous passâmes quelque temps agenouillées devant les piles de tissus que je tirais de sous mon lit où je les avais rangés, et elle me regarda dérouler des panneaux plissés sans dire un mot. Je finis donc par choisir quelque chose de gai, un tissu à motifs bordeaux, jaune et bleu marine, quoiqu'il fût beaucoup trop long pour la petite fenêtre de sa chambre. Malgré cela, je l'installai. Je la laissai dans sa chambre afin qu'elle puisse déballer ses affaires, en pensant qu'elle voulait peut-être rester seule quelques instants. Avant de quitter la pièce, je la vis fixer du regard sa valise ouverte dans laquelle des vêtements se trouvaient encore emballés. Quelques minutes plus tard, elle était descendue et se tenait sur le seuil de la porte de mon bureau où j'essayais de ranger des dossiers. Je l'emmenai faire un tour dans le jardin, avec le secret espoir de voir apparaître dans la terre négligée les premières pousses des bulbes que le propriétaire précédent m'avait assuré avoir plantés, mais nous ne trouvâmes rien d'autre que quelques malheureux perce-neige dans un pot ébréché.

Nous rentrâmes à l'intérieur. J'allumai un feu (fait en grande partie de briquettes allume-feu et de feuilles de journal roulées en boules) et Finn passa quelques instants dans l'unique fauteuil que je possédais, le regard figé sur les maigres flammes. Assise près d'elle sur le tapis, j'examinai les problèmes d'échecs proposés par les journaux, que j'avais conservés. Anatoly entra en faisant battre la porte de la chatière et s'avança dans le salon. Il vint frotter son museau humide contre mon genou, deux trois petits coups, puis s'allongea entre nous. Deux femmes et un chat devant un feu : c'était presque l'image d'un bonheur tranquille.

À ce moment-là Finn se mit à parler. Sa voix était basse, rauque.

« Je saigne. »

Je regardai son cou avec horreur, mais bien entendu ce n'était pas de ça qu'elle parlait. Elle fronçait les sourcils sous l'effet d'une espèce d'étonnement vide.

« Ce n'est rien, dis-je en me levant. J'ai un tas de tampons, serviettes hygiéniques et autres dans la salle de bains. J'aurais dû te le dire. Viens.

– Je saigne », répéta-t-elle, presque dans un murmure cette fois-ci. Je pris sa main fine et glacée et la fis se lever. Elle était plus petite que moi d'une dizaine de centimètres et elle avait l'air très jeune. Beaucoup trop jeune pour saigner.

« Ça, dit Elsie, c'est une épaule. » Elle plongea sa fine mouillette de pain dans le cœur liquide de l'œuf et l'aspira bruyamment. Il en coula un peu sur son menton, comme de la colle jaune. « Toi aussi tu as des épaules ? » Elle n'attendit pas la réponse ; c'était comme si le silence de Finn avait délié sa propre langue d'habitude moins agile. « On a eu des beignets de poulet aujourd'hui et Alexander Cassell – elle prononçait ça *Alexxonder* – en a mis dans sa poche et ils se sont *icrasés*. » Elle conclut cette remarque d'une exclamation satisfaite et suça à nouveau sa mouillette. « Fini. Tu veux voir mon dessin ? » Elle glissa de sa chaise. « C'est par là. Ma maman elle dit que je dessine mieux qu'elle. Tu crois que c'est vrai ? Ma couleur préférée c'est le rose et maman c'est le noir mais je déteste le noir sauf Anatoly et il est noir comme une panthère. Et toi, c'est quoi ta couleur préférée ? »

Elsie ne semblait pas se rendre compte que Finn ne répondait pas. Elle étala par terre le dessin qu'elle avait fait de sa maison, avec une porte d'entrée qui allait jusqu'au toit et deux fenêtres tordues, elle lui montra qu'elle savait faire la roue, en allant s'écraser contre les pieds du fauteuil, puis elle exigea que je mette une cassette vidéo et elles regardèrent ensemble *Les 101 Dalmatiens*, Finn dans le fauteuil et Elsie sur le tapis, le regard rivé sur l'écran rempli de chiots, aussi vacant chez Finn qu'il était avide chez Elsie. Quand j'emmenai Elsie prendre son bain (« Pourquoi il faut *toujours* que je prenne un bain ? »), Finn était toujours assise devant la télévision, le regard vide vissé à l'écran.

Je pensais que les soirées allaient être les moments les plus durs : de longs laps de temps à passer en tête à tête elle et moi, sans structure particulière, Finn se contentant de rester assise et d'attendre, mais d'attendre en vain, pour rien. Je repensai à la façon dont elle m'avait regardée. Je fouillai dans le congélateur : des *steak-and-kidney pies* de chez Marks & Spencer, du poulet à la Kiev de chez Sainsbury, un paquet de lasagnes (pour deux), une tarte au fromage et aux épinards (pour une personne). Je sortis les lasagnes et les mis à dégeler dans le micro-ondes. Il y avait peut-être aussi des petits pois congelés. Je me demandai où se trouvait Danny, avec qui, s'il était parti chercher le réconfort et le plaisir ailleurs, emportant sa rage dans un autre lit. Était-il en compagnie de quelqu'un d'autre à présent, tandis que je m'occupais d'une jeune invalide muette ? Était-il en train de poser ses mains rugueuses sur un autre corps accueillant ? L'espace d'une seconde, cette seule pensée me coupa le souffle. J'imagine qu'il dirait que je lui avais été infidèle, à ma façon. La présence de Finn, assise dans la pièce à côté, passive, représentait une sorte de trahison. J'aurais voulu qu'il soit près de moi à cet instant précis, et que ce soit pour lui que je faisais chauffer les lasagnes et les petits pois. Ensuite nous regarderions un film à la télévision et nous irions nous coucher tous les deux, nous presser l'un contre l'autre dans le noir. J'aurais aimé pouvoir bannir Finn, elle et la décision folle et hâtive que j'avais prise de l'accueillir, pour revenir en arrière deux jours plus tard.

« Et voilà. » J'apportai le plateau dans le salon, mais Finn n'y était pas. Je l'appelai de l'escalier, d'abord à voix basse, puis sur un ton plus impatient. Pas de réponse. Je finis par frapper à la porte de sa chambre et par l'ouvrir. Elle était allongée, tout habillée, sur son lit. Elle avait mis son pouce dans la bouche. Je pris le duvet pour la couvrir ; à ce geste, elle ouvrit les yeux. Elle me fixa quelques instants avant de tourner la tête vers le mur.

C'est ainsi que se passa le premier jour de Finn. Sauf que plus tard, dans la nuit, après que je fus moi-même allée me coucher, alors qu'il faisait tout à fait noir dehors, une nuit comme on n'en trouve qu'à la campagne, j'entendis un coup sourd qui provenait de la chambre de Finn. Puis un autre, plus fort. J'enfilai ma robe de chambre et j'avançai à l'aveuglette dans le couloir glacé. Elle était profondément endormie, les deux mains remontées sur le visage comme quelqu'un qui se cache d'un appareil photo indiscret. Je retournai jusqu'à mon lit bien chaud et n'entendis plus rien jusqu'au matin, à l'exception du ululement d'une chouette, des soupirs du vent, ces terribles bruits si bruts qu'on entend à la campagne.

10

La présence de Finn rafraîchit nettement l'atmosphère à la maison. Je l'apercevais toujours du coin de l'œil, avachie par ici, à traîner les pieds par là. Au cours de toutes les discussions que nous avions eues au sujet de sa sécurité ou de mon statut dans cet engagement, jamais il n'avait été question de ce qu'elle était censée faire chez moi, de la manière dont elle devait passer le temps d'heure en heure. Les premiers jours, elle se réveilla de bonne heure. J'entendais parfois le frottement de ses pieds nus sur les lattes du couloir. Au petit déjeuner, j'allais frapper à sa porte pour lui demander si elle voulait quelque chose. Elle ne répondait pas. Elle demeurait invisible jusqu'au moment où je revenais d'avoir conduit Elsie à l'école. Je la trouvais alors assise sur le canapé à regarder les programmes du matin à la télévision, les émissions de jeu, les talk-shows, les bulletins d'informations, les feuilletons australiens mièvres. Elle restait impassible, presque immobile, à part sa main qui n'arrêtait pas de traficoter le plâtre autour de son cou. Tripotis, tripotis, tripotis. Je lui apportais une tasse de café noir sans sucre qu'elle prenait en l'entourant de ses mains comme pour s'imprégner de sa chaleur. Ce geste entre nous était ce qui s'approchait le plus d'un contact humain de toute la journée. Je lui apportais des toasts, mais une demi-heure après elle n'y avait toujours pas touché, et le beurre s'était figé en une pellicule rigide sur les tranches.

Quand je croisais Finn, je lui parlais tranquillement de choses et d'autres, un peu comme on le ferait avec un patient plongé dans un coma profond, sans savoir si c'est à lui ou à soi-même qu'on s'adresse. Voilà du café. Attention à tes mains. Il fait beau. Pousse-toi un peu. Qu'est-ce que tu regardes ? Les questions occasionnelles survenaient par erreur et provoquaient des silences gênés. J'étais embarrassée et furieuse après moi d'éprouver ce sentiment. Je me trouvais en pleine déconfiture, aussi bien sur le plan professionnel que personnel. J'étais censée me trouver là dans mon domaine et je me comportais de façon absurde autant qu'inefficace. Mais c'était toute la situation en elle-même qui était un désastre, pas simplement la façon dont je m'en débrouillais. Admettre une jeune femme sévèrement traumatisée chez moi, l'installer dans mon propre contexte familial, ce contexte bancal, tout cela était contraire aux procédures les plus normales. Et Danny me manquait avec une force qui me surprenait.

Un après-midi, au troisième jour de la présence muette de Finn, je pris la voiture pour aller chercher Elsie. En chemin, je passai intérieurement en revue un certain nombre de projets. Quand j'entrai dans la classe d'Elsie, je la trouvai penchée sur un dessin presque aussi grand qu'elle. Elle avait les yeux rivés sur sa feuille avec une concentration féroce et appliquait quelques touches finales au crayon noir. Je m'agenouillai près d'elle pour regarder par-dessus son épaule. Je sentis l'odeur de sa peau douce, et ses cheveux duveteux me caressèrent la joue.

« Il est très joli, ton éléphant.

– C'est un cheval, me répondit-elle d'une voix ferme.

– Pourtant ça ressemble à un éléphant, protestai-je. Il a une trompe.

– Ça ressemble peut-être à un éléphant, mais c'est un cheval. »

Je n'allais pas m'avouer vaincue aussi facilement.

« Moi, je ressemble à une femme normale. Est-ce que je pourrais moi aussi être un cheval ? »

Elsie leva les yeux vers moi avec un intérêt renouvelé.

« Parce que tu en es un ? »

J'éprouvai des remords en songeant aux complications que j'infligeais à ce petit lutin courroucé aux cheveux de lin. Il me fallait faire quelque chose pour elle. Il fallait même que je le fasse maintenant. Tout de suite. Je jetai un coup d'œil autour de moi.

« Avec qui tu as joué, Elsie ?
– Avec personne.
– Allez, dis-le-moi, avec qui ?
– Avec Mungo.
– Et à part Mungo ?
– Avec personne d'autre.
– Donne-moi le nom d'un enfant avec qui tu as joué.
– Penelope. »
J'allai voir l'institutrice, Miss Karlin, l'incarnation parfaite
de l'enseignante idéale avec sa longue robe à fleurs, ses
lunettes cerclées de fer, et ses cheveux attachés avec soin, et
je lui demandai de me désigner Penelope. Elle me répondit
qu'elle ne connaissait aucun élève de ce nom dans la classe,
ni même dans l'école tout entière. Dans ce cas, lui était-il
possible de me montrer un élève avec qui Elsie aurait joué,
auprès de qui elle se serait trouvée ne serait-ce que deux
minutes ? Miss Karlin me désigna du doigt une petite fille
châtain nommée Kirsty. Je me faufilai alors dans un coin de
la classe à la manière d'un détective privé, et, quand une
femme s'approcha de Kirsty pour essayer de lui enfiler un
petit duffle-coat, je l'abordai.
« Bonjour, lançai-je sans plus de préambules. Je suis ravie
d'apprendre que Kirsty et Elsie – c'est ma fille, celle qui est
accroupie là-bas – sont devenues de si bonnes amies.
– Ah oui ? Je n'étais pas...
– Il faut que Kirsty vienne jouer avec Elsie à la maison.
– Euh, peut-être...
– Et pourquoi pas demain ?
– Mais Kirsty n'a pas vraiment l'habitude...
– Tout ira bien. Miss Karlin m'a dit qu'elles étaient absolument inséparables. Linda viendra les chercher et je
reconduirai Kirsty. Vous voulez bien me laisser votre
adresse ? À moins que vous ne préfériez venir la chercher ? »
Et voilà, j'avais réglé le problème d'Elsie. Le reste de la
journée ne se passa pas au mieux. Après notre retour à la
maison, je tentai d'éloigner le plus possible Elsie de la présence de Finn. Nous mangeâmes en tête à tête toutes les
deux, puis j'emmenai Elsie dans sa chambre. Elle prit un
bain, et je restai assise sur son lit pour lui lire des histoires.

« Elle est là, Fing ?
– Finn.
– Fing.
– Finn.
– Fing.
– Fin-n-n-n-n-n.
– Fing-ng-ng-ng. »
Je laissai tomber.
« Oui.
– Où elle est ?
– Je crois qu'elle dort, mentis-je.
– Pourquoi ?
– Elle est fatiguée.
– Elle est malade ?
– Non, elle a juste besoin de repos. »
Cette réponse l'occupa suffisamment longtemps pour me permettre de passer à autre chose.

Le lendemain matin, j'essayai de me retirer dans mon bureau et de m'installer devant l'écran de mon ordinateur. Cette nouvelle tentative s'avéra aussi piteuse que les précédentes. Je fis un double clic sur le logiciel d'échecs, en me disant qu'au train où allaient les choses je pouvais bien me faire une petite partie. Après une ouverture au roi, le programme m'entraîna dans une version compliquée de la « défense sicilienne ». Sans beaucoup réfléchir, je déployai mes pions dans une position favorable, puis je simplifiai la configuration de l'échiquier au moyen d'une suite de déplacements. L'ordinateur perdait, mais il me fallut une longue série de manœuvres compliquées pour damer un pion. C'était bien fait pour la machine, et j'y avais passé une heure entière. Bon sang de bonsoir. Il était temps de me mettre au travail.

Je sortis de ma poche une carte de visite professionnelle et la fis glisser entre les interstices de mon clavier. Je réussis à faire sortir une quantité impressionnante de poussière, de poils de chat et de cheveux qui s'étaient retrouvés coincés sous les touches, de sorte que je décidai d'attaquer le problème de manière systématique. Je fis passer la carte entre la rangée des nombres et la rangée AZERTY, puis entre les rangées AZERTY et QSDFG, et enfin entre les rangées QSDFG et WXCVB. Au bout du compte, je me retrouvai avec un petit monticule crasseux qui aurait pu servir d'oreiller à une souris. Je soufflai dessus un grand coup et il alla disparaître derrière mon bureau. L'idée même d'accomplir le moindre travail était absurde. Je déteste les araignées. C'est une aversion ridicule, parce que je sais que ce sont des insectes fascinants, et j'en passe, mais je ne peux pas les supporter. Il me semblait en avoir aperçu une dans la pièce, et l'avoir vue se carapater dans un coin. Je savais qu'elle se trouvait quelque part et je n'arrivais pas à penser à autre chose. Finn était dans la maison et j'avais l'impression qu'elle me tournait en rond dans la tête. Je regardai la carte de visite dont les coins étaient à présent sales et cornés. C'était la carte que Michael Daley m'avait laissée. Je composai son numéro professionnel. Il n'était pas joignable, et je laissai mon nom. Moins d'une minute plus tard, il me rappela.

« Comment va-t-elle ? » me demanda-t-il immédiatement.

Je lui décrivis le comportement de Finn et exprimai les doutes que je nourrissais quant à la tournure que prenaient les événements. Mon intervention fut suivie d'un long silence.

« Vous êtes toujours là ?

– Oui. » Daley commença à dire quelque chose, puis il s'interrompit. « Je ne sais vraiment pas quoi dire. À mon avis, on vous a mise dans une situation impossible. Et je m'inquiète aussi pour Finn. Laissez-moi y réfléchir.

– Pour être franche, Michael, tout ça a l'air d'une farce. Je ne crois pas que ça arrange qui que ce soit.

– Vous avez sans doute raison. Il faudrait que nous parlions.

– Mais c'est bien ce que nous sommes en train de faire.

– Pardon, c'est vrai. Je peux venir la voir ?

– Quand ?

– Tout de suite.

– Vous n'êtes pas en consultation ?

– J'ai terminé, et j'ai une heure devant moi.

– Alors c'est parfait. Eh bien, un médecin qui accepte de

faire des visites à domicile ! Vous mériteriez qu'on vous empaille pour la postérité. »

Daley arriva à peine un quart d'heure plus tard. Il était en tenue de travail, c'est-à-dire qu'il portait un costume sombre, une cravate de couleur vive, et un parka. Il s'était rasé et peigné les cheveux, mais tout cela lui conférait une apparence à la fois incongrue et agréable. Il avait l'air inquiet, voire perturbé.

« Est-ce que je peux la voir ?

– Bien sûr, elle est devant la télévision. Prenez tout votre temps. Vous voulez quelque chose à boire, un thé ?

– Plus tard. Accordez-moi quelques minutes. J'aimerais pouvoir l'examiner. »

Daley disparut dans le salon et ferma la porte. Je ramassai un journal et j'attendis. Après un certain laps de temps il réapparut, l'air toujours aussi préoccupé. Il vint me trouver dans la cuisine.

« Je boirais bien ce thé que vous m'avez promis à présent. » Il se passa la main dans les cheveux.

Je remplis la bouilloire électrique avant de la brancher.

« Alors ?

– Elle ne m'a rien dit à moi non plus. Je l'ai bien regardée. Physiquement, elle est en bonne santé. Mais ça vous le savez déjà.

– Ce n'est pas la question, il me semble.

– Non. »

En attendant que l'eau bouille, je déplaçai les tasses, dénichai des sachets de thé et tripotai des cuillères dans un tintement métallique.

« Une bouilloire qu'on surveille met environ trois minutes à bouillir », remarquai-je.

Michael ne répondit pas. Je finis par déposer deux tasses de thé devant lui et j'allai m'asseoir en face.

« Je ne peux pas vous prêter mon entière attention très longtemps, annonçai-je. Linda va arriver d'une minute à l'autre avec Elsie et sa nouvelle amie, ou du moins son ersatz d'amie.

– De toute façon il faut que j'y aille. Écoutez, Sam, je suis désolé qu'on vous ait mis ça sur les bras. Cette situation ne mène nulle part. Et ce n'est pas votre faute. Ne prenez aucune initiative. Laissez-moi un jour ou deux : je vais appeler Baird et nous allons vous débarrasser d'elle.

– Ce n'est pas ce que je voulais dire, répliquai-je, mal à l'aise. Le problème n'est pas de me débarrasser de qui que ce soit.

– Non, bien sûr que non. Je vous parle en tant que médecin. Je ne crois pas que ce lui soit très profitable. En plus, ce qui n'arrange rien, ça ne vous aide pas beaucoup non plus. Je vous passerai un coup de fil demain après-midi et je vous ferai savoir ce que nous avons décidé. »

Il posa le menton dans une main et me sourit. « D'accord ?

– Je suis désolée que les choses se passent ainsi. Je déteste me sentir incapable de faire quelque chose, mais cette histoire... » Je haussai les épaules.

« Ne vous en faites pas », rétorqua-t-il.

L'entrée de Kirsty dans la maison ne se fit pas sous les meilleurs auspices. Elsie me passa droit devant en courant. Linda apparut ensuite, tenant à la main une petite fille à la mine renfrognée.

« Bonjour, Kirsty, commençai-je.

– Je veux ma maman.

– Est-ce que tu veux une pomme ?

– Non... Je veux rentrer chez moi. » Elle se mit à pleurer de vraies grosses larmes qui coulaient sur ses joues rouges.

Je la pris dans mes bras et l'emmenai dans le salon. Finn n'y était pas, Dieu merci. Sans lâcher Kirsty que je portai toujours de mon bras gauche, je tirai une boîte de jouets de derrière le canapé et criai à Linda de faire descendre Elsie, par la force s'il le fallait. Il y avait là des poupées sans habits et des habits sans poupées.

« Et si tu habillais les poupées, Kirsty ? proposai-je.

– Non. »

Une Elsie tout aussi butée entra dans la pièce, tirée par Linda.

« Elsie, tu ne voudrais pas aider Kirsty à habiller les poupées ?

– Non. »

Le téléphone sonna dans l'entrée.

« Réponds, Linda, s'il te plaît. Tu les aimes bien, tes poupées, Elsie, non ? Pourquoi tu ne les montrerais pas à Kirsty ?

– J'ai pas envie.

– Mais merde à la fin, vous êtes censées être copines, non ? »

Elles étaient toutes les deux en pleurs quand Linda réapparut dans la pièce.

« C'est une certaine Thelma qui veut vous parler, annonça-t-elle.

– Zut ! dis-lui de... et puis non, il vaudrait mieux que je la prenne dans mon bureau. Fais en sorte que personne ne quitte cette pièce. »

Thelma appelait pour savoir comment se déroulaient les événements et je lui décrivis la situation le plus rapidement possible. Malgré cela, il s'écoula plus de vingt minutes avant que je puisse raccrocher. Quand je quittai mon bureau, je m'attendais à devoir affronter des hurlements, du sang sur les murs, des poursuites judiciaires lancées par la mère de Kirsty et une enquête des services sociaux de l'Essex, le tout culminant par mon renvoi de Stamford. Au lieu de cela, le premier son qui me parvint fut un minuscule rire cristallin. Je me dis que Linda devait avoir l'étoffe d'une fée, mais en arrivant dans le couloir je la trouvais debout à côté de la porte entrouverte du salon.

« Qu'est-ce... ? » commençai-je, mais elle me fit signe de me taire et d'avancer, un sourire aux lèvres.

Je m'approchai sur la pointe des pieds et jetai un œil dans la pièce. Il y eut un cri de joie qui se transforma en une cascade de rires.

« Où il est passé ?

– Je ne sais pas. »

À qui était cette voix ? Était-il possible que... ?

« Si tu sais, si tu sais, insistèrent deux petites voix.

– Oh, oh ! je crois qu'il est peut-être dans l'oreille de Kirsty. Et si on regardait ? Eh oui, le voilà. »

Ce qui fut suivi de deux nouveaux petits cris de joie.

« Encore, Fing, encore. »
Elsie et Kirsty étaient agenouillées sur le tapis. Très lentement je passai la tête dans l'entrebâillement de la porte. Finn était assise en face d'elles. Elle tenait entre le pouce et l'index de sa main gauche une petite balle jaune trouvée dans la boîte à jouets.

« Je ne suis pas sûre d'y arriver une fois encore », dit-elle en se frottant doucement les mains, faisant passer la balle de l'une à l'autre. Elle avança la main gauche. « Vous pouvez souffler ? »

Le front plissé et les joues gonflées, Elsie et Kirsty lui soufflèrent sur la main.

« Et il faut dire le mot magique.

– Abracadabra. »

Finn ouvrit la main gauche. La balle avait disparu, bien évidemment. C'était un très mauvais tour de magie mais les deux petites filles en restèrent bouche bée d'étonnement, avant de pousser un cri et d'éclater de rire. Aucune des trois ne me vit me retirer dans le couloir.

« N'allons pas les interrompre », murmurai-je, et nous nous éloignâmes sur la pointe des pieds.

« Je n'en reviens pas. » La mère de Kirsty attendait sa fille sur le pas de la porte. « Je n'ai jamais vu Kirsty aussi à l'aise chez quelqu'un.

– Oh ! ce n'est rien de bien extraordinaire, rétorquai-je, pleine de modestie. Nous avons seulement tenté de la mettre à l'aise.

– Je me demande comment vous vous y êtes prise. Allez, viens, Kirsty. Au revoir. Elsie, ça te dirait de venir jouer chez Kirsty un de ces jours ?

– Je veux pas m'en aller, pleurnicha à nouveau Kirsty. Je veux rester avec Fing.

– De qui parles-tu ? » La mère de Kirsty m'adressa un regard interrogateur. « C'est vous qu'elle appelle comme ça ?

– Non, admis-je. Il s'agit de Fiona – une jeune fille qui demeure chez moi en ce moment.

– Je veux pas m'en aller ! » hurla Kirsty.

Sa mère la prit dans ses bras et se dirigea vers sa voiture.

Je fermai la porte derrière elles. Les cris s'éloignèrent dans la nuit. Il y eut un claquement de portière et le silence se fit. Je m'agenouillai tout près d'Elsie.

« Ça t'a plu ? » lui demandai-je tout bas à l'oreille. Elle hocha la tête. Elle rayonnait.

« Bien, repris-je. Alors maintenant tu vas monter à toute vitesse te déshabiller. Je te rejoins dans une minute et tu prendras ton bain.

– Elle peut venir, Fing ? Elle peut me raconter une histoire ?

– Je vais voir ça. Allez, ouste. »

Je la regardai s'éloigner de dos, admirant ce petit corps robuste qui montait l'escalier. Puis je fis demi-tour et pénétrai dans le salon. La télévision était allumée ; assise sur le canapé, Finn regardait l'écran. Je m'installai à côté d'elle et elle ne fit pas le moindre geste pour signifier qu'elle avait remarqué ma présence. Je fixai le poste pour tenter de deviner quel programme elle regardait. Tout à coup je sentis sa main se poser sur la mienne. Je tournai la tête et rencontrai son regard.

« J'ai été pénible, déclara-t-elle.

– Ce n'est pas grave.

– Elsie m'a fait un cadeau. »

Je ne pus m'empêcher de rire.

« Et qu'est-ce que ça peut bien être ?

– Regardez. » Finn avança un poing fermé. Elle ouvrit lentement les doigts et je vis apparaître, perché bien droit sur la paume de sa main, un des oiseaux de Danny.

Cette nuit-là, j'appelai Danny. J'essayai à dix heures, à onze heures, puis à minuit. Quand il décrocha à ce troisième essai, il avait la voix épaisse, comme si je l'avais réveillé.

« Tu m'as manqué », avouai-je.

Il émit un grognement.

« Je n'ai pas arrêté de penser à toi, poursuivis-je. Et tu avais raison. Je suis désolée.

– Ah ! Sammy. Toi aussi tu m'as manqué. C'est à croire que je n'arrive pas à te sortir de ma tête.

– Quand est-ce que tu viens ? »

– Je suis en train de refaire une cuisine chez un couple qui a l'air de penser que dormir est un luxe et que le week-end ça n'existe pas. Laisse-moi une semaine et j'arrive.

– Tu crois que je peux tenir une semaine ?

– Mais quand je serai là, il va falloir qu'on parle.

– Je sais.

– Tu es impossible, mais je t'aime. »

Je ne répondis pas. Quelques instants plus tard, il reprit d'une voix sombre : « Ça t'est si difficile à dire ? »

11

Debout côte à côte devant le miroir en pied de ma chambre, nous avions l'air de deux sorcières prêtes à se rendre au sabbat. J'avais revêtu une longue jupe noire qui me descendait au-dessous du genou, une chemise de soie sauvage noire, une veste noire et, surprise de l'éclat flamboyant de mes cheveux roux qui ressortaient davantage encore sur ce sombre accoutrement, j'avais même mis un chapeau cloche noir. Finn portait son polo noir et je lui avais prêté une robe-tunique floue couleur charbon à mettre par-dessus. Elle lui arrivait aux mollets mais lui donnait pourtant l'air touchant et gracile, drapée dans les plis couleur encre. Sa chevelure lisse et lustrée m'arrivait à peine à l'épaule ; sous sa frange son visage paraissait pâle et ses lèvres un peu enflées. Soudain, sans jamais quitter des yeux son reflet dans la glace, elle émit un petit ricanement déconcertant ; une hanche osseuse affleura sous la tunique qui l'enveloppait. Si nous nous étions trouvées dans d'autres circonstances, j'aurais peut-être ri moi aussi et offert un commentaire ironique ou moqueur. Dans la situation présente, je gardai le silence. Qu'y avait-il à dire de toute façon ?

Hors champ, à l'exception d'un petit genou bien rond, Elsie était assise sur mon lit. Elle manquait l'école sous le pré-texte d'un rhume qui consistait apparemment en un renifle-ment théâtral dispensé toutes les vingt minutes. Si je m'étais retournée – ce que je me retenais de faire parce qu'il me sem-blait qu'un drame subtil se jouait pour Finn devant le miroir –, je l'aurais vue assise, les jambes ramassées sous les fesses, occupée à se draper dans les longs colliers de pacotille en perles rondes qu'elle pêchait à pleines poignées dans une boîte. En l'état, je l'entendais simplement murmurer : « Oh ! mais ça alors, c'est joli, je suis tellement fière de toi. Une vraie petite princesse. »

Dehors, il pleuvait. Quand il pleut, la campagne est encore plus détrempée que la ville. C'est à cause de toutes ces feuilles et de ces brins d'herbe qui retiennent d'autant plus l'eau. Et il en restait encore beaucoup en suspens dans l'air, comme si les marécages et la boue étaient déjà si imprégnés qu'il leur était impossible d'absorber la moindre humidité supplémentaire. C'était mon petit coin d'Angleterre, un petit coin indécis, incapable de choisir entre la mer et la terre. Un puissant bruit de moteur suivi du craquement mouillé du gravier signala l'arrivée d'une voiture.

« C'est Danny », soufflai-je. Elsie se laissa glisser à bas du lit, que je n'avais pas fait, entraînant avec elle un duvet chiffonné ; des rangées superposées de verroterie colorée rebondissaient autour de son cou et une couronne de plastique rose s'échappa de ses cheveux en bataille tandis qu'elle se dirigeait vers l'escalier.

« Tu es sûre que c'est bien ce que tu veux ? » demandai-je une nouvelle fois à Finn. Elle acquiesça.

« Et tu es sûre de vouloir que je t'y accompagne ? Je ne pourrai pas m'asseoir près de toi, tu sais.

– Oui. »

J'étais moins convaincue que ce soit une bonne idée. Je sais que les funérailles nous aident à prendre conscience du fait que ceux que nous aimons sont morts et qu'ils ne reviendront pas ; je sais que c'est le moment de faire ses adieux à quelqu'un et de commencer son deuil. Je suis déjà allée à des funérailles – enfin, à un enterrement en particulier – où ça s'est avéré, où j'ai senti commencer à fondre en moi l'énorme bloc de glace du chagrin. Les mots familiers vous touchent, c'est vrai. Les visages autour de vous, ravagés par la même expression de douleur, vous introduisent dans une communauté de chagrin. En même temps, la musique, les sanglots retenus dans votre poitrine, le spectacle de cette longue boîte et la connaissance de ce qu'elle renferme s'emmêlent et se déversent en un chagrin qui marque le début du dégel.

Mais à cet enterrement-là, elle allait devoir affronter les regards insistants de policiers, de journalistes, de photographes et de curieux braqués sur elle. Il lui faudrait retrouver tous les gens dont elle s'était cachée depuis le jour où elle avait perdu ses parents. Nous y serions escortées par des agents en civil qui la protégeraient durant toute la cérémonie, jouant les gardes du corps auprès d'une jeune fille encore en danger. Les gens disent trop facilement qu'il faut se montrer fort face à une perte et prendre sur soi. Finn me semblait avoir plus besoin de protection que de se retrouver face à elle-même. L'évitement est une stratégie de défense courante et dangereuse chez les gens qui souffrent de dépression post-traumatique, et c'est sans conteste la stratégie qu'elle avait adoptée. Mais retrouver des habitudes sûres et apaisantes peut aussi se révéler la meilleure façon pour eux de commencer le travail de guérison.

« C'est à toi de décider, repris-je. Si tu veux y aller, dis-le-moi. D'accord ?

– Je voudrais juste... »

Elle n'acheva pas sa phrase.

« Dans ce cas, viens, je vais te présenter Danny. »

Elle me lança un regard implorant.

« Il ne va pas te mordre. Du moins, pas méchamment. »

Je pris Finn par la main et l'entraînai hors de la chambre. Plus tard, Danny rit en évoquant sa première rencontre avec Finn, ce tableau que nous formions elle et moi dans l'escalier, deux figures mélodramatiques vêtues de noir. Mais au moment où il nous entendit descendre, il se contenta de lever la tête dans notre direction sans sourire, laissant glisser ses cheveux sur les épaules. De même, Finn ne sourit pas, mais elle ne montra pas non plus la moindre hésitation. Elle me lâcha la main et nous nous approchâmes toutes les deux – le claquement métallique de mes chaussures de cuir à boucles suivant le glissement feutré de ses escarpins. Elle s'arrêta devant lui, minuscule devant sa forte carrure, et leva les yeux. Ni l'un ni l'autre ne souriaient.

« Je me présente, je suis Finn », murmura-t-elle d'une voix sourde qui s'élevait derrière l'écran soyeux de ses cheveux.

Danny accueillit cela d'un signe de tête. Il lui tendit la main mais, au lieu de la lui serrer, elle posa ses doigts fins contre sa paume, comme un petit enfant qui décide de faire confiance à quelqu'un. Ce n'est qu'à ce moment-là que Danny détourna les yeux et vint chercher mon regard, derrière Finn.

« Salut, Sammy, lança-t-il d'une voix nonchalante, comme s'il ne s'était absenté qu'une heure au lieu de presque deux semaines. Tu sais à quoi tu ressembles ?

– Je parie que tu vas me le dire.

– Oui, tout à l'heure. »

Elsie surgit de la cuisine.

« Il y a un monsieur qui s'appelle Mike.

– Il est temps que nous y allions, Finn. »

Danny pencha la tête et m'embrassa sur les lèvres. Je posai le plat de la main contre sa joue et il s'y appuya un bref instant, tandis que nous échangions un sourire. Je humai le parfum de sa peau. Puis Finn et moi sortîmes sous la pluie. Daley descendit de sa voiture. Il portait un costume froissé bleu nuit à larges revers. Il faisait plus penser à un musicien de jazz un peu éméché qu'à quelqu'un qui se rend à un enterrement. Tout à coup, Finn s'arrêta, un pied dans la voiture.

« Non. »

Je lui posai une main sur le dos.

« Finn ? »

Daley fit un pas dans sa direction.

« Dépêchez-vous, Finn. Nous allons être... »

Je l'interrompis.

« Tu n'es absolument pas obligée d'y aller.

– Allez-y, vous, déclara-t-elle brusquement. Vous et Michael, vous me représenterez.

– Finn, il me semble que tu devrais y aller. Ce n'est pas votre avis, Sam ? intervint Daley. Il faut que tu voies du monde.

– S'il vous plaît, Sam, implora-t-elle. S'il vous plaît, vous voulez bien y aller pour moi ? »

Daley m'interrogea du regard.

« Vous ne pensez pas que ça lui ferait du bien d'y aller ? Elle ne peut pas continuer ainsi à ne voir personne. »

Une étincelle de panique s'alluma dans le regard de Finn. Je commençais à sentir la pluie pénétrer mes vêtements et je voulais quitter le gravier boueux et les trombes d'eau. Nous ne pouvions pas l'emmener de force.

95

« C'est à elle de décider de ce qu'elle veut faire », tranchai-je. Je fis un signe en direction du perron, d'où Danny et Elsie se précipitèrent pour apprendre les modifications de dernière minute. En partant, j'aperçus une dernière fois Finn qu'on reconduisait vers la maison, petite silhouette trempée et vacillante soutenue par Danny, tandis qu'Elsie trottinait derrière eux et que la pluie tombait sans discontinuer.

Pendant l'office, je restai silencieuse et immobile tandis que Daley, silencieux lui aussi, n'arrêtait pas de gigoter. Il passait les doigts dans sa chevelure soyeuse, se frottait le visage comme pour en faire disparaître les cernes noirs qui lui donnaient cet air si dissolu, et se balançait constamment d'un pied sur l'autre. Je finis par poser une main sur son bras pour le calmer.

« Vous avez besoin de vacances », murmurai-je. Il me gratifia d'un sourire en retour, rompant la tristesse grisâtre d'un éclair de ses dents blanches. Une vieille femme assise à côté de moi, un chapeau en forme de pâté en croûte fiché sur la tête, se lança dans un vibrato passionné quand vint le temps de chanter, et entonna en chevrotant : « Pain des ci-i-i-i-eu-eu-eu-eux ». Je me contentai d'articuler les mots tout en jetant un coup d'œil alentour. J'essayai de prendre la mesure du monde de Finn et de sa famille. À mes yeux, jusqu'à présent, Finn était terriblement isolée. Ces funérailles me semblaient irréelles. Je n'avais pas le moindre lien avec le couple assassiné, si ce n'était leur fille. Je savais à peine à quoi ils ressemblaient. La seule image que j'avais d'eux me venait de la photographie entrevue dans le journal, un cliché flou pris à un bal de charité où ils apparaissaient, lui solidement charpenté et elle très mince, tous deux souriant poliment à quelqu'un qu'on ne voyait pas, tandis que l'événement de leur mort affreuse les faisait entrer dans l'histoire locale. « Nour-r-r-r-is-moi que je n'ai-ai-ai-ai-aie plus faim. »

Il m'arrive de me demander si les gens peuvent sentir le parfum de la banlieue quand ils me voient, tout comme on dit d'un chien qu'il flaire la peur. Il me semble que j'arrive à sentir la richesse et la respectabilité à un kilomètre, et c'est cette odeur qui me frappait ici. De modestes jupes noires et des gants noirs bien coupés, des tailleurs de drap agrémentés d'une touche délicate, plus féminine, à l'encolure, des bas noirs, des chaussures basses sans fantaisie (mes boucles voyantes lançaient des éclairs dans l'air maussade de l'église victorienne), de petites boucles d'oreilles pendues à une multitude de lobes, un maquillage qu'on ne peut déceler mais dont on sait qu'il pare les visages de toutes les femmes mûres, un chagrin réservé et bienséant, une larme discrète ici et là, de modestes bouquets fort chers de fleurs printanières disposés sur les deux cercueils si nus couchés sur le catafalque. Il m'avait fallu un jour m'occuper de funérailles ; j'avais dû feuilleter les catalogues et apprendre le vocabulaire. Je passai d'un visage à l'autre. Sur un banc devant moi se trouvaient sept jeunes adolescentes. De ma place j'apercevais leurs charmants profils qui se superposaient comme ceux des anges sur les cartes dorées de Noël. Je remarquai qu'elles se tenaient les mains ou se donnaient des petits coups de coude, et de temps en temps elles penchaient la tête pour attraper les chuchotements murmurés ici ou là. Des camarades d'école de Finn, décidai-je, et je promis de les approcher plus tard. Sur le banc de l'autre côté de l'allée, une femme assez forte vêtue d'une robe noire moirée et coiffée d'un chapeau à larges bords sanglotait copieusement dans son mouchoir. Je reconnus immédiatement en elle la femme de ménage, celle qui avait découvert les corps. De tous les gens que j'observai ce jour-là, elle fut la seule à exprimer un chagrin brut, bruyant, sans dignité. Qu'allait-il lui arriver ?

Nous nous agenouillâmes en silence pour nous remémorer les chers disparus, dans les craquements d'une dizaine de genoux fatigués. Je me demandai ce que tous ces gens se rappelaient, quelle conversation, quelle dispute, quel incident minime venait agiter la surface implacable dont la mort avait recouvert la vie des Mackenzie. Ou alors, se souvenaient-ils d'avoir oublié d'éteindre le four, s'interrogeaient-ils sur la tenue qu'ils allaient porter au concert ce soir, à moins qu'ils ne s'inquiètent de savoir si des pellicules ne tombaient pas sur leurs épaules drapées de sombres tissus. Qui parmi eux avait été proche de Finn, qui étaient les vieux amis de la famille qui l'avaient connue depuis l'enfance, qui l'avaient vue souffrir, qui avaient suivi sa transformation en une charmante jeune femme et assisté à l'épanouissement du vilain petit canard devenu cygne gracieux ? Qui au contraire constituait les vagues connaissances, ceux qui se présentaient ici parce que le couple avait été assassiné et que la police et des journalistes se trouvaient à la porte de l'église ?

« Notre Père... » amorça le pasteur, et nous de poursuivre, obéissants, « Qui êtes aux cieux, Que Ton nom soit sanctifié... ». Et la femme de ménage, dont j'avais oublié le nom, continua de sangloter.

Ferrer, son nom m'était revenu. Elle resta en arrière alors que la foule commençait à remonter l'allée et je me frayai un chemin à contre-courant pour aller à sa rencontre. Elle était à peine visible, courbée en deux entre deux bancs d'église. Je m'approchai d'elle et vis qu'elle ramassait des objets tombés par terre pour les mettre dans son sac. Elle se mit à enfiler son manteau et le renversa à nouveau.

« Laissez-moi vous aider », proposai-je en me penchant pour aller récupérer à tâtons des clés, un porte-monnaie, des pièces et des petits bouts de papier pliés en quatre qui s'étaient échappés sous le banc. « Vous allez vous joindre à nous à côté ? » Je découvris son visage de plus près, la peau pâle, les yeux enflés d'avoir pleuré. « Dans la salle d'à côté ? »

Je sentis un petit coup dans mon dos. Je me tournai pour découvrir l'inspecteur Baird. Il me fit un signe de tête et un sourire, avant de se rappeler où il était et de reprendre un air grave.

« Vous venez donc de rencontrer Mrs. Ferrer, dit-il.

– Est-ce que quelqu'un s'est occupé de cette femme ? De l'aider ? demandai-je.

– Je ne sais pas. Je crois qu'elle repart pour l'Espagne d'ici à quelques jours.

– Comment vous sentez-vous ? » m'enquis-je auprès de la malheureuse. Elle ne me répondit pas.

« Ne craignez rien, articula Baird avec la lenteur tonitruante que les Anglais adoptent quand ils parlent à des étrangers. Je vous présente le docteur Laschen. Elle est méde-

cin. » Mrs. Ferrer le fixait d'un regard anxieux et affolé.
« Hum... oun doctoro, oun medico. »

Mrs. Ferrer ne me prêta aucune attention et débita un discours saccadé et incohérent à l'intention de Baird. Elle avait des affaires pour la petite. Où était-elle ? Elle rentrait chez elle et elle voulait rendre des choses à Miss Mackenzie. Lui dire au revoir. Il fallait qu'elle lui dise au revoir, elle ne pouvait pas s'en aller avant de l'avoir vue. Baird m'adressa un coup d'œil nerveux.

« Eh bien, Mrs. Ferrer, si vous voulez me faire passer quelques objets, je peux...» Il me regarda à nouveau et me fit signe de m'éloigner du menton. « Ne vous inquiétez pas, docteur. Je m'occupe d'elle. »

« Vous avez l'air de quelqu'un qui joue au bridge. Peutêtre pourriez-vous nous aider à résoudre un problème. »

Deux femmes – l'une avait le nez assez fort et une épaisse chevelure brune, l'autre, plus petite, avait soigneusement ramassé ses cheveux blancs sous un petit chapeau noir – me firent signe de m'approcher et de me joindre à leur conversation. À l'âge de treize ans environ, ma mère m'avait forcée à fréquenter un club de bridge pour y prendre des cours, dans le cadre d'une éducation complète visant à me permettre de m'élever dans la société. Je n'y étais pas restée plus de deux semaines, ce qui m'avait permis d'apprendre comment on comptait les points, mais c'était à peu près tout.

« Si j'ouvre à deux sans atout, qu'est-ce que ça signifie pour vous ?

– Les atouts, répliquai-je gravement. Ce sont les cartes noires ou les rouges ? »

Je les vis se décomposer et me retirai, une tasse de thé à la main, un sourire désolé aux lèvres. De l'autre côté de la pièce, j'aperçus Michael en pleine conversation avec un homme au crâne dégarni. Je me demandai qui avait arrangé tout cela, réservé la salle, préparé les sandwiches, loué le récipient à thé. Tout à coup, une réflexion accrocha mon attention.

« J'espérais bien voir Fiona, la pauvre petite. Est-ce que quelqu'un l'a vue ? »

Sans bouger, je fis semblant de boire à ma tasse vide.

« Non, répondit quelqu'un. Je ne crois pas. J'ai entendu dire qu'elle avait été envoyée à l'étranger pour se remettre. Je crois qu'ils avaient de la famille au Canada ou quelque chose comme ça.

– On m'a dit qu'elle était encore à l'hôpital, ou dans une maison de repos. Elle a failli mourir, vous savez. Pauvre chérie. Une enfant si douce, si confiante. Comment parviendra-t-elle à s'en remettre ?

– Monica affirme – la voix dans mon dos se changea en murmure théâtral, de sorte qu'elle me parvint avec encore plus de netteté – qu'elle a été, enfin, vous savez, violée.

– Oh non, quelle horreur. »

Je m'écartai du groupe, soulagée que Finn n'ait pas eu à subir cette épreuve. Le travail de deuil pouvait attendre. Baird était resté patiemment auprès de Mrs. Ferrer dans un coin, et je les vis se diriger vers la porte. Je croisai le regard de Mrs. Ferrer, qui s'approcha alors de moi, me prit la main, et marmonna ce qui me sembla être des remerciements. Je tentai de l'assurer que, si elle avait besoin de quoi que ce soit, je me chargerais de la satisfaire, et que j'allais me procurer son adresse auprès de Baird pour venir la voir. Elle me fit oui de la tête mais je n'étais pas certaine qu'elle ait compris. Cependant elle me lâcha la main et fit demi-tour.

« Comment va la femme de ménage ? » s'enquit une voix derrière moi. Michael Daley.

« N'êtes-vous pas son médecin ?

– Elle fait partie de ma clientèle. Je l'ai prise pour rendre service aux Mackenzie. » Daley tourna la tête et la regarda sortir de la pièce. Quand il reprit la parole, il avait le front plissé, songeur. « Sait-elle qui vous êtes ?

– Baird nous a présentées. Je ne crois pas qu'elle ait compris le lien qui existe entre Finn et moi.

– Qu'est-ce qu'elle voulait ?

– De l'aide, il me semble, et d'urgence. Elle voulait également remettre à Finn certaines de ses affaires. Et la voir, avant de repartir pour l'Espagne. »

Pensif, Daley sirota quelques gorgées de xérès.

« Ça me semble être une bonne idée, reprit-il. Je crois que ce serait bon pour Finn de voir quelqu'un qu'elle connaît.

– Je ne suis pas sûre que ce soit très prudent, mais d'un autre côté elle peut représenter une sorte de présence sécurisante.

– Effectivement », conclut-il.

Il y eut un silence, puis il esquissa un sourire. « Il y a une ou deux personnes à qui il faut que je fasse semblant de m'intéresser. Je viendrai vous chercher pour partir. »

Massées en un groupe compact dans un coin de la pièce se tenaient les jeunes filles que j'avais remarquées à l'église. Je me dirigeai vers elles et, après avoir attiré l'attention d'une des adolescentes, je m'introduisis dans leur cercle.

« Vous êtes sans doute des amies de Finn ? »

Une grande fille aux cheveux bruns coupés aux épaules et au nez insolent couvert de taches de rousseur tendit une main en me regardant d'un air suspicieux avant d'interroger ses amies des yeux. Qui étais-je ?

« Juste des amies d'école », répondit-elle.

J'avais souhaité glaner des informations au sujet de Finn par l'intermédiaire de gens qui l'avaient connue, mais à présent je me retrouvais à court d'inspiration.

« J'ai connu son père. Sur un plan professionnel. »

Elles accueillirent l'information par de petits hochements de tête dépourvus de curiosité. Elles attendaient que je continue.

« Est-ce que vous pourriez me parler de Finn, me décrire son caractère ? demandai-je.

– Son caractère ? » Cela venait d'une fille blonde aux cheveux courts et au nez fin. « Elle est sympa. » Elle regarda ses camarades, quêtant leur approbation. Les adolescentes hochèrent la tête.

« Elle *était* sympa, corrigea une autre fille. Je suis allée lui rendre visite à l'hôpital. On a refusé de me laisser l'approcher. C'était crétin, à mon avis.

– J'imagine...

– Vous êtes prête à y aller ? »

Je me retournai dans un sursaut pour me retrouver face à Michael. Il glissa une main sous mon bras et adressa un signe de tête aux jeunes filles. Elles lui répondirent d'un sourire auquel je n'avais pas eu droit.

Le parking de la petite église paroissiale de Monkeness se trouvait juste derrière la digue et nous nous y attardâmes quelques minutes. Je grignotai une part de gâteau aux noix que j'avais fauchée sur un plateau alors que nous sortions, tandis que Michael allumait une cigarette. Il lui fallut plusieurs allumettes pour y arriver, et il finit par s'accroupir derrière la paroi de la digue.

« Est-ce que Finn s'entendait bien avec ses parents ? »

Il haussa les épaules.

« Étaient-ils proches ? Est-ce qu'ils se disputaient souvent ? Il faut que vous m'aidiez, Michael. Je suis censée vivre avec cette gosse. »

Il tira une longue bouffée de cigarette et fit un geste d'impuissance.

« Je crois qu'ils étaient assez proches.

– Enfin, il y a bien dû y avoir des problèmes. Elle a été hospitalisée pour une dépression et une tendance à l'anorexie. Vous étiez son médecin.

– C'est vrai, répondit-il, le regard perdu vers les flots indistincts. Elle était adolescente, à l'époque. L'adolescence est une période difficile pour chacun de nous, alors... » Il haussa à nouveau les épaules et ne termina pas sa phrase.

« C'est une épreuve pour vous parce que vous, étiez ami avec ses parents ? »

Daley se retourna vers moi et me fixa de ses yeux fatigués.

« Ça m'est en effet très pénible parce que j'étais ami avec ses parents. La police vous a-t-elle expliqué ce qu'ils leur ont fait ?

– Vaguement. Je suis désolée. »

Nous montâmes dans la voiture, puis nous quittâmes le parking. La campagne paraissait grise, broussailleuse, monotone. Je savais que c'était à cause de mon humeur. J'avais assisté à des funérailles et je ne ressentais aucun chagrin. Mes pensées s'étaient emballées, sans résultat. Je regardai par la fenêtre. Une ville de roseaux.

« Je ne suis pas ce qu'il faut pour Finn, murmurai-je. Et je ne suis pas particulièrement fière de ce que j'ai fait aujourd'hui. »

Michael se tourna vers moi.

« Et pourquoi donc ?

– Je crois que Finn voulait me faire comprendre quelque chose en me demandant de la représenter aux funérailles de ses parents, et je n'ai fait que fourrer mon nez partout pour tenter de découvrir qui elle était. »

Michael eut l'air surpris.

« Pourquoi avoir fait une chose pareille ?

– Il m'est impossible de me faire une idée d'un patient dans un vide référentiel. Il me faut un contexte.

– Et qu'avez-vous appris ?

– Rien que je ne sache déjà : que la connaissance que nous avons même de nos amis les plus proches et de notre famille reste toujours étrangement vague. " Sympa. " J'ai appris que Finn était " sympa ". »

Il posa une main sur mon bras, l'enleva pour changer de vitesse avant de l'y reposer à nouveau.

« Vous auriez dû m'en parler. Si ça vous dit, je pourrai vous présenter à des gens qui ont bien connu la famille.

– Ce serait une bonne idée. »

Il me regarda et m'adressa un petit sourire narquois.

« Je serai votre billet d'entrée pour la bonne société rurale.

– Ils ne voudront pas de moi. Je suis très classe moyenne. »

Il rit.

« Je suis sûr qu'ils feront une exception dans votre cas. »

12

« Elle me considère comme un fainéant. Pourquoi veux-tu que je sois poli avec elle ?
– Mais tu es un fainéant. Débrouille-toi simplement pour ne pas te montrer tout à fait odieux. Ou alors tu peux aller faire une longue balade et cesser de me tourner dans les pattes. »

Danny m'entoura la taille de ses bras alors que j'étais penchée sur l'évier et me mordilla l'épaule.

« J'ai faim et je n'ai pas envie de sortir.
– Tu vois bien que je fais la vaisselle », répondis-je, agacée.

Danny me portait sur les nerfs aujourd'hui, tout comme hier. Après le retour des funérailles, nous en avions longtemps parlé à Finn, et Michael Daley était resté prendre un verre. Danny n'avait cessé de lui envoyer des regards de travers, comme si lui et moi avions passé la journée dans un lit et pas à un enterrement. Michael s'était lui aussi montré nerveux en présence de Danny. Ensuite, après avoir mis Elsie au lit, Danny et moi connûmes des retrouvailles passionnées. Malgré cela, les deux jours suivants ne s'étaient pas très bien passés. Il avait traîné comme à son habitude, il s'était levé tard, avait engouffré d'énormes petits déjeuners tandis que Sally faisait le ménage autour de lui, il était allé se coucher au petit matin pour me réveiller en m'attirant à lui, l'haleine empestée de bière, et tout cela m'avait irritée. Il n'avait fait aucun effort pour Finn, sans se montrer réellement grossier pour autant, ce qui m'avait également énervée. Il avait laissé ses assiettes sales dans l'évier, entassé son linge sale dans un coin de ma chambre, presque vidé le frigo sans rien remplacer, mais de me sentir m'agacer de tout cela m'irritait également, et je me reprochais d'être si chochotte. Pouvais-je en vouloir à Danny d'être ce qu'il était ? « Tu ne pourrais pas mettre la table, enfin me donner un coup de main, quoi ! marmonnai-je.

— Mettre la table. Elle n'a qu'à chercher elle-même sa fourchette dans le tiroir. Elle ne sera pas là avant au moins un quart d'heure. Tu ne veux pas monter ? » À présent il avait glissé ses mains sous ma chemise.

Je repoussai ses bras pressants de mes mains pleines de savon.

« Elsie et Finn sont à côté.

— Elles n'ont pas fini leur puzzle.

— C'est agréable de l'avoir parmi nous, non ? »

Danny me lâcha et alla s'asseoir lourdement à table.

« Vraiment ? grommela-t-il.

— Qu'est-ce que tu trouves à y redire ?

— Oh, pour l'amour du ciel ! » Son bras dessina un grand cercle dans l'air. « Je n'ai pas envie de discuter de ta patiente. »

Je sortis cinq fourchettes du panier en plastique rangé à côté de l'évier et les lâchai bruyamment sur l'assiette posée devant lui.

« La quiche est dans le frigo. Mets-la au four. Il y a de la glace dans le congélateur. Je crois que tu es jaloux d'elle.

— Et pourquoi je serais jaloux ? » Maintenant Danny avait croisé les bras sur sa poitrine et me regardait droit dans les yeux.

« Parce que je l'aime bien et Elsie aussi et parce que tu n'as plus tant l'impression d'être le roi au château quand tu daignes venir nous rendre visite ici à la cambrousse, voilà pourquoi.

— Et tu sais ce que je crois, moi ? Je crois que tu as arrêté de séparer la maison et le travail. Et du coup ça complique tout. Et pendant que tu y es, pense aussi un peu à ça : déjà je dois me battre avec un mort pour gagner ton amour, et maintenant avec une gamine invalide. Comment veux-tu que je m'en sorte ? »

Plusieurs coups sonores nous parvinrent de la porte d'entrée. Pour une fois je remerciai intérieurement Roberta d'être arrivée en avance.

105

Je suis parfois injuste à l'égard de Roberta, parce que j'ai peur des sentiments emmêlés et contradictoires que j'ai toujours entretenus à son égard. Je ne veux pas savoir si elle est malheureuse. Quand nous étions enfants, on disait que Roberta était jolie et moi intelligente. On ne lui a jamais laissé la moindre chance. C'était elle qui portait des robes roses et, sur les étagères de sa chambre, s'alignaient des rangées de poupées. Moi, je portais des pantalons (même si, à mon grand énervement, c'étaient des fuseaux sans poches avec un élastique sous le pied) et je lisais des livres sous mes couvertures à la lumière d'une lampe de poche. Elle peignait ses ongles manucurés de vernis nacré (moi, je les rongeais), arborait de jolis chemisiers et s'épilait les sourcils. Quand sa poitrine commença à poindre, maman et elle firent une excursion spéciale dans un grand magasin pour lui acheter de charmants petits soutiens-gorge avec des culottes assorties. Quand elle eut ses premières règles, ses serviettes hygiéniques et ses taches de sang furent enrobées d'un parfum de mystère et de prestige. Petite, elle manquait d'assurance, et elle entra peu à peu dans la féminité avec bravoure et crainte, comme s'il s'agissait là de sa terrible vocation.

Alors que, jeune interne en médecine, je passais mes weekends à assurer mon service de soixante-douze heures à l'hôpital de Sussex, sur la rivière, elle était mère et vivait à Chigwell, et, tandis que j'entrais dans l'âge mûr plus maigre et les joues moins roses, elle y arrivait plus ronde et plus lasse. Son mari la surnommait « Bobsie » et m'avait avoué un jour que ma sœur faisait les meilleurs scones de l'Essex. Mais elle, à quoi pensait-elle en me regardant ? Voyait-elle en moi un médecin de renom ou une mère famélique affublée d'un petit copain occasionnel et vulgaire, mal coiffée avec ses cheveux rouges, même pas capable de préparer une quiche quand sa sœur vient manger chez elle ?

« Et tu apprécies ton séjour auprès de Sam, Fiona ?
– C'est sympa. »

Finn avait à peine touché à son assiette. On dit qu'un anorexique ne se réforme jamais, comme les alcooliques et les fumeurs. Elle avait passé le repas assise, un petit sourire anxieux aux lèvres, tandis que Danny, avachi sur sa chaise, tentait quelques paroles charmeuses, que je promenais une mine boudeuse, et que Bobbie lançait des remarques enjouées pour dire que nous devrions tous nous voir plus souvent.

« Tu aimes la campagne, ou préfères-tu la ville ? » À force de vouloir jouer les bonnes maîtresses de maison, soucieuse que tout se passe bien, Bobbie donnait l'impression de parler à une gamine de six ans.

« Je ne sais pas...

– Tata. » Elsie avait insisté pour s'asseoir si près de Roberta qu'elle était pratiquement fourrée sur ses genoux. Ses petits coudes acérés aiguillonnaient ma sœur à chaque fois qu'elle amenait une pleine cuillerée de glace au chocolat jusqu'à sa bouche barbouillée et avide.

« Oui, Elsie ?

– Tu sais ce que je ferai quand je serai grande ? »

C'était le genre de conversations avec lesquelles Bobbie était à l'aise. Elle se détourna des trois adultes qui lui faisaient face.

« Voyons voir. Tu veux être docteur comme maman ?

– Nan-an-an-an.

– Euh, infirmière ?

– Nan.

– Ballerine ?

– Nan. Tu donnes ta langue au chat ? Je veux être une *maman*, comme toi.

– Oh ! ma chérie, c'est très gentil, ça. »

Danny esquissa un sourire narquois et se servit une nouvelle boule de glace, qu'il aspira bruyamment. Je lui jetai un regard furieux.

« Tu es son modèle, Roberta », dit-il.

Bobbie sourit d'un air incertain. Nous sommes en train de nous moquer d'elle, pensai-je.

« Je vais débarrasser, proposa-t-elle en empilant les assiettes dans un discret fracas.

– Je m'occupe du café, acquiesçai-je, et ensuite peut-être que nous pourrions aller nous promener.

– Pas moi, intervint Danny. Moi, je crois que je vais rester traîner à l'intérieur. C'est la seule chose que j'aime véritablement faire, pas vrai, Sammy ? »

Finn nous suivit à la cuisine, deux verres à la main en guise de prétexte. Elle se tourna vers ma sœur, qui frottait la vaisselle avec vigueur.

« Où avez-vous trouvé votre pull ? lui demanda-t-elle. Il est joli ; il vous va bien. »

Je m'arrêtai net au milieu de la pièce, la bouilloire à la main. Bobbie sourit, ravie, embarrassée.

« Dans un petit magasin près de chez nous, en fait. J'avais peur qu'il ne me grossisse un peu.

– Pas du tout », dit Finn.

Je me sentis submergée par une vague d'émotions : de la stupéfaction devant l'aplomb de Finn, de la honte parce que je négligeais Bobbie, une tendresse monumentale pour cette sœur qu'une petite remarque de rien pouvait rendre si heureuse. Puis j'entendis Bobbie demander à Finn ce qu'elle étudiait. Un coup de sonnette retentit, suivi d'un murmure de voix, et Danny apparut à la porte.

« Il y a un type qui s'appelle Baird, annonça-t-il.

– Dis-lui de venir dans la cuisine. Est-ce que tu peux emmener les autres au salon ?

– C'est ça, traite-moi comme un connard de maître d'hôtel ! » Il jeta un coup d'œil en direction de Roberta. « Je veux dire, un crétin de maître d'hôtel. »

Baird était assis dans la cuisine. Il tripatouillait une tasse.

« Vous voulez un café, pendant que j'y suis ?

– Non merci. Il faudrait s'occuper de votre ventilateur. Ça vous débarrasserait des odeurs de cuisine. Je peux y jeter un coup d'œil si vous voulez. Le démonter. »

Je m'assis en face de lui.

« Quel est le problème ?

– Je passais, c'est tout.

– Personne ne " passe " près des " Ormeaux ".

– Le docteur Daley me dit que Miss Mackenzie montre quelques signes d'amélioration.

– En effet.

– A-t-elle dit quoi que ce soit au sujet du meurtre ?

– Rupert, il est arrivé quelque chose ?

– Tout va bien, répondit-il d'un ton neutre. Je voulais juste voir comment les choses se déroulaient pour vous.

– Nous allons bien nous aussi. »

108

Il se leva comme pour partir.

« Je voulais juste vous dire, ajouta-t-il comme s'il venait de s'en souvenir, vous demander de rester vigilante.

– Bien entendu.

– Ce n'est pas qu'on craigne quoi que ce soit, mais au cas où vous remarqueriez quelque chose d'inhabituel, ou si Miss Mackenzie faisait une révélation, faites le 999 et demandez le poste 2243 au commissariat général de Stamford. C'est le moyen le plus rapide de me joindre, jour et nuit.

– Mais de toute façon je n'aurai pas à appeler ce numéro, Rupert, puisque vous m'avez bien expliqué que cette situation était absolument sans danger et que je n'avais pas à m'inquiéter.

– Tout à fait. Et ça n'a pas changé, même si nous n'avons toujours pratiqué aucune arrestation, contrairement à nos premiers espoirs. Est-ce la seule porte qui mène à l'extérieur, à part la porte d'entrée ? » Il prit la poignée et l'essaya. Elle ne semblait pas très solide.

« Voulez-vous que j'y mette des barreaux ?

– Bien sûr que non.

– Rupert, vous ne croyez pas que ça pourrait aider si vous me disiez qui vous recherchez ?

– Nous ne recherchons personne en particulier pour l'instant.

– Avez-vous un suspect, une description, un portrait-robot... ?

– Nous enquêtons sur diverses possibilités.

– Rupert, il ne va rien se passer ici. Personne ne s'intéresse à Finn, et personne ne sait qu'elle est ici.

– C'est ainsi qu'il faut voir les choses.

– Mais enfin, Rupert, il y a eu cet incendie dans un parking à camions l'autre jour. Combien de remorques à veaux ont été détruites ? Quarante ?

– Trente-quatre camions ont été touchés à des degrés divers.

– Est-ce que vous ne feriez pas mieux d'aller titiller ces libérateurs d'animaux plutôt que de vous en prendre à moi ?

– Je crois que certains de mes collègues poursuivent des recherches dans cette voie. En fait... » La phrase mourut sur ses lèvres.

« Vous avez un suspect ? Quelle est la raison de votre présence ici ?

– Nous poursuivons nos recherches. Il faut que j'y aille à présent. Je vous tiendrai au courant.

– Vous voulez voir Finn ?

– Il vaudrait mieux pas. Je ne voudrais pas l'inquiéter. »

Je le raccompagnai à sa voiture. Il me vint une idée.

« Vous avez des nouvelles de Mrs. Ferrer ?

– Non.

– Elle voulait voir Finn, lui apporter des affaires. Je me suis dit que ça pourrait lui faire plaisir.

– Ce n'est sans doute pas une très bonne idée dans l'immédiat.

– J'ai pensé que je pourrais peut-être aller la voir. Ça m'ennuie que personne ne lui ait apporté le moindre secours. Et j'aimerais aussi lui parler de la famille, de Finn. Je me demandais si vous pourriez me donner son adresse. »

Baird s'arrêta et se retourna pour regarder la maison, apparemment perdu dans ses pensées. Il se frotta les yeux.

« Je vais y réfléchir. »

Nous nous serrâmes la main. Il retint la mienne une fraction de seconde. Je crus qu'il allait dire quelque chose, mais il garda le silence et se contenta de me faire un petit signe de tête en guise d'au revoir. En repartant vers la maison, j'aperçus le visage pâle de Finn à la fenêtre de sa chambre. Je n'allais pas me laisser désarçonner si facilement. Et tout ce qui pouvait retarder un peu mon retour auprès de Danny et de Roberta comportait à mes yeux un attrait supplémentaire. Je décrochai le téléphone et j'appelai Michael Daley.

13

« Comment vous en sortez-vous ? demanda Daley.

– Avec quoi ? »

Il rit.

« Je ne sais pas par où commencer. Avec Finn. Avec un enfant. Avec ce déménagement à la campagne. Avec un nouveau poste à responsabilité.

– Je me débrouille. Sans plus. »

Michael me conduisait vers le quartier de Castletown à Stamford, où vivait Mrs. Ferrer. Nous roulions à présent sur le périphérique. Michael s'était d'abord montré réticent, mais je lui avais déclaré qu'après ma première rencontre avec Mrs. Ferrer je ressentais une certaine responsabilité envers elle. Je m'inquiétais de savoir comment elle allait. De plus, elle souhaitait voir Finn, ce qui pourrait s'avérer une bonne chose pour toutes les deux. J'étais donc déterminée à encourager ces retrouvailles. La femme de ménage avait pour sa part semblé tout à fait décidée à retrouver Finn pour lui dire au revoir. Quoi qu'il en soit, je voulais lui parler. Non, je ne voulais pas la joindre au téléphone. Après notre entrevue aux funérailles, il me semblait qu'il faudrait une bonne dose de patience, sans parler de gesticulations, pour me faire comprendre, avant d'établir un contact digne de ce nom avec elle.

« Donnez-moi simplement son adresse et j'irai la voir demain matin.

– Je crois qu'elle travaille le matin. Si vous pouvez attendre l'après-midi, je vous accompagnerai. Après tout, je suis censé être son médecin. On pourrait comptabiliser ça comme une visite à domicile. »

111

Durant le trajet, Michael me signala les restes des fortifications romaines, les traces d'un siège datant de la guerre des Roses, un monticule antique. Mais une fois dépassés les sites locaux intéressants, nous nous retrouvâmes à longer des terrains de jeux scolaires, des lotissements puis, après quelques ronds-points, des supermarchés et des stations-service qui n'invitaient pas à la conversation.

« Et vous, comment vous en sortez-vous ?

– Très bien, répondit Daley d'un ton un peu sec. Pourquoi me demandez-vous ça ?

– Par politesse.

– Ne vous sentez pas obligée d'être polie avec moi.

– Vous ne savez pas de quoi je suis capable en matière de grossièreté.

– Je saurai y faire face. »

Michael ne quittait jamais la route des yeux et il m'était impossible d'apercevoir leur expression.

« Vous m'en voulez de me trouver là ? lui demandai-je.

– Dans ma voiture ?

– Non, dans cette histoire. Alors que c'est vous le médecin de Finn.

– Je vous ai déjà dit que je ne vous en voulais pas.

– Ce ne serait pas surprenant.

– Vous voulez dire parce que je ne suis qu'un simple médecin de province alors que vous êtes une spécialiste de haut vol ? » Il se tourna vers moi pour voir si ses paroles m'avaient choquée.

« Vous ne correspondez pas exactement à l'idée que je me fais du médecin de campagne, répondis-je. Et c'est un compliment, à mon sens. Enfin, plus ou moins. Mais je m'étonne que votre situation vous suffise. »

Nous étions de nouveau dans un quartier résidentiel, au milieu de rangées de maisons mitoyennes.

« Si je prenais à gauche ici, la route nous emmènerait jusqu'à l'ancienne maison des Mackenzie. Mais nous allons tourner à droite et nous diriger vers le quartier moins propret de Castletown. Je crois que nous nous ressemblons, vous et moi. »

Ce petit début de flirt provoqua chez moi un léger sourire dubitatif.

« Dans quelle mesure ?

– Nous aimons les défis. Combattre les difficultés.

– Qu'est-ce que vous combattez ?

– Quand j'étais enfant, j'avais le vertige. Il y avait une sorte de tour près de l'endroit où j'allais à l'école, un monument construit par un vieux duc excentrique. Il y avait cent soixante-dix marches, et une fois en haut on avait l'impression de tomber. Je m'obligeais à y monter une fois par semaine.

– Et ça vous a guéri de votre vertige ?

– Non. Si ça avait été le cas, l'exercice aurait perdu de son intérêt. Le travail que je fais n'est rien d'autre qu'un métier. Sauf pour des gens comme Mrs. Ferrer par exemple. Mais ma vraie vie se déploie largement en dehors de lui. Je m'oblige à faire des choses. De la glisse. Du cheval. Vous avez déjà fait du bateau ?

– Non. Je déteste l'eau.

– Vous ne pouvez pas vivre ici et ne pas faire de bateau. Il faut absolument que je vous emmène faire un tour sur mon voilier.

– Eh bien...

– Cette voiture est un autre exemple. Vous vous y connaissez en voitures ?

– À mes yeux nous n'avons pas grand-chose en commun. On ne me verrait jamais faire quelque chose dont j'ai peur.

– Je crois que c'est quelque part par là.

– Ici ? Nous pouvons nous garer ?

– Laissez-moi faire. Je suis médecin. J'ai un autocollant sur le pare-brise. Je rends une visite à domicile.

– Elle vit au Woolworth ? »

Nous nous trouvions dans une rue commerçante animée. Mrs. Ferrer vivait dans un de ces appartements auxquels on ne prête jamais attention, dont l'entrée coincée entre deux boutiques conduit à un premier étage dont on ne soupçonne jamais l'existence. Une des portes de la rue ouvrait sur un couloir et sur l'escalier recouvert de moquette grise. En haut de l'escalier se trouvait un palier et deux portes. L'une d'elles était agrémentée d'une plaque sur laquelle s'étalait le nom d'un dentiste. Sur l'autre, il n'y avait rien.

– Ça doit être celle-là, dit Daley. Remarquez, c'est pratique pour faire ses courses, au moins. »

Il n'y avait ni sonnette ni heurtoir. Il frappa à la porte de l'index. Nous attendîmes dans un silence gêné. Pas un bruit. Il frappa de nouveau. Rien.

« Elle est peut-être sortie travailler », suggérai-je.

Daley tourna la poignée de la porte. Elle s'ouvrit.

« À mon avis, nous ferions mieux de nous en aller, dis-je.

– La radio est allumée.

– Elle a sans doute oublié de l'éteindre avant de partir.

– Peut-être qu'elle ne nous entend pas. Allons jeter un coup d'œil. »

Il y avait de nouveau quelques marches à monter. Pas de moquette cette fois-ci. Au moment où j'atteignis le sommet de l'escalier, une bouffée d'air chaud, étouffant, me gifla le visage. Michael me fit une grimace.

« Il y a un problème avec les radiateurs ? demandai-je.

– C'est un souvenir de l'Espagne, j'imagine.

– Mrs. Ferrer ! appelai-je. Ohé, Mrs. Ferrer ! Où est la radio ? »

Michael me montra la cuisine du doigt.

« Je vais chercher la chaudière », dit-il.

J'entrai dans la cuisine où la musique s'échappait par faibles échos. Je trouvai la radio près de l'évier et en pressai les boutons sans résultat avant de débrancher la prise. Il y eut un cri que je pris d'abord pour un dernier sursaut tardif de l'appareil, avant de comprendre que c'était mon nom qu'on criait : « Sam ! Sam ! » Je me précipitai dans l'autre pièce où je tombai sur une scène compliquée et étrange. En y repensant quelques minutes plus tard, je fus incapable de me souvenir comment je l'avais d'abord déchiffrée. J'apercevais une femme allongée sur le lit, tout habillée, avec une jupe grise et un pull de Nylon très coloré. Sans tête. Si, il y avait une tête, mais elle était masquée par quelque chose que Michael s'évertuait frénétiquement à arracher, en le déchirant. C'était en plastique, un sac, semblable à ces sachets dans lesquels on met les fruits au supermarché. Michael introduisit ses doigts dans la bouche de la femme, puis il lui pressa la poitrine d'un coup sec, en même temps qu'il lui agitait les bras. Je cherchai des yeux un téléphone. Là. Je composai le numéro.

114

« Envoyez une ambulance s'il vous plaît. Comment ? Où sommes-nous ? Michael, où sommes-nous ?
– À Quinnan Street.
– À Quinnan Street. À côté du Woolworth. Au-dessus, je crois. Et prévenez aussi la police. » Comment s'appelait-il ? Rupert... Rupert... « Prévenez l'inspecteur Baird au commissariat général de Stamford. »
Je reposai le combiné et me retournai. Michael était assis sans bouger à présent. Il cachait presque tout le corps de Mrs. Ferrer, dont je n'apercevais plus que les yeux ouverts et les cheveux gris en désordre. Il se leva et passa devant moi. J'entendis couler de l'eau dans la cuisine. Je me dirigeai vers le lit et m'assis à côté du corps. Je lui touchai les cheveux, tentant de les arranger un peu, sauf que je n'arrivais pas à me souvenir de quel côté elle se coiffait. Qu'est-ce que ça pouvait faire maintenant ?
« Je suis désolée. » Je parlais tout haut, pour elle, pour moi. « Je suis tellement, tellement désolée. »

L'ambulance arriva dans les cinq minutes qui suivirent. Un homme et une femme vêtus de salopettes vertes accoururent à toute vitesse, puis ils ralentirent et s'arrêtèrent après avoir brièvement examiné le corps. Ils regardèrent alors autour d'eux comme s'ils venaient de se réveiller d'un rêve et qu'ils remarquaient notre présence pour la première fois. Nous en étions aux présentations quand deux jeunes agents de police firent leur apparition en haut de l'escalier. Je leur demandai où se trouvait Baird et l'un d'eux marmonna quelques mots dans un émetteur. Dans un murmure, je posai certaines questions à Michael Daley avec le sentiment coupable de jouer les conspiratrices.
« Comment est-elle morte ? » Je connaissais la réponse.
Il avait l'air sonné.
« Suffocation. »
Je ressentais une douleur au niveau de l'estomac ; elle semblait remonter le long de mon œsophage et se transformer en migraine épouvantable. Je n'arrivais pas à penser avec clarté, sauf à savoir que j'avais envie de m'en aller mais que ce n'était sans doute pas recommandé. L'apparition de Baird

quelques minutes plus tard provoqua en moi un sentiment étrange de gratitude. En entrant dans la pièce, il me donna l'impression de la remplir. Il était accompagné d'un homme en costume chiffonné à l'air un peu égaré, qui me fut présenté comme étant le docteur Kale, le médecin légiste attitré. Avec un petit hochement de tête, Baird passa devant moi et resta quelques instants planté en silence devant le corps. Puis il se tourna dans ma direction.

« Que faisiez-vous ici ? demanda-t-il d'un ton sourd.

– Je m'inquiétais pour elle. Je l'ai rencontrée une fois et elle semblait avoir terriblement besoin d'aide. Mais je suis arrivée trop tard.

– Vous n'avez pas à vous sentir coupable. Il ne s'agissait pas d'un simple appel au secours. Elle avait bel et bien l'intention de mourir. Est-ce que le corps a été déplacé ?

– Non. Michael a tenté de la ranimer.

– La mort est récente ?

– Je n'en ai aucune idée. C'est difficile à dire avec cette chaleur. »

Baird secoua la tête.

« C'est moche, déclara-t-il.

– Oui, acquiesçai-je.

– Vous n'avez pas besoin de rester. Ni l'un ni l'autre.

– J'imagine qu'il vaudrait mieux que ce soit nous qui apprenions la nouvelle à Finn.

– Je m'en chargerai, si vous n'y voyez pas d'inconvénient, intervint Michael. Je suis son médecin, après tout.

– En effet. »

Nous repartîmes donc pour les " Ormeaux ". Le voyage de retour s'étira en pénibles étapes. Michael me ramena jusqu'à son cabinet, où j'avais laissé ma voiture. Puis nous quittâmes Stamford en file indienne, formant un petit convoi absurde, et durant tout le trajet je songeai à une femme qui était arrivée sur la scène d'un meurtre, qui avait découvert le sang et la souffrance et trouvé tout cela impossible à supporter ; une femme qui n'avait personne pour l'aider. Je l'avais compris d'emblée mais maintenant il était trop tard.

À la maison, nous trouvâmes Finn dans la cuisine en train de faire des lettres avec Elsie. Sans un mot je les pris toutes les

116

deux par la main et les emmenai dehors où Michael nous attendait. Je gardai Elsie bien serrée dans mes bras et bavardai avec elle de sa journée à l'école, sans quitter des yeux Michael et Finn que je vis se diriger vers la mer. Leurs silhouettes se découpaient sur un rideau de roseaux dont les rayons obliques du soleil caressaient les pointes dorées, quoiqu'il fût à peine quatre heures. Ils finirent par revenir vers nous et je reposai Elsie. Toujours sans parler, Finn se précipita dans mes bras et me serra si fort contre elle que je perçus sa respiration dans mon cou. Je sentis Elsie me tirer par le bras et nous nous prîmes tous à rire, avant de rentrer nous protéger du vent.

14

« Est-ce que je suis votre patiente ? »

Je me sentais aussi à l'aise qu'une mère à qui son enfant demande comment on fait les bébés. J'avais déjà réfléchi aux différentes réponses que je pourrais proposer au moment où Finn me poserait la question. L'espace d'un instant je me sentis déchirée entre le désir de la rassurer et la responsabilité qui m'incombait de lui dire clairement la vérité.

« Non. Tu es la patiente du docteur Daley, si tu veux voir les choses sous cet angle. Mais il vaudrait mieux que tu ne te considères pas comme une patiente.

– Je ne parle pas de moi, mais de vous.

– Qu'est-ce que tu veux dire ?

– Je ne sais pas ce que je fais chez vous. Je me cache ? Je suis en fuite ? Je suis votre locataire ? Une amie ? Une malade ? »

Nous étions assises dans un établissement à la décoration faussement traditionnelle près du vieux port de Goldswan Green, à une demi-heure de la maison, un endroit presque vide par ce lundi froid de février. J'avais commandé une assiette de pâtes et Finn picorait sans conviction une petite salade verte dont elle avait fait son plat principal. Elle piqua de sa fourchette une feuille de laitue d'une variété amère, immangeable à mon goût, et la fit pivoter dans son assiette.

« Tu es un peu tout ça, j'imagine, répondis-je. À l'exception de la malade.

– Je me sens pourtant bien malade. Tout le temps.

– Sans doute.

118

– C'est vous l'experte en la matière, Sam, reprit-elle en repoussant les feuilles de salade vers les bords de son assiette. À votre avis, comment devrais-je me sentir ?

– Finn, dans mon métier, je me refuse d'habitude catégoriquement à dire aux gens ce qu'ils devraient faire ou comment ils devraient se sentir. Mais dans ton cas je vais faire une exception. »

L'expression de Finn se durcit, trahissant son inquiétude.

« Qu'est-ce que vous voulez dire ?

– En tant qu'autorité en matière de désordres post-traumatiques, je te conseillerais fermement d'arrêter de jouer avec ta salade et de faire crisser ta fourchette dans ton assiette, parce que ça m'agace. »

Finn sursauta et baissa les yeux, mais son visage se décontracta bientôt et elle esquissa un sourire.

« En revanche, continuai-je, tu pourrais en faire transiter quelques feuilles de ton assiette jusqu'à ta bouche. »

Finn haussa les épaules, introduisit une grande feuille de salade tout entière entre ses lèvres, et la croqua. Un sentiment de triomphe sardonique se manifesta.

« Et voilà, conclus-je. Ce n'était pas si difficile.

– J'ai faim, annonça Finn d'un ton dégagé, comme si elle examinait le comportement d'une créature exotique.

– C'est parfait.

– Je devrais peut-être commander des pâtes comme les vôtres.

– Tiens, j'ai fini. »

Je poussai l'assiette vers elle et elle y plongea la fourchette, presque excitée par la nouveauté de son geste. Durant quelques minutes nous n'échangeâmes pas un mot. La voir manger me suffisait.

« J'en ai peut-être pris trop d'un coup, s'inquiéta Finn une fois les deux assiettes nettoyées.

– Il n'y en avait pas tant que ça. Il ne restait que ce que j'avais laissé. Tu veux du café ?

– Oui, avec du lait.

– C'est bien, Finn. Des protéines et du calcium. On va pouvoir commencer à te retaper. »

Elle commença à rire puis s'arrêta net.

« Pourquoi elle a fait ça ?

– Qui ? Mrs. Ferrer ? » Je haussai vaguement les épaules, avant de tenter une explication. « Elle voulait venir te voir, tu sais. Elle était sur le point de repartir pour l'Espagne, mais elle voulait te voir avant. » Je me rappelai son désir frénétique de rendre visite à « la petite », puis je la revis morte, allongée sur le lit dans son pull bigarré.

Le visage de Finn s'assombrit. Ses yeux me fixaient sans me voir, comme si elle regardait quelque chose derrière moi.

« J'aurais aimé qu'elle vienne ; je crois que ça m'aurait fait plaisir. J'aurais aimé la voir. J'imagine que c'est à cause de la scène horrible sur laquelle elle était tombée.

– Il doit bien y avoir une raison, dis-je, absente.

– Vous avez l'air de soupçonner quelque chose.

– Ce n'était pas ce que je voulais dire.

– Vous trouvez que j'ai été bête ? Avec le feu ? »

Le samedi précédent, ce samedi catastrophique, Danny s'en était allé dans l'après-midi peu de temps après le départ de Rupert et de Bobbie. Il avait ramassé son sac fourre-tout et sa sacoche, ignoré Michael et Finn, et m'avait adressé un petit signe de tête très sec. Quand j'avais tenté de le retenir (« Je sais que ce n'est pas l'idéal, mais nous pourrions en discuter plus tard »), il avait répondu d'un ton las que cela faisait trois jours qu'il essayait de me parler mais que je n'avais cessé d'agir avec irritation et hostilité à son égard, et est-ce que je ne m'étais pas rendu compte depuis le temps que mes « plus tard » n'arrivaient jamais et puis de toute façon il avait des choses à faire à Londres. En réponse de quoi j'avais jappé, comme une vraie gamine, qu'il se comportait comme un bébé. Il était alors parti en trombe dans un nuage de fumées d'échappement. Cela devenait une habitude. Ni Finn ni Michael n'y avaient fait la moindre allusion et Elsie sembla à peine se rendre compte qu'il nous avait quittés. Pour ma part, la mort de Mrs. Ferrer et l'attention que je portais à Finn l'avaient écarté de mes préoccupations immédiates.

Puis, le lendemain matin, Michael Daley était arrivé sans prévenir. J'étais dans le jardin occupée à échafauder un gros tas de planches, de tiges de rotin et de vieilles branches que je voulais brûler, quand son Audi avait surgi dans l'allée. Il ne vint pas tout de suite à ma rencontre ; au lieu de cela, je le vis extraire de son coffre une dizaine de sacs en plastique de chez Waitrose. Il nous apportait des provisions à présent ? Malheureusement non. En fait, il apportait des vêtements appartenant à Finn que la police l'avait autorisé à sortir de la maison.

« Où voulez-vous que je mette tout ça ? » protestai-je alors que nous transportions les sacs jusqu'à l'entrée de la maison.

« Je me suis dit que ça pourrait constituer un premier pas vers le retour à la normale, répondit-il.

– Je m'étais demandé combien de temps Finn allait devoir se promener dans la maison affublée de mes jeans roulés aux chevilles.

– Désolé, mais je ne peux pas rester. Vous lui présenterez mes respects ?

– Vos respects. Je me suis toujours demandé ce que ça voulait dire.

– Vous trouverez bien quelque chose.

– Tout va bien ?

– Qu'est-ce que vous voulez dire ?

– Vous venez de perdre un nouveau patient.

– J'espère que vous plaisantez », rétorqua-t-il d'un ton cassant. Il repartit sans rien ajouter et sans voir Finn. Je l'appelai pour qu'elle descende.

« Regarde ce que le docteur t'a apporté. »

La vue des sacs la troubla, à l'évidence. Elle tira de l'un d'eux une chemise de velours fripé bordeaux qu'elle déplia.

« J'ai encore du travail dehors, lui annonçai-je. Je vais brûler presque tout ce dont je dois me débarrasser dans le jardin. Je te laisse t'occuper de tes affaires, si ça ne t'ennuie pas. »

Elle acquiesça sans rien dire et je la laissai. Avant de fermer la porte je me retournai pour l'apercevoir agenouillée dans l'entrée. Elle pressait le velours contre sa joue, comme un petit enfant perdu.

Le jardinage a toujours été un mystère pour moi, mais j'ai toujours aimé faire du feu. Il avait plu, ce qui me compliquait la tâche tout en promettant d'augmenter d'autant la satisfaction que j'allais éprouver si le feu prenait. J'avais froissé des feuilles de journal en boule que j'avais disposées à différents endroits stratégiques dans mon tas de déchets, du côté exposé au vent. J'y mis le feu ; elles commencèrent par craquer, avant de rougeoyer et de s'éteindre. Je partis farfouiller dans la remise où je dégottai une boîte d'allume-feu presque vide et une bouteille de détergent qui ne sentait plus le produit. J'emballai la boîte tout entière dans du papier journal avant de l'introduire profondément dans un interstice du tas à brûler. Puis j'aspergeai le tout du reste de liquide huileux. J'avais ainsi créé une espèce de petit détonateur dont je n'étais pas sûre qu'il allait fonctionner, tout en craignant qu'il ne le fasse exploser. Je craquai une allumette et l'envoyai sur la pile. Il se produisit un bruit sourd semblable à celui d'un sac de sable qui tombe sur un sol cimenté. J'aperçus une lueur jaune, puis j'entendis des grésillements, et des flammes s'échappèrent enfin de la pile, tandis que je me trouvais doucement poussée en arrière par un invisible oreiller de chaleur qui me battait les joues et le front.

Je sentis grandir en moi l'excitation habituelle qui me prend quand un feu passe du stade où on n'arrive pas à l'allumer à celui où il devient impossible de l'éteindre. Je commençai à nourrir les flammes de choses et d'autres trouvées dans le jardin. Il y avait de vieux panneaux de treillages en bois, une pile de vieilles planches entassées devant le mur de la maison, et tout cela se retrouva bientôt à crépiter au milieu du brasier qui envoyait des étincelles très haut dans le ciel. Il me sembla soudain sentir une présence à mes côtés. C'était Finn. La danse des flammes se réfléchissait dans ses yeux.

« C'est un beau feu, non ? J'aurais dû faire pyromane. Tout bien réfléchi, je suis certainement pyromane. Je ne me vois pas attaquer une banque ou tuer quelqu'un, mais je comprends le plaisir qu'on peut éprouver à mettre le feu à quelque chose de volumineux et à le voir s'effondrer dans les flammes. Mais il faudra que je me contente de ce feu-là. »

Finn s'approcha de moi. Elle me mit une main sur l'épaule et se pencha à mon oreille. Je sentis la caresse de ses lèvres tandis qu'elle me murmurait quelques mots. Une fois qu'elle eut terminé, elle recula la tête mais demeura tout près de moi. Je pouvais distinguer le duvet doré qui lui couvrait les joues.

« Tu es sûre ? » lui demandai-je.

Elle me fit signe que oui.

« Tu ne voudrais pas les laisser plutôt à une œuvre de charité ? »

Elle remua la tête.

« Je ne veux pas que quelqu'un d'autre les porte.

– C'est comme tu veux. »

Elle retourna alors dans la maison et une minute plus tard réapparut les bras chargés de jupes, de robes et de chemises. Elle passa devant moi et les envoya sur la pile. Les étoffes bigarrées se mirent à gonfler, à grésiller puis à éclater. Elle continua ses allées et venues. Il y avait de jolies pièces parmi toutes ses brassées, des choses qu'elle avait dû acheter après avoir perdu du poids, et Finn détecta sans doute une expression peinée sur mon visage parce qu'elle s'interrompit à un moment pour venir me déposer sur la tête un chapeau de feutre et enrouler une écharpe en cachemire prune autour de mon cou. Le chapeau était tout à fait à ma taille.

« Mon loyer », murmura-t-elle dans un sourire.

Elle ne garda rien pour elle. Quand elle eut fini, nous restâmes ensemble à contempler le feu, pour voir se consumer les derniers fragments de tissu et de ruban, et j'éprouvai un léger haut-le-cœur. Je me sentais comme un champion de la ripaille qui aurait trouvé son maître en gourmandise.

« Et qu'est-ce qu'on fait maintenant ? finit par demander Finn.

– Eh bien, je crois que demain je t'emmènerai faire des courses. »

« Je suis désolée, Sam, déclara Finn en avalant son café jusqu'à la dernière goutte. Ouh ! c'est amer. Mais c'est bon. C'était un peu théâtral et mélo de tout brûler comme ça. Mais je me suis sentie obligée de le faire.

– Tu n'as pas à te justifier.

– Si. C'est difficile à expliquer, mais je vais essayer de vous dire ce que j'ai ressenti. En un sens, j'ai l'impression d'avoir été contaminée par ces gens qui ont essayé de... enfin, vous savez. Ma vie a été réduite en morceaux et complètement transformée par ce qu'ils ont fait. Vous comprenez ce que je veux dire? On aime sentir que sa vie a pris une bonne direction. Mais j'ai senti, enfin je sens encore, que le cours de la mienne a été modifié par des gens qui nous haïssaient. Il fallait que je rompe avec tout ça, que je renaisse. Que je me reconstruise. Vous comprenez?

– Je comprends parfaitement, répondis-je avec une douceur délibérée. Mais tu as l'habitude de ces changements, non?

– Que voulez-vous dire?

– Tu as souffert d'anorexie et de boulimie, tu as mis ta vie en danger. Mais tu t'en es sortie. Tu sais comment faire pour te reprendre en main, et c'est quelque chose de merveilleux.» Je marquai une légère pause, tentant d'évaluer jusqu'où je pouvais aller. «C'est assez amusant, tu sais. La première fois que j'ai aperçu ton visage, sur une vieille photo, j'ai vu une gamine rondelette et anxieuse. Et maintenant que tu es là devant moi, je vois quelqu'un de tout à fait différent, tu es sûre de toi, vivante.»

Je regardai Finn. Sa main tremblait tellement qu'elle dut lâcher son couteau.

«Je détestais cette fille. La grosse Fiona Mackenzie. Je m'en sens tout à fait étrangère. Je m'étais fait une nouvelle vie, ou du moins c'est ce que j'avais cru. Mais à présent j'ai du mal à accepter les événements agréables. Comme de vous rencontrer, Elsie et vous. Je me dis parfois que si je vous ai rencontrées toutes les deux c'est à cause de... comment dire... à cause d'*eux*. Je me demande si je devrais parler de tout ça. Vous croyez que je dois le faire?»

Mon avis sur la question n'arrêtait pas de changer, et j'avais un peu peur de dire d'une fois sur l'autre une chose et son contraire. Si j'avais discuté de son cas avec un collègue, il aurait été possible d'envisager différentes options thérapeutiques et nous nous serions disputés sur les chances de réussite de chacune d'entre elles. J'aurais pu faire la remarque qu'en matière de traitement des affections post-traumatiques nous en étions encore au Moyen Âge, à l'âge des superstitions, des humeurs, des coups de sang et des saignées. Finn cherchait auprès de moi le genre d'autorité qu'on attend d'un médecin. Et je connaissais si bien le sujet que j'avais depuis longtemps perdu les certitudes qu'entretiennent sur la question de simples amateurs. L'essentiel de ce que les gens croient savoir à propos des traumatismes et de la façon de les traiter se révèle faux. En vérité, selon les cas, la parole constitue un réconfort pour certains patients, mais elle peut aussi aggraver leur état ou n'y rien changer. Et ce n'est pas le genre d'information que les gens aiment recevoir de la part d'un médecin.

J'inspirai profondément avant de me lancer dans une réponse qui s'approche aussi près de la vérité qu'il était possible de le faire dans le cas présent.

«Je ne sais pas, Finn. J'aimerais pouvoir te fournir une réponse facile qui puisse te rassurer, mais c'est impossible. Je veux que tu me considères comme quelqu'un à qui tu peux te confier. Par ailleurs, je ne suis pas la police. Je ne cherche pas à ce que tu me fournisses des preuves. Et je ne saurais assez te répéter que je ne suis pas ton médecin. Il n'est pas question ici d'un quelconque programme de traitement. Mais, quitte à trahir ma grande et belle profession, j'ajouterai que ce n'est peut-être pas mauvais en soi.» J'avançai le bras et lui pris la main. «Il m'arrive de penser que les médecins éprouvent une difficulté particulière à accepter la souffrance. Il t'est arrivé une chose absolument épouvantable, une chose qu'on ne peut pas qualifier. Tout ce que je peux te dire c'est que la douleur s'amenuisera avec le temps. Ça ira sans doute mieux quand les salopards qui ont fait ça auront été arrêtés. Cela dit, si tu ressens des symptômes physiques précis, il faudra que tu m'en fasses part ou que tu en parles au docteur Daley, qui s'en occupera. D'accord?

– Mouais.

– Parfait.

– Sam?

– Oui?

– Ça ne vous arrange pas de m'avoir à la maison?

– Rien de ce qui m'est arrivé ne m'a jamais " arrangée ". Mais j'ai décidé de te classer dans la catégorie des événements agréables, et c'est tout ce qui compte.

– Ne vous sentez pas obligée d'être gentille avec moi. Pour commencer, je vous empêche d'écrire votre livre.

– Je me débrouillais déjà très bien pour ne pas avancer d'un mot avant ton arrivée.

– Ça traitera de quoi ?

– Oh ! eh bien, des phénomènes de traumatisme, de mon travail, enfin, tout ça.

– Non mais, sérieusement, de quoi va-t-il parler ? »

Je plissai les yeux, jouant l'incrédulité. J'appelai la serveuse et commandai deux cafés supplémentaires.

« OK, Finn, tu l'auras voulu. À la base, le livre s'intéressera au statut des affections post-traumatiques en tant que maladie. On se pose toujours la question de savoir si une pathologie, c'est-à-dire une maladie particulière, a existé avant qu'on ne l'identifie et qu'on ne lui attribue un nom latin. Bobbie, le croiras-tu, m'a posé une bonne question un jour. Elle m'a demandé si les hommes de Cro-Magnon souffraient de désordres post-traumatiques après un combat avec un dinosaure. J'ai commencé par lui expliquer qu'il n'y avait plus de dinosaures à l'âge de pierre, mais je n'ai jamais oublié sa question. Nous savons que les hommes de Neandertal ont souffert de fractures des os. Mais leur arrivait-il de faire des cauchemars après des événements terribles, avaient-ils des réactions émotives en chaîne, mettaient-ils en place des stratégies d'évitement ?

– Qu'est-ce que vous pouvez répondre à ça ?

– Que Dieu seul le sait. Ce que je me propose de faire, c'est de présenter un bref historique de la maladie, pour montrer que les descriptions qui en ont été données ont été largement fondées sur des analogies erronées avec des traumatismes physiques reconnaissables. Ensuite j'analyserai les extraordinaires incohérences qui existent en la matière dans les diagnostics et les traitements proposés aujourd'hui en Grande-Bretagne.

– Vous allez analyser mon cas ?

– Non. Et à présent, il serait temps de songer à aller dépenser de l'argent. »

Nous passâmes deux heures de délicieuse folie à arpenter la rue piétonne pavée qui constituait l'artère principale du quartier commerçant de Goldswan Green. J'essayai un minuscule petit chapeau absurde en forme de boîte de médicaments, agrémenté d'une voilette, qui aurait été très seyant accompagné d'une robe noire, de collants noirs et de chaussures de la même couleur, autant d'éléments qui ne figuraient pas dans ma garde-robe. Je m'offris une veste de velours bleu marine et songeai à y ajouter des boucles d'oreilles avant de me souvenir que le but de l'expédition était d'équiper Finn, et non pas moi. Je décidai alors de m'occuper d'elle. Nous découvrîmes une boutique bien fournie en vêtements de base et entreprîmes de l'habiller de pied en cap : chaussettes, culottes, grosses chemises, tee-shirts vinrent s'ajouter à deux jeans, un noir et un bleu. Livrée à moi-même, j'aurais plutôt eu tendance à foncer dans les rayons pour piocher un article ici ou là au hasard, mais je fus surprise de constater la gravité méticuleuse avec laquelle Finn opérait. Il n'y avait rien de frivole ni de léger dans ses choix. Elle sélectionnait ses vêtements avec la précision d'une personne qui se prépare à partir à l'assaut d'une montagne, préoccupée de ne pas emporter un gramme de trop.

Alors que nous déambulions dans le magasin, je remarquai qu'une femme nous dévisageait. Je me demandai si sa curiosité était provoquée par la quantité de nos achats et n'y pensai plus jusqu'au moment où j'entendis une voix dans mon dos.

« Vous êtes bien Sam, n'est-ce pas ? »

Je me tournai vers elle. Je me sentis flancher, incapable de reconnaître mon interlocutrice. Elle me paraissait familière, mais je voyais bien que je n'allais pas parvenir à retrouver son nom dans l'immédiat.

« Bonjour...

– Lucy. Lucy Meyers.

– Oui...

– De Barts. »

À présent je savais de qui il s'agissait. L'université. Elle portait des lunettes à l'époque, mais plus maintenant. Elle s'était orientée vers la pédiatrie.

« Lucy, comment allez-vous ? Désolée, je ne vous ai pas reconnue tout de suite. Ça doit être vos lunettes. Enfin, le fait que vous n'en portez plus.

– Je n'étais pas sûre non plus que ce soit vous. À cause de vos cheveux. Ils sont vraiment... vraiment... – Lucy cherchait le mot juste – très étonnants, termina-t-elle, désespérée de ne

127

pas trouver mieux. Enfin, très intéressants. Mais j'ai bien suivi votre parcours. Vous vous êtes fait muter à l'hôpital général de Stamford.

– C'est juste. C'est là que vous travaillez ?

– Oui, depuis des années. J'ai grandi ici.

– Oh !»

Il y eut un silence. Lucy jeta un regard interrogateur en direction de Finn.

« Oh ! repris-je. Je vous présente Fiona. Fiona Jones. Nous travaillons ensemble.»

Elles échangèrent un petit signe de tête. Je ne souhaitais pas prolonger l'entrevue.

« Écoutez, Sam, je suis vraiment ravie de vous revoir. Quand vous serez à l'hôpital, il faudra que nous...

– D'accord.

– Bien. Il faut que je termine mes courses.

– En effet.»

Lucy s'éloigna.

« Vous n'avez pas été très gentille avec elle, murmura Finn, alors que nous inspections des gilets.

– Ce n'était pas vraiment une amie. Nous avons passé une année ensemble à l'université. La dernière chose que je désire c'est de me retrouver à la colle avec elle, ici, au beau milieu de nulle part.»

Fiona gloussa.

« Et je n'aime voir les gens que sur rendez-vous, ajoutai-je. Voilà.» Je brandis un gilet gris devant ses yeux. «Je t'ordonne d'acheter ceci.

– Prenez-le pour vous.

– Si c'est toi qui le dis.»

J'étais allongée, les yeux ouverts, dans l'obscurité. Demain, c'était la Saint-Valentin. Est-ce que Danny allait arriver une rose rouge à la main et un sourire sarcastique aux lèvres, atténuant un mot dur par un regard tendre ? Est-ce qu'il reviendrait jamais, ou l'avais-je perdu, par imprudence, sans vraiment le vouloir, parce que je n'avais pas regardé dans sa direction ? Je lui écrirai demain, me promis-je, je remettrai tout dans l'ordre, et c'est sur cette résolution que je m'endormis.

15

Le mercredi, je descendis d'un pas mou l'escalier glacé, emmitouflée dans la robe de chambre de Danny, qu'il avait oubliée dans son empressement à partir. Au bas des marches se trouvait une lettre posée sur le paillasson. Mais il était trop tôt pour le facteur, et le « SAM » inscrit au Bic bleu sur l'enveloppe trahissait l'œuvre d'Elsie, pas celle de Danny. Après avoir poussé le thermostat et allumé la bouilloire, je glissai un doigt sous le rabat de l'enveloppe. Elle avait collé un cœur de Kleenex rose sur une carte blanche. À l'intérieur de la carte, il y avait écrit dans le lettrage penché d'Elsie un message à l'évidence épelé par Finn, qui disait : « Joyeuse Saint-Valentin. Nous t'aimons. »

Le « nous » m'avait ennuyée, bien qu'il m'eût aussi touchée. Dans un moment de faiblesse, j'avais autorisé Elsie à rester à la maison avec un autre de ses rhumes pas très sérieux, et nous avions passé le petit déjeuner toutes les trois attablées dans la cuisine devant des *rice crispies* et des toasts. Je n'avais rien reçu de Danny, ni carte ni coup de téléphone, pas le moindre signe pour dire qu'il pensait à moi. Je m'en voulais de lui avoir envoyé cette lettre assez directe la veille. Et puis de toute façon, qui se préoccupait de la Saint-Valentin ? Moi.

Nous avions traîné toute la matinée, occupées à des choses et d'autres. Finn avait passé quelque temps le nez dans la liasse de lettres qu'Angeloglou avait apportée la veille, des lettres que des amies lui avaient écrites et qu'elles avaient déposées au commissariat dans l'espoir qu'on les fasse suivre. Elles formaient un paquet assez volumineux qu'elle tenait serré contre ses genoux, comme un secret. Je l'observai avec beaucoup d'attention pour voir si la lecture de ces messages allait la perturber, mais elle semblait étonnamment peu affectée. C'était presque comme si elle ne leur portait aucun intérêt. Après quelques minutes, elle les remit toutes en tas et les monta dans sa chambre. Elle ne m'en parla jamais et je ne la vis jamais y retoucher.

Finn s'était petit à petit passionnée pour l'étude des traumatismes, ce qui était peut-être une façon de s'intéresser à elle-même, et je lui racontai les premiers pas faits en la matière. Je lui parlai des commotions cérébrales dues aux accidents de train ou aux éclatements d'obus, je lui expliquai comment les médecins de l'armée pendant la Première Guerre mondiale les avaient d'abord attribuées aux bruits causés par l'artillerie. L'intérêt manifesté par Finn m'amusait, mais je m'inquiétais aussi un peu de savoir si le fait de s'absorber ainsi dans l'étude de sa propre condition était tout à fait sain. Nous projetions de partir faire une promenade dès que la pluie se calmerait. Mais elle continua de tomber. Elle se fit plus forte et plus drue, opacifiant les vitres à tel point qu'on aurait dit que nous vivions sous une chute d'eau.

« On se croirait sur une arche », remarquai-je. Comme j'aurais pu m'en douter, Elsie demanda ce qu'était une arche. Par où allais-je commencer ?

« C'est une histoire qu'on raconte, expliquai-je. Il y a très très longtemps, Dieu – c'était lui qui avait fait le monde, dans cette histoire – mais il trouvait que ça ne se passait pas bien, que les gens se comportaient mal. Alors il a décidé de faire pleuvoir pendant des jours et des jours pour noyer la terre entière et tuer tout le monde... »

Je m'interrompis pour jeter un coup d'œil anxieux à Finn qui était allongée sur le canapé. Même le mot ne semblait lui faire aucun effet. Comment l'avait-elle pris ? Elle ne me regardait pas. Elle avait les yeux posés sur Elsie. Elle glissa du canapé et rampa jusqu'à l'endroit où ma fille était assise, à côté de son cube de jouets.

« Mais il n'a pas tué tout le monde, continua-t-elle. Il y avait un homme appelé Noé et puis une madame Noé et ils avaient des enfants. Dieu les aimait. Alors Dieu a dit à Noé de construire un grand bateau et de mettre tous les animaux sur le bateau pour qu'ils soient sauvés. Et Noé a construit le

bateau et il y a fait monter tous les animaux qu'il a pu trouver. Comme des chiens et des chats par exemple.
– Et des lions, renchérit Elsie. Et des pandas, et des requins.
– Non, pas des requins, corrigea Finn. Les requins ne couraient pas de danger. Ils pouvaient bien se débrouiller tout seuls dans l'eau. Mais les autres, la famille et les animaux, sont restés sur l'arche. Et il a plu des jours et des jours et la terre entière était inondée mais ils sont restés au sec, bien à l'abri.
– Il y avait un toit ?
– Oui. C'était comme une maison sur un bateau. Et à la fin, quand toute l'eau a disparu, Dieu a promis qu'il ne le ferait plus jamais. Et tu sais comment il a fait pour communiquer sa promesse ?
– Non, répondit Elsie, bouche bée.
– Regarde, je vais te montrer. Où sont tes crayons-feutres ? » Finn mit la main dans le cube d'Elsie dont elle sortit des feutres et un bloc de papier. « On va voir si tu devines ce que je dessine. » Elle traça un arc de cercle rouge. Au-dessus, elle en traça un jaune. Puis un bleu.
« Je sais, s'écria Elsie. C'est un arc-en-ciel.
– Eh oui. C'est ça que Dieu a mis dans le ciel pour promettre que ça n'arriverait plus jamais.
– On peut voir un arc-en-ciel maintenant ?
– Peut-être plus tard. Si le soleil sort des nuages. »

Nous n'eûmes pas cette chance. Nous déjeunâmes d'un bon vieux casse-croûte paysan, enfin, d'une version reconstituée en deux temps trois mouvements par une fille des villes. Du bon pain bien frais, acheté mi-cuit au supermarché. J'ôtai le film plastique qui entourait un morceau de fromage. Des tomates en barquette. Un pot de condiments tout faits. De la margarine. Finn et moi partageâmes une grande bouteille de bière belge. Elsie bavarda sans interruption mais ni Finn ni moi ne fîmes preuve d'une grande prolixité. De la bière, du fromage, et la pluie sur le toit. Ça suffisait à mon bonheur.

J'allai chercher quelques bûches dans l'abri situé sur le côté de la maison pour faire un feu dans la cheminée du salon.

131

Quand les flammes commencèrent à grésiller, je sortis l'échiquier et les pièces, que j'installai sur le tapis. Tandis que je reprenais une ancienne partie de championnat du monde qui avait opposé Karpov et Kasparov, Finn et Elsie étaient installées de l'autre côté de la cheminée. Elsie dessinait avec une concentration féroce pendant que Finn lui racontait à voix basse de conspirateur ce qui me semblait être une histoire. De temps en temps, Elsie lui répondait dans un murmure.

Je baissai les yeux vers l'échiquier et me laissai absorber par le jeu, admirant les toiles d'araignée stratégiques de Karpov, Karpov qui arrivait à transformer le plus petit avantage en attaque irrésistible, et les départs directs de Kasparov, qui se plongeait dans des complications extraordinaires, sûr d'être capable d'émerger en tête. Je m'amusai à imaginer des variantes, de sorte qu'il me fallut longtemps pour me sortir des différentes manches. Après quelque temps, je ne sais pas exactement combien, j'entendis un tintement d'assiettes et de tasses. Une odeur familière me parvint, toute proche. Finn était assise à côté de moi avec un plateau. Elle avait fait du thé et des toasts, sans oublier des petits pains chauds pour Elsie.

« Comment pourrai-je jamais me réhabituer à la vie de bureau ! m'exclamai-je.

– Je n'arrive pas à comprendre comment vous pouvez vous concentrer comme ça sur un jeu, s'étonna Finn. Vous reprenez une partie déjà jouée par d'autres joueurs ?

– C'est juste. J'aime bien observer une pensée en action. »

Finn fronça le nez.

« Ça n'a pas l'air très marrant.

– Je ne suis pas sûre que " marrant " soit vraiment le terme qui convienne. Qui a dit que la vie devait être marrante ? Tu connais les règles ?

– Quelles règles ?

– Tu sais que le fou avance en diagonale, le roi une case après l'autre, etc. ?

– Oui, ça je sais.

– Alors regarde. »

Je replaçai rapidement les pièces dans leur position de départ et me lançai dans une partie que je connaissais par cœur.

« Qui est-ce qui gagne ? demanda Finn.

– Les noirs. Il avait treize ans.

– C'est un ami à vous ? »

Je ris.

« Non. C'était Bobby Fischer.

– Je n'en ai jamais entendu parler.

– Il est devenu champion du monde. Quoi qu'il en soit, son opposant s'est montré trop sûr de lui et il a négligé de faire attention à la configuration de son jeu. »

Je reproduisis le dix-septième mouvement des blancs.

« Regarde l'échiquier. Qu'est-ce que tu vois ? »

Finn examina la position des pièces pendant plus d'une minute avec cette concentration grave qui lui était propre et qui m'impressionnait tant.

« On dirait que les blancs ont l'avantage.

– Très bien. Pourquoi ?

– La reine et le cheval noirs...

– Le cavalier.

– La reine et le cavalier noirs sont tous les deux attaqués. Il ne peut pas sauver les deux. Comment s'y est pris Fischer ? »

J'avançai la main pour saisir le fou, à qui je fis traverser l'échiquier. Je regardai avec amusement l'expression étonnée de Finn.

« Mais ça ne change rien, non ?

– Si. J'adore cette position.

– Pourquoi ?

– Celui qui a les blancs a beaucoup de choix. Il peut prendre la reine ou le cavalier. Il peut balayer le fou. Ou alors il peut ne rien faire et tenter de raffermir sa position. Mais quoi qu'il fasse, il perd, d'une façon tout à fait différente à chaque fois. Vas-y, fais un essai. »

Finn réfléchit un moment puis elle prit le fou noir. En moins de quatre mouvements elle se retrouva avec un beau mat tenu par le cavalier.

« C'est fabuleux ! s'exclama-t-elle. Comment a-t-il pu mettre tout ça en place dans sa tête ?

– Je ne sais pas. Rien que d'y penser, ça me fait du mal.

– De toute façon, ce n'est pas mon type de jeu, dit Finn. Les pièces sont toutes à découvert. C'est le poker, mon jeu favori. Tout se joue au bluff et à la tromperie.

– Ne le dis pas à Danny, sinon il t'y fera passer des nuits entières. Mais c'est justement là toute la beauté du jeu. Des échecs, je veux dire. Deux personnes assises l'une en face de l'autre. Toutes les pièces sont bien en vue et ils se manipulent, ils bluffent, ils se tendent des pièges, ils se trompent l'un l'autre. On ne peut pas se cacher. Attends une seconde. » Je tendis la main pour attraper un livre posé à côté de l'échiquier. Je le feuilletai pour retrouver l'épigraphe. « Écoute ça : " Sur l'échiquier, les mensonges et l'hypocrisie ne survivent pas longtemps. La combinaison créative met à nu la présomption du mensonge ; le fait sans merci, qui culmine dans l'échec et mat, contredit l'hypocrite. " »

Finn esquissa une petite moue presque séductrice.

« Ça fait un peu peur. Je n'aime pas me trouver mise à nu.

– Je sais. Nous avons besoin de nos petites tromperies et de nos stratégies. Dans la vie réelle, j'entends, si tant est que ça signifie quelque chose. Le monde des échecs est un autre monde, où on nous dépouille de tout ça. Dans la partie que je viens de te montrer, un gamin a conduit un adulte maître des échecs à s'autodétruire au vu et au su de tous. Laisse-moi te montrer quelque chose. Quand tu parlais à Elsie ce matin, ça m'a fait penser à un truc. »

Je réinstallai les pièces et je les lançai dans la seconde version de l'ouverture de Ruy Lopez, dont j'esquissai les premiers mouvements.

« Les blancs sont à toi. Qu'est-ce que tu ferais ? »

Finn réfléchit.

– J'imagine que je prendrais le pion.

– D'accord. Vas-y. »

En quelques mouvements elle avait perdu son fou. Elle sourit.

« Vous m'avez eue. Comment se fait-il que ma leçon de catéchisme de ce matin vous ait fait penser à ça ?

– Parce que ce mouvement a un nom. On appelle ça le piège de l'Arche de Noé.

– Et pourquoi donc ?

– Aucune idée. Peut-être que la ligne des pions noirs qui ont piégé ton fou ressemble au toit rabaissé d'une arche. Peut-être n'est-ce qu'un vieux tour. J'essayais juste de te montrer que les échecs ne sont pas un jeu civilisé. » Je me rendis compte que je perdais son attention. « Il faudrait que nous fassions une partie un jour. Mais pas aujourd'hui.

– Oh non ! répondit Finn avec fermeté. Je ne veux pas me trouver à votre merci. Enfin, pas plus que je ne le suis déjà. Je vous ressers du thé ?

– Moi je veux jouer aux ichecs. »

C'était Elsie. Elle avait fini ou abandonné son dessin.

« Aux *é*checs, corrigeai-je. OK. Comment s'appelle cette pièce ?

– Je sais pas.

– Comment arrivez-vous à vous rappeler toutes les combinaisons ? me demanda Finn.

– Parce que ça m'intéresse.

– Je n'ai aucune mémoire.

– Je ne crois pas. Attends, je vais te montrer quelque chose. Choisis sept ou huit objets dans la pièce et dis-nous ce que tu as choisi. »

Après que Finn eut fini, nous la priâmes de quitter la pièce quelques minutes, puis je la rappelai. Elle s'accroupit par terre à côté d'Elsie et moi.

« Bon, Elsie, c'était quoi les objets ? »

Elsie ferma les yeux, fronça les sourcils et son petit nez rond.

« Il y avait une pièce d'échecs... et une tasse... et une lampe... et puis une image d'un mouton et un feutre rose et un feutre jaune... et les chaussures de Fing et la montre de maman.

– Bravo, dis-je.

– C'est drôlement bien pour une petite de cinq ans, non ? remarqua Finn. Comment elle a fait ?

– Elle s'entraîne. Il y a des siècles, les gens apprenaient l'art de se souvenir des choses. Pour y arriver il faut imaginer une maison et y placer des objets dans différents endroits. Quand on veut s'en souvenir on se dirige dans la maison – en esprit – et on retrouve les objets.

135

– Qu'est-ce que tu as, Elsie ? demanda Finn.

– J'ai ma maison spéciale à moi, répondit-elle.

– Alors où se trouvait la pièce d'échecs ?

– Sur la porte d'entrée.

– Et la tasse ?

– Sur le paillasson.

– Mais qui a inventé ce truc ? demanda Finn.

– On raconte une vieille histoire à ce sujet. Un genre de mythe. Un jour, dans la Grèce antique, un poète récitait des vers à un banquet. Avant la fin de la fête, on a renvoyé le poète. Quelques minutes plus tard, la salle de banquet s'est effondrée et tout le monde a été tué. Les corps étaient si abîmés que les gens n'arrivaient pas à reconnaître les membres de leur famille pour les enterrer. Mais le poète se souvenait à quelle place se trouvait chacun des invités, et c'est grâce à ça qu'il est parvenu à identifier tous les corps. Le poète se souvenait des invités parce qu'il les avait vus dans un endroit particulier, et il comprit que ça pouvait être un moyen de se rappeler ce qu'on voulait. »

Finn était pensive à présent.

« La mémoire et la mort, murmura-t-elle. Je n'oserais pas m'aventurer dans la maison que je promène dans mon esprit. J'aurais peur de ce que je pourrais y trouver.

– Pas moi, dit Elsie avec fierté. Ma maison à moi elle est bien gardée. »

Je n'allai pas me coucher avant tard dans la nuit. Pas de nouvelles de Danny.

16

Le lendemain soir je me rendis à ce que Michael Daley avait appelé une petite réception mondaine quand il m'avait invitée à l'accompagner. « Vous vouliez que je vous lance dans la bonne société locale », avait-il déclaré, de sorte que je dus me montrer bonne joueuse et accepter la proposition.

Je décrochai différentes tenues de leur cintre et les envoyai sur le lit. Il y avait une longue robe de lainage bordeaux à taille haute que j'aimais bien, mais elle me parut trop sombre. J'éliminai aussi deux minijupes noires, la robe bleue si raffinée avec son encolure sage et ses manches trois-quarts, que je n'arrivais pas à jeter mais que je ne mettais jamais, le large pantalon de soie noire qui commençait à ressembler à un bas de pyjama. Je finis par me décider pour un ensemble noir composé d'un haut en voile et d'une jupe de satin qui me descendait jusqu'aux mollets. J'enfilai mes chaussures noires favorites, des chaussures sans talons (je dépasse déjà la plupart des hommes que je rencontre) agrémentées d'une grosse boucle argentée, et j'accrochai à mes oreilles de volumineux pendants où s'entrechoquaient des perles de couleurs chaudes. Puis je m'examinai dans la glace ; je n'avais pas l'air très respectable. Je ne mis aucun maquillage, à part un trait de rouge à lèvres carmin assorti à mes cheveux. Je sortis le feutre de Finn de l'étagère en haut de l'armoire et me l'enfonçai sur la tête. J'aurais aimé que ce soit Danny qui m'emmène à cette soirée ; sans lui, j'avais l'impression d'être trop habillée et de me tromper de pièce. Où se trouvait-il à présent ? J'avais ravalé ma fierté et essayé de l'appeler, mais il n'y avait pas eu de réponse, même pas sa voix sur le répondeur pour me dire qu'il était absent mais qu'il me rappellerait dès que possible. Elsie s'était déjà endormie dans un nid de duvet. Je m'agenouillai près d'elle et respirai le parfum de sa peau toute propre : son souffle sentait le foin et ses cheveux le clou de girofle. Mon chapeau lui caressa l'épaule ; elle grimaça dans son sommeil et se retourna sur le côté en murmurant quelque chose que je ne parvins pas à saisir. Les murs de sa chambre étaient couverts de ses dessins, plus nombreux chaque jour. Des arcs-en-ciel, des bonshommes dont les bras et les jambes sortaient d'une tête bulbeuse et qui louchaient, des animaux à cinq pattes, des taches de couleurs criardes. Finn avait inscrit bien proprement au bas de chaque dessin le nom d'Elsie et la date à laquelle elle l'avait exécuté. Parfois elle y avait ajouté un titre : l'un d'eux, un gribouillis violet avec des yeux et des mains perdues dans le chaos des couleurs, s'appelait « Maman au travail ». Je songeai soudain que, si je mourais, Elsie ne conserverait pas de souvenir réel de moi. Finn lui manquerait quand le temps serait venu de son départ, mais elle s'en remettrait vite.

Linda et Finn se tournèrent sur le canapé au moment où j'entrai dans le salon. Elles étaient en train de grignoter du pop-corn passé au micro-ondes et de boire du Coca-Cola devant la télévision. Finn s'était résolument opposée à toutes mes suggestions de contacter ses anciens amis, mais une amitié improbable s'était développée entre les deux adolescentes, nouvelles camarades de joie et de misère.

« J'y vais. Qu'est-ce que vous regardez ?

– Linda a apporté la cassette de *Danse avec les loups*. Vous êtes jolie. » Finn sourit avec douceur et se versa une poignée de pop-corn dans la bouche. Elle avait l'air tout à fait à l'aise : enveloppée dans un vaste gilet, elle avait envoyé promener ses chaussures et s'était recroquevillée sur le canapé ; elle s'était fait une tresse, et l'ensemble lui donnait l'air d'une petite fille. J'essayai de l'imaginer plus grosse mais je me rendis compte que je n'y arrivais pas.

Kevin Costner dansait tout nu sur l'écran ; ses jolies petites fesses blanches luisaient légèrement.

« Qu'est-ce qu'il peut être agaçant comme acteur », lâchai-je, histoire de les piquer au vif. Linda se retourna, choquée.

« Il est drôlement mignon. »

Dehors, un coup de Klaxon retentit. Je m'emparai de mon manteau.

« Ça doit être Michael. Je ne serai pas partie très longtemps, Linda. N'hésite pas à te servir si tu veux quoi que ce soit. Bonne nuit et à demain, Finn. »

Sur ce, je filai. Je fendis l'air froid de la nuit pour m'engouffrer dans la voiture bien chauffée de Michael qui m'accueillit d'un coup d'œil appréciateur. Je me laissai aller sur le siège, bien engoncée dans mon manteau. J'adore me faire conduire, sans doute parce que ça ne m'arrive que très rarement. Michael conduisait avec détermination, et son ample véhicule se faufilait en douceur sur les petites routes étroites. Il portait un manteau bleu marine sur un costume sombre qui lui donnait l'air plus riche et moins louche que d'habitude. Pressentant que je l'observais, il tourna la tête, rencontra mon regard, et sourit.

« À quoi pensez-vous ? »

Je répondis avant que mon cerveau n'ait eu le temps de mettre le holà.

« Je me demandais pourquoi vous ne vous étiez jamais marié, pourquoi vous n'aviez pas eu d'enfants. »

Il fronça les sourcils.

« On dirait ma mère. Je conduis ma vie de la façon qui me plaît. Nous y voilà – nous nous trouvions à Castletown, avec ses lions sculptés, ses colonnes de pierre en guise de portails, et ses pelouses. Nous serons arrivés d'ici à une ou deux minutes. »

Je me redressai un peu sur le siège et repoussai une mèche de cheveux qui s'était échappée du chapeau.

« Combien serons-nous ?

– Une trentaine. Il s'agit d'un dîner-buffet. Laura est une des spécialistes les plus supportables de votre hôpital. Son mari Gordon travaille à Londres, dans le quartier des affaires. Ils sont très riches. Il y aura d'autres médecins, un ou deux peut-être. » Michael esquissa un sourire un peu moqueur. « On va vous offrir un échantillon de la société provinciale. »

Il quitta la route et s'arrêta au début de l'allée qui conduisait à la maison. Celle-ci m'apparut gigantesque, intimidante. N'allais-je pas dépareiller avec ma tenue ?

« C'est le genre de maison dans laquelle j'imagine les parents de Finn, remarquai-je.

– La leur se trouvait une ou deux rues plus bas », répondit Michael, le visage soudain plus sérieux. Il descendit de la voiture, fit le tour et vint m'ouvrir la porte. Ce n'est pas Danny qui aurait fait ça. « Laura et Gordon étaient très proches de Leo et de Liz. Je suppose qu'il y aura aussi d'autres amis à eux ici ce soir.

– Essayez de vous souvenir que je ne la connais pas, Michael.

– Vous ne connaissez pas Finn, répéta-t-il, un sourire de conspirateur aux lèvres. Je vais essayer de m'en souvenir. »

Il me prit par le coude et me fit remonter une allée bordée de rhododendrons. Une Mercedes était garée devant une maison de style classique, dont le porche était éclairé par une lanterne. Derrière les minces rideaux, je distinguai les silhouettes d'invités éparpillés en petits groupes, tandis que me parvenaient le tintement de verres, le murmure de voix et le rire de gens qui se sentaient à l'aise les uns avec les autres. J'aurais dû mettre la robe bleue raffinée, en fait, et du rose sur mes lèvres. Michael renifla l'air sans se cacher.

« Vous sentez ? demanda-t-il.

– Quoi ?

– L'argent. Il y en a dans l'air. Partout. Mais on ne peut pas y toucher. » L'espace d'un instant sa voix se fit amère. « Est-ce qu'il ne vous arrive jamais d'avoir l'impression que des gens comme Laura et Gordon se trouvent à l'intérieur et que vous restez dehors, le nez écrasé contre la vitre ?

– Si vous sonniez, peut-être qu'ils nous laisseraient entrer.

– Vous avez gâché mon image. »

Il heurta le lourd marteau de cuivre. Presque immédiatement une belle femme au visage bordé de boucles gris acier vêtue d'une longue jupe de taffetas nous ouvrit la porte. Derrière elle s'étalait un hall spacieux dont les murs étaient recouverts de nombreux tableaux.

« Michael ! » Elle l'embrassa sur les joues par trois fois, à la française. « Vous êtes sans doute le docteur Laschen. Moi, c'est Laura. – Samantha », répondis-je. Sa poignée de main était ferme. « Je vous suis très reconnaissante de m'avoir invitée. – Nous sommes si impatients de vous voir arriver à l'hôpital. Il n'y en a plus pour longtemps à présent, n'est-ce pas ? » Mais elle n'attendit pas ma réponse. On ne souhaitait sans doute pas que je me mette à parler boutique. Et je ne pouvais pas mentionner le nom de Fiona. Ça ne me laissait pas beaucoup de sujets de conversation. Le salon était rempli de gens qui se tenaient en petits groupes serrés, un verre rempli d'un vin couleur ambre à la main. Les hommes portaient tous des costumes sombres – c'est seulement dans leur cravate qu'ils se montrent parfois aventureux. La plupart des femmes étaient en robe longue. De délicats joyaux scintillaient à leurs oreilles et à leurs doigts. Michael paraissait tout à fait à l'aise dans ce milieu, c'était étonnant. Il s'immisça sans préambule dans un petit cercle formé par quatre personnes et prit la parole d'une voix affable :

« Bonjour, Bill – un homme corpulent avec, comment dire, une de ces ceintures enroulées autour de la taille, serra avec empressement la main qu'il lui tendait. Karen, Penny, et c'est Judith, n'est-ce pas ? Permettez-moi de vous présenter une nouvelle voisine. Voici Samantha Laschen. Samantha est médecin. Elle est en train de monter un nouveau centre de soins à l'hôpital général de Stamford. »

Cela fut accueilli par un murmure trahissant un intérêt mesuré. « Il s'agit d'un service en relation avec les traumatismes. Pour des gens qui perdent leurs moyens après des accidents, enfin ce genre de choses. Je me trompe ? »

Je grommelai quelque chose d'anodin. Disserter sur les traumatismes, c'était *ma* spécialité, pas la sienne. Je n'aimais pas beaucoup l'entendre faire par un amateur mal renseigné. Je reçus un concert poli de bienvenue, qui fut suivi d'une courte pause. Mais je me trouvais au milieu de professionnels des réceptions mondaines. Au bout d'une demi-heure, j'avais discuté de jardinage avec Bill ou encore comparé les vertus de la ville et de la campagne en compagnie d'un homme bedonnant à la voix grave et aux sourcils en forme d'accent circonflexe dont je ne réussis jamais à découvrir le nom. Une dénommée Bridget, dont les cheveux étaient remontés en un haut chignon, me parla des dernières activités des terroristes défenseurs des animaux. Des histoires de chiens volés dans des laboratoires de recherche, de sabotages à l'université, de vandalisme dirigé contre des véhicules agricoles.

« Moi-même je ne mange pas de veau, me confia-t-elle. J'ai lu dans un article un jour qu'ils sont si faibles dans les élevages qu'ils ne peuvent même pas se tenir debout, les pauvres bêtes. Et puis de toute façon je n'ai jamais trouvé que la viande de veau avait beaucoup de goût. Mais ces actions n'ont rien à voir avec ça. Le problème c'est qu'elles sont commises par des gens de la ville qui ne comprennent rien aux traditions rurales.

– Vous voulez dire comme celles qui consistent à forcer des bassets à fumer des cigarettes ? »

Je me retournai pour découvrir mon nouvel interlocuteur. Un jeune homme au visage grave, aux cheveux coupés très court et aux yeux extraordinairement pâles me fit un petit signe de tête puis s'éloigna tranquillement vers un plateau de boissons.

« Ne faites pas attention à lui, me dit Bridget. Il cherche juste à nous provoquer. »

On me fit naviguer d'une main experte de groupe en groupe, tandis que des femmes en jupe noire s'empressaient de verser du vin dans mon verre ou de me présenter de minuscules canapés surmontés d'une crevette savamment redressée ou d'une fine tranche de saumon saupoudrée d'aneth. Au bout du compte, je me retrouvai à nouveau en compagnie de Laura.

« Samantha, je vous présente mon mari, Gordon. Gordon, Samantha Laschen. Tu te souviens, l'amie de Michael. Et voici Cleo. » Cleo était plus grande que moi, plus corpulente aussi. Elle était vêtue d'une robe rouge vermillon, et ses cheveux, sans doute blonds par le passé mais aujourd'hui couleur gris poussière, pendaient librement sur les épaules, encadrant les poches de son visage intelligent marqué par l'âge.

« Nous étions en train de parler de Leo et de Liz. »

Je prétendis un vague intérêt tout en m'inquiétant de savoir si je n'avais pas de mayonnaise sur le menton. Je le caressai d'une main faussement songeuse. Il n'y avait rien. À moins que je n'aie réussi qu'à l'étaler.

« Vous ne pouvez pas ne pas être au courant. Leo et Liz Mackenzie. Ces gens qui ont été assassinés chez eux le mois dernier.

– En effet, j'en ai entendu parler, répondis-je.

– Et puis il y a leur fille aussi, bien sûr, Fiona, une enfant charmante. Elle a survécu, évidemment, après avoir passé quelque temps à l'hôpital général de Stamford. J'ai entendu dire qu'elle avait reçu une blessure terrible et qu'elle reste très marquée. C'est affreux.

– Oui, horrible, renchéris-je.

– C'étaient des amis à nous, presque des voisins. Nous jouions au bridge avec eux chaque premier jeudi du mois. Leo avait une excellente mémoire des cartes, la meilleure que je connaisse.

– Quel gâchis ! » intervint Gordon en remuant la tête avec vigueur ; une expression compassée de tristesse se dessina sur son visage. À l'évidence, ce n'était pas la première fois qu'ils jouaient ce duo du souvenir douloureux.

« Qu'est-il arrivé à Fiona ? » C'était Cleo qui avait posé cette question. Elle avait réussi à se procurer une assiette et attrapait à présent une poignée d'asperges enroulées dans du bacon sur le plateau de la serveuse qui passait.

« Personne ne sait où elle se trouve aujourd'hui. Elle a disparu.

– Michael le sait forcément. » Gordon se tourna vers moi. « C'était son généraliste attitré. Mais il est la discrétion incarnée.

– Comment était Fiona ? » Je bénis Cleo d'avoir posé les questions que je me sentais incapable de poser, tout en remarquant à quel point ils parlaient de la jeune fille comme si elle était morte.

« Charmante. Bien sûr, elle a eu ces problèmes de poids, la pauvre petite. Donald – Laura saisit le bras d'un homme au teint cadavérique et l'attira dans notre groupe –, Cleo nous demandait de lui parler de Fiona. Elle passait beaucoup de temps avec votre fille, il me semble ?

143

– Fiona ? » Il fronça les sourcils. Une tige d'asperge glissa de son bracelet de bacon au moment où je l'approchai de ma bouche et vint se loger entre mes pieds.

« Vous savez, Fiona Mackenzie, celle dont les parents ont été...

– Oh, Finn ! » Il réfléchit un instant. « C'était une jeune fille tout à fait agréable. Elle n'était pas agitée comme certaines adolescentes, ni insolente. Sophie ne l'a pas vue depuis son départ, naturellement, mais je crois qu'elle lui a envoyé une lettre par l'intermédiaire du commissariat. »

Je tentai de le titiller un peu pour obtenir de lui des informations plus précises.

« C'est pourtant un âge difficile, non ? Les petits amis. Les fêtes, et j'en passe. » Je lâchai la remarque dans la conversation puis je pinçai les lèvres pour faire comme si elle ne venait pas de moi.

« Des petits amis ? Oh ! je ne crois pas que ça l'ait concernée le moins du monde. Non, ainsi que je vous l'ai dit, c'était une enfant charmante et polie. J'ai toujours pensé qu'elle était un peu trop sous la coupe de Leo. C'était une gentille petite, au risque de me répéter. »

Ce fut tout. Le dîner fut servi à neuf heures et demie. Il y avait des petits pâtés en croûte au gibier sauvage agrémentés de feuilles de roquette, des petits croissants de pâte à chou fourrés au poisson, des brochettes de poulet mariné à l'indienne, un tas de fromages variés disposés sur un grand plateau de bois, une pyramide de mandarines dans une vasque. Je passai le repas à boire par petites gorgées, à manger, à hocher la tête et à sourire, sans arrêter de penser que Finn était sans doute venue dans cette maison, sans cesser de me demander aussi comment elle pouvait être issue de cette espèce de monde haut de plafond et pourtant s'adapter si bien au mien. Assise sur un fauteuil tapissé de jaune, mon assiette perchée sur les genoux, je me retrouvai soudain submergée par l'angoisse familière de ne pas être à ma place, pas ici, pas plus dans l'univers de la banlieue dont je venais et dont j'avais toujours voulu m'échapper, et à présent (je me sentis envahie par une vague de panique) pas non plus dans ma propre maison, où une jeune fille aux cheveux soyeux s'occupait de ma fille et lui chantait des berceuses que seules les mères devraient susurrer à leurs enfants. Si j'avais été seule, j'aurais même sans doute croisé les bras sur ma poitrine et je me serais mise à me balancer d'avant en arrière, me laissant aller à ce mouvement de détresse que mes patients emploient souvent. Je voulais Elsie, je voulais Danny, et c'était tout. « Va te faire foutre, Danny, je ne vais pas rester assise là à pleurnicher », murmurai-je dans un souffle.

« *Orange mécanique?*

– Quoi ? » Je fronçai les sourcils et me retournai, brusquement interrompue dans mes songes. C'était l'homme aux cheveux courts.

« Votre tenue. Vous êtes venue déguisée en personnage d'*Orange mécanique.*

– Je ne l'ai jamais vu.

– C'était un compliment. Vous ressemblez à ces personnages qui s'introduisent dans les maisons de gens aveuglés par leur respectabilité et qui s'amusent à les secouer un peu. »

Je fis le tour de la pièce du regard.

« Vous pensez que ces braves gens ont besoin d'être secoués ? »

Il rit.

« Traitez-moi de libéral mou mais, après une soirée comme celle-là, je commence à penser que les Khmers rouges n'avaient pas tort. Rasez les villes. Tuez tous ceux qui portent des lunettes. Emmenez les autres dans les champs et transformez-les en travailleurs manuels.

– Vous portez bien des lunettes vous-même.

– Pas en permanence. »

Je l'observai et il me rendit mon regard. Je le connaissais depuis à peine trente secondes, mais je pouvais déjà dire qu'il était l'homme le plus séduisant que j'aie rencontré depuis mon départ de Londres. Il leva son verre dans le geste de porter un toast ironique et j'aperçus l'alliance à son doigt. Et voilà.

« Vous êtes une amie du docteur Michael Daley ?

– Nous ne sommes pas à proprement parler amis.

– Le médecin chasseur.

– Pardon ?

– Vous avez entendu parler du médecin volant. Et du médecin des ondes. Et de l'infirmière qui chante. Michael Daley est le médecin chasseur.

– Que voulez-vous dire ?

– Ça me paraît clair. Il part à cheval poursuivre des animaux sauvages ; il lui arrive de les attraper et de les mettre en pièces. Après quoi les chasseurs triomphants se barbouillent les uns les autres avec les entrailles de leurs proies. Une autre de ces traditions rurales dont on vous a vanté les mérites.

– Je ne savais pas que Michael s'adonnait à ça. Je ne pourrais vous dire pourquoi mais je n'arrive pas à l'imaginer en train de chasser.

– Au fait, je me présente, je m'appelle Frank.

– Moi, c'est...

– Je sais qui vous êtes. Vous êtes le docteur Samantha Laschen. J'ai lu quelques-uns des articles passionnants que vous avez consacrés à l'interprétation des désordres psychiques. Et je sais que vous êtes en train de mettre en place le nouveau service spécialisé dans le traitement des traumatismes à l'hôpital de Stamford. Vous êtes la nouvelle vache à lait de la Fondation de Stamford.

– Le but de mon service n'est pas précisément de rapporter de l'argent », protestai-je avec toute la sécheresse qu'il m'était possible de démontrer sans perdre la face. Les questions ambiguës et les manières humoristiques de Frank m'attiraient et me perturbaient à la fois.

« Eh bien, Sam, il me semble que nous devrions nous retrouver pour prendre un verre un de ces jours dans un endroit moins surfait et discuter de savoir comment la fonction et le but de quelque chose comme votre unité de traitement des traumatismes peuvent se révéler différents de ce qu'ils semblent être au premier abord.

– Ça me paraît un peu abstrait.

– Comment avance votre service ?

– Il ouvrira cet été.

– Qu'est-ce que vous faites en attendant ?

– Un livre, et d'autres trucs.

– Des trucs ? »

Ce n'est pas un verre mais toute une bouteille de vin blanc que Frank attrapa sur un plateau ambulant, pour remplir nos deux verres. Je jetai un nouveau coup d'œil lourd de considérations muettes sur son alliance, tandis qu'une envie de prendre des risques m'envahissait, ce qui n'était chez moi qu'une autre façon d'être malheureuse. Les yeux plissés, songeurs, il me regardait.

« Vous représentez un paradoxe, vous savez. Vous voilà chez Laura et Gordon Sims mais vous n'appartenez pas, Dieu merci, à leur cercle d'amateurs de bridge et de chasseurs d'opérette. Vous arrivez à la soirée en compagnie de Michael Daley mais vous prétendez ne pas être de ses amis. Tout cela est bien mystérieux. Pourquoi un expert en matière de stress post-traumatique...

– Bonjour, professeur. »

Frank fit volte-face.

« Tiens, voilà le médecin chasseur. J'étais justement en train de mettre le docteur Laschen au courant de vos passe-temps favoris.

– Et vous lui avez parlé des vôtres ?

– Je n'en ai pas. »

Je me tournai vers Michael et fus surprise de voir sa mâchoire se durcir sous l'impulsion de la colère. Il me regarda.

« Je dois vous dire, Sam, que Frank Laroue est l'un des " théoristes " à qui nous devons toutes ces opérations d'incendies de granges, de protestations contre le traitement des veaux, et d'effractions dans les laboratoires de recherche. »

Frank accueillit la remarque d'un signe de tête ironique.

« Vous me flattez, docteur. Je ne crois pas que les activistes attendent les instructions d'un petit universitaire tel que moi. Vous êtes beaucoup plus efficace de l'autre côté.

– Que voulez-vous dire ? »

Frank m'adressa un clin d'œil.

« Ne soyez pas si modeste quant à vos activités récréatives, docteur Daley. Permettez-moi de faire votre publicité à votre place. Monsieur se trouve être le conseiller d'une commission secrète et officieuse composée d'universitaires, de membres de la police et d'autres citoyens sérieux, commission qui surveille les actions et les publications de gens tels que moi qui ont le tort de s'intéresser à des considérations écologiques, et qui fait en sorte que nous soyons régulièrement ennuyés, *pour décourager les autres* [1]. Je me trompe ? »

Michael ne répondit pas. « J'ai peur qu'il ne soit l'heure de rentrer, Sam. »

Il m'avait saisi le bras, ce qui en soi me donna envie de résister et de rester, mais je cédai à la pression.

« À la prochaine », murmura Frank tandis que je passais près de lui.

« C'est vrai, ce que Frank a dit à votre sujet ? » demandai-je dès que nous nous trouvâmes dans la voiture. Michael démarra et nous nous éloignâmes.

« Oui, je participe à des chasses à courre. Oui, je conseille une commission qui surveille les activités de ces terroristes. » Il y eut un long silence comme nous quittions Stamford. « Ça vous pose un problème ? finit-il par demander.

– Je ne sais pas. Il y a quelque chose là-dedans qui laisse un mauvais arrière-goût. Vous auriez dû m'en parler.

– Je sais, répondit-il. Je suis désolé.

– Tout cela est tellement puéril. Des petits jeux d'espions entre voisins. »

Michael fit une brusque embardée, freina, et stoppa la voiture. Il tourna la clé de contact ; le moteur frissonna et se tut. J'entendis le bruit de la mer qui venait doucement s'écraser en contrebas de la route. Il se tourna vers moi. Seuls les contours de sa silhouette se détachaient, tandis que son visage me demeurait invisible.

« Il n'y a rien de puéril dans tout ça. Vous vous souvenez de Chris Woodeson, ce chercheur en sciences du comportement ?

– Oui, ça me dit quelque chose.

– Nous savons tous que ces chercheurs mettent des rats dans des labyrinthes, pas vrai ? Alors quelqu'un lui a envoyé un colis piégé qui lui a sauté à la figure. Maintenant il est aveugle. Il a trois enfants, vous savez.

– Je sais.

– Frank Laroue peut s'avérer charmant parfois, les femmes l'adorent, mais il joue avec les idées et il arrive que

---

1. En français dans le texte *(N.d.T.)*.

148

d'autres les mettent en pratique. Pourtant il refuse d'accepter ses responsabilités.

– D'accord, mais...

– Je suis désolé. J'aurais dû vous en parler plus tôt, mais Baird m'a demandé de ne pas le faire. Je vais vous l'apprendre malgré tout. Il existe un magazine publié par ces activistes défenseurs des animaux, une publication illégale, diffusée sous le manteau. Il imprime les adresses de gens accusés de torturer des animaux, ce qui revient à inviter ses lecteurs à prendre contre eux des mesures de rétorsion. En décembre, un numéro est paru dans lequel se trouvait l'adresse personnelle de Leo Mackenzie, le milliardaire de l'industrie pharmaceutique.

– Mais enfin, Michael, pourquoi ne pas m'avoir tenue au courant ? Baird a vaguement mentionné ces activistes comme une possible piste dans l'affaire. Il ne m'a jamais dit qu'il s'agissait d'une connexion directe.

– Ce n'est pas moi qui ai pris la décision de vous tenir à l'écart de ça. »

Je ne pouvais pas voir son visage. Exprimait-il du remords ? Du défi ?

« Avec cette information, la police étant également au courant, je n'arrive pas à croire que vous n'ayez rien trouvé de mieux que d'installer Finn au beau milieu de nulle part avec Elsie et moi. Ça vous a paru une bonne idée ?

– Nous ne l'aurions pas fait si nous n'avions pas pensé qu'elle y serait en sécurité.

– C'est facile à dire pour vous.

– Je devrais peut-être ajouter que c'est Philip Carrier qui m'a le premier informé de l'existence de ce magazine. Carrier est un des détectives qui enquêtent sur ces activistes. Et ce n'est pas pour m'apprendre la publication du nom de Leo Mackenzie qu'il m'avait appelé.

– Ah non ? Pourquoi alors ? Vous n'allez pas me dire qu'ils ont imprimé mon adresse personnelle ? Ce serait le bouquet.

– Non. C'est de mon nom et de mon adresse qu'il s'agissait.

– Les vôtres ? » Je me sentis rougir d'embarras. « Mon Dieu, je suis désolée.

– Il n'y a pas de quoi.

– Qu'est-ce que vous allez faire ? »

Michael remit le contact et nous repartîmes.

« Je fermerai la porte à double tour le soir, c'est à peu près tout. Ne vous inquiétez pas, il en faut plus pour m'impressionner.

– C'est à force de poursuivre des meutes.

– J'ai également d'autres activités. Il faut que je vous montre mon bateau. On pourrait faire une sortie, passer une journée sur l'eau. S'éloigner de tout ça. »

Je marmonnai une vague réponse.

« Qu'est-ce que vous faites samedi ? »

Je me contentai à nouveau de marmonner.

« Je viendrai vous prendre après le petit déjeuner. »

Cette nuit-là, il me fut impossible de dormir. J'enfilai ma chemise de nuit – celle que m'avait donnée Danny, pleine de son odeur dans les replis du tissu – et je restai assise à ma fenêtre à écouter le ressac. Je crois que je me mis à pleurer. Si Danny était entré dans la pièce, je l'aurais allongé sur le lit sans un mot. Et je l'aurais déshabillé sans hâte, je l'aurais embrassé avec tendresse, et j'aurais couvert sa nudité de mon corps ; j'aurais écarté ma chemise de nuit et fondu sur lui, je l'aurais attiré en moi, sans quitter son visage des yeux. Je lui aurais demandé de nous emmener, de vivre avec nous, de m'épouser, de me faire un enfant.

À l'aube, je m'endormis.

17

« Une vache à lait ? »

La suggestion parut amuser Geoffrey Marsh, qu'elle semblait presque flatter.

« C'est ce qu'il m'a dit.

– Vous ne devriez pas croire tout ce que des inconnus vous racontent à des soirées. Qui était-ce ?

– Un dénommé Frank Laroue, un universitaire. » Geoff Marsh sourit à l'énoncé du nom. « C'est un ami à vous ?

– Je le connais. Il pense sans doute que tout ce qui touche à la médecine occidentale tient du complot capitaliste visant à maintenir les travailleurs en état d'infériorité. Cependant, dans le cas présent, il n'a pas tort. Le stress post-traumatique constitue une discipline en voie de développement, ça ne fait pas le moindre doute. »

Le lundi suivant la réception, Geoff et moi nous retrouvâmes attablés devant un café et des croissants pour un petit déjeuner de travail. Je lui avais répété les mots de Laroue histoire de l'agacer un peu et je fus tout à fait surprise de le voir les prendre au sérieux.

« Mais enfin, vous ne pouvez envisager que les traumatismes rapportent réellement de l'argent », protestai-je.

Marsh secoua la tête avec vigueur et avala une bouchée de croissant.

« Cela vous surprendra peut-être, mais c'est le cas. Vous avez vu le jugement rendu la semaine dernière en faveur des pompiers de Northwick après leur plainte pour traumatisme. Quels étaient les dommages et les coûts correspondants ? Cinq millions de livres et des poussières ?

– Tant mieux pour les pompiers.

– Et encore plus pour nous. À mon avis, on ne va pas tarder à voir les compagnies d'assurances insister sur la nécessité de s'engager dans une politique prévisionnelle de traitement du stress pour se protéger contre des litiges à venir. Et nous sommes en position tout à fait favorable pour devancer le marché et fournir ce traitement.

– Je croyais que le but de ce service était de répondre à un besoin thérapeutique, pas de protéger les investissements des compagnies d'assurances.

– Les deux volets ne sont pas contradictoires, Sam. Vous devriez être fière de cette opportunité qui s'ouvre à nous. Après tout, ce service est votre enfant.

– Il m'arrive de penser que mon enfant ne prend pas la voie que j'avais envisagée pour lui.»

Geoff vida sa tasse; son visage prit une expression sentencieuse.

«Vous savez bien qu'il ne faut pas empêcher ses enfants de suivre l'orientation qu'ils choisissent.

– Merci, docteur Spock, répondis-je avec amertume. L'enfant dont nous parlons n'est même pas encore né.»

Geoff se leva et s'essuya la bouche avec une serviette en papier.

«Sam, je veux vous montrer quelque chose. Venez par ici.»

Il m'emmena jusqu'à une des fenêtres de son large bureau qui surplombait l'hôpital. Du doigt, il m'indiqua un coin du domaine sur lequel il s'élevait, où l'on pouvait voir quelques hommes coiffés de casques orange s'affairer mollement autour d'une baraque de tôle.

«Nous nous agrandissons, reprit-il. Stamford s'étend. Nous nous trouvons au bon endroit, sur la côte active de l'Angleterre. Nous sommes à deux pas de Londres, proches de l'Europe, sur un terrain en friche. J'ai un rêve, Sam. Imaginez que cet hôpital privé parvienne à réaliser tout son potentiel et qu'on le lance sur le marché boursier. Nous pourrions devenir le Microsoft de la santé.»

Je suivis son regard, complètement estomaquée.

«J'imagine qu'à présent vous allez me demander de transformer les pierres en pain. Malheureusement je ne peux pas rester ici dans le désert pendant les quarante jours qui me restent parce que je dois retourner à mon soi-disant livre.»

Geoff me regarda d'un air déconcerté.

«De quoi parlez-vous, Sam?

– Ce n'est rien, Geoff. Je vous verrai la semaine prochaine, de retour dans le monde réel.

– Mais c'est ça le monde réel, Sam.»

Tout en quittant Stamford par la route qui m'était à présent familière, je songeai tristement qu'il avait probablement raison, puis je me mis à penser au reste de mon monde, à Elsie, à Danny, à Finn, à mon livre, et mon humeur prit une couleur plus sombre encore. Elsie était à l'école, Danny se trouvait Dieu sait où, mais quand j'arrivai à la maison je découvris Finn assise sur le canapé, un magazine étalé sur les genoux, le regard perdu dans le vide. Le cœur serré, je jetai un coup d'œil à l'escalier qui conduisait à mon bureau, puis je pris une profonde inspiration et la rejoignis.

«Qu'est-ce que tu dirais d'une promenade?» proposai-je.

Nous partîmes en silence. Nous prîmes sur la gauche et, durant environ deux kilomètres, nous suivîmes le bord de la mer, avant de tourner brusquement de nouveau à gauche. Nous longions le bord d'un champ labouré délimité par un fossé si profond qu'on aurait presque dit un canal. Devant nous, il n'y avait rien d'autre que de fragiles rangées d'arbres alignés aussi droits que les poteaux d'une barrière, que je supposai faire office de protection contre le vent.

J'étais plongée dans d'intenses réflexions. Nous étions le 19 février. Finn était chez nous depuis quatre semaines. Il me restait encore deux semaines avant de mettre fin à cet épisode, peut-être trois. Mais pour Elsie, cet expédient temporaire était devenu sa vie. Elle adorait descendre l'escalier chaque matin pour nous retrouver toutes les deux, Finn dans ma vieille chemise de nuit, moi dans une tenue sans le moindre rapport avec le travail de bureau, assises à la table de la cuisine à boire du café en bavardant. Elle aimait que je la conduise à l'école tous les matins et que je l'emmène jusqu'à la porte de la salle de classe avec les autres parents, que j'embrasse en vitesse sa joue piquante de froid quand la cloche sonnait en lui promettant de venir la chercher l'après-midi. Et chaque jour, quand la cloche retentissait à nouveau à quatre heures moins vingt, je la voyais se précipiter en courant de l'école, emmitouflée dans son manteau, son sac à déjeuner dans une main, souvent une feuille de papier rigide barbouillée de couleurs vives dans l'autre, et il m'apparaissait clairement qu'elle était ravie d'être comme les autres enfants. Je faisais très attention de ne pas mettre mes tenues les plus extravagantes quand j'allais la chercher. J'essayais de discuter avec les autres mères des lotions anti-poux et de la prochaine vente de charité de l'école. Pendant quelques instants, il me prenait à moi aussi l'envie de me fondre dans le décor. À l'heure du goûter, Finn préparait des toasts au miel pour Elsie, c'était devenu une sorte de rituel. Quand venait pour Elsie le moment de se coucher, Finn entrait sur la pointe des pieds dans sa chambre pour lui dire au revoir tandis que je lui lisais des histoires. Je me rendis compte un jour qu'elle nous avait donné le sentiment d'être une véritable famille plutôt qu'un simple couple mère-fille, chose que Danny n'avait jamais vraiment réussi à faire. Et je compris aussi que c'était parce que je ne lui en avais jamais laissé la possibilité.

Mais pour Finn autant que pour moi cela représentait un leurre, une fausse vie de conte de fées. Bientôt il lui faudrait retourner dans un monde d'amis et d'avocats, d'examens, d'obligations, de fêtes, de compétition, de sexe, d'université, de hasard et de douleur.

Nous parvînmes au niveau d'une petite église d'allure austère, à peine plus grande qu'une boîte, dont les murs gris étaient percés d'une seule fenêtre ; une notice à l'extérieur précisait qu'elle datait du VIIIe siècle. Elle avait servi de grange, d'étable et, conformément à la tradition locale, d'entrepôt clandestin pour des tonneaux de vin de contrebande. Et ayez l'obligeance de ne pas jeter vos détritus s'il vous plaît. De but en blanc, je demandai à Finn si elle avait pensé à ce qu'elle allait faire. Elle haussa les épaules, envoya promener un caillou en dehors du chemin, et enfonça plus profond ses mains dans ses poches.

« Tu ne peux pas rester ici, tu le sais. Je vais commencer à travailler d'ici à deux mois. Et puis de toute façon ta vie n'est pas ici. »

Elle marmonna une réponse inaudible.

« Quoi ? » Je tournai la tête dans sa direction. Son visage renfrogné était battu par le vent.

« J'ai dit que ma vie n'est nulle part, reprit-elle avec colère.

– Écoute, Finn...

– Je ne veux pas en parler, d'accord ? Vous n'êtes pas ma mère, il me semble.

– À propos de mère, continuai-je d'une voix aussi dégagée que possible, perturbée par la rage qu'elle manifestait, la mienne arrive demain. Elle vient déjeuner. »

Finn leva la tête. Son visage avait perdu son expression de résistance butée.

« Comment est-elle ? Elle vous ressemble ?

– Je ne crois pas. » Je marquai une pause et souris. « Mais peut-être plus que je n'aime à le penser. Elle est sans doute plus proche de Bobbie. Très respectable. Elle est furieuse que je ne me sois toujours pas mariée. Je crois qu'elle se sent gênée par rapport à ses amies.

– Elle voudrait que vous épousiez Danny ?

– Oh ça non !

– Est-ce que Danny reviendra bientôt ? »

Je haussai les épaules et nous repartîmes, reprenant la grande boucle paresseuse qui nous ramènerait à la maison.

« Sam, qui était le père d'Elsie ?

– Un type sympa », répondis-je avec sécheresse. Puis je me radoucis et me surpris à révéler à Finn une chose que je n'avais pratiquement jamais dite à personne. « Il est mort quelques mois avant sa naissance. Il s'est suicidé. »

Finn ne dit rien. C'était la seule réponse possible. J'y vis une ouverture.

« Tu ne parles jamais de ton passé et je le comprends. Mais j'aimerais que tu me racontes quelque chose. Parle-moi de ce qui a été important pour toi, une personne, une expérience, ce que tu veux. »

Finn continua d'avancer sans que rien dans son attitude indique qu'elle m'avait bien entendue. Je m'inquiétai de savoir si je ne l'avais pas poussée à se renfermer plus avant. Après une centaine de mètres elle se mit à parler, sans ralentir le pas, le regard toujours fixé droit devant elle.

« On vous a dit comment j'avais passé l'année dernière ?

– Quelqu'un m'a dit que tu avais fait un tour en Amérique du Sud.

– Oui. Tout ça me semble très vague et très lointain à présent, au point que j'ai du mal à distinguer les différents pays que j'ai visités. Ça a représenté une drôle de période pour moi, comme une sorte de temps de convalescence et une renaissance. Mais je me souviens d'une fois en particulier. J'étais au Pérou et je suis allée voir les ruines du Machu Picchu, un temple qui a eu beaucoup d'importance à l'époque de l'Empire inca. Quand on s'y trouve au moment de la pleine lune, on peut payer sept dollars pour assister à ce qu'ils appellent le *boleto nocturno*, et on vous fait faire le tour des ruines la nuit. C'est ce que j'ai fait. J'ai regardé l'Intihuatana – c'est le seul calendrier de pierre qui n'a pas été détruit par les Espagnols – et je suis restée là dans les rayons de lune à penser à la lumière et à la façon dont les empires déclinent et meurent comme les gens. L'Empire inca a disparu. L'Empire espagnol aussi. Et je me disais que tout ce qui survivait c'étaient ces pierres, ces ruines, ces petits morceaux, et cette lumière sublime. »

Je n'avais jamais entendu Finn parler de cette manière auparavant et je me sentis profondément affectée par ses paroles.

« C'est magnifique. Qu'est-ce qui t'a donné l'envie de me dire ça maintenant ?

– C'est vous qui l'avez demandé », lâcha-t-elle. Je crus percevoir dans sa réponse un agacement glacé, à moins qu'il ne s'agît seulement du vent froid qui soufflait de la mer du Nord.

Au moment où la maison apparut devant nous, Finn ouvrit à nouveau la bouche :

« Qu'est-ce que vous allez lui faire à manger ?

– Leur faire à manger. Mon père l'accompagne. Oh ! je ne sais pas. J'irai au supermarché acheter un truc tout fait.

– Je peux préparer le déjeuner à votre place ?

– Tu veux faire la cuisine ?

– Oui, ça me ferait plaisir. Et est-ce qu'on pourrait aussi inviter le docteur Daley ? »

Je constatai avec étonnement que quelque part en moi je n'appréciais pas l'attachement que Finn continuait d'éprouver pour Michael Daley. C'était pourtant un lien compréhensible. Il représentait un contact avec la normalité, il était beau, c'était son médecin de famille. Cependant, ma vanité perverse souhaitait qu'elle dépende de moi, au moment même où je renforçais ma résolution de la voir partir dans les deux semaines à venir.

«Je vais l'appeler.

– Et Danny?

– Nous nous passerons peut-être de Danny cette fois-ci.»

L'espace d'un instant le visage de Danny m'apparut, son visage nocturne, tendre, rugueux, nettoyé de l'ironie qu'il arborait en général dans la journée, ce visage qu'il ne présentait qu'à moi, je l'espérais, et je me sentis envahie par une folle bouffée de désir. Je ne savais même pas où il se trouvait. Je ne savais pas s'il était à Londres ou dans une autre ville. Mais qu'est-ce que je foutais donc dans ce pays boueux, à aider une gamine déglinguée tandis que je perdais mon amant?

Ce sentiment de malaise ne me quitta pas de la journée; il me collait comme le mauvais temps, au point que même le fait d'aller chercher Elsie à l'école ne parvint pas à dissiper mon humeur maussade. Elle aussi se révéla grognon et je tentai de l'égayer en lui racontant que Finn et moi avions visité une église qui avait autrefois servi de cache à des pirates pour entreposer les trésors qu'ils avaient débarqués de leurs bateaux.

« Quels trésors? demanda-t-elle.

– Des couronnes d'or, des colliers de perles, des boucles d'oreilles en argent. Ils les enterraient et après ils dessinaient une carte qu'ils signaient avec leur propre sang.»

Quand nous rentrâmes à la maison, Elsie était déterminée à dessiner sa propre carte au trésor. Finn et moi nous installâmes autour d'un café dans la cuisine tandis qu'Elsie, penchée bien en avant sur la table, le front plissé, un petit bout de langue glissé au coin des lèvres, barbouillait une feuille en utilisant presque toutes les couleurs de ses feutres magiques. Le téléphone sonna et Linda décrocha.

« C'est pour vous, cria-t-elle depuis le premier étage.

– Qui est-ce ?

– Je ne sais pas. »

Je maugréai en me dirigeant vers le salon, où je pris l'appareil.

« Docteur Laschen ?

– Oui. À qui ai-je l'honneur ?

– Frank Laroue. J'ai été ravi de vous rencontrer samedi et j'espérais que nous pourrions nous revoir.

– Avec plaisir, répondis-je d'une voix calme alors que mon cerveau paniqué battait la chamade. Qu'est-ce que vous aviez en tête ?

– Que diriez-vous de m'inviter à prendre le thé dans votre nouvelle maison ? J'aime voir comment les gens vivent.

– Et votre femme ?

– Ma femme est absente.

– J'ai peur que ma maison ne soit pas vraiment en état de recevoir des visites pour le moment. Pourquoi ne pas nous retrouver en ville pour prendre un verre ? »

Nous nous mîmes d'accord sur l'heure et le lieu, et la conversation prit fin avant que j'aie eu le temps de changer d'avis. Je me demandai si je devais mettre Michael Daley au courant, mais j'abandonnai bientôt cette idée. J'étais censée aller faire un tour sur son bateau. C'était bien suffisant. J'avais le droit de m'amuser un peu, et que Danny aille se faire voir.

« On dirait trois pirates toutes les trois. Tu ne trouves pas, Elsie ? déclara Finn au moment où je retournai dans la cuisine. Sam, moi et toi.

– Ouais, répondit Elsie.

– Tu as fini ?

– Ouais. »

J'éclatai de rire.

« Alors on va signer la carte du trésor, toi, moi, et Finn ? »

Les yeux d'Elsie se mirent à briller.

« Ou-ai-ai-ais, répondit-elle avec enthousiasme.

– Bon, alors où est le feutre magique rouge ?

– Non, dit Elsie. Je veux du sang. On va la signer avec du sang.

– Elsie !» protestai-je d'une voix sèche, en jetant un coup d'œil anxieux en direction de Finn. Elle se leva et quitta la pièce. « Elsie, il ne faut pas dire des choses pareilles. » Finn revint à la cuisine et s'assit à côté de moi. « Regardez. » Elle tenait une aiguille entre le pouce et l'index. Elle souriait. « Ne vous inquiétez pas, Sam. Je vais mieux. Ce n'est pas parfait, mais je vais mieux. Regarde, Elsie, c'est facile. » D'un coup sec, elle enfonça l'aiguille dans l'extrémité de son pouce gauche, puis elle se pencha et fit tomber une goutte écarlate sur la carte d'Elsie. Avec le chas de l'aiguille elle retoucha la goutte pour dessiner un F assez réussi. « À votre tour, Sam.

– Non, je déteste les aiguilles.

– Mais vous êtes médecin.

– C'est bien à cause de ça que je suis devenue médecin, pour pouvoir piquer les autres, pas moi.

– Votre main, ordonna-t-elle d'une voix impérieuse. N'ayez pas peur. J'en ai pris une autre pour vous. » Je tendis la main avec mauvaise grâce et tressaillis quand elle enfonça l'aiguille dans le bout de mon pouce. Puis elle le pressa au-dessus de la feuille.

« J'imagine qu'il va falloir que j'écrive Samantha, ronchonnai-je.

– Un S suffira », corrigea Finn en riant.

Je donnai à la goutte de sang la forme d'un S.

« Et maintenant Elsie, déclara Finn.

– Je vais prendre le sang de maman. » Le ton était sans appel.

Finn fit sortir une autre goutte de mon pouce et Elsie l'étala. Le résultat de l'opération faisait penser à une framboise écrasée. Je regardai mon pouce.

« Ça fait mal.

– Laissez-moi voir », dit Finn. Elle me prit la main et examina mon pouce. Il y avait une pointe de rouge au bout. Elle se pencha et le fit disparaître d'un coup de langue, puis leva vers moi ses grands yeux noirs.

« Et voilà, déclara-t-elle. Dorénavant, nous sommes sœurs de sang. »

18

« Sam, Sam, réveillez-vous. »

Un murmure à mon oreille me tira d'un chaos de rêves. Devant moi, un visage très pâle émettait un gémissement terrifié. Je me redressai dans mon lit pour lire les chiffres verts de mon radio-réveil.

« Finn, il est trois heures du matin.

— J'ai entendu du bruit dehors. Il y a quelqu'un. »

Je fronçai des sourcils incrédules, mais bientôt je perçus moi aussi quelque chose. Un crissement. À présent j'étais debout, tout à fait réveillée dans l'air froid de la nuit noire. Je pris Finn par la main et me précipitai dans la chambre d'Elsie. Je soulevai ma fille dans mes bras, emportant avec elle son duvet, son ours, et tout son attirail, et la ramenai dans ma chambre sans qu'elle lâche son pouce, un bras toujours ballant hors des draps. Je l'allongeai sur mon lit où, après un vague bredouillement, elle se remit en boule dans sa couette, étreignit son ours, et reprit sa nuit. Je décrochai le téléphone et composai le 999.

« Bonjour, quel service demandez-vous ? »

Je n'arrivais pas à me souvenir du numéro que Baird m'avait donné. Je faillis hurler de frustration.

« J'habite aux " Ormeaux " près de Lymne. Il y a un rôdeur. Il faut que la police vienne. S'il vous plaît, prévenez l'inspecteur Baird au commissariat général de Stamford. Mon nom est Samantha Laschen. » Ô mon Dieu ! elle voulait que je l'épelle. Mais pourquoi ne m'appelais-je pas Smith ou Brown ? Elle termina enfin de prendre le message et je raccrochai. Je songeai aux rapports d'autopsie des Mackenzie et j'eus bientôt la sensation que des insectes me couraient partout sur la peau. Finn se serrait fort contre moi. Quelle était la meilleure chose à faire ? Mon cerveau grouillait d'idées. Barricader la porte de la chambre ? Descendre toute seule et essayer de retenir le rôdeur assez longtemps pour que la police ait le temps d'arriver ? Tout à coup je ne pensais plus qu'à Elsie. Elle n'avait rien demandé, rien de tout ça n'était sa faute. Serait-elle plus en sécurité si je parvenais à la séparer de Finn ?

« Suis-moi », chuchotai-je.

Je nourrissais le vague projet de dégotter une arme quelque part mais soudain – trop vite à coup sûr pour succéder à mon appel – je perçus des bruits de moteur, puis le crissement du gravier et les éclairs lancés par des gyrophares. Je regardai par la fenêtre. Il y avait des voitures de police partout, des silhouettes noires se bousculaient. J'aperçus même un chien. Je m'approchai de Finn pour la prendre dans mes bras, en lui susurrant des paroles de réconfort, la bouche collée contre ses cheveux.

« Tout va bien maintenant, Finn. Tu es en sécurité. La police est là. Tu as bien fait, ma chérie, très bien. Tu peux te détendre à présent. »

J'entendis des coups à la porte. Je regardai à nouveau par la fenêtre. Il y avait un groupe d'agents en uniforme dans l'allée et un deuxième plus loin. Une autre voiture se garait devant la maison. Je dévalai l'escalier en nouant la ceinture d'une robe de chambre et j'ouvris la porte.

« Tout le monde va bien ? me demanda l'agent à la porte.
– Oui.
– Où se trouve Fiona Mackenzie ?
– En haut, avec ma fille.
– Nous pouvons entrer ?
– Bien sûr. »

L'homme se tourna.

« Allez vérifier l'étage », ordonna-t-il.

Deux agents, dont une femme, passèrent devant moi et montèrent l'escalier en bois en courant, avec grand fracas.

« Que se passe-t-il ?
– Une minute », répondit le premier agent. Un autre policier se précipita vers lui et lui chuchota quelque chose à

l'oreille. « Nous avons appréhendé un homme. Il prétend vous connaître. Pourriez-vous venir l'identifier ?

– Bien sûr.

– Vous voulez vous habiller ?

– Non, ça ira comme ça.

– Dans ces conditions, suivez-moi. Il est assis dans la voiture là-bas. »

Mon cœur battait presque à m'en faire mal tandis que je m'approchais du groupe de silhouettes agglutinées autour de la voiture. En arrivant à son niveau, je ne pus m'empêcher d'éclater de rire en découvrant un Danny échevelé fermement entravé par deux agents.

« Tout va bien, dis-je. C'est un ami. Un ami proche. »

Les agents le lâchèrent un peu à contrecœur. L'un d'eux pressait un mouchoir contre son nez.

« Très bien, monsieur, déclara le second. À l'avenir, vous feriez bien d'éviter de rôder dans les jardins en pleine nuit. »

Danny ne répondit pas. Il leur jeta un regard furieux, auquel j'eus droit moi aussi, et se dirigea vers la maison. Je le rattrapai à la porte.

« Qu'est-ce que tu fabriquais ?

– Ma saloperie de camionnette est tombée en panne dans le village, alors j'ai dû faire le reste à pied. Quelqu'un m'a agrippé par-derrière et je me suis défendu.

– Je suis contente que tu sois venu, oh, si tu savais ce que ça me fait plaisir ! murmurai-je en glissant mes bras autour de sa taille. Et je suis vraiment désolée. » Un rire incontrôlable me monta à la gorge, comme un sanglot.

J'entendis à nouveau le gravier crisser derrière moi. Je me retournai pour voir une voiture banalisée freiner et s'arrêter. La porte s'ouvrit et il en émergea une silhouette massive. Baird. Il fit quelques pas mal assurés dans notre direction, puis s'arrêta et scruta le visage de Danny d'un œil vitreux.

« Quelle bande de crétins ! dit-il en passant devant moi pour pénétrer dans l'entrée. Bon sang, j'ai besoin d'un café. »

« Vos hommes sont arrivés à une vitesse peu commune », remarquai-je.

Baird était assis à la table la tête dans les mains. Danny se tenait dans le coin au fond de la pièce ; il serrait dans une

162

main un verre de whisky qu'il remplissait de temps en temps à la bouteille qu'il tenait dans l'autre.

« Ils étaient dans le coin, répondit Baird.

– Pourquoi ?

– Il paraît que vous avez rencontré Frank Laroue.

– C'est Daley qui vous l'a dit ?

– Nous avons des raisons de penser que cet homme est dangereux, Sam. Et nous savons qu'il vous a contactée. »

Je restai interloquée un long moment.

« Mais enfin comment... ? Vous m'avez mise sur écoute ?

– C'était une précaution élémentaire, riposta Baird.

– Putain, lâcha Danny avant de quitter la pièce.

– Que sait-il ? demanda Baird.

– Et moi, qu'est-ce que je sais ? Pourquoi ne m'avez-vous rien dit ? Vous considérez Laroue comme un suspect ? »

Baird fronça les sourcils et regarda sa montre.

« Bon Dieu ! À mon sens, il y a de fortes chances que le meurtre des Mackenzie soit lié à la vague d'attentats commis dans l'Essex, autour de Stamford. Il nous semblait possible qu'on cherche à s'en prendre à Fiona Mackenzie. Soyez gentille de présenter mes excuses à votre ami. » Il se leva, prêt à partir. « Pour votre gouverne, demain... – il s'arrêta et esquissa un pauvre sourire – ... enfin, aujourd'hui même, un de mes collègues dénommé Carrier va opérer un coup de filet dans tout le comté. Frank Laroue sera du nombre des interpellés ; il va être poursuivi pour différents griefs incluant la conspiration et l'incitation à la violence.

– La barbe ! m'exclamai-je. Ça signifie donc qu'il va me falloir remettre à plus tard le verre que je devais prendre avec lui.

– Ce n'était pas très prudent. Enfin, je suis sûr que maintenant vous êtes tout à fait hors de danger.

– Et si les défenseurs des animaux n'avaient rien à voir avec le meurtre des Mackenzie ?

– Dans ce cas les meurtriers étaient sans doute des cambrioleurs.

– Qui auraient volé quoi ?

– Le cambriolage a tourné court, ils ont été dérangés. Dans un cas comme dans l'autre, vous n'avez plus rien à craindre.

163

– Là, vous vous trompez. Mes parents viennent déjeuner aujourd'hui. »

Plus tard dans la matinée, vers dix heures, quelqu'un frappa quelques coups timides à la porte. Un jeune homme très mince, un gosse en vérité, dont les cheveux étaient tirés en arrière en queue de cheval, se tenait sur le pas de la porte, un sac à la main et aux lèvres un sourire partagé entre admiration et nervosité. Son sourire s'effaça quand il me vit apparaître.

« Miss Fiona a demandé des légumes, dit-il en me fourrant le sac dans les mains.

– Des vrais produits de la ferme ? Peut-on espérer de la vraie cuisine maison après ça ? » s'émerveilla Danny.

Finn et Elsie sortirent de la cuisine. Elles avaient toutes les deux relevé leurs manches et Elsie s'était entouré la taille d'un torchon en guise de tablier.

« Pourquoi vous n'iriez pas faire un tour avant l'arrivée de votre mère ? » suggéra Finn.

Était-ce là la jeune fille qui, à peine quelques semaines plus tôt, était incapable de mettre deux mots bout à bout ? Elle portait son nouveau jean bleu foncé et une chemise de coton blanc. Elle avait enfermé ses cheveux noirs dans un catogan retenu par un ruban de velours. Son visage avait pris un léger hâle à force de promenades en plein vent et la chaleur des fourneaux lui avait rosi les joues. Elle respirait la propreté, la jeunesse et la douceur, avec ses membres souples, ses fines épaules solides ; je savais que si je m'approchais assez d'elle je sentirais l'odeur du savon et du talc sur sa peau. À côté d'elle je me sentais vieille, défraîchie. Elle fit un pas en avant pour m'ôter le sac des mains et jeta un coup d'œil à l'intérieur.

« Des pommes de terre, annonça-t-elle. Et des épinards. C'est exactement ce qu'il nous fallait, pas vrai, Elsie ?

– Qui était ce garçon ? demandai-je.

– Oh ! ça, c'était Roy, le fils de Judith », répondit-elle avec désinvolture. Elle connaissait beaucoup plus de gens aux alentours que moi. Elle pouffa : « Je crois qu'il est un peu amoureux de moi. » Elle rougit depuis la racine de ses cheveux jusqu'à la base de son cou où sa cicatrice commençait déjà à disparaître.

Danny la suivit du regard alors qu'elle s'en retournait à la cuisine.

« Elle a l'air en forme.

– Toi et ce gamin avec sa queue de cheval », m'exclamai-je.

Danny ne rit pas.

Dehors le ciel était lumineux, d'un beau bleu pâle, et quoiqu'il ait neigé quelques jours auparavant – un crachotis de méchants petits flocons qui parsemaient les rainures des champs à la terre rouge – l'air était doux. J'avais coupé le chauffage et ouvert les fenêtres. Dans le jardin, les jonquilles rayonnaient et les tulipes se dressaient en une rangée de boutons bien fermés.

« On va se promener alors ? demanda Danny. Quand est-ce que tes parents arrivent ?

– Nous avons deux bonnes heures devant nous. On pourrait passer par Stoke-on-Sea (le village avait gardé son nom quoique la mer eût été repoussée beaucoup plus bas par les digues ; il se trouvait à présent encerclé par des marécages désolés et d'étranges jetées enfermées dans les terres) et rejoindre la côte par là. »

Il faisait si bon que nous n'eûmes même pas à prendre nos vestes. Par la fenêtre de la cuisine j'aperçus Finn la tête inclinée, le front barré d'un pli de concentration. Elsie était invisible. Danny m'attira contre lui et pendant une dizaine de minutes nous marchâmes en silence, nos pas bien réglés l'un sur l'autre. Puis il se mit à parler.

« Sam, il faut que je te parle.

– Oui ? » Il avait pris un ton sérieux, inhabituel ; une peur incompréhensible m'envahit.

« Ça concerne Finn, bien sûr, et toi, et aussi Elsie. Oh ! et puis merde, je ne sais pas, viens par ici. »

Il s'arrêta, me prit contre lui et enfouit son visage dans mon cou.

« Qu'est-ce qu'il y a, Danny ? Parle-moi. Nous aurions dû nous expliquer il y a longtemps. Je t'en prie, dis-moi ce qui se passe.

– Non, attends, murmura-t-il. Les corps s'expriment mieux. »

J'écartai de mes mains son pull et sa chemise, et je sentis la chaleur de son dos nu et fort sous mes doigts. Sa barbe de quelques jours me râpait la joue ; sans lever la tête il défit la ceinture de mon jean comme un aveugle et glissa une main dans mon pantalon. Il m'agrippa une fesse. Mon souffle sortait par petits à-coups.

« Pas ici, Danny.

– Pourquoi ? Il n'y a personne. »

Autour de nous les marais s'étalaient dans toutes les directions, ponctués par la présence de souches d'arbre et de carcasses rouillées, celles des bateaux qui s'étaient échoués là à l'époque où la mer avait été contenue derrière les digues. Il dégrafa mon soutien-gorge d'une main experte. Je repoussai son visage en le tirant par ses longs cheveux pas tout à fait nets et je vis qu'il se contractait sous l'effet d'une sorte de tension inquiète.

« Ne t'en fais pas, mon amour », chuchotai-je tout en déboutonnant son pantalon ; je le laissai baisser le mien et il me pénétra dans un élan désespéré tandis que mon jean et ma culotte gisaient autour de mes chevilles immobilisées. Nous demeurâmes emmêlés de la sorte dans l'immense espace vide sous un soleil tiède ; je songeais à l'image indigne que je devais offrir, tout en espérant qu'aucun agriculteur ne se mettrait en tête de faire un tour par ici en me demandant ce que ma mère dirait si elle me voyait.

« C'est délicieux, Finn. » Danny parlait la bouche pleine et ma mère, qui était assise en face de lui, l'observait sans réprimer une moue répugnée.

Finn nous avait préparé un jarret d'agneau rôti piqué d'ail et de romarin, servi avec des pommes de terre en robe des champs fourrées à la crème et au beurre et des épinards grossièrement hachés. Elle avait même pensé à acheter la veille de la sauce à la menthe au supermarché. Mon père avait apporté deux bouteilles de vin. Il avait revêtu ce qu'il estimait être une tenue sport, c'est-à-dire une veste de tweed, un pantalon d'un gris indéfini, une chemise bien repassée dont le premier bouton n'était pas fermé, le tout couronné par une raie impeccable qui traçait une route rose dans sa maigre chevelure grise. Ma mère mangeait avec minutie : elle se tamponnait les lèvres de sa serviette après chaque bouchée et prenait de petites gorgées de vin précautionneuses à intervalles réguliers. Finn ne toucha presque pas son assiette mais elle restait assise à la table, une lueur vive dans les yeux et un sourire nerveux aux lèvres. À sa droite se tenait Danny qui, tout en arborant ses manières les plus policées, se montrait assez peu prolixe me semblait-il. À sa gauche se trouvait Michael Daley, un Michael Daley déterminé à animer la conversation, sans ménager sa peine pour charmer tout le monde. Il était arrivé les bras chargés d'une masse de roses jaunes (pour moi), d'anémones (pour Finn qui les avait pressées contre sa poitrine comme une jeune mariée timide), de vin, distribuant des poignées de main fermes. Il écouta avec attention ma mère lui raconter l'horrible matinée qu'elle avait vécue, ne manqua pas d'interroger respectueusement mon père sur la route qu'ils avaient prise pour venir ici, fit monter sur ses épaules une Elsie qui n'arrêtait pas de gigoter, et se penchait d'un air consolateur vers Finn à chaque fois qu'il lui parlait, laissant tomber devant ses yeux une mèche de cheveux blond foncé. Ce n'était pas de la suavité de sa part ; il semblait simplement vouloir faire plaisir à tout le monde. Il se tournait sur sa chaise comme une girouette, remis en mouvement par chaque remarque. Il fit passer les légumes, se leva pour donner un coup de main à Finn dans la cuisine. Il était plein d'une étrange énergie nerveuse. Je me demandai soudain, abasourdie, s'il n'était pas en train de tomber amoureux de Finn, avant de songer que c'était peut-être plutôt de moi. Si tel était le cas, quelle serait ma réaction ?

Je regardai les deux hommes assis de part et d'autre de la jeune fille, l'un si sombre, si boudeur et si magnifique, l'autre plus beau, plus énigmatique. Et je voyais bien lequel des deux ma mère appréciait à chaque triste bouchée qu'elle mâchait avec soin. Une étrange tension régnait entre eux ; ils étaient en compétition, mais je n'arrivais pas exactement à comprendre à quel propos. Danny n'arrêtait pas de produire des petites formes, tirant de sa serviette en papier des fleurs et des bateaux.

Au dessert – des pommes au four (fourrées par Elsie aux raisins secs et au miel, même si ma fille s'était à présent retirée dans sa chambre sous le prétexte qu'elle voulait faire un dessin) –, ma mère me demanda d'une voix faussement intéressée : « Et comment se passe ton travail, Samantha ? »

Je bredouillais vaguement que je me trouvais dans une période de latence ; la conversation menaçait de s'éteindre (je vis même Michael se redresser un peu sur sa chaise, prêt à s'immiscer galamment dans le silence qu'il sentait arriver) quand mon père émit une petite toux formelle et posa sa serviette sur la table. Tous les regards se tournèrent vers lui.

« Quand j'étais prisonnier au Japon, j'ai vu beaucoup d'hommes mourir », commença-t-il, et mon cœur chavira. J'avais déjà eu droit à cette conversation. « Ils tombaient comme des mouches. » Il marqua une pause et nous attendîmes avec le respect automatique de ceux qui se sentent tenus de baisser la tête à l'annonce d'une tragédie. « J'ai vu plus de morts que vous n'en avez jamais eu l'occasion, et plus, j'en suis sûr, que tous tes chers patients n'en voient. »

Je regardai Finn, mais elle gardait la tête baissée, promenant un raisin sec sur le bord de son assiette du bout de sa fourchette.

« Je suis rentré et j'ai simplement repris le cours de ma vie. Je n'ai rien oublié. » Il posa la main sur sa veste de tweed au niveau de sa poitrine. « Mais j'ai mis cet épisode de côté. Tout ce tintamarre autour des traumatismes, du stress et des victimes, ça ne vaut rien de bon, tu sais. Ça ne fait rien d'autre qu'ouvrir de vieilles blessures. Le mieux c'est de ne pas revenir sur le passé. Je ne mets pas tes motivations en question, Samantha. Mais vous autres les jeunes, vous croyez avoir droit au bonheur. Vous ne pouvez pas éviter de souffrir comme les autres. Les traumatismes ! » Il s'esclaffa. « Tout ça ce sont des bêtises d'aujourd'hui. » Il leva son verre de vin et en but une gorgée. Ses yeux luisaient par-dessus le bord du verre. Ma mère prit une expression inquiète.

« Eh bien... commença Michael d'un ton compréhensif.

– Papa... » dis-je d'une voix plaintive dont l'origine remontait à mon enfance.

Mais la voix de Finn trancha sur nos amorces de réponses, douce et claire.

« D'après ce que je comprends, Mr. Laschen, le traumatisme est un concept utilisé à tort et à travers. On l'emploie souvent simplement pour parler de chagrin, de choc ou de deuil. Le véritable traumatisme est quelque chose de tout à fait différent. Les gens n'arrivent pas à s'en remettre. Ils ont besoin d'aide.» Ses yeux vinrent s'accrocher aux miens et je lui adressai un petit sourire. La pièce paraissait étrangement calme. «Pour certains traumatisés, la vie est littéralement insupportable. Ce ne sont pas des êtres faibles, des lâches ou des imbéciles; ils ont été blessés et il faut les soigner. Les médecins s'occupent de nos blessures physiques, mais il peut arriver que la blessure soit invisible. Il n'empêche qu'elle existe bel et bien. Vous avez souffert et vous ne vous êtes pas plaint, mais croyez-vous pour autant que les autres devraient souffrir aussi?» Personne ne dit le moindre mot. «Je crois que Sam aide beaucoup les gens. Elle les sauve. Ça n'a rien à voir avec le bonheur, comprenez-vous; c'est une question de capacité à vivre.»

Michael se pencha en avant pour lui retirer la fourchette qu'elle tenait, qu'elle continuait de promener dans son assiette. Il entoura ses épaules de son bras et elle se blottit contre lui avec reconnaissance.

«Finn et moi allons faire le café», annonça-t-il, et il l'entraîna vers la cuisine.

Ma mère rassembla bruyamment les assiettes à dessert.

«Les adolescentes montrent toujours des réactions très intenses», déclara-t-elle d'une voix indulgente.

Je regardai mon père.

«Tu sais quel est le problème? me dit-il.

– Non.

– Ta porte ferme mal. Je parie que c'est à cause des charnières. J'y jetterai un coup d'œil tout à l'heure. Tu as du papier carbone?

– Du papier carbone? Pourquoi veux-tu que j'aie une chose pareille?

– Tu en places sur le linteau, pour voir où ça frotte. Il n'y a rien de mieux.»

19

L'été de mes dix ans, nous avions passé les vacances à Filey Bay, sur la côte Est. Je n'y suis jamais retournée ; il ne m'en est resté que le souvenir de dunes de sable et d'un vent féroce et sale, un vent qui soufflait en rafales sur le front de mer le soir venu et qui envoyait voler des paquets de chips comme autant de petits cerfs-volants miteux. Je me souviens aussi que mon père m'avait emmenée avec lui faire une promenade en Pédalo. Mes pieds atteignaient à peine les pédales et j'avais dû m'asseoir bien en avant sur le siège tandis que mon père, confortablement adossé au sien, laissait traîner ses jambes dans l'eau, ses jambes maigres d'un blanc éclatant qui émergeaient d'un short incongru sur lui. J'avais regardé dans l'eau et tout à coup je m'étais rendu compte que je n'en voyais plus le fond, perdu dans les profondeurs brunâtres de la mer. J'éprouve encore aujourd'hui comme si c'était hier la vague de panique qui m'avait submergée à cet instant, engloutissant le moindre recoin de mon esprit. Je m'étais mise à hurler et m'étais agrippée au bras de mon père éberlué, à tel point que ma mère, sur la berge, avait cru qu'il s'était produit une catastrophe, même si notre petit bateau rouge paraissait flotter tranquillement à quelques mètres du rivage. Je n'aime pas l'eau, je ne m'y sens pas en sécurité et, même si je sais nager, j'évite de le faire dans la mesure du possible. Quand j'emmène Elsie à la piscine, je passe le plus clair du temps au bord du petit bassin, de l'eau aux genoux mais pas plus, et je la regarde barboter autour de moi. La mer ne représente pas à mes yeux un endroit où l'on s'amuse ; je ne la conçois pas comme un gigantesque parc d'attractions mais comme une étendue d'eau terrifiante qui avale les bateaux, les corps, et les déchets radioactifs. Parfois, surtout le soir quand le gris dégradé de la mer se fond dans le gris sombre du ciel, il m'arrive de me mettre devant ma porte d'entrée et de regarder le vaste miroir d'eau en imaginant le monde sous-marin qui grouille sous la surface placide, et cette perspective me donne le vertige.

À quoi avais-je donc pensé quand j'avais accepté une sortie en bateau avec Michael Daley ? Quand il m'avait appelée pour convenir d'une date j'avais répondu d'une voix enthousiaste que je serais ravie de faire du bateau en sa compagnie. J'aime que les gens me croient courageuse, intrépide. Je n'ai plus hurlé de terreur depuis mon enfance.

« Que faut-il que j'emporte ? avais-je demandé.

– Rien. J'ai une combinaison de plongée qui devrait vous aller, et bien sûr un gilet de sauvetage. N'oubliez pas de prendre des gants.

– Une combinaison de plongée ?

– Vous savez, la combinaison en caoutchouc que mettent les plongeurs. Je suis sûr que ça vous ira à merveille. Si par hasard nous chavirons, vous risquez de geler si vous n'en portez pas en cette saison.

– Chavirer ?

– Il y a un écho dans le téléphone ou c'est vous ? »

« Je n'arriverai jamais à rentrer là-dedans. »
J'avais devant les yeux une chose qui ressemblait à un assemblage de chambres à air noires et vert tilleul.
« Il faudra d'abord vous déshabiller. » Nous nous trouvions dans mon salon. Danny était parti pour Stamford acheter de la peinture, Finn était allée chercher du lait et du pain chez l'épicier du coin, et Elsie était à l'école. Michael avait déjà mis sa combinaison, sur laquelle il avait enfilé un ciré jaune. Cette tenue soulignait sa haute silhouette mince mais lui donnait l'air un peu incongru d'un astronaute sans son vaisseau, ou d'un poisson hors de l'eau.
« Oh !

– Enfilez un maillot de bain en dessous.

– D'accord. Je ferais mieux d'aller mettre ça dans ma chambre. Faites-vous un café si ça vous dit. »

Une fois dans ma chambre, je me déshabillai et revêtis mon maillot une pièce. Puis j'entrepris de glisser les jambes dans l'épais caoutchouc noir. Dieu, que c'était serré ! La combinaison élastique épousait fermement mes cuisses tandis que je la tirai pour la faire remonter sur mes hanches. J'avais l'impression de sentir ma peau suffoquer. Le pire fut d'enfiler mes bras dans les manches : on aurait dit que mon corps allait se déchirer sous la pression du caoutchouc. La fermeture Éclair se fermait dans le dos, mais il m'était impossible de l'attraper ; en vérité, il m'était presque impossible de lever les bras au-delà de l'horizontale.

« Tout se passe bien ? demanda Michael d'en bas.

– Oui, oui.

– Vous avez besoin d'aide ?

– Oui. »

Il entra dans la chambre et je nous aperçus tous les deux dans la glace, tels deux astronautes à longues jambes.

« J'avais raison, ça vous va bien », dit-il. Gênée, je rentrai mon ventre alors qu'il remontait la fermeture ; ses doigts chauds et le métal froid coururent le long des vertèbres saillantes de ma colonne. Je sentis son souffle dans mes cheveux.

« Mettez vos chaussons – il me tendit une paire de chaussons de caoutchouc – et nous pourrons y aller. »

Le bateau de Michael était aligné au côté d'autres petites embarcations, sur une plage de galets caressée par de longues rafales de vent glacé. Il avait aussi un petit garage à bateau où il rangeait apparemment ses voiles et son matériel de rechange ; en revanche, les bateaux eux-mêmes pouvaient passer toute l'année à l'air libre. Les coques dénudées émettaient un étrange sifflement, proche du rugissement du vent dans la forêt la nuit ; tous les cordages (« les haubans », rectifia Michael) qui retenaient les mâts tintaient les uns contre les autres. Au large, les petites vagues se soulevaient, frangées de blanc. Je voyais des bourrasques de vent agiter l'eau couleur d'ardoise. Michael rejeta la tête en arrière.

« Mmmm. Joli temps pour sortir en mer. »

La remarque me fit tiquer : ça n'augurait rien de bon. Au-delà de la bouche de l'estuaire, j'aperçus la petite forme solitaire d'un bateau aux voiles blanches qui versait de façon alarmante, au point qu'on voyait le fond (la « coque ») se soulever sur l'eau. Il n'y avait personne alentour. L'horizon disparaissait dans une brume grise. C'était le genre de temps où la nuit le dispute constamment au jour. Une gaze humide et froide recouvrait la surface des flots.

Michael retira l'épaisse toile cirée verte qui protégeait son bateau (il portait le nom de *Belladonna*, me dit-il, à cause de son spinnaker noir ; je ne pris pas la peine de demander ce que c'était). Il se pencha par-dessus bord et tira du fond de la coque un gilet de sauvetage.

« Enfilez ça. J'installe le gréement et nous pourrons y aller. »

Il étala d'un coup une grande voile couleur rouille et se mit à introduire de longues baguettes plates dans des poches pratiquées dans le tissu.

« Sans ces tiges, expliqua-t-il, les voiles battraient à tort et à travers. »

Puis il détacha un filin de la base du mât et le passa dans un taquet au sommet de la voile. Il enfila l'autre bout de la corde dans le gui – ça, j'en connaissais le nom – et l'attacha d'un nœud ferme.

« Ça, c'est la grand-voile. Nous ne la hisserons pas avant d'être à flot. »

Il suspendit une autre voile au moyen d'un autre filin qu'il décrocha du mât. Il en fixa la pointe au hauban de devant par une série de petites manilles et laissa la voile entassée sur le pont. Puis il enfila une longue corde dans un trou à la base du triangle formé par la toile ; il prit l'une après l'autre chacune des extrémités de cette corde et leur fit faire le tour du bateau, avant de les introduire dans une poignée et d'y faire un nœud en forme de huit pour les empêcher de lâcher. Enfin, il sortit un petit drapeau noir, l'attacha à une corde fixée au mât et le hissa jusqu'à ce qu'il s'imbrique dans l'encoche prévue au sommet.

« Voilà, il ne reste plus qu'à le mettre à l'eau à présent. »

J'étais frappée par l'autorité qu'il manifestait. Il avait les mains fortes et méticuleuses, et toute son attention se concentrait sur ses gestes. Il m'apparut soudain qu'il devait être un bon médecin, et je me demandai combien de ses patientes tombaient amoureuses de lui. Ensemble nous poussâmes *Belladonna*, qui se trouvait encore sur sa remorque, jusqu'au bord de l'eau. Puis Michael l'introduisit dans les flots mouvementés tandis que je tenais la corde.

« N'ayez pas peur de vous mouiller », me cria-t-il tout en escaladant le flanc du bateau. Il commença à enfoncer la quille dans sa fente et à hisser les métrages de voile qui claquaient au vent. « En fait, vous aurez plus chaud une fois qu'un peu d'eau aura pénétré dans votre combinaison et formé une pellicule contre votre peau.

– D'accord », répondis-je d'une voix tremblotante en m'enfonçant dans l'eau. J'avais les mains bleues, meurtries par l'amarre aux rares endroits où elles n'étaient pas engourdies par le froid, parce que j'avais oublié mes gants. « Quand ? criai-je.

« Comment ?

– Quand est-ce que je vais me réchauffer ? Je suis assiégée par les glaces, docteur Daley. »

Il rit, découvrant une belle rangée de dents blanches ; autour de lui les voiles déchaînées tire-bouchonnaient dans le vent. Tout à coup, tandis que la voile avant, puis la voile arrière, se tendaient contre le mât, le bateau cessa de ballotter ; les voiles se gonflèrent, prêtes à partir. Je n'eus plus l'impression de tenir un cerf-volant secoué par les vents, mais plutôt un chien impatient qu'on le lâche.

« Poussez encore un peu, dit Michael. C'est ça. Maintenant, sautez à l'intérieur. Je vous ai dit de sauter, pas de tomber. »

J'atterris au fond du bateau et dus me tortiller comme un poisson pour me redresser, ce qui fait que je me heurtai le genou contre la dérive. Le bateau s'inclina vers moi. De l'eau passa par-dessus bord. Je me retrouvai le visage à vingt centimètres de l'eau.

« Venez vous mettre à côté de moi, me dit Michael, qui ne semblait pas autrement inquiet de la situation. Asseyez-vous là, à côté de moi, et glissez vos orteils sous cette sangle-là. On appelle ça la courroie de sécurité. Grâce à elle, vous pouvez vous pencher en arrière sans tomber à l'eau. »

La barre dans une main, il avança le buste pour enfoncer la dérive, attraper la corde attachée à la petite voile et la tendre. Les voiles se raidirent ; je sentis le bateau cesser de cahoter mollement de droite et de gauche et prendre de la vitesse. À vrai dire, il se mit à accélérer beaucoup trop à mon goût.

« Bien, Sam. Le temps que nous couvrions cette bordée, et tant que le vent reste modéré...

– Modéré !

– Il ne va pas vraiment se lever tant que nous n'aurons pas dépassé la pointe. Nous serons alors en pleine mer.

– Oh !

– Tout ce dont vous avez besoin de vous souvenir, c'est que nous utilisons le vent pour nous emmener où nous voulons aller. Il viendra parfois de côté, et on parle alors de louvoyer ; quand il se trouve juste derrière nous, on dit courir vent arrière. Et il nous arrivera aussi parfois de naviguer complètement contre le vent...

– Et c'est ce qu'on appelle dessaler, j'imagine », croassai-je.

Il me lança un petit sourire narquois.

« Tout ce que vous avez à faire, c'est de tenir l'écoute du foc – il me fit atterrir sur les genoux la corde attachée à la petite voile – et de la diriger. Plus nous serrons le vent, plus vous tirez sur sa corde. Quand nous courrons vent arrière, vous lâcherez complètement la voile. Quand il s'agira de virer de bord, vous n'aurez qu'à donner du mou à la voile puis la ramener de l'autre côté. Je m'occuperai de tout le reste. D'accord ?

– D'accord.

– Il y a des gants supplémentaires dans la poupe. »

Je m'avançai pour les attraper mais le bateau se dressa dangereusement sur le côté.

« Penchez-vous en arrière ; non, Sam, mettez-vous en arrière pour maintenir le bateau en équilibre. En arrière, Sam. »

Je fis ce qu'il dit et j'eus l'impression de me retrouver suspendue au-dessus de l'eau, retenue uniquement par mes fragiles orteils. Mes mains glacées cherchaient l'équilibre dans

175

l'air froid, mes reins cambrés me faisaient mal, et je tendis le cou, de sorte qu'en levant les yeux je pouvais apercevoir l'eau derrière moi, à une distance alarmante du bateau. La dérive sortait des flots. Si je pliais le menton pour voir de l'autre côté du bateau, devant moi, je voyais le spectacle des vagues s'engouffrant dans la coque. Je fermai les yeux.

« Nous allons virer de bord. Quand je crierai : " Paré à virer ", vous lâcherez la corde et vous laisserez la voile battre au vent. Ensuite vous vous précipiterez de l'autre côté du bateau pendant que la bôme pivotera. Vous suivez ?

– Non. Si je bouge, le bateau va faire un tonneau.

– Chavirer.

– Dites chavirer si ça vous chante ; moi, j'appelle ça faire un tonneau.

– Ne vous inquiétez pas, nous n'allons pas chavirer ; le vent n'est pas si fort que ça. » Je n'aimais pas son intonation patiente, condescendante, supérieure.

« D'accord, on y va », criai-je en sortant la corde de son taquet. La voile se mit à claquer férocement au vent et le bateau fit une brusque embardée, dans un vacarme assourdissant. Je plongeai vers le fond du bateau et me pris les pieds dans la dérive. Michael repoussa la barre et alla tranquillement s'asseoir de l'autre côté du banc ; ce faisant, il me fit baisser la tête de la main. La bôme me frôla les cheveux dans un sifflement. Michael ramena son écoute, puis la mienne. Le bruit se fit moins fort, le battement de la voile prit fin, et le bateau se retrouva bien à plat sur l'eau grise. J'allai m'asseoir à côté de lui. Si je n'avais pas eu les mains paralysées de froid, elles auraient tremblé.

« La prochaine fois, attendez donc que je donne le signal, dit-il d'une voix douce.

– Désolée.

– Vous vous ferez bientôt aux manœuvres. Nous sommes bien, non ? » Le bateau était en équilibre à présent, il filait tranquillement toutes voiles dehors, gonflées, bien tendues. « Relaxez-vous et ne boudez pas votre plaisir. Regardez, un héron ! J'en vois souvent quand je sors en mer. Là-bas – il indiquait du doigt une avancée de rochers qui sortaient des eaux noires – se trouve Needle Point. Deux courants s'y rencontrent. C'est une zone très délicate, particulièrement par grande marée.

– Ce n'est pas par là que nous nous dirigeons, n'est-ce pas? demandai-je, inquiète.

– Je crois, répondit-il gravement tout en ramenant sa voile, que nous garderons ça pour un autre jour.»

Quelques minutes durant, *Belladonna* maintint sa direction et je n'eus rien d'autre à faire que rester assise sans bouger. Je regardai tantôt filer l'eau, tantôt le profil immobile de Michael, son haut front calme dont s'écartaient ses cheveux blonds, et je me sentis presque bien. Les vagues battaient sous la coque à un rythme régulier, un rayon de soleil perçait le ciel de plomb. Une autre embarcation passa derrière nous; les deux marins nous saluèrent amicalement d'une main gantée et je parvins à leur rendre leur salut, un sourire presque enjoué aux lèvres. À un moment nous entamâmes même un début de conversation.

«Vous supportez mal de vous retrouver prise en charge par quelqu'un, il me semble.

– C'est que je ne fais pas confiance à tant de gens que ça.

– J'espère que vous avez confiance en moi.»

Était-il en train de flirter avec moi? En ce cas, il n'avait pas très bien choisi son moment.

«J'essaie.

– Vous ne devez pas être très facile à vivre, docteur Laschen. Qu'en dit Danny?»

Je ne répondis pas; un vent humide me piquait les joues et les flots gris filaient au galop.

«Remarquez, il a l'air d'être tout à fait en mesure de se débrouiller tout seul, de se défendre. C'est un bonhomme qui a les pieds sur terre, il me semble.»

Si je n'avais pas été si concentrée sur la ligne lointaine de la côte et sur les plongeons et les sursauts du bateau, j'aurais considéré le mot «bonhomme» comme une fausse note. En l'état, je me contentai de hocher la tête et de tripatouiller d'une main absente le nœud glissant de mon écoute qui gisait sur mes genoux.

Après quoi Michael ramena la barre vers lui jusqu'à ce que le vent se trouve tout à fait dans notre dos, il releva la dérive d'un geste agile, lâcha sa voile qui s'ouvrit comme une énorme fleur tropicale, et me dit de mettre ma voile en travers pour qu'elle se gonfle de vent.

« Un petit peu de vent arrière, à présent, dit-il. Allez vous asseoir de l'autre côté, notre poids devrait être distribué de manière égale. »

La proue de l'embarcation se souleva et nous filâmes sur les vagues laiteuses.

« Restez vigilante, Sam. Si le vent tourne, il faudra que nous virions lof pour lof.

– Quoi ? Non, ne m'expliquez rien. Dites-moi seulement comment éviter que ça n'arrive. »

Michael se concentrait. Il jetait des coups d'œil au drapeau pour vérifier la direction du vent, avant d'ajuster un rien la tension des voiles. Le bateau roulait à donner mal au cœur ; il n'arrêtait pas de se lever et de retomber avec une brusquerie qui opérait d'étranges révolutions dans mon estomac. Je commençai à sentir ma langue se faire râpeuse et trop grosse pour ma bouche.

« Hum, Michael.

– Mmmm.

– Vous serait-il possible d'empêcher le bateau de tanguer un peu ? Je ne me sens pas très...

– Le vent tourne, il va falloir virer. Lâchez votre voile. »

Ça ne dut pas durer plus d'une seconde. L'espace d'un très court instant il me sembla que le bateau s'était complètement arrêté sur l'eau, pendant que les voiles pendouillaient mollement contre le mât. Puis je vis avec horreur la bôme, jusqu'alors immobile, pivoter et se précipiter vers nous. Le bateau fit une violente embardée. Mon estomac se contracta et je me levai, ne songeant à rien d'autre qu'à me pencher par-dessus bord pour vomir.

« Sam, asseyez-vous ! » s'écria Michael.

La bôme m'atteignit juste au-dessus de l'oreille avec une telle force que je me retrouvai plongée dans les ténèbres quelques instants. Je fus précipitée de l'autre côté du bateau, qui manqua de se renverser, et la bôme repartit dans l'autre sens. Cette fois elle me manqua (j'étais déjà à terre et presque évanouie) mais elle frappa Michael à la tête au moment où il se levait pour me venir en aide. Nous finîmes tous deux assis tels deux gros insectes noirs dans le fond du bateau, plein d'eau, la bôme virevoltant au-dessus de nos têtes, les deux voiles volant au vent. Je me sentais beaucoup plus en sécurité quand je ne voyais pas ce qui se passait.

« Ne bougez pas, ordonna-t-il.

– Mais... »

Il leva une main et, très doucement, avec beaucoup de soin, il replaça dans son trou une boucle d'oreille que le coup avait délogée.

« C'est bien vous, ça, de porter des pendants aussi insolites pour aller faire du bateau. Vous allez bien ? »

En fait, je me sentais tout à coup très calme, sans la moindre raison. Les nausées s'atténuaient, les pulsations de mon cœur affolé diminuaient ; seule la bosse sur le côté de ma tête me faisait mal. Le bateau continuait de gigoter dans les vagues, mais tant que les voiles n'étaient pas tendues le vent n'avait aucune prise. Michael constituait une présence si solide près de moi, il était si sûr de lui. J'apercevais le grain un peu rugueux de sa joue pas rasée, l'arc prononcé de sa lèvre supérieure, les grandes pupilles de ses yeux gris.

« Je ne vous mettrai jamais en danger », dit-il d'une voix douce, en me regardant.

Je réussis à esquisser un sourire mal assuré.

« La prochaine fois que nous sortirons ensemble, Michael, je pourrais peut-être vous emmener voir un film. »

179

20

Michael et moi fîmes le chemin du retour en silence. Je sentais que je l'avais déçu ; or l'idée de décevoir quelqu'un m'est tellement détestable que cela me met de mauvaise humeur. J'avais peur de lui parler avec sécheresse et je ne voulais rien dire que je puisse regretter, de sorte qu'il valait mieux pour moi ne pas ouvrir la bouche. Il mit une cassette de musique classique et je fis semblant de l'écouter avec attention. Le crépuscule laissait progressivement place à la nuit, ce qui me donna tout loisir d'admirer au passage les intérieurs éclairés des maisons, tandis que la voiture avançait en zigzag sur la route qui longeait la côte. La pénombre masquait l'étrangeté du paysage et lui donnait un air presque rassurant, cet air qu'on s'attend à trouver à la campagne. Une fois à destination, il me sembla que le volcan dans ma poitrine s'était à nouveau endormi. Je respirai un grand coup.

« Je ne pense pas être un marin-né, confessai-je.

– Vous vous êtes très bien débrouillée.

– Mouais, je vous crois. Et Nelson avait le mal de mer à chaque fois qu'il mettait le pied sur un bateau. Mais c'était vraiment gentil à vous de m'emmener. » Michael ne répondit pas. Un demi-sourire s'était dessiné sur ses lèvres. Je bafouillai pour meubler le silence. « Il faudra faire un nouvel essai. Je suis sûre que je peux faire des progrès. »

Et merde. À quoi est-ce que je m'étais encore engagée ? Mais Michael sembla apprécier ma proposition.

« Ça me ferait très plaisir.

– Vous verrez, dans peu de temps, tirer des bordées et virer n'auront plus de secret pour moi. »

Il rit. Nous sortîmes de la voiture et il me prit le bras tandis que nous nous dirigions vers la maison. Il faisait noir à présent. La fenêtre éclairée laissait deviner des mouvements à l'intérieur. Je m'avançai pour jeter un coup d'œil. Un feu vigoureux brûlait dans la cheminée. Danny était assis dans le fauteuil à côté, dos à la fenêtre. Je ne distinguais que quelques mèches de ses cheveux et la bouteille de bière qu'il tenait en équilibre de la main droite sur le bras du fauteuil. Mais je devinais son expression. Il était sans doute en train de regarder le feu en rêvassant. Elsie était en pyjama ; elle avait les cheveux mouillés aplatis d'un coup de peigne, le visage marbré de taches rouges dues autant à l'excitation qu'aux reflets des flammes. Elle était occupée à empiler ses briquettes de bois. Je n'entendais rien mais je voyais ses lèvres remuer sans arrêt. Elle parlait à Finn qui était allongée à ses côtés, également dos à la fenêtre. Il m'était impossible de voir si Finn lui répondait. Elle était sans doute simplement allongée, les yeux mi-clos. À mon sens, Elsie réagissait aussi bien au calme de Finn qu'à sa jeunesse. C'étaient deux petites filles, toutes les deux, elles évoluaient dans une intimité qu'il me serait toujours impossible de partager. L'ensemble formait une scène adorable, tellement adorable que j'éprouvai un serrement de cœur soudain de m'en sentir exclue. À moins que je ne m'en veuille de mon absence ?

Je sentis une main se poser sur mon épaule. C'était Michael.

« Quelle jolie scène familiale », dis-je, la voix teintée d'une sécheresse perceptible.

Michael mit du temps à répondre. Il observait avec fascination les trois personnages devant l'âtre. Il serrait les mâchoires, signe d'une satisfaction apparente.

« C'est votre œuvre, vous savez, dit-il.

– Que voulez-vous dire ?

– Quand j'ai parlé à la police, au moment où nous avons commencé à interroger les gens pour trouver un refuge pour Finn, tout le monde nous a dit des merveilles sur votre compte. Et vous vous êtes montrée à la hauteur de votre réputation. Je suis ébahi par ce que vous êtes parvenue à faire avec Finn. »

En fronçant les sourcils je repoussai Michael d'un geste un rien facétieux.

«Je n'ai pas besoin de vos flatteries, docteur Daley. De plus, je n'ai pas administré le moindre traitement. Tout ce que Finn a accompli, elle l'a fait de sa propre initiative.

– Vous vous sous-estimez.

– Ce n'est pas mon habitude.

– Vous avez tort, vous savez. En tant que médecin généraliste, je songe souvent à ce qu'était notre métier il y a un siècle, à l'époque où il n'y avait ni antibiotiques ni insuline, juste de la morphine, de la digitaline et une ou deux substances supplémentaires. Un médecin n'avait presque rien à sa disposition pour tenter d'influer sur le cours d'une maladie. Il n'était rien d'autre qu'un guérisseur. Il s'asseyait auprès d'un patient et, par sa seule présence, il parvenait à l'aider, peut-être simplement en lui tenant la main.» Le visage de Michael se trouvait à présent à quelques centimètres du mien, et c'est tout juste s'il ne chuchotait pas. « Vous avez un satané caractère. Vous êtes arrogante. Vous avez réussi. Vous pouvez vous montrer dure avec nous tous. Mais il n'empêche que vous l'avez, cette qualité humaine.»

Je restai silencieuse. Michael leva la main et d'un doigt m'effleura les cheveux. Allait-il m'embrasser, ici, alors que Danny n'était qu'à quelques mètres? Comment devrais-je réagir s'il le faisait? En l'espace d'à peine une seconde je m'imaginai avoir une liaison avec Michael, je nous vis nus tous les deux, puis je songeai aux conflits, aux angoisses et aux trahisons. Je lui pris la main avec affection, comme une sœur.

«Merci pour le compliment, même si vous vous trompez. Entrez prendre un verre. Un grog, ou ce que vous autres les marins avez l'habitude de boire.»

Il sourit et déclina mon offre d'un signe de tête.

«Il faut que je rentre me changer. Bonne nuit.»

J'entrai dans la maison nimbée de l'auréole euphorique qui vous vient quand vous avez eu droit à un concert de louanges exagérées. Au moment où je poussai la porte du salon trois têtes, trois expressions distinctes, se tournèrent dans ma direction. Danny semblait sourire, un peu ironique. M'adressait-il un reproche? Le visage d'Elsie luisait comme si le feu l'avait pénétrée tout entière. Finn se tourna un peu, comme un chat qui se serait approprié mon tapis et trouvé partiellement dérangé dans un profond sommeil. J'éprouvai un léger frisson d'inquiétude.

« Regarde, maman, regarde, dit Elsie, comme si je n'avais jamais quitté la pièce.

– C'est incroyable. Qu'est-ce que c'est ?

– Un secret. Devine.

– Une maison ?

– Non.

– Un bateau ?

– Non.

– Un zoo.

– C'est pas un zoo. C'est un secret.

– Qu'est-ce que tu as fait aujourd'hui ?

– Je suis sortie avec Dan et Fing. »

Je jetai un regard en direction des deux adultes pour recueillir plus de précisions.

« Nous avons construit un château de sable, expliqua Finn. Avec des galets. Et des boîtes de conserve.

– Merci, Finn. » J'allai m'asseoir sur le fauteuil et déposai un baiser sur le front boudeur de Danny. « Et merci à toi aussi.

– J'irai en ville demain, répondit-il.

– Un nouveau chantier ?

– Non. »

Ce n'était pas le moment, avec Finn et Elsie juste à côté de nous.

« Tout va bien ? murmurai-je à son oreille.

– Pourquoi ça n'irait pas ? répondit-il de ce ton neutre que j'avais tant de mal à décrypter.

– Pour rien. »

Il s'ensuivit un silence un peu gauche pendant lequel je surpris Finn et Elsie à échanger des sourires entendus.

« Qu'est-ce qui se passe, toutes les deux ?

– Demandez à Elsie ce qui est accroché à la porte, répondit Finn.

– Qu'est-ce qui est accroché à la porte de ta maison, Elsie ? »

Dans son excitation, Elsie ressemblait à un ballon qu'on aurait un peu trop gonflé et dont on se dit que si on le lâche il va vous gicler des mains et se mettre à voler dans tous les coins.

« Il y a une pelle accrochée à la porte, gloussa-t-elle.

– Et demandez-lui ce qu'il y a sur le paillasson.

– Qu'est-ce qu'il y a sur le paillasson, Elsie ?

– Un château de sable, lâcha-t-elle dans un cri de joie.

– Un château de sable sur le paillasson ? Voilà qui est bizarre.

– Et demandez-lui ce qu'il y a dans le lit de maman.

– Qu'est-ce qu'il y a dans le lit de maman ?

– Un gros câlin ! » Et Elsie se précipita vers moi les bras ouverts. La minuscule pression de ses mains sur mes épaules manqua me faire pleurer. Par-dessus l'épaule d'Elsie, je gratifiai Finn d'un merci muet.

Elsie voulut que Finn la mette au lit mais il n'était pas question qu'on m'enlève ce plaisir. J'insistai, et Elsie en fit de même dans son coin ; au final, je la pris dans mes bras et montai l'escalier chargée de mon petit fardeau indocile, tout en promettant que Finn viendrait l'embrasser et lui raconter une histoire de surcroît. Après m'être débarrassée de la combinaison de plongée et avoir enfilé un jean et un tee-shirt, je l'aidai à se brosser les dents, puis je lui lus en ronchonnant un peu un livre plein de jeux de prononciation.

« Je peux voir Fing maintenant ?

– Fais-moi d'abord une bise. »

Avec un soupir elle avança les lèvres, à la suite de quoi elle m'envoya chercher Finn, qui se faufila devant moi pour tenir son engagement auprès de ma coquine de fille. Danny était toujours assis dans le fauteuil, mais je vis qu'il était allé chercher une nouvelle bière. Je remarquai aussi trois bouteilles vides au pied du fauteuil.

« Je peux en avoir une gorgée ? » Il me tendit la bouteille. « Qu'est-ce qu'il y a ?

– On dirait qu'il est temps que je rentre à Londres, c'est tout.

– D'accord. »

Il y eut un silence, un silence désagréable. Je m'assis au pied du fauteuil et me penchai en arrière pour m'adosser contre ses jambes. Je sentis ses genoux frotter contre mes omoplates. Je bus une gorgée de bière puis lui rendis la bouteille.

« Que penses-tu de Finn ? lui demandai-je.

– Qu'est-ce que tu veux dire ?

– Comment va-t-elle, d'après toi ?

– Je ne suis pas médecin, docteur.

– Tu es un être humain.

– Merci, Sam.

– Tu as passé la journée avec elle, Danny. Dis-moi ce que tu penses d'elle.

– C'est une fille intéressante.

– Intéressante et abîmée, rectifiai-je.

– C'est toi le médecin.

– Tu la trouves attirante ? »

Danny fronça les sourcils.

« Mais bordel, où veux-tu en venir à la fin ?

– Quand Michael m'a déposée, nous avons jeté un coup d'œil dans la maison. J'ai vu Finn allongée par terre devant la cheminée. Et je me suis dit que si j'étais un homme je la trouverais sans doute très attirante. C'est un joli petit brin de femme.

– Eh bien, tu n'es pas un homme. »

Un silence se fit. Je tendis l'oreille, pensant entendre les pas de Finn dans l'escalier. À la place, j'entendis Elsie glousser à l'étage. Finn en avait encore pour quelques minutes.

« Danny, est-ce que ça te pose un problème ?

– Quoi ?

– Finn, cet arrangement. Ne fais pas comme si tu ne comprenais pas. »

Je sentis la main de Danny se poser sur ma tête. Tout à coup il m'empoigna les cheveux et m'attira en arrière. Je sentis ses lèvres contre les miennes, le goût de sa langue dans ma bouche. Sa main gauche remonta le long de mon ventre. J'éprouvai un violent désir pour lui, presque une douleur. Il arrêta son geste et recula au fond du fauteuil. Il m'adressa un sourire sardonique.

« Tu sais que je ne te dirai jamais comment mener ta vie, Sam. Mais...

– Chut ! »

Le bruit de pas dans le couloir parvint jusqu'à nos oreilles. Finn entra dans le salon et vint s'asseoir près de nous sur le tapis devant le feu.

« Elsie est sur le point de s'endormir. J'ai préparé des salades, annonça-t-elle. Et du pain frotté à l'ail. Je me suis dit que vous n'auriez pas très faim. J'espère que ça vous tente.

– Tu n'avais pas d'autres projets culinaires particuliers, Sam ? » ironisa Danny.

Finn gloussa.

« Je crois que ça m'ira très bien », répondis-je.

Danny but deux bières supplémentaires. Je préférai opter pour du vin. Finn resta à l'eau. Les salades étaient croquantes et pleines de couleurs. On aurait presque pu croire qu'elles sortaient des sachets en plastique que l'on trouve chez Marks & Spencer. Je leur parlai un peu de ma journée en bateau. Finn posa une ou deux questions. Danny ne dit presque pas un mot. Plus tard, nous retournâmes au salon avec le café ; dans la cheminée il ne restait plus que des braises. Danny prit encore une nouvelle bouteille de bière. Je disposai quelques morceaux de petit bois dans l'âtre et m'employai à souffler sur les braises jusqu'à ce que des flammes s'élèvent à nouveau. Le vent faisait trembler les fenêtres et envoyait de grosses gouttes de pluie s'écraser contre les vitres.

« C'est le genre de nuit où il est merveilleux de se retrouver devant un bon feu, remarquai-je.

– Arrête ton cirque, Sam, trancha Danny.

– Qu'est-ce qui te prend ?

– Tu parles comme dans une de ces saloperies de pubs. » Il alla se planter devant la fenêtre.

« Ça ne te ressemble pas, Sam. Qu'est-ce que tu fous ici ? Il n'y a rien que des arbres dehors, de la boue, des marécages, de la pluie, et puis la mer. Personne ne peut vivre dans une merde pareille, à part les mariolles qui vont à la chasse.

– Arrête, Danny, m'interposai-je en jetant un coup d'œil à Finn, que ces paroles avaient choquée.

– Pourquoi ? Qu'est-ce que tu en dis, Finn ? Tu aimes vivre ici ? »

Finn eut l'air paniquée par sa question.

« Je ne sais pas, marmonna-t-elle. J'ai des choses à ranger. Dans la cuisine. »

Elle quitta la pièce avec précipitation et je me tournai vers Danny, enragée.

« Pauvre con, sifflai-je. Mais à quoi tu joues ? »

Il haussa les épaules.

« La campagne, ça me fait chier. Tout ça m'emmerde au plus haut point.

– Comment as-tu osé parler comme ça devant Finn ? Comment as-tu pu faire une chose pareille ? Mais enfin qu'est-ce qui t'a pris ? Tu lui en veux ou quoi ? À moins que ce ne soit à cause de Michael ? Tu es jaloux, c'est ça ? »

Danny leva la bouteille et la vida.

« Je vais me coucher », annonça-t-il avant de quitter la pièce.

Je restai quelques minutes à feuilleter un magazine, en attendant le retour de Finn.

« Je suis désolée, commençai-je après qu'elle fut rentrée dans la pièce. Danny peut se montrer bizarre parfois.

– Ce n'est pas grave, répondit-elle. Je l'aime bien. J'aime la façon qu'il a de dire tout ce qu'il pense. J'aime le fait qu'il soit difficile. J'ai toujours eu un faible pour ce type d'homme sombre.

– Pas moi. »

Finn sourit et s'assit à côté de moi sur le tapis devant la cheminée. Elle se mit tout près de moi. Je sentis l'odeur de sa peau douce et chaude.

« Tu as un petit ami ? lui demandai-je.

– Vous savez ce que je déteste dans tout ça, dans ce qui m'est arrivé ?

– Non ?

– C'est cette idée que le fait de souffrir a fait de moi cette créature délicate, angélique, et le fait que tout le monde s'inquiète pour moi dès que quelqu'un sort un mot déplacé quand je suis dans la pièce. Non, je n'ai jamais eu de " petit ami ". À l'époque où j'étais grosse, personne ne s'intéressait à moi, bien sûr, et je ne crois pas avoir été alors très attirée par les garçons de toute façon. Ou peut-être que j'étais terrorisée. C'est peut-être en partie pour ça que j'étais grosse.

Après avoir perdu tous ces kilos, même si je n'avais encore rien d'une maigrichonne, je me suis sentie tout à fait différente, et alors j'ai couché avec quelques garçons à l'occasion. En particulier en Amérique du Sud ; ça faisait partie de l'aventure. C'est que – elle émit un gloussement rauque, inattendu – maman avait toujours dit que j'étais trop jeune pour me fixer. Ça vous choque ?

– Eh bien, oui. Enfin non, bien sûr que non. J'ai peur que moi-même, ma vie, et tout ça – j'embrassai d'un large geste la pièce qui nous entourait – ne te semble un rien terne.

– Oh ! absolument pas. » Finn se tourna pour me regarder dans les yeux. Elle me caressa la joue et y déposa un baiser, très doux. J'aurais voulu me reculer mais je me forçai à ne pas bouger. « Je ne vous trouve pas terne du tout. » Elle reprit sa position initiale. « J'ai été, enfin, soyons claire, je suis toujours, quelqu'un qui agit sur des pulsions. Quand Danny parlait de la campagne j'étais assez d'accord avec lui. Mais en même temps, pour moi, ce n'est pas un endroit où il ne se passe rien. J'ai cette idée dans la tête dont je n'arrive pas à me débarrasser. Il y a des gens dehors dans la nuit qui m'ont mis du Scotch sur la figure et un couteau dans la gorge, et ils n'hésiteraient pas à le refaire s'ils en avaient la possibilité.

– Arrête, Finn.

– Mais ça va encore plus loin que ça. Il y a cette image qui me revient sans cesse. Je ne sais pas si c'est un rêve. J'imagine cette maison au milieu de la nuit. Je perçois le faisceau d'une torche dehors et le bruit d'une fenêtre qu'on remonte. Des pas qui crissent dans l'escalier. Je me réveille avec du Scotch sur la bouche, la lame d'un couteau contre ma gorge. Puis ils se dirigent vers votre chambre. Puis vers celle d'Elsie...

– Finn, ça suffit ! » J'avais presque crié. « Tu ne dois pas dire des choses pareilles. Tu n'as pas le droit. »

Un goût amer m'avait envahi le gosier. J'aurais aimé pouvoir vomir.

« C'est la sensibilité de qui que vous voulez épargner ? demanda Finn. La mienne ou la vôtre ?

– La mienne, pour une fois.

– Comme ça vous saurez l'impression que ça fait. »

J'étais très en colère contre elle.

«Je connaissais déjà cette impression. Ce n'est pas une nouveauté pour moi. Tu as eu tort de dire ce que tu as dit sur Elsie. Ne ramène pas ma fille dans cette histoire.

– Je veux absolument qu'ils soient pris, Sam.» Il y avait quelque chose de désagréable, de théâtral dans son attitude.

«C'est ce que nous voulons tous.

– Je voudrais pouvoir aider. Je n'ai pas arrêté de réfléchir. J'aimerais pouvoir me rappeler quelque chose, n'importe quoi, un indice qui pourrait aider la police. Une odeur, peut-être, ou une voix. Je ne sais pas.»

J'avais l'esprit embrumé, par ses paroles, par le vin, la chaleur du feu, l'heure tardive. Je tentai de me forcer à penser avec clarté. Essayait-elle de me dire quelque chose?

«Finn, est-ce qu'il y a quelque chose que tu as gardé pour toi, quelque chose que tu n'as pas dit à la police?

– Je ne crois pas. Du moins...

– Est-ce que quelque chose t'est arrivé quand tu t'es fait attaquer? Est-ce que tu as bien tout dit à la police?

– Pourquoi voudriez-vous que je n'aie pas tout dit? J'aimerais bien m'être souvenue de quelque chose. Il y a peut-être un élément que je n'ose pas regarder en face. Peut-être que je suis lâche. J'ai besoin de votre aide. Pouvez-vous faire quoi que ce soit pour moi?»

Elle m'entoura de ses bras et me serra si fort que je percevais presque les battements de son cœur. Elle se cramponnait à moi avec un tel désespoir. Je n'aimais pas la tournure que prenaient les événements. Tout cela me paraissait malsain, comme si je me retrouvais séduite par quelqu'un qui savait que je ne pouvais pas le rejeter. Je l'entourai de mes bras comme une mère qui réconforte un enfant, mais en même temps j'avais l'impression de me regarder la réconforter, tout en me demandant ce que j'étais en train de faire. J'entretenais de nombreuses réserves sur mon rôle vis-à-vis de Finn, mon rôle de médecin ou d'amie, et à présent elle attendait de moi que je devienne un genre de psychologue détective, une sorte d'âme sœur.

«Sam, Sam, gémit-elle. Je me sens si seule, si perdue!» Si c'était là une sorte de crise, j'aurais aimé sentir que je maîtrisais mieux la situation, que je me faisais moins manipuler.

189

« Arrête et calme-toi. Ça suffit ! » Je la repoussai. Elle avait les yeux gonflés, pleins de larmes, elle haletait. « Écoute-moi. Nous sommes là pour te soutenir. Nous te protégeons. Personne ne te fera le moindre mal. D'accord ? Par ailleurs, il est tout à fait possible que tu sois victime d'une légère perte de mémoire associée au traumatisme émotionnel et physique que tu as subi, et on peut y remédier. Mais pour l'instant il est tard, nous sommes fatiguées, exténuées, et ce n'est pas le meilleur moment pour en parler. On peut prendre un certain nombre de mesures, mais je ne crois pas être la mieux placée pour le faire. Pour toute une série de raisons. Pour commencer, il y a des modes d'assistance thérapeutique que je ne peux pas te fournir et qui ne seraient pas adaptés à l'environnement dans lequel tu te trouves aujourd'hui. Il faudra y réfléchir. Je te considère... Non, c'est trop clinique. Tu es une amie très proche. Il faudra penser à des mesures à prendre. Mais pas maintenant. Pas même demain. À présent, tu devrais aller te coucher.

– Oui, Sam, dit-elle d'une voix fragile, plus calme.

– Tout de suite », insistai-je.

Elle acquiesça, finit une dernière gorgée de café et quitta la pièce sans que nous échangions un seul mot supplémentaire. Quand elle fut partie, je poussai un profond soupir. Qu'avais-je donc introduit dans ma maison ? Et Elsie adorait Finn plus que tout au monde ! Qu'étais-je en train de faire subir à tout le monde ?

Je montai dans ma chambre. Je laissai tomber mes vêtements au sol avant de me glisser entre les draps dans la pénombre. Je sentis la chaleur du corps de Danny. Je me mis à le caresser, passant les mains sur son dos, son ventre, sa poitrine, entre ses jambes. J'avais terriblement besoin de lui. Il se retourna et me serra violemment contre lui. Il m'embrassa fort, en me mordillant les lèvres de ses dents. Je sentis ses mains rugueuses sur mon corps. Je lui mordis l'épaule pour m'empêcher de crier, un cri de plaisir qui ressemblait presque à de la peur. Il m'immobilisa les bras au-dessus de la tête d'une main magistrale et de l'autre se mit à me caresser, à me caresser comme s'il réapprenait mon corps. « Ne bouge pas, ordonna-t-il alors que je me tortillais sous son entrave. Reste bien tranquille.» Et à chacun de ses coups de reins je sentais qu'il me baisait avec toute la passion contenue, avec toute la colère même, de la soirée passée. Il ne prononça jamais mon nom, mais il ne me quitta pas des yeux et je fermai les miens pour échapper à son regard. Après, je me sentis battue, blessée. Le souffle de Danny ralentit avant de retrouver un rythme régulier et je crus qu'il s'était endormi. Quand il se remit à parler, ce fut d'une voix empâtée et traînante, celle d'un homme à moitié endormi, qui parvient à peine à mettre de l'ordre dans ses pensées.

«Tu as regardé Finn? murmura-t-il. Je veux dire vraiment? Comme le grand médecin que tu es.» Je commençai à répondre mais il continua comme si je n'étais pas là et qu'il se contentait de penser tout haut. «Ou bien est-ce que toute cette histoire, ça se résume à Sam, Elsie, la maison, la campagne, et une nouvelle amie?» Le lit grinça quand il se retourna et je sentis son souffle sur ma joue. «Est-ce que tu l'as regardée, Sam? Comment tu dirais ça... de manière scientifique. Objective.

– Serais-tu obsédé par Finn, Danny?» Une idée horrible me traversa l'esprit. «C'est ça le problème? Tu as fantasmé sur elle?»

Je haletais, mon cœur battait à tout rompre, je sentais les pulsations dans mes oreilles.

«Tu ne comprends toujours pas, hein?»

Je le sentis se retourner à nouveau.

«Bonne nuit, Danny.

– Bonne nuit, Sam.»

Quand je me réveillai, le lendemain matin, Danny était parti.

21

«J'ai le droit de rentrer?
— Du moment que vous n'essayez pas de vous mêler de quoi que ce soit, répliqua Finn.
— Sois tranquille.»
Ma cuisine ressemblait au laboratoire d'un savant fou; elle retentissait de tintements et de murmures mystérieux, dans des nuages de buée étouffante. Il n'y avait pas un ustensile qui ne soit utilisé. Sur la plaque, une sauce mijotait dans une poêle; le couvercle d'une casserole tremblotait, secoué par les hoquets de vapeur qui s'échappaient par à-coups. Un bol d'eau contenait ce qui me sembla être des feuilles ramollies. Les escalopes de poulet avaient été glissées dans le four. Finn était occupée à hacher quelque chose à toute vitesse sur une planche, tchick-a-tchick-a-tchick, dans un bruit qui rappelait le roulement d'une caisse claire.

«Ce que je ne comprends pas, dis-je, c'est comment tu arrives à faire toutes ces opérations en même temps. Quand j'essaie de cuisiner, il faut que je fasse les choses les unes après les autres. Et même comme ça j'arrive à me tromper.»

Un couple de vieux amis à moi venait dîner. En temps normal je serais allée chez un traiteur, ou alors j'aurais fourré quelques plats tout faits dans le micro-ondes, mais Finn m'avait dit de m'en remettre à elle, qu'elle préparerait quelque chose de simple. Après avoir déposé Elsie à l'école, nous avions fait une vingtaine de kilomètres pour nous rendre à un supermarché qui rappelait agréablement celui où je m'arrêtais en rentrant du travail quand j'habitais à Londres. Nous prîmes la route de la côte qui traversait de nombreux villages, nous passâmes devant de grands magasins d'antiquités isolés, devant des paddocks où paissaient les chevaux de différentes écoles d'équitation. Je fis le plein de plats surgelés, de sacs-poubelle et de liquide vaisselle, tandis que Finn se dirigeait vers les rayons de vraie nourriture. Elle choisit des escalopes de poulet qui n'étaient pas emballées sous Cellophane, des petits paquets de champignons secs et de riz assez chers, du romarin, de l'ail, de l'huile d'olive, des légumes, du vin rouge et du vin blanc. À mesure que le Caddie se remplissait, je tentais de la dissuader.

« Sarah et Clyde sont comme moi. Ils vivent de plats à emporter depuis qu'ils ont commencé à travailler. Ils se sont grillé les papilles à coups de cuisine indienne trop épicée. Ils ne feront pas la différence.

– Il faut s'amuser tant qu'on vit, répondit Finn. Parce que la mort c'est long. » C'est avec difficulté que je parvins à ne pas rester bouche bée.

« C'est pour ça que je me fiche de savoir ce que je mange.

– Vous devriez avoir honte. Après tout, vous êtes médecin. »

Finn devenait de plus en plus impérieuse, c'en était alarmant, tandis que je me complaisais dans une passivité étrange qui faisait de moi une invitée dans ma propre maison. Je me fis la réflexion que durant les quelques semaines qui s'étaient écoulées, alors que Finn se remettait et qu'elle recommençait à s'épanouir, j'avais vu se relâcher le contrôle que j'exerçais sur ma propre vie. Elsie semblait presque amoureuse de Finn, Danny était reparti, mon service de traitement des traumatismes était devenu le rêve capitaliste de quelqu'un d'autre, mon livre n'avait pas avancé d'une ligne. Je repoussai cette pensée en toute hâte.

En début de soirée ma cuisine prit l'apparence d'un service d'urgences. Je profitai de ce que Finn était occupée pour avancer un peu dans mon travail, puis je passai quelques minutes à jouer avec Elsie avant de la mettre au lit. Quand je redescendis deux heures plus tard, sans que grand-chose ait eu l'air de changer, je trouvai pourtant la cuisine un peu mieux rangée ; elle faisait davantage penser à présent à un service de soins intensifs. On entendait des bips et des bouillonnements, mais pour le reste l'activité y était réduite à quelques mouvements occasionnels, un jet de vapeur par-ci, un sifflement par-là.

Sarah et Clyde arrivèrent juste après sept heures, essoufflés et vertueux dans leurs tenues fluorescentes de cyclistes. Ils avaient pris le train jusqu'à Stamford et fait le reste du trajet à vélo. Ils allèrent prendre un bain et redescendirent vêtus de jeans et d'amples chemises.

Ce fut une soirée véritablement miraculeuse. Même quand le dîner ne consistait qu'en des pizzas présentées dans des boîtes en carton, apportées à la maison par un livreur à Mobylette avec un pack de six bières, je me retrouvais toujours à courir dans tous les sens, prise de panique. Mais ce soir-là une sensation de sérénité flottait dans l'air. Deux bouteilles de vin préalablement débouchées étaient posées sur la table, à côté d'un ravier d'olives et de petits amuse-gueule faits de salami et de fromage préparés par Finn. La table était dressée et une odeur savoureuse embaumait la pièce, sans qu'il semble pour autant que personne ne fasse quoi que ce soit. Finn n'avait pas le visage empourpré et ne passait pas son temps à se précipiter à la cuisine toutes les deux secondes pour parer à une crise. Elle était là à servir le vin, sans ostentation. Elle avait mis un pantalon de couleur pâle avec un haut noir plissé et s'était attaché les cheveux. Merde alors, elle m'impressionnait.

Si j'étais devenue amie avec Sarah et Clyde, ce n'était peut-être pas uniquement parce que nous avions fait notre internat ensemble, mais aussi parce qu'ils étaient grands et élancés comme moi. Les longs cheveux de Sarah étaient gris à présent et elle avait des petites rides autour des yeux. Clyde avait gardé la longue physionomie ciselée du rameur qu'il était à l'université, un physique à la Clark Kent, mais il avait maigri, ce qui rendait sa pomme d'Adam encore plus proéminente. Nous avions tous les trois des responsabilités, ce qui fait que nous nous considérions d'égal à égal. Clyde et Sarah étaient médecins généralistes dans un cabinet privé qu'ils partageaient à Tower Hamlets. Quand ils avaient un week-end de libre, ils mettaient leurs vélos dans un train le vendredi soir, quittaient Londres, et faisaient leurs trois cents kilomètres jusqu'au dimanche soir, en s'arrêtant chez des amis en cours de route. J'étais le premier arrêt dans leur circuit ce week-end.

« Demain, nous passerons la nuit chez Helen. Tu te souviens, Helen Farlow.

– Où habite-t-elle ?

– À Blakeney. Dans le nord du Norfolk.

– Bon Dieu. Eh bien, vous l'aurez mérité votre repas de demain soir !

– C'est le but de l'exercice. »

Nous emportâmes nos verres dehors et fîmes le tour du terrain – c'est ainsi qu'ironiquement j'appelais mon jardin négligé. Sarah parvint à identifier les oiseaux d'après leur chant et Clyde m'apprit le nom des plantes qu'il voyait. Il s'avéra que dans un élan d'enthousiasme j'avais arraché quelques-uns des plus beaux spécimens pour les jeter sur le tas de compost. Finn nous appela et nous rentrâmes. Nous nous régalâmes de petits bols de riz auquel avaient été ajoutés les champignons réhydratés, suivis du poulet cuit dans de l'huile d'olive, de l'ail et du romarin, servi avec des pommes de terre nouvelles et des oignons de printemps.

« Contrairement à moi, expliquai-je à Finn qui était assise en face de moi, Sarah et Clyde sont restés à Londres où ils accomplissent un véritable travail.

– Vous ne devriez pas sous-estimer votre œuvre, Sam », rétorqua Finn d'une voix sérieuse.

Sarah rit.

« Ne vous inquiétez pas, Fiona. Sam ne se distingue pas en général pour sa modestie et sa réserve anglaises.

– De toute façon, ce n'est pas de la modestie, repris-je. Ce qu'il faut c'est se dénigrer, de sorte que les autres se sentent obligés d'intervenir et de dire combien vous êtes merveilleuse. C'est une façon d'aller à la pêche aux compliments. »

Finn secoua la tête, un léger sourire aux lèvres.

« Je ne vous crois pas. Je pense que la plupart des gens n'ont pas l'esprit assez indépendant pour regarder ce que fait quelqu'un et en juger par eux-mêmes. C'est trop difficile. Ils vous jugent selon la valeur que vous vous attribuez. Si vous dites que vous êtes bon, la plupart des gens vous croient. Si vous êtes modeste, ils seront d'accord avec vous. »

L'affirmation fervente de Finn fut suivie d'un silence caverneux que Clyde interrompit.

« Et vous, qu'est-ce que vous faites ? Et nous ne vous demandons pas de jouer la modestie.

– J'écris une thèse, répondit Finn.

– Une thèse sur quoi ?

– C'est en relation avec l'histoire des sciences.

– C'est-à-dire ?

– Je ne voudrais pas vous embêter avec mon travail.

– Mais ça nous intéresse, insista Sarah avec chaleur. Et n'oubliez pas, nous avons tous le droit de vanter nos mérites à présent. »

Finn me jeta un regard. Je tentai de penser à un moyen d'échapper à ce désastre, mais tout ce qui me venait à l'esprit ne semblait que de nature à empirer la situation. Il y eut un long silence pendant lequel Finn prit la bouteille, se servit un verre et but une gorgée de vin.

« Vous voulez vraiment que je vous en parle ?

– Nous sommes tout ouïe, répondit Clyde.

– Eh bien, vous l'aurez voulu. J'écris une thèse sur la taxonomie des désordres mentaux, en prenant comme angle de recherche principal les phénomènes de stress liés aux désordres post-traumatiques.

– Et ça veut dire quoi ? »

Finn m'adressa un clin d'œil imperceptible avant de répondre.

« Au départ, ce qui me fascinait, c'était de voir dans quelle mesure une pathologie spécifique existait avant qu'on l'ait nommée. A-t-elle été découverte, identifiée, ou inventée ? Il y a toujours eu des jambes cassées et des tumeurs. Mais est-ce que les hommes de Neandertal souffraient de désordres post-traumatiques après avoir livré bataille avec leurs lances de silex et leurs haches ?

– Il y a eu des cas de chocs traumatiques liés aux bombardements après la Première Guerre mondiale, il me semble. Je me trompe ? demanda Clyde.

– C'est vrai, mais savez-vous comment on expliquait ce phénomène ?

– Non.

– On croyait que les explosions d'obus causaient des dommages physiques aux nerfs situés autour des vertèbres cervicales. Cela tenait au fait que cet état traumatique avait été reconnu pour la première fois à l'époque victorienne, après que certains survivants d'une catastrophe ferroviaire eurent présenté des symptômes de choc sans blessures effectives. Les médecins ont pensé que c'était dû à l'impact physique du choc et ils ont appelé ça " le coup du train ". Quand on a observé des symptômes similaires dans les tranchées, les médecins ont cru qu'ils étaient causés par l'onde de choc produite par les obus. Ils avaient besoin de croire que ça rentrait dans la catégorie des blessures physiques. Les soldats témoignaient sans doute en fait d'une réponse naturelle à la folie des combats de tranchées. En revanche, aujourd'hui, les gens qui ont le pouvoir de le faire appellent ces formes de comportement des symptômes, ils parlent de désordres traumatiques et les traitent dans un environnement médical.

– Vous pensez que c'est une invention ?

– C'est là-dessus que Sam travaille.

– Comment vous êtes-vous rencontrées ?

– Quelqu'un dans mon département avait entendu parler des recherches de Sam. J'ai un tas de statistiques, Sam avait une chambre d'ami, et j'ai trouvé que ce serait une bonne idée de rester un peu. J'ai beaucoup de chance. Je pense que le travail de Sam va contribuer à redéfinir le sujet et à jeter les bases d'une classification systématique du phénomène pour la première fois. J'ai juste de la chance de pouvoir la suivre quelque temps. »

Sarah se tourna vers moi.

« À entendre Fiona, tu fais un travail fascinant. Comment avance ta recherche ? » Il y eut un silence. « Sam ?

– Comment ?

– Comment avance ta recherche ?

– Excuse-moi, j'étais à des kilomètres. Très bien, ça avance au poil.

– Et elle est bonne cuisinière avec ça.

– Oui », acquiesçai-je faiblement.

Il était absolument hors de question que je laisse Finn faire la vaisselle. Je la renvoyai au salon avec Clyde tandis que je m'employais à laver les assiettes et que Sarah les séchait.

« Où tu en es de ton livre ?

– Ça n'avance pas, répondis-je.

– Oh ! c'est dommage. Enfin, quand tu l'auras fini, ça te dirait que j'y jette un coup d'œil ?

– Ça serait super, mais il faudra peut-être que tu attendes pas mal de temps.

– Et comment va Danny ?

– Je ne sais pas, en fait.» À ma grande horreur, je sentis des larmes me piquer les paupières.

« Ça va, vous deux ? »

Je haussai les épaules, de peur que ma voix ne me lâche.

Sarah m'adressa un coup d'œil, puis elle se remit à essuyer une cuillère et la rangea dans le tiroir. « Fiona est une véritable trouvaille, dit-elle.

– Oui, répondis-je d'une voix un peu sombre.

– Elle t'idolâtre, tu sais.

– Oh ! je ne crois pas.

– Bien sûr que si. Je l'ai observée pendant le repas. Elle n'a pas arrêté de te regarder. Elle reprenait tes expressions, ta position. Après tout ce qu'elle a dit, elle m'a presque donné l'impression qu'elle attendait ton avis, pendant une fraction de seconde, comme si elle avait besoin de se rassurer sur ta réaction.

– C'est presque inquiétant, ce que tu dis.

– Ce n'était pas dans ce sens que je l'entendais.

– Quoi qu'il en soit, c'est fréquent, je crois, enfin, dans les relations entre... entre prof et élève. C'est la même chose avec les patients qui s'attachent à leur médecin. Et puis ça ne va pas durer très longtemps. »

Sarah haussa un sourcil.

« Vraiment ? Je croyais qu'elle t'aidait dans ton projet ?

– C'est ce qu'elle fait pour l'instant, mais notre association n'est pas permanente.

– Je ne vois pas comment tu pourras te débrouiller sans elle. »

Sarah et Clyde avaient l'intention de partir au lever du jour. Du coup, ils allèrent se coucher après un café et un échange rapide de considérations sur le boulot. Finn était allongée par terre avec un livre.

« C'était extraordinaire.

– Quoi ?

– J'ai failli avoir une crise cardiaque quand Clyde a commencé à te poser des questions sur ta recherche. »

Finn reposa le livre et se redressa ; elle tira ses genoux contre la poitrine.

« J'ai eu très peur pour vous, répondit-elle. J'ai juste essayé de trouver des trucs convaincants. J'espère ne pas avoir dit trop de bêtises.

– Des bêtises ? Tu m'as donné envie de lire ta thèse. Je n'arrive pas à croire tout ce que tu as retenu. Tu es une fille étonnante. Une femme étonnante.

– Je n'y suis pour rien. C'est vous, Sam. Vous et votre travail m'intéressez. Quand Clyde m'a demandé ce que je faisais, j'ai complètement paniqué pendant une seconde. Ensuite, vous savez ce que j'ai fait ? Je me suis imaginé que j'étais vous et j'ai essayé de dire ce que vous auriez dit. »

Sa remarque me fit éclater de rire.

« J'aimerais être aussi bonne dans mon rôle que tu l'es. »

Je me tournai vers la porte pour sortir, mais Finn continua de parler.

« Je voudrais que tout ça continue, vous savez.

– Qu'est-ce que tu veux dire ?

– J'aime cette situation. Ne souriez pas. C'est la vérité. Je vous aime et j'aime me trouver avec Elsie, m'occuper d'elle. Je trouve Danny formidable. Et Michael... il m'a sauvé la vie, en réalité. Je ne serais rien sans lui. Je ne sais pas s'il me sera jamais possible de lui rendre la pareille. » Elle leva un regard implorant dans ma direction. « Je ne veux pas que ça cesse, jamais. »

J'avais attendu ce moment et à présent j'étais soulagée qu'il soit venu. Je m'agenouillai à ses côtés.

« Finn, ce n'est pas possible. Tu as une vie à toi. Il faudra que tu y retournes, et bientôt. Regarde-toi, tu peux tout faire. Tu y arriveras. »

Les yeux de Finn s'emplirent de larmes.

« Je me sens en sécurité, dans cette maison. J'ai peur du dehors. »

22

La première fois que j'avais rencontré Danny, c'était à une soirée, même si en règle générale je n'y rencontre personne hormis les gens que je connais déjà. L'agitation avait laissé place à cette torpeur un peu pâteuse qui s'installe une fois la plupart des convives partis, quand les hôtes rapportent les verres à la cuisine, vident les cendriers qui débordent de mégots, au moment où les invités qui restent sont tout à fait à l'aise, où la musique se fait douce, amollie. La pression qui vous force à bien jouer votre rôle est retombée, il n'est plus nécessaire de vous montrer brillant, de sourire, vous savez que la soirée tire à sa fin, et tout à coup vous voudriez qu'elle dure encore un peu. Et Danny avait traversé la pièce, les yeux fixés sur moi. Je me souviens d'avoir espéré qu'il ne soit pas complètement idiot, comme si quelqu'un d'aussi beau ne pouvait pas en plus être intelligent, comme si la vie établissait une juste répartition des attributs entre les individus. Avant qu'il ne m'ait adressé le moindre mot, je savais que nous aurions une liaison. Il m'avait dit son nom et demandé le mien ; il m'avait appris qu'il était un acteur raté mais un charpentier assez demandé, et j'avais dit que j'étais médecin. Puis il avait annoncé en toute simplicité qu'il aimerait me revoir et j'avais répondu que ça me plairait aussi. Ensuite, une fois de retour dans mon appartement, après avoir payé la baby-sitter et m'être débarrassée de mes chaussures, j'avais écouté les messages sur mon répondeur et j'avais entendu sa voix qui m'invitait à dîner le lendemain. Il avait dû m'appeler aussitôt après que j'eus quitté la soirée.

Tout cela pour dire que Danny ne joue pas avec les gens. Il vient, il s'en va, et parfois je n'ai pas de nouvelles pendant des jours, je ne sais même pas où il se trouve. Mais il est toujours direct avec moi ; nous nous engueulons et nous nous rabibochons, nous nous crions après mais ensuite nous nous excusons. Ce n'est pas quelqu'un de sournois. Il ne lui viendrait pas à l'idée de rester éloigné pour me donner une leçon. Il ne lui viendrait pas à l'idée de ne pas téléphoner pour me forcer à l'attendre, simplement pour me faire souffrir.

Pendant des jours j'attendis que Danny me téléphone. Je vérifiais mon répondeur à chaque fois que je m'étais absentée. Je m'assurais qu'Elsie n'avait pas décroché le téléphone par inadvertance. Quand le téléphone sonnait, je me sentais aussi nerveuse qu'une adolescente ; j'attendais la deuxième puis la troisième sonnerie avant de décrocher, mais ce n'était jamais Danny. La nuit je restais éveillée bien après qu'Elsie fut allée se coucher parce que je pensais qu'il allait entrer par la porte comme si de rien n'était, comme s'il n'était jamais parti. Je me réveillais en pleine nuit en pensant qu'il était là, mon corps tendu d'espoir. Je dormais comme une plume, la conscience en alerte au moindre bruit – une voiture sur la route lointaine, du vent dans les arbres, le ululement inquiétant d'une chouette dans la pénombre. Il n'y avait jamais de réponse quand j'appelais son appartement et il ne laissait jamais son répondeur. Après près d'une semaine, je décidai d'appeler son meilleur ami, Ronan, pour lui demander aussi normalement que possible s'il avait vu Danny récemment.

« Vous vous êtes encore engueulés, Sam, s'amusa-t-il. Non, je n'ai pas vu Dan. Je croyais qu'il était avec toi. »

Je le remerciai et j'étais sur le point de raccrocher quand Ronan ajouta :

« Puisque nous parlons de Dan, remarque, j'ai été un peu inquiet à son sujet ces derniers temps. Il va bien ?

– Pourquoi ? Qu'est-ce que tu veux dire ?

– C'est juste qu'il m'a paru un peu, euh, un peu sombre. Comme s'il ressassait des idées noires. Tu vois ce que je veux dire ? »

« Maman ?

– Oui, mon amour.

– Quand est-ce qu'il revient, Danny ?

– Je ne sais pas, Elsie. Il est occupé. Pourquoi ? Il te manque ?

– Il m'a promis qu'il m'emmènerait voir des marionnettes, et je veux lui montrer que je sais mieux faire la roue maintenant.

– Quand il viendra, il sera très fier de tes roues. Viens ici me faire un gros câlin, un câlin d'ours.

– Ouille, tu me fais mal, maman ! Tu ne devrais pas serrer si fort. Je suis petite. »

« Sam ?

– Mmmouais.

– Est-ce que Danny revient bientôt ?

– Je n'en sais rien. Pour l'amour du ciel, Finn, tu ne vas pas t'y mettre toi aussi ! Il viendra quand ça lui chantera, j'imagine.

– Ça va ?

– Mais oui, ça va. Et puis merde, je pars faire un tour.

– Vous voulez que je...

– Seule. »

« Sam, ton père et moi nous nous demandions si ça vous dirait de passer nous voir dimanche prochain toi, Elsie et Danny. Nous nous sommes dit que, eh bien, qu'il était temps que nous fassions un effort pour mieux connaître ton jeune ami.

– Maman, ça nous ferait très plaisir, c'est vraiment très gentil de ta part, mais ça te dérangerait si on en reparlait plus tard ? Ce n'est pas le meilleur moment.

– Oh... » Je perçus dans sa voix cet accent froissé d'orgueil blessé que je lui connaissais bien et j'en conçus soudain une peine étrange, malvenue, l'envie d'être auprès de mes parents. « D'accord, ma chérie. »

Ce n'était pas le meilleur moment.

Je fis le tour du supermarché comme une furie. J'avais mal à la tête après une longue matinée déprimante occupée à faire passer des entretiens à des secrétaires à l'hôpital. Des petits pois surgelés. Du bain moussant dans une bouteille ornée

203

d'un personnage de dessin animé que je ne reconnus pas. Des poissons panés. Des pâtes de trois couleurs différentes. Des sachets de thé. Des gâteaux secs et des biscuits fourrés à la confiture. Que Danny aille se faire foutre. Qu'il aille se faire foutre. Je l'emmerde. Du pain frotté à l'ail. De la margarine. Du pain de mie au seigle. Du beurre de cacahuète. Je voulais qu'il revienne. Je le voulais lui. Qu'est-ce que je pouvais faire, mais qu'est-ce que je pouvais faire ? Des ailes de poulet à l'orientale. Des pommes vertes croquantes, venues tout droit du Cap, mais aujourd'hui on pouvait. Trois briques de soupe, une aux lentilles, une aux épinards et une aux navets et curry, à réchauffer au micro-ondes. De la glace à la vanille. Une tarte aux noix de pécan, à réchauffer directement sans décongélation préalable. De la bière belge. Je n'aurais jamais dû partir pour la campagne, ni accepter d'accueillir Finn. Du cheddar, de la mozzarella. Des boîtes pour chat goût lapin, poulet, ou saumon, agrémentées de la grosse bouille d'un matou satisfait de son sort sur l'étiquette. Des chips. Des noix. Un repas télé, pour une personne.

La porte était fermée à clé quand j'arrivai à la maison. J'entrai, j'appelai Finn à l'étage, mais il n'y avait personne. Du coup je m'employai à décharger le coffre, à bourrer le congélateur déjà trop plein en y ajoutant les nouvelles réserves, puis je remplis la bouilloire et mis la radio avant de l'éteindre à nouveau. Après quoi je poussai un soupir et me rendis dans mon bureau pour voir si j'avais reçu des messages. Le petit voyant vert ne clignotait pas : personne ne m'avait appelée.

Mais il y avait une enveloppe sur mon bureau, sur laquelle était inscrit mon nom. Et – je posai un instant la main sur le plateau de bois – c'était l'écriture de Danny. Il était venu, il était entré ici pendant que j'étais sortie et avait laissé un mot pour ne pas avoir à me dire en face ce qu'il avait décidé. Je pris l'enveloppe, la retournai ; je la gardai en main quelques longues secondes. Il y avait deux feuilles de papier à l'intérieur. La première était de lui. Le papier était sale, maculé de traînées. Il n'y avait que quelques mots, à l'évidence griffonnés à la hâte, sans soin, mais ils étaient sans le moindre doute de sa main.

Sam
Adieu. Je suis désolé. Je
Danny
C'était tout. Il avait apparemment tenté de se justifier mais s'était trouvé à court et n'avait même pas pris la peine de terminer sa phrase. Mon souffle se levait et retombait lourdement dans ma poitrine. Le bureau était granuleux sous mes doigts. Je reposai lentement la lettre de Danny. Mes mains tremblaient. Puis je regardai la feuille de papier qui se trouvait au-dessous, couverte d'une forêt de boucles bleues et de mots soulignés. *Ma très chère Sam* – voilà qu'elle s'adressait à moi comme à une intime, tout à coup. Peut-être se sentait-elle toute proche de moi, maintenant qu'elle s'était enfuie avec mon amant – *C'est de la folie, je sais. Nous ne pouvions plus vivre l'un sans l'autre.* Comme c'était touchant, me dis-je, un amour comme dans les magazines, comme un glissement de terrain, une impérieuse nécessité, une folie. *Je suis désolée de te faire souffrir, tellement désolée. Amitiés, Finn.*

Je repliai le gribouillage misérable de Danny ainsi que la lettre de Finn et les replaçai dans l'enveloppe, que je remis à sa place. Danny et Finn, Finn et Danny. Je pris la photographie de Danny, dos à l'objectif, le visage tourné vers lui, une photo prise au dépourvu, et la rangeai bien à plat dans le tiroir. Je me précipitai dans la chambre de Finn. Le lit était fait, une serviette était pliée avec soin sur le lit. Je descendis l'escalier quatre à quatre. Une des vestes de Finn, la bleu marine, manquait. S'agissait-il d'une mauvaise blague qui m'échappait? Non. Ils étaient partis. Je le répétai à voix haute comme si c'était pour moi la seule façon d'enregistrer ce qui s'était passé : « Ils se sont enfuis. Finn. » Je me forçai à dire la suite. « Danny. » Je regardai ma montre. Dans deux heures Elsie serait de retour. Le souvenir de son petit corps embrassant le corps mince de Finn, de son visage pâle et grave dressé vers le sourire de Finn, de ses roues qu'elle travaillait tous les soirs pour le moment où Danny serait à nouveau parmi nous me figea soudain. Je sentis de la bile me remonter dans la gorge. Je me rendis dans la cuisine pour m'asperger le visage d'eau froide et j'en bus deux verres. Puis je retournai dans mon bureau, je décrochai le téléphone et j'appuyai trois fois sur une touche.

« Le poste 2243 au commissariat de Stamford. » Il y eut un silence.

« L'inspecteur principal Frank Baird, s'il vous plaît. Eh bien, allez le chercher. »

Baird arriva moins d'une heure plus tard, accompagné d'Angeloglou. Ils paraissaient tous les deux troublés, solennels. Ils avaient du mal à me regarder dans les yeux. Mon esprit agité s'arrêta soudain aux différences profondes qui existaient entre eux. Baird était grand, son costume le serrait sous les bras, il avait les cheveux roux rabattus sur son large crâne. Angeloglou était plus soigné, il avait bien remonté le nœud de sa cravate sous son col et arborait une riche chevelure brune et bouclée. Comment faisait-il pour se brosser ? Ils semblaient presque gênés en ma présence. De médecin professionnel j'étais devenue une femme abandonnée. Et même s'ils n'en dirent rien, il était évident qu'ils considéraient tous les deux Danny quasiment comme un criminel, pour s'être enfui comme ça avec Finn. Il n'y avait pas grand-chose que je puisse leur révéler, l'histoire était on ne peut plus simple. N'importe quel imbécile pouvait comprendre. Angeloglou prit quelques notes dans un carnet, ils lurent les lettres qu'ils avaient laissées derrière eux et nous nous rendîmes ensemble dans la chambre de Finn pour regarder son armoire. Une chemise pendait parmi les cintres vides. Il n'y avait plus ni dessous ni chaussures, plus rien. La pièce avait été bien rangée, il n'y avait qu'un bout de mouchoir dans la corbeille à papier et le duvet était tiré sur le lit. Je me montrai assez acerbe avec Baird mais je crois qu'il comprit. Juste avant de sortir il s'arrêta sur le seuil de la porte, tripotant l'alliance toute simple à son doigt épais, rouge d'embarras.

« Miss Laschen...

– Docteur Laschen.

– Docteur Laschen, je suis...

– Ne dites rien, l'interrompis-je. Mais merci quand même. »

Il me restait encore une demi-heure avant le retour d'Elsie. Je rangeai la cuisine, j'essuyai la table, j'ouvris la fenêtre parce que la journée, ensoleillée, avait un air de printemps. Je cueillis quatre tulipes orange dans mon jardin négligé et les mis dans le salon. Je courus dans la chambre d'Elsie faire son lit et, en repliant le drap, je posai son ours en peluche râpé sur son oreiller. Puis je farfouillai dans les placards de la cuisine pour trouver de quoi faire son dîner. Des pâtes en forme de personnages de Disney ; elle adorait ça. Et puis il y avait cette glace que j'avais achetée au supermarché. Je me brossai les dents dans la salle de bains et plantai les yeux dans le visage qui me fixait dans le miroir. Je me souris et mon reflet me sourit en retour, obéissant.

Elsie avala ses pâtes Disney et sa glace, puis elle eut droit à du bain moussant Pocahontas dans son bain. Ensuite nous jouâmes à un jeu assez ennuyeux de charades et je lui lus trois histoires. Après que j'eus fini, elle me demanda : « Où est Fing ? »

Qu'étais-je convenu de répondre à cela ?

« Elle n'est pas là pour l'instant. » Non, ce n'était pas ça. « Finn est partie, ma chérie. Elle ne devait rester ici que quelque temps. Elle a sa propre vie à vivre.

– Mais elle n'a pas dit au revoir.

– Elle m'a dit de te dire au revoir pour elle, mentis-je. Elle t'envoie un baiser. » J'embrassai le front perplexe d'Elsie et ses doux cheveux soyeux. « Et aussi un câlin. » Je la pris dans mes bras, sentant ses épaules butées sous mes mains nerveuses.

« Mais où elle est allée ?

– Eh bien, en fait, dis-je sur un ton horriblement enjoué, elle est partie vivre avec Danny quelque temps. Alors comme ça c'est bien, non ?

– Mais Danny est à nous !

– Ah ! ma chérie, il nous reste toutes les deux, quand même.

– Maman, c'est trop serré ! »

Après qu'Elsie se fut endormie, je pris un long bain. Allongée dans l'eau chaude, je pensais à Danny et à Finn. Je les imaginais. Son corps doux de jeune fille absorbé par les bras forts de Danny, la flèche de poils noirs sur sa poitrine virile, ses petits seins tendus de femme enfant. J'imaginais les jambes de Finn, ses jambes si pâles contre celles si poilues et si musclées de Danny, emmêlées sur mon lit ; je voyais les pieds impressionnants de Danny, avec le deuxième orteil beaucoup plus long que le pouce, glissés sous les mollets accueillants de Finn. L'avait-il regardée avec la même gravité qu'il le faisait avec moi ? Bien entendu. Ils s'aimaient, n'est-ce pas ? C'était ce que Finn avait dit, non ? Ils avaient dû se le dire l'un à l'autre également. Comment avais-je pu être aussi aveugle ? Même maintenant l'image demeurait floue : quand je revoyais les semaines passées c'était comme si une pénombre opaque avait soudain recouvert le fil des jours. Avaient-ils baisé dans la maison, en étouffant leurs soupirs ? Forcément. Dans cette maison, dans l'univers que j'avais élaboré pour eux, en toute confiance. En tout aveuglement. Nous avions certainement passé des soirées ensemble tous les trois, et pendant tout ce temps je pensais être au centre alors que je n'étais qu'à l'extérieur, tandis qu'ils se regardaient, qu'ils s'envoyaient des étincelles dans l'espace qui les séparait, qu'ils se caressaient les pieds sous la table, qu'ils s'envoyaient des messages entre les lignes. Avait-il gémi au moment où il jouissait en elle, poussé ce cri déchirant de douleur ? En esprit je les vis, lui dressé au-dessus d'elle, le dos baigné de sueur, tandis qu'elle souriait contre son visage plissé par l'effort. Je me frottai avec vigueur, me massai le cuir chevelu moussant de shampooing. Tout en me sentant épuisée j'avais aussi l'impression d'être terriblement éveillée. Quand, une fois sortie du bain, je me regardai dans le miroir, mes horribles cheveux rouges plaqués contre le crâne, je pressai du doigt les petites poches qui se formaient sous mes yeux, je passai une main sur la peau sèche de mon visage. J'avais l'air d'une corneille vieillissante.

Puis j'enfilai un vieux survêtement et je fis un feu, avec des feuilles de journal roulées en boules. Je lançai sur les bûches des enveloppes vides, des rouleaux de papier hygiénique terminés, des cartons de boîtes de céréales jusqu'à ce que les flammes flambent d'une chaleur vive qui mourrait bientôt. On frappa à la porte.

« Sam. »

Michael Daley se tenait sur le seuil les bras ouverts, dans un geste théâtral, tragique, ridicule. J'étais censée faire quoi ? Me jeter sur sa poitrine ? Son expression s'accordait à mon humeur. Il était pâle et choqué.

« Eh bien, Michael, quelle surprise ! Je me demande bien ce qui vous amène ici, dis-je, sardonique.

– Sam, ne soyez pas si froide. Je viens de passer une heure avec ce policier, Baird. Je suis tellement désolé, je n'arrive pas à y croire mais je suis tellement désolé. Et je me sens responsable. Je veux savoir s'il y a quoi que ce soit, n'importe quoi, que je puisse faire. Je suis sur le point de partir pour Londres, mais il fallait que je passe vous voir. »

À ma grande horreur, je sentis des larmes me piquer les yeux. Si je me mettais à pleurer je n'allais plus pouvoir m'arrêter. Ô mon Dieu, je ne voulais surtout pas que Michael Daley me voie pleurer. Il fallait que je me concentre.

« Qu'est-ce que vous allez faire à Londres ?

– Rien d'important. Je dois prendre l'avion pour Belfast où je participe à un congrès. Ça concerne le privé. Un cauchemar. Je suis désolé... » Sa voix s'éteignit. Je commençai à me retourner pour rentrer quand je sentis ses mains sur mes épaules, qui arrêtèrent mon geste. Il sentait la cigarette et le vin. Ses pupilles étaient dilatées.

« Vous n'avez pas besoin de vous montrer courageuse avec moi.

– Oh ! si », répondis-je d'un ton sec en me dégageant de son emprise.

Mais il me prit le menton dans une main et de l'autre suivit la trace d'une larme sur ma joue. Nous nous regardâmes un long moment. Qu'attendait-il de moi ?

« Bonne nuit, Michael. » Je fermai la porte.

209

23

Je ne suis pas de celles qui se font larguer. C'est moi qui pars. Je ne suis pas de celles qui se laissent humilier. Ça, c'est l'affaire des autres. Quand j'étais adolescente, c'était toujours moi qui prenais l'initiative de m'asseoir près du garçon, de le regarder dans les yeux – à moins que je ne l'eusse appelé quand je ne voulais pas m'embêter – pour lui annoncer que le moment était venu d'arrêter de nous voir, et tout le tralala. Les yeux rouges, la souffrance, le sentiment de rejet, je laissais ça à mes petits amis, à mes ex. Et je n'ai jamais été victime d'insomnies. Même dans les moments les plus durs de ma vie, tout du moins jusqu'à ce que je déménage à la campagne, j'ai toujours eu le sommeil solide. Mais cette fois, après le départ de Danny et de Finn, voilà soudain que je me retrouvai bien éveillée au beau milieu de la nuit, la peau parcourue de frissons, l'esprit bourdonnant comme un moteur électrique qu'on aurait oublié d'éteindre et qui continuerait à fonctionner à vide, au bord du court-circuit. Je sentis une pression familière contre mon bras droit. Ce n'était pas Danny. C'était Elsie, qui respirait doucement, plongée dans un profond sommeil. Elle avait dû monter dans le lit sans me réveiller. Je lui embrassai les cheveux et le bout du nez. D'un coin de la housse de couette j'essuyai son front sur lequel avait glissé une larme brûlante. Je cherchai la fenêtre des yeux. Les rideaux étaient noirs. Il m'était impossible de lire l'heure à ma montre. Je ne voyais pas le cadran du radio-réveil et si je bougeais j'allais la réveiller et elle n'arriverait pas à se rendormir par la suite.

J'aurais aimé prendre un scalpel et pratiquer un millier d'incisions dans le corps de Danny, doucement, une par une.

Je n'arrivais pas à croire qu'il ait pu me faire une chose pareille. J'aurais voulu le traquer, le retrouver où qu'il soit et lui demander s'il se rendait compte de ce qu'il avait fait à Elsie, qui avait tellement confiance en lui ? Se rendait-il compte de ce qu'il m'avait fait à moi ? Je voulais qu'il me revienne, désespérément. Je voulais le retrouver pour lui dire que s'il revenait nous pourrions tout arranger entre nous. Nous trouverions une solution, je retournerais à Londres s'il le fallait, nous pourrions nous marier, je ferais n'importe quoi, du moment que tout redevienne comme avant.

Et Finn. J'aurais aimé revoir son joli petit visage et le bourrer de coups de poing. Non. Le piétiner. Le réduire en purée. Je l'avais laissée entrer chez moi, je lui avais ouvert les coins les plus intimes de ma vie, je lui avais confessé des secrets que je n'avais jamais révélés à personne, je lui avais confié Elsie. J'avais été plus proche d'elle que de ma propre sœur et elle avait pris sa respiration, elle avait soufflé un grand coup et détruit mon univers. Puis je me souvins de certains détails dans le rapport de l'autopsie que le docteur Kale avait pratiquée sur ses parents et du bandage autour de son cou la première fois que je l'avais aperçue, assise, craintive et silencieuse, sur mon canapé. On aurait dit alors une poupée de porcelaine dont j'avais eu peur qu'elle ne tombe et ne se brise en mille morceaux. J'avais vu mollir sa carapace, j'avais assisté à son retour parmi les hommes, et voilà ce qu'elle avait fait. Ou alors s'agissait-il simplement d'un symptôme supplémentaire de son bouleversement ? Était-ce un appel à l'aide de la part d'une enfant triste et esseulée ? Et la fuite de Danny, n'était-elle pas tout simplement révélatrice de la faiblesse masculine ? N'était-ce pas exactement ce que font les hommes quand ils se sentent flattés de l'attention que leur porte une jolie jeune fille ? Des larmes dégringolaient le long de mes joues. Même mes oreilles étaient mouillées.

Après une heure de lourds sanglots qui me soulevaient la poitrine, je retombai dans un immobilisme plus serein. Je pus observer mes réactions avec objectivité, ou du moins c'est l'impression que j'avais. Je sentis la douleur s'installer en couches successives. Au centre, il y avait le fait que Finn ait pu trahir ma confiance et que Danny ait pu nous abandonner, Elsie et moi. Ces deux événements me faisaient l'effet d'une vive brûlure, comme si rien d'autre ne pourrait jamais avoir d'importance, mais la sensation s'atténua petit à petit et je me mis à penser à d'autres éléments. Il y avait la sensation d'avoir subi un échec professionnel. J'avais répété maintes et maintes fois que Finn n'était pas ma patiente, j'avais résisté à cet arrangement imbécile. Mais même en tenant compte de tout cela, le résultat était le même et il ne restait qu'un désastre complet. On avait placé sous ma protection la victime traumatisée d'une attaque meurtrière et l'épisode s'était soldé non pas par une guérison mais par une farce monstrueuse. Elle s'était enfuie avec mon amant. Je m'enorgueillissais d'être un chasseur solitaire peu soucieux de ce que les autres pensaient, mais à présent il m'était impossible de jouer l'indifférence. Les visages de rivaux et d'ennemis dans le métier se dessinaient dans mon esprit. Je songeais à Chris Madison à Newcastle ou à Paul Mastronarde à l'hôpital de Londres, qui ne manqueraient pas de trouver l'incident cocasse et de raconter à l'envi que bien sûr c'était affreux mais que, pour être honnête, c'était bien fait pour moi, que ça me punirait de mon arrogance. Je pensais à Thelma, qui était à l'origine de tout. Je pensais à Baird, qui avait paru se méfier de moi dès le début, et à toute la fine équipe du commissariat. Ils devaient s'en payer une bonne tranche.

Et puis – ô mon Dieu – je me mis à penser à mes parents et à Bobbie. Je ne sais pas ce qui serait le plus dur à supporter, le silence choqué d'abord, mélange de honte et de désapprobation, qui accueillerait la nouvelle, ou les démonstrations de commisération affectueuse qui allaient suivre, les bras grands ouverts pour accueillir Samantha, la fille prodigue. L'espace d'un très court instant j'envisageai la possibilité de me rendormir et de ne jamais plus me réveiller, plutôt que d'affronter l'horreur de ce que la lumière du jour proche me réservait. Ça allait être si horrible et si pesant que je ne me sentais pas la force de résister.

C'était un signe d'hypoglycémie, à coup sûr. Le résultat du ralentissement des fonctions métaboliques caractéristique du réveil, que l'activité et l'alimentation matinale allaient effacer. Les rideaux étaient gris à présent et Elsie commençait à remuer sur mon bras. Elle ouvrit les yeux et s'assit d'un bond, comme poussée par un ressort. Mon bras s'était engourdi ; je le frottai vigoureusement et le sang se remit à circuler dans mes veines parcourues de picotements. Et merde à la terre entière. Je survivrai à tout ça et je n'allais pas me préoccuper de ce que tout le monde pensait. Il était hors de question qu'on me surprenne à trahir la moindre faiblesse. Je saisis Elsie sous les aisselles, l'envoyai voler en l'air et la laissai retomber. Elle s'affala sur la couverture en poussant un cri de plaisir terrifié.

« Oh ! refais-le, maman. Encore une fois. »

De notre petit déjeuner entre filles, je fis toute une aventure. Œufs au bacon, toasts, confiture, et un demi-pamplemousse chacune. Elsie mangea sa part, ainsi que des morceaux chapardés à grand renfort de rires dans mon assiette. Je bus du café. À huit heures et demie je la conduisis à l'école.

« À quoi ressemble cet arbre ?

– À un homme avec des cheveux verts et une barbe verte. Et cet arbre-là ?

– J'ai déjà fait l'arbre. Tu dois trouver autre chose.

– Non, c'est moi qui ai trouvé l'arbre, c'est moi qui l'ai trouvé.

– D'accord, Elsie. On dirait... Avec ce vent on dirait un nuage vert.

– Non.

– Si.

– Non.

– Si.

– Non. »

Le jeu s'acheva dans un crescendo de rires.

Sur le chemin du retour, des nuages étaient apparus. Les bâtiments se découpaient avec plus de netteté contre le ciel. J'étais pleine de résolutions fermes. J'allais m'occuper d'Elsie et me mettre au travail. Le reste n'était que gâchis. Je me fis un nouveau café et me rendis dans mon bureau. Une fois l'ordinateur allumé, je jetai tout ce que j'avais écrit jusqu'à présent. Il n'y avait là que des phrases sans intérêt, le produit inutilisable d'un travail accompli sans grand enthousiasme. Je consultai un fichier pour me remettre en mémoire certains chiffres, mais je le fermai et me mis à rédiger. J'avais tout en tête de toute façon. Il me serait toujours possible de vérifier les références plus tard. Je passai presque deux heures à écrire sans même quitter l'écran des yeux. Les phrases couraient sous mes doigts et je sentais qu'elles étaient bonnes. Dieu en créant le monde n'était pas plus sûr de lui. Juste avant onze heures j'entendis la porte s'ouvrir. Sally. Il était temps que je me refasse un café. Tandis que la bouilloire chauffait, je lui présentai un compte rendu bref et aseptisé de ce qui s'était passé. Ma voix demeura calme, mes mains ne tremblèrent pas, je ne rougis pas. Elle n'avait pas grand-chose à faire de mes histoires, et je me fichais de savoir ce qu'elle en pensait. Sam Laschen contrôlait à nouveau la situation. Sally se mit en peine de nettoyer la maison et je retournai à l'étage. À l'heure du déjeuner je m'accordai une pause de cinq minutes et descendis à la cuisine. Il restait une demi-barquette de lasagnes précuites dans le réfrigérateur. Je la mangeai sans prendre la peine de la réchauffer. Le temps des nourritures saines était passé. Une heure plus tard, j'avais fini un chapitre. Je cliquai deux fois sur la souris. Quatre mille cinq cents mots. À ce train-là, le livre serait achevé en deux semaines. J'ouvris mon armoire de classement et en sortis deux chemises d'informations déjà traitées. Je les parcourus très rapidement pour me les remettre en tête. À peine quelques minutes plus tard, les deux chemises avaient réintégré l'armoire. J'ouvris un nouveau dossier : Chapitre deux. « Pour une typologie de la guérison ».

Un mouvement attira mon regard. Ça venait de dehors. Une voiture. Baird et Angeloglou en sortirent. L'espace d'un instant, quelque chose en moi crut qu'il s'agissait d'une sorte de souvenir ou d'une hallucination. Cela s'était passé hier. Étais-je en train de me rejouer un rêve horrible que je gardais prisonnier dans un coin de mon crâne ? Il était impossible que les choses se répètent à nouveau. Quelqu'un frappa à la porte. C'était uniquement un point de détail, un formulaire qu'il me fallait signer, quelque chose dans le genre.

Quand j'ouvris la porte, je trouvai Baird et Angeloglou en train de se jeter des coups d'œil gênés.

« Oui ? demandai-je.

– Nous avons pensé que vous aviez peut-être eu des nouvelles, répondit Baird.

– Danny n'a pas appelé, et si jamais ça lui prenait... »

Les deux officiers échangèrent un nouveau regard. Que se passait-il ?

« Ce n'est pas ce que nous voulions dire. Pouvons-nous entrer ? » Baird parvenait mal à simuler la désinvolture. Il n'accompagna ses mots d'aucun des sourires ni des clins d'œil habituels. On aurait dit qu'il imitait le comportement d'un policier en service. Des gouttelettes de sueur perlaient à son front, quoiqu'il fasse froid et humide.

« Qu'est-ce que c'est que ces manigances ?

– S'il vous plaît, Sam. »

Je les conduisis au salon et ils s'assirent côte à côte sur mon canapé, tels Dupont et Dupond. Baird caressait le dos velu de sa main gauche avec les doigts de sa main droite. Il avait la nervosité d'un homme qui doit faire un discours. Angeloglou ne bougeait pas, évitant soigneusement mon regard. Il s'efforçait de rester impassible, serrant fort les mâchoires, ce qui accentuait ses pommettes saillantes.

« Asseyez-vous, Sam, s'il vous plaît, commença Baird. Nous avons de mauvaises nouvelles. » Il continuait de se frotter la main. Ses poils étaient roux vif, encore plus que ses cheveux. Je n'arrivais pas à en détacher les yeux. « Hier matin nous avons reçu un appel signalant une voiture carbonisée juste à la sortie de Bayle Street, à une vingtaine de miles d'ici par la côte. Nous avons vite établi qu'il s'agissait de la camionnette Renault enregistrée au nom de Daniel Rees.

– Ô mon Dieu ! A-t-il eu un accident... ?

– Il y avait deux corps sévèrement brûlés dans la voiture. Deux cadavres. Le feu a provoqué de très gros dégâts et il reste des tests d'identification à pratiquer. Mais je dois vous préparer à la quasi-certitude qu'il s'agit des corps de Mr. Rees et de Miss Mackenzie. »

Je tentai de m'accrocher à l'instant présent, de saisir l'impression de choc et de confusion que je ressentais comme s'il s'agissait d'un précieux état d'esprit. Rien ne pourrait jamais être pire que cela.

« Vous avez entendu ce que j'ai dit, docteur Laschen ? »
Baird me parlait avec une grande douceur, comme s'il s'adressait à un petit enfant assis sur ses genoux. Je hochai la tête. Pas trop. Rien d'hystérique ni de trop insistant.

« Vous avez entendu ce que j'ai dit, docteur Laschen ?
– Oui, bien sûr. Eh bien, merci, Mr. Baird, d'être venu m'annoncer la nouvelle. Je ne vous retiendrai pas plus longtemps. »

Chris Angeloglou se pencha en avant.

« Y a-t-il une question que vous aimeriez nous poser ? Ou quelque chose que vous souhaiteriez dire ?

– Je suis désolée, répondis-je, posant le regard sur ma montre. Le problème c'est qu'il est presque l'heure que j'aille chercher ma... euh... ma fille.

– Ce n'est pas Linda qui s'occupe de ça ?

– Ah oui ? Je ne... »

Tant que Baird parlait j'avais gardé l'esprit tout à fait clair. Tout en écoutant l'information j'avais également observé avec un intérêt tout professionnel comment il s'y prenait pour annoncer des nouvelles pénibles. Et j'avais examiné la façon dont je réagissais avec une absolue clarté. Je sentis des larmes dégouliner sur mon visage et me rendis soudain compte que je pleurais, que tout mon corps était secoué de sanglots. Je me laissai envahir par les pleurs au point d'étouffer presque, vaincue par la peine et la douleur accumulées. Je sentis une main sur mon épaule, puis quelqu'un pressa contre mes lèvres une tasse de thé, ce qui me surprit parce qu'il ne s'était pas écoulé suffisamment de temps pour faire du thé, le laisser infuser et le verser. J'avalai un peu du liquide et me brûlai le palais. Je tentai en vain de parler. Je pris quelques profondes inspirations et renouvelai la tentative.

« Un accident ? » demandai-je.

Baird fit non de la tête.

« Quoi ? » C'était à peine distinct d'un croassement.

« On a trouvé une lettre à côté de la voiture.

– Qu'est-ce que ça signifie ?

– Elle vous était adressée.

– À moi? répétai-je d'une voix inerte.

– La lettre est de la main de Miss Mackenzie. Elle écrit qu'après s'être rendu compte de ce qu'ils ont fait, de ce qu'ils vous ont fait, en particulier, leur vie n'a plus de sens, et qu'ils ont décidé de mourir ensemble.

– Ils se sont suicidés? demandai-je bêtement.

– C'est l'hypothèse que nous envisageons.

– C'est ridicule.» Les deux hommes gardèrent le silence. «Vous entendez ce que je dis? C'est ridicule et impossible. Danny ne se serait jamais suicidé. Jamais. Quelles que soient les circonstances. Il... Comment ont-ils fait?»

Je regardai Baird. Il tenait une paire de gants dans une main quand il était entré, et à présent il les tordait, très fort, comme s'il essayait d'en extraire de l'eau.

«Vous voulez vraiment savoir?

– Oui.

– Ils se sont servis d'une mèche de tissu insérée dans le réservoir et l'ont allumée. Il semble qu'ils se soient ensuite chacun tiré une balle dans la tête. On a retrouvé un revolver sur place.

– Un revolver? Où ont-ils bien pu trouver un revolver?»

Rupert avala avec difficulté et changea de position.

«L'arme était enregistrée au nom de Leopold Mackenzie», murmura-t-il d'une voix faible.

Il me fallut quelques secondes pour prendre toute la mesure de ce qu'il venait de dire, mais quand j'y parvins je me sentis envahie d'une rage étourdissante.

«Est-ce que vous seriez en train de suggérer que Finn s'était retrouvée en possession de l'arme de son père?» Baird haussa les épaules d'un air penaud. «Et qu'elle la gardait quelque part dans cette maison? Vous ne saviez pas que Mackenzie avait un revolver et qu'il avait disparu?

– Non, répondit Baird. Cela est très difficile pour nous, et je me doute bien que ça doit l'être également pour vous.

– Je ne veux pas de votre condescendance, Rupert, ni de votre jargon psychologique automatique.

– Vous vous méprenez, Sam, reprit Baird d'une voix douce. Ce que je voulais dire, c'est que ça doit être difficile pour vous en particulier.»

Je sursautai.

« Que voulez-vous dire ?

— Que ça vous arrive à nouveau, pour la deuxième fois. »

Je m'enfonçai dans le fauteuil, misérable, battue.

« Salopards. Vous vous êtes renseignés dans votre coin, hein ? »

24

«Je sais compter jusqu'à cent.
– Non? Vas-y alors.
– Un, deux, trois, patati, patata! quatre-vingt-dix-neuf, cent.»
J'émis un gloussement d'appréciation, les mains sur le volant, le regard rivé sur la route, caché derrière des lunettes noires qui masquaient mes yeux rougis.
«Et écoute. Toc toc toc.
– Qui est là?
– Léa.
– Léa quoi?
– L'est allé se coucher! Et écoute, écoute. Comment la maman de Batman elle l'appelle pour qu'il vienne dîner?
– Je ne sais pas. Comment la maman de Batman l'appelle-t-elle pour qu'il vienne dîner?
– Batman, à taaaaaaaaaable!
– Qui t'a appris celle-là?
– C'est Joshua qui est amoureux de moi et qui m'embrasse en douce quand la maîtresse ne regarde pas et quand on sera grands on se mariera. Et tu connais l'histoire de Paf le chien?
– Non. Qu'est-ce que c'est l'histoire de Paf le chien?
– C'est un chien, il traverse la route, et vlam! il se fait écraser. Mais je ne comprends pas bien cette histoire.
– Eh bien, je crois que c'est parce qu'il faut dire que c'est l'histoire d'un chien, il traverse la route, et alors paf! le chien. Paf, c'est le bruit qu'il fait quand il se fait écraser. Qui est-ce qui te l'a racontée?
– C'est Danny. L'autre jour Danny il racontait cette histoire et il a beaucoup ri.

– Regarde, m'écriai-je d'une voix enjouée. Voilà la maison de Kirsty. »

Kirsty accourut à la porte, parée de chaussettes blanches remontées bien droit jusqu'à ses petits genoux ronds, d'une robe à smocks bleue agrémentée d'un col blanc apprêté. Elle traînait un manteau rouge derrière elle. Des barrettes étincelaient dans la masse soyeuse de ses cheveux châtains.

« Fing ne vient pas avec nous ? » demanda-t-elle quand elle me vit apparaître seule avec Elsie. Derrière elle, Mrs. Langley grimaçait : « Je-n'ai-pas-encore-eu-le-temps-de-lui-dire !

– Fing est... commença Elsie d'un air important.

– Pas - aujourd'hui - Kirsty - mais - nous - allons - bien - nous - amuser-et-où-sont-tes-affaires-de-piscine-monte-dans-la-voiture-oh-ce-que-tu-es-belle-et-hop-nous-y-voilà. » Les mots sortaient à toute vitesse de ma bouche, comme si en parlant assez vite et assez longtemps je pourrais noyer la question, la remplacer par des rêves d'eau chlorée suivie de chips, et puis d'un après-midi passé dans la pénombre douillette du vieux cinéma, où les sièges recouverts de velours râpé remontaient d'un coup sec et où des grains de pop-corn roulaient sur le sol, tandis que des personnages de dessins animés se faisaient battre, écraser, précipiter dans de l'huile bouillante, et en sortaient pourtant indemnes à chaque fois.

Mrs. Langley se pencha à la fenêtre de la voiture, le visage transpirant la commisération. Elle posa une main douce sur la mienne, crevassée, agrippée au volant. Elle se polit les ongles, me dis-je.

« S'il y a quoi que ce soit que je puisse faire...

– Merci. Je ramènerai Kirsty dans l'après-midi. » Je dégageai ma main de la sienne et fis tourner la clé. « Vous avez bien attaché vos ceintures, les filles ?

– Oui », me répondirent-elles en chœur. Assises côte à côte, les pieds battant l'air dans leurs bonnes petites chaussures de cuir, elles présentaient deux visages ravis.

« OK, on y va. »

Elsie et Kirsty flottaient gracieusement dans leur bouée de caoutchouc et leurs bracelets gonflés, tellement bien soutenues qu'elles ne se mouillaient presque pas le torse. Leurs petites jambes blanches faisaient des moulinets dans l'eau et elles avaient les joues roses, enflammées par le sentiment de leur propre culot.

«Regarde-moi», dit Kirsty. Elle s'enfonça le nez et le menton dans l'eau un millième de seconde et se releva, l'air triomphant, une mèche de cheveux collée au front. «Je mets la tête sous l'eau. Je parie que t'en es pas capable.» Elsie me regarda un instant. Mon cher petit marin d'eau douce. Je crus qu'elle allait se mettre à pleurer. Puis elle plongea la tête dans la piscine, se débattant maladroitement parmi ses bouées orange vif.

«J'ai réussi, s'exclama-t-elle. Maman, tu as vu?»

J'aurais voulu la prendre dans mes bras et la serrer contre moi.

«Vous êtes mes deux petits poissons, pas vrai? Et si j'étais un requin?»

Sous l'eau, je ne pesais plus rien. J'étais aveugle, obligée de plisser les yeux pour tenter de percer l'épaisse onde verte et d'apercevoir les jambes lumineuses qui tourbillonnaient comme des algues. Je tendis les mains pour attraper des chevilles agiles. Les carreaux de céramique ne se trouvaient heureusement qu'à quelques centimètres de mon corps submergé. J'entendais les deux gamines pousser des cris et glousser tandis que je glissais sans grâce entre leurs jambes. Je ne suis pas un poisson, loin de là. Je n'aime que la terre ferme.

Dans les vestiaires, une adolescente donna des petits coups de coude à son amie pendant que je m'employais à enfiler des pulls par-dessus des têtes mouillées, à faire entrer de force des pieds butés dans des chaussures récalcitrantes et à fixer des languettes rigides dans les boucles appropriées. Elle me désigna des yeux.

Beignets de poulet, frites, Esquimau d'un violet pétant pour le déjeuner. Du pop-corn, un mélange de sucré et de parfumé, et une boisson gazeuse à l'orange dans un grand verre en carton d'où sortaient deux pailles rayées suivirent pendant le cinéma. Assises de part et d'autre de moi, chacune me serrant la main, elles regardèrent un dessin animé et je laissai l'écran se brouiller tandis que je fixai mon regard au-delà. Elles avaient les doigts collants et la tête penchée vers mes épaules. L'air autour de nous sentait le vieux, l'usure. Je tentai d'aligner ma respiration sur la leur sans y parvenir. Mon souffle sortait par à-coups désordonnés et asymétriques de poumons douloureux. Je remis mes lunettes noires dès que nous nous retrouvâmes dans le hall du cinéma.

« Maman.

– Oui, mon amour.» Kirsty avait été rendue au giron protecteur de sa mère et nous rentrions dans un brouillard laiteux.

« Tu te souviens de la cassette vidéo – à ceci près qu'Elsie prononçait ça " vidio ", une survivance de ses premiers balbutiements d'enfant, comme la dernière feuille brune encore accrochée à l'arbre –, celle qui s'appelait *Le Lion, la Sorcière et l'Armoire*?

– Oui.

– Tu te souviens du moment où la méchante sorcière le tue et où il est allongé à côté des souris?

– Oui.

– Et alors il revient à la vie, il y arrive. Eh ben...

– Non. Danny et Finn ne vont pas revenir à la vie. Ils vont nous manquer, et nous devons nous souvenir d'eux et parler d'eux ensemble. Tu dois me parler à chaque fois que tu en as envie, comme ça ils ne mourront jamais ici.» Je posai une main contre mon cœur qui battait à tout rompre. « Mais nous ne les reverrons plus jamais.

– Mais où sont-ils? Est-ce qu'ils sont au ciel maintenant?»

Des morceaux de chair carbonisée, des crânes fendus de rires hilares, des yeux brûlés, des traits dégoulinant en une rivière monstrueuse sur leurs visages décomposés, des membres fondus, déposés sur une plaque de métal dans un frigo à quelques kilomètres de l'endroit où nous nous rendions.

«Je ne sais pas, ma chérie. Mais ils sont en paix à présent.

– Maman.

– Oui.

– J'ai été courageuse quand j'ai mis la tête sous l'eau?

– Très courageuse. J'étais très fière de toi.

– Aussi courageuse qu'un lion ?

– Encore plus. »

Sur le chemin qui menait à la maison, on aurait dit qu'une fête se préparait, surgissant du brouillard. Un nuage de lumières blanches, une marée de voitures. J'arrêtai la mienne et posai doucement l'index sur le bout du nez d'Elsie. « Bip-bip, lançai-je. Nous allons traverser en courant la masse de ces méchants bonshommes avec leurs appareils photo et leurs magnétophones. Pose la tête sur mon épaule, et on va voir si j'arrive à atteindre la porte avant que tu ne comptes jusqu'à cent.

– Un, deux trois, patati... »

« Ton père et moi pensons que tu devrais venir passer quelques jours à la maison. En attendant que l'attention retombe.

– Maman, c'est... » Je marquai une pause, cherchant une réponse adéquate. « C'est très gentil de votre part, mais je vais bien. Il faut que nous restions ici. »

Mes parents étaient arrivés à peine quelques minutes après notre retour. Ils s'étaient avancés vers la maison d'un pas ferme et rigide de militaire, gauche-droite, menton en l'air, regard droit devant. Je leur étais reconnaissante de leur constance. Je savais à quel point ils devaient haïr tout ce remue-ménage. Ils avaient apporté un cake aux fruits dans une grande boîte en fer bordeaux, un bouquet de fleurs enveloppé de Cellophane, ainsi que des Smarties et un livre de coloriage pour Elsie, qui déteste les coloriages mais adore les Smarties. Elle les emporta dans la cuisine pour les manger, minutieusement, par ordre de couleur, en gardant les oranges pour la fin. Mon père fit du feu. Il forma un petit bûcher bien net à l'aide de brindilles empilées par-dessus une demi-briquette allume-feu, sur lequel il disposa quatre bûches. L'air très affairé, ma mère prépara le thé et posa une tranche de cake devant moi d'un geste autoritaire.

« Laisse-nous au moins rester ici, dans ce cas.

– Ne t'inquiète pas pour moi.

– Tu ne peux pas tout faire dans ton coin. »

Quelque chose dans le ton de sa voix me fit lever les yeux. Derrière ses lunettes, ses yeux étaient noyés de larmes. Elle serrait les lèvres pour contenir son émoi. Quand avais-je vu ma mère pleurer pour la dernière fois ? Je me penchai en avant dans mon fauteuil et lui touchai le genou, sous son épaisse jupe de laine, d'un geste gauche. Quand l'avais-je touchée pour la dernière fois, à l'exception de ces baisers secs posés trop vite sur la joue ?

« N'insiste pas, Joan. Tu ne vois pas que Samantha est bouleversée ?

– Non ! Non, justement, je ne le vois pas. C'est ce que je veux dire, Bill. Elle devrait être bouleversée, elle devrait être – enfin – prostrée. Son amie, j'ai toujours pensé qu'elle était fausse, cette petite, et je te l'ai dit le jour où nous l'avons rencontrée, son amie et son petit ami se sont enfuis ensemble, ils se sont tués en voiture, et tous les journaux en parlent. Et il y a le reste. » Elle fit un geste vague en direction de la fenêtre, du monde extérieur. « Et Samantha est assise là comme si de rien n'était, alors que tout ce que je désire, tout ce que je désire, c'est l'aider. » Elle s'arrêta, et je me serais peut-être avancée pour la prendre dans mes bras à ce moment-là, mais je la vis se contracter et elle lâcha son dernier mot, la chose qu'elle avait dû se promettre de ne pas dire. « Ce n'est pas comme si c'était la première fois que ça arrivait à Samantha.

– Joan...

– Ce n'est pas grave, papa. » Je le pensais vraiment. La douleur provoquée par ces mots que ma mère m'adressait était si intense qu'elle en devenait presque un plaisir tordu, astringent.

« Elsie ne devrait certainement pas rester ici, dit ma mère. Elle devrait venir avec nous. »

Elle commença à se lever, comme si elle allait partir sur-le-champ avec ma fille.

« Non, dis-je. Elsie reste avec moi. » Comme s'il s'agissait d'un signal, Elsie apparut dans le salon, croquant ses derniers Smarties. Je l'attirai sur mes genoux et posai le menton sur ses cheveux.

Quelqu'un frappa à la porte.

« Qui est-ce ? demandai-je.

– C'est moi. Michael. »

Je lui ouvris et refermai vivement la porte derrière lui. Il ôta son manteau ; il portait un vieux jean et une chemise de coton bleu délavé, mais il avait l'air détendu, calme.

« J'ai apporté du saumon fumé, du pain de seigle et une bouteille de sancerre. Je me suis dit que nous pourrions... oh, bonjour Mrs. Laschen. Mr. Laschen.

– Ils étaient sur le point de partir, dis-je.

– Mais Samantha, nous venons tout juste... »

Mon père adressa un signe de tête insistant en direction de ma mère et la prit par le bras. Je les aidai à enfiler leurs manteaux en silence et les reconduisis à la porte. Ma mère se retourna pour nous regarder, Michael et moi. Je ne sais pas ce qui m'ébranla le plus, l'étonnement ou l'approbation qui se lisaient dans ses yeux.

Elsie m'attendait dans mon lit cette nuit-là. Au moment où je me glissai sous la couverture elle se retourna, m'enlaça le cou d'un bras tentaculaire, cala son visage contre mon épaule et soupira. Puis, avec la facilité miraculeuse des enfants, elle referma les yeux et replongea dans un profond sommeil. Je passai un long moment éveillée. Dehors, la nuit était noire, sans lune. Tout le monde était rentré se coucher ; je n'entendais rien d'autre que le vent dans les branches et, à une ou deux reprises, le cri faible d'un oiseau sur la mer. Si je posais la main sur la poitrine d'Elsie, je sentirais son cœur battre. Son souffle chaud me caressait la joue. De temps en temps elle murmurait quelque chose d'incompréhensible.

Michael n'était pas resté longtemps ce soir-là. Il avait débouché la bouteille de vin et m'avait servi un verre que j'avais bu d'un trait sans même le goûter, comme s'il s'agissait de schnaps. Il avait étalé du beurre, qu'il avait également apporté, sur des tartines de pain de seigle et les avait ensuite recouvertes de saumon fumé, dont la vue m'avait fait songer avec horreur à de la chair humaine à vif, de sorte que je n'avais fait que grignoter un petit bout de croûte sans aller plus loin. Nous n'avions pas beaucoup parlé. Il avait mentionné un ou deux détails de la conférence de Belfast dont il

225

pensait qu'ils pourraient m'intéresser. Je n'avais rien répondu, me contentant de fixer les braises mourantes du feu que mon père avait fait. Anatoly avait enveloppé nos jambes de son long manteau noir et s'était mis à ronronner bruyamment. « Ça semble irréel, non, impossible, avait-il dit. Je connais Finn depuis des années, des années.» Je n'avais rien répondu. Même hocher la tête semblait au-dessus de mes forces. « Eh bien.» Il s'était levé et avait remis son manteau. «Je vais y aller, Sam. Croyez-vous que vous allez réussir à dormir? Je pourrais vous donner quelque chose.» J'avais refusé d'un signe de la main. Après son départ, j'avais monté l'escalier. Je serrai Elsie contre moi et restai là à regarder dans le noir, les yeux grands ouverts et secs.

25

« C'est malheureux, ces suicides.
– Je me débrouille.
– J'entends, pour nous.
– Je ne comprends pas ce que vous voulez dire.» Geoff Marsh effleura du bout des doigts le nœud de sa cravate, comme s'il tentait de s'assurer par le seul toucher qu'il se trouvait bien au centre de son col. Nous étions convenus de cette réunion quinze jours plus tôt, afin de discuter de quelques nouvelles possibilités de financements pour le service. Ce qui avait été fait autour d'un café. Je m'étais levée pour partir mais il m'avait fait signe de me rasseoir et avait pris une mine ennuyée.

« Ça n'aurait pas pu tomber à un pire moment », reprit-il. Je me mordis les lèvres pour m'empêcher de répondre et gardai le silence.

« Vous auriez dû nous mettre au courant, Sam.
– De quoi aurais-je dû vous mettre au courant ?» Il saisit un bloc-notes et examina quelques mots griffonnés, dans une grande démonstration d'efficacité bureaucratique.

« Techniquement, vous étiez notre employée, Sam », reprit-il après une pause. En signe d'impuissance, il haussa les épaules, geste que je connaissais bien à présent. Il signifiait l'implacabilité du climat politique et économique qui le contraignait cruellement. Il continua : «Je n'ai pas la moindre envie de me servir de cela, bien entendu, mais vous auriez dû nous prévenir que vous effectuiez un travail délicat qui risquait d'avoir des conséquences sur notre projet.»

J'allais devoir passer de longs mois à travailler avec cet homme. Pour cette raison il me fut difficile de trouver ce que je pouvais décemment répondre à cela. Je pris une profonde inspiration.

« J'avais l'impression d'agir en bonne citoyenne. La police a demandé mon concours. Ils ont insisté sur le fait que tout devait rester secret. Je n'en ai même pas parlé à ma propre famille. »

Geoff posa délicatement les deux mains sur le rebord de son bureau aux dimensions tout à fait excessives. Je me retrouvais dans la peau d'une élève dans le bureau de son directeur d'école.

« On va en parler dans les journaux, dit-il en fronçant les sourcils.

– Mais enfin, c'est déjà étalé dans ces saloperies de journaux ! On dirait Greenham Common [1] devant ma porte !

– Oui, oui, mais jusqu'à présent personne n'a mentionné, euh – Geoff fit un geste vague –, ceci, enfin nous, le service.

– Et pourquoi voudriez-vous qu'on en parle ? »

Geoff se leva, se dirigea vers la baie vitrée et regarda au-dehors. Je tentai de trouver un moyen de mettre fin à cette réunion assommante. Après une ou deux minutes de silence, je n'y tins plus.

« Geoff, si vous n'avez rien à ajouter, j'ai un tas de choses à faire. »

Geoff se retourna d'un bond, comme s'il avait oublié que je me trouvais dans la pièce.

« Sam, puis-je être tout à fait franc avec vous ?

– Allez-y, répondis-je avec sécheresse. Ne cherchez pas à épargner mes sentiments. »

Il joignit les mains dans un geste de gravité hiératique.

« La question des désordres post-traumatiques reste extrêmement controversée. Vous me l'avez dit assez souvent. Nous sommes en train de mettre en place un nouveau centre de traitement ici même, et dans le même temps je ne voudrais pas vous rappeler combien de services j'ai dû fermer ces derniers mois. Par ailleurs, le rapport Linden – vous savez, au sujet de cette enfant de six ans, cette petite si photogénique qui est décédée à Birmingham après que nous avons refusé de

---

1. Greenham Common : théâtre de nombreuses manifestations écologistes dans les années soixante-dix-quatre-vingt.

l'accueillir –, ce rapport va sortir d'ici à deux semaines. Il ne manquerait plus qu'un journaliste futé combine tout ça et votre affaire...

– Comment ça, mon affaire ? »

Le visage de Geoff avait rosi et s'était durci.

« Puisque je me trouve à regarder au fond de l'abîme, pourquoi ne pas tout vous dire ? Nous vous avons choisie pour diriger le projet le plus important de mon règne... de ma présidence, peu importe le nom qu'on lui donne. Sir Reginald Lennox, qui siège à mon conseil d'administration, affirme que les désordres post-traumatiques ne sont rien d'autre qu'une excuse pour les minables et les chochottes, pour reprendre son expression. Mais nous avons fait venir le célèbre docteur Samantha Laschen pour défendre notre position. Et environ un mois avant d'entrer en fonctions elle montre au monde entier comment elle s'y prend pour traiter une jeune femme traumatisée chez elle. Un journaliste irresponsable pourrait souligner que le résultat des méthodes personnelles du docteur Laschen, c'est que sa patiente est tombée amoureuse de son propre petit ami. À la suite de quoi ils se sont enfuis avant de se suicider. » Geoff marqua une pause. « Un tel résumé serait bien sûr très injuste. Mais si on devait nous opposer un tel argument, il serait en vérité très difficile de répondre que le traitement de Fiona Mackenzie a été un de nos grands succès.

– Je n'ai pas traité Fiona Mackenzie. Elle n'était pas ma patiente. L'idée, c'était de lui fournir un refuge sûr – et temporaire. Et à dire vrai j'étais moi-même opposée à ce projet. »

Je me méprisais de m'entendre gémir et m'excuser de la sorte. Geoff ne sembla pas le moins du monde impressionné.

« La distinction est très subtile, répondit-il d'une voix peu convaincue.

– Que signifie tout cela, Geoff ? Si vous avez quoi que ce soit à dire, arrêtez de tourner autour du pot.

– J'essaie de vous sauver, Sam, et de sauver votre service.

– Me *sauver* ? Mais de quoi parlez-vous ?

– Sam, ce n'est pas mon opinion personnelle que j'exprime ici. Je me contente de mettre en avant un certain nombre de faits pertinents. Si notre fondation se trouve mêlée à un scandale public dans les médias, les choses pourraient tourner à l'aigre pour tout le monde.

– Je ne voudrais pas me montrer agressive, mais ne seriez-vous pas en train de me menacer ? C'est ma démission que vous souhaitez ?

– Non, absolument pas, pas pour le moment. Il s'agit de votre projet, Sam, et vous allez le mener à bien, avec notre soutien.

– Et... ?

– Peut-être devrions-nous penser à une stratégie afin de juguler l'information.

– C'est-à-dire ?

– C'est ce dont j'aurais aimé que nous puissions discuter, mais il m'est venu à l'idée qu'il serait peut-être possible d'organiser une interview judicieuse avec le journaliste approprié, de parer aux attaques, en quelque sorte.

– Non, c'est hors de question.

– Sam, réfléchissez-y. Ne répondez pas non tout de suite.

– C'est non.

– Pensez-y.

– Non. Et je dois y aller à présent. Il faut que je parle à plusieurs médecins. À moins que nous n'ayons oublié que le but de ce projet est de mettre en place un service médical. »

Geoff me reconduisit jusqu'à la porte de son bureau.

« Je vous envie, Sam.

– C'est difficile à croire.

– Les gens viennent vous voir avec leurs symptômes, vous leur venez en aide, et puis c'est tout. Je dois me battre avec des médecins, puis avec des hommes politiques, avec des bureaucrates, et de nouveau avec des médecins pour finir. »

Je me retournai pour regarder l'immense pièce, la tapisserie mexicaine, le canapé, le bureau qui faisait presque la taille d'une table de ping-pong, la vue panoramique sur les plaines, les marécages, et tout ce qui s'étendait entre Stamford et la mer.

« Il y a certaines compensations », remarquai-je.

Nous nous serrâmes la main.

« Il faut que je puisse regarder les membres de mon conseil d'administration sans trop de gêne. Je vous en prie, ne faites rien qui puisse m'embarrasser. Et si ça vous arrive, prévenez-moi d'abord. »

De retour à la maison, il me fallut un quart d'heure pour écouter tous les messages sur mon répondeur. Je ne fis pas le compte des différents journaux dont les représentants avaient laissé leur numéro, ni des différents euphémismes qu'ils avaient employés, pas plus que des offres d'arrangements financiers, de condoléances ou de tarifs de consultation. Au milieu de tout ça se trouvaient un message de ma mère, désarçonnée par la tirade de bips due au nombre d'appels enregistrés, un message de Michael Daley et un autre de Linda, qui serait en retard aujourd'hui, ainsi qu'un message de Rupert Baird, qui me demandait si nous pourrions discuter des effets personnels de Finn.

Ses effets. L'idée m'irrita d'abord, avant de laisser place à une grande tristesse. Que fallait-il faire de ses quelques affaires ? Elles n'étaient sans doute d'aucun intérêt pour l'enquête. Tout ce qu'elles représentaient, c'était le gâchis de deux vies perdues et une vaste étendue de dégâts émotionnels. Nos possessions sont supposées passer de main en main d'une génération à l'autre, mais je ne trouvai personne à qui j'aurais pu donner les maigres affaires de Finn.

Mais même s'il n'y avait rien à faire, je résolus de m'y mettre sans tarder. Je pris un carton dans la cuisine et montai l'escalier quatre à quatre pour me rendre dans la pièce dont je m'étais délibérément exclue, la chambre de Finn. Même à présent j'éprouvais un sentiment de transgression en poussant la porte et en pénétrant à l'intérieur. La pièce était d'une vacuité pathétique, comme si elle n'avait pas été occupée durant des mois. Pour la première fois je me rendis compte que Finn n'avait accumulé aucun des broussins ou bernaches qui s'accrochent à nous pendant notre passage dans la vie. À part quelques livres de poche empilés sur une étagère, il n'y avait pas le moindre objet personnel en vue, pas même un crayon. Le lit avait été fait avec soin, le tapis était posé bien droit par terre, les surfaces étaient nues. Il planait dans l'air une odeur de renfermé et je me dépêchai d'ouvrir la fenêtre. Il n'y avait rien d'autre dans l'armoire que le cliquetis de cintres en métal. Je regardai les livres : quelques romans policiers, *Bleak House*, *La Femme en blanc*, un recueil de poèmes d'Anne Sexton, un guide abîmé de l'Amérique du Sud. Je le pris sur l'étagère et l'envoyai atterrir sur le palier. J'avais envie de m'échapper en Amérique du Sud. N'importe où. Je mis le reste dans le carton. Une enveloppe blanche tomba des pages d'un des livres.

Je la ramassai et j'étais sur le point de la mettre elle aussi dans le carton quand je vis ce qui était écrit dessus et arrêtai mon geste. De grandes lettres majuscules dessinaient les mots : MON TESTAMENT. Finn, cette enfant si apeurée, si préoccupée par la mort, avait écrit un testament.

Je fus soudain prise de tremblements, convaincue qu'elle m'avait impulsivement laissé toute sa fortune et que tout cela conduirait à un nouveau désastre public. D'un geste lent, je retournai l'enveloppe. Elle n'était pas scellée. La languette avait simplement été glissée à l'intérieur sans être collée, comme on fait pour les cartes de vœux. Je savais que ce que je faisais était mal, peut-être illégal, mais je l'ouvris et dépliai le papier qui se trouvait dedans. C'était un formulaire bleu intitulé « Rédigez votre propre testament » en haut de la feuille. Il avait été rempli en toute simplicité. Sous la case marquée : « Identité du testamentaire », il y avait écrit « Fiona Mackenzie, 3 Wilkinson Crescent, Stamford, Essex ». Dans la case « Je désigne pour mon exécuteur testamentaire », il y avait écrit « Michael Daley, 14 Alice Road, Cumberton, Essex ». Dans la case « Je lègue tous mes biens à », il y avait écrit « Michael Daley, 14 Alice Road, Cumberton, Essex ». Le formulaire était signé et daté du lundi 4 mars 1996. Elle avait mis une croix pour indiquer qu'elle souhaitait être incinérée.

Au bas de la page, il y avait deux cases au-dessus desquelles s'étalait la phrase : « Signé par la personne qui a rédigé ce testament en notre présence, en présence de qui nous avons ensuite signé ». Dans ces deux cases, d'une écriture différente, on pouvait lire les noms de Linda Parris, 22 Lam Road, Lymne, et de Sally Cole, 3b Primrose Villas, Lymne.

Finn avait complètement perdu la boule. Elle avait perdu la boule et ma crétine de baby-sitter ainsi que mon imbécile de femme de ménage l'avaient rejointe pour monter une conspiration folle sous mon propre toit. Ma tête se mit à tourner, il me fallut m'asseoir un instant sur le lit. Et de quelle conspiration s'agissait-il, en fait ? Une conspiration pour disposer de sa fortune de façon absurde après sa mort ? Des vieilles dames léguaient des millions à leurs chats, alors pourquoi pas à Michael Daley ? Mais en pensant au rôle si inefficace qu'il avait joué dans toute cette histoire, que ce soit en tant que médecin de Finn ou en tant que médecin de Mrs. Ferrer, je fus prise de colère. Qui était au courant de ce testament ? Il y avait Sally et Linda, bien sûr, les traîtresses, mais elles ne pouvaient pas savoir si Finn ne l'avait pas détruit. L'idée que la fortune de la famille Mackenzie soit remise à Michael Daley me parut soudain insupportable. Et pourquoi est-ce que moi je ne détruirais pas le testament, afin qu'une sorte de justice soit rendue ? De toute façon, il n'était sans doute pas légal de faire de la même personne à la fois l'exécuteur et le bénéficiaire de l'argent, ce qui veut dire qu'il n'avait aucune valeur et pouvait aussi bien être déchiré. Tandis que je réfléchissais à tout ça, je vis qu'il y avait une autre feuille de papier dans l'enveloppe. Elle était à peine plus large qu'une carte de visite. Dessus, on pouvait lire, de l'écriture si reconnaissable de Finn : « Un autre exemplaire de ce testament se trouve en possession de son exécuteur, Michael Daley. Signé : Fiona Mackenzie ». Je frissonnai, comme si Finn venait de rentrer dans la pièce et m'avait prise en flagrant délit en train de fouiller dans ses affaires. Je rougis et sentis des picotements sur mes joues.

Je replaçai précautionneusement les deux morceaux de papier dans l'enveloppe que je reposai dans la boîte en carton. Puis je me mis à parler tout haut, bien que je sois seule : « Quel merdier. Mais quel désastre. »

26

Je ne crois pas en Dieu. Je ne pense pas y avoir jamais cru, même s'il me reste vaguement en tête le souvenir incertain et fragmentaire de m'être agenouillée devant mon lit comme Christopher Robin et d'avoir balbutié à toute vitesse Notre-Père-qui-êtes-aux-cieux-que-Ton-nom-soit-sanctifié. Et je me rappelle la terreur que m'inspirait, toute jeune, la prière qui dit : « Si je meurs avant mon réveil, je vous prie, mon Dieu, d'emporter mon âme.» Je restais allongée dans ma longue chemise de nuit avec ses fronces autour des poignets et ses boutons de nacre blanche sagement fermés jusqu'en haut, à cligner des yeux d'inquiétude dans la pénombre pour tenter d'éloigner le grand mur du sommeil, tandis que la poitrine de Bobbie se soulevait et retombait dans le lit à l'autre bout de la chambre. Et j'ai toujours haï l'idée d'une divinité capricieuse qui répond aux appels à l'aide de certains et ignore ceux des autres.

Mais en me réveillant dans le petit jour gris d'un matin de mars, acculée au bord d'un lit presque entièrement occupé par une Elsie qui avait pris ses aises, je me surpris à ma grande honte à murmurer : « S'il vous plaît, mon Dieu, faites que ça ne soit pas vrai.» Le matin, pourtant, est difficile. Pas autant que les nuits, bien sûr, quand le temps ressemble à un grand fleuve qui déborde sur ses berges et perd toute la puissance de son courant pour venir s'immobiliser dans des bassins d'eau stagnante. Mes patients me parlent souvent de terreurs nocturnes. Et ils parlent aussi de la terreur qu'ils éprouvent quand ils se réveillent de leurs rêves et se retrouvent précipités dans le cauchemar d'une réalité inchangée.

Je restai allongée quelques minutes, jusqu'à ce que la première vague de panique passe et que je retrouve un souffle régulier. Elsie gigota brusquement à côté de moi. Elle me retira la couette d'un coup et s'enroula dedans comme une petite créature en hibernation. Seul le sommet de son crâne dépassait. Je le caressai et il disparut avec le reste. Dehors, j'entendais les bruits du jour : un chien aboyait, un coq chanta, des voitures changeaient de vitesse dans le virage en épingle à cheveux. Les journalistes s'étaient éloignés de ma porte, les journaux ne couvraient plus cette histoire en permanence, le téléphone avait arrêté de sonner toutes les cinq minutes pour déverser son lot de sollicitudes ou de questions indiscrètes. J'avais retrouvé ma vie.

Du coup je sautai du lit et, en silence pour ne pas réveiller Elsie, j'enfilai une courte robe de laine, des collants rayés et une paire de bottines, m'appliquant à faire passer les lacets dans chaque petit œillet, ce qui me permit de remarquer que mes mains ne tremblaient plus. J'accrochai des pendants à mes oreilles et me brossai les cheveux. Je n'allais nulle part, mais je savais que si je restais à me traîner fagotée dans un fuseau qui faisait des poches aux genoux je ne ferais qu'ajouter à ma morosité. Thelma m'avait dit un jour que les sentiments suivent souvent le comportement, plutôt que le contraire : l'acte courageux donne du courage, l'action généreuse contribue à diminuer la jalousie mesquine. Ainsi, à présent, j'allais confronter le monde comme s'il ne me rendait pas malade de peur, et alors peut-être ma nausée commencerait-elle à s'estomper.

Je donnai à manger à Anatoly, bus une tasse de café brûlant et établis la liste des courses avant qu'Elsie ne se réveille et n'entre dans la cuisine d'un pas mal assuré. Elle avala un bol de céréales au miel, que je finis pour elle, puis un bol de muesli, non sans en retirer les raisins secs à la cuillère et me tendre la fin du mélange beige poisseux.

« Je veux un insecte qui pique dans un bocal, dit-elle.

– D'accord. » Nettoyer l'habitat d'un insecte était à ma mesure.

Elle me jeta un regard surpris. Elle avait peut-être démarré trop bas, une grave erreur de négociation.

« Je veux un hamster.

– Je vais y penser.

– Mais j'en veux vraiment un.

– Le problème avec les animaux domestiques, expliquai-je, c'est qu'il faut nettoyer leur cage, les nourrir, et après les deux ou trois premiers jours tu commences à en avoir marre et alors devine qui doit faire le travail. Et puis les animaux ça meurt. » À peine ces mots sortis de ma bouche, je les regrettai. Mais Elsie ne cilla pas.

« Je veux *deux* hamsters, comme ça s'il y en a un qui meurt, il me restera toujours l'autre.

– Elsie...

– Ou alors un chien. »

Des lettres furent bruyamment insérées dans la fente de la porte et atterrirent sur le sol carrelé.

« J'y vais. »

Elsie se laissa glisser de sa chaise et alla récupérer la pile d'enveloppes, plus épaisse qu'à l'ordinaire. Je mis de côté la brune, qui contenait des factures. J'examinai d'un œil méfiant les fines enveloppes blanches affranchies automatiquement, sur lesquelles mon nom avait été tapé à la machine. Elles provenaient avec une quasi-certitude de journaux ou d'émissions de télévision. J'ouvris celles qui étaient écrites à la main et les parcourus rapidement. « Chère Sam, s'il y a quoi que ce soit que nous puissions faire... », « J'ai été tellement surprise quand j'ai lu... », « Chère Sam, je sais que nous avons un peu perdu contact ces derniers temps, mais quand j'ai appris la nouvelle... »

Restait une enveloppe qui me laissa perplexe. Elle était adressée à Daniel Rees, écrit en lettres majuscules bien nettes au stylo bleu. Je me dis que je ferais sans doute mieux de l'envoyer à ses parents. Je haussai l'enveloppe devant la lumière et l'examinai à contre-jour, comme si elle détenait la clé du mystère. Le rabat était détaché sur un coin. Je glissai mon doigt dans l'ouverture et l'agrandis un peu. Puis je l'ouvris complètement.

Cher Mr. Rees,

Suite à votre requête de ce matin concernant des week-ends en Italie, nous vous confirmons que vous avez réservé deux nuits d'hôtel

avec demi-pension à Rome pour le week-end des 18 et 19 mars.
Nous vous ferons parvenir sous peu les détails de votre vol et vos billets. Pourriez-vous nous envoyer confirmation écrite que les billets sont à établir aux noms de Mr. D. Rees et du Docteur S. Laschen? Nous vous remercions de vous être adressé à notre agence.
Nous vous prions d'agréer l'expression de nos salutations distinguées.

Miss Sarah Kelly
Globe Travel.

Je repliai la lettre et la remis dans son enveloppe. Rome avec Danny. La main dans la main, amoureux, en tee-shirt. Lui et moi enlacés sous les draps empesés d'une chambre d'hôtel, tandis qu'un ventilateur agiterait l'air cuit. Des pâtes, du vin rouge, et de gigantesques ruines antiques. De fraîches églises, et des fontaines. Je n'étais jamais allée à Rome.

« Elle est de qui la lettre, maman?

– Oh! de personne.»

Pourquoi avait-il changé d'avis si brusquement? Qu'avais-je fait, ou quel geste n'avais-je pas fait, pour qu'il préfère la mort dans une voiture carbonisée avec une gamine déglinguée à un voyage à Rome avec moi? Je sortis à nouveau la lettre. *Suite à votre requête de ce matin...* Elle était datée du 8 mars 1996. C'était ce jour-là que ça s'était passé, qu'il s'était enfui avec Finn. La douleur se concentra, près d'éclater, au-dessus de mes yeux.

« Est-ce qu'on va encore être en retard à l'école, maman?

– Comment? Non! Bien sûr que non, nous allons être en avance au contraire. Viens.»

« J'ai juste signé là où elle m'a dit de le faire.

– Mais enfin, Sally, comment as-tu pu ne rien regarder? C'était son testament, et c'était une jeune fille très perturbée.

– Désolée.» Sally continua de frotter le four. Ce fut tout.

« Je voulais t'en parler, Linda, avant qu'Elsie ne rentre de l'école.

– Elle a dit que ce n'était rien.» Les yeux de Linda s'emplirent de larmes. « Juste une formalité.

– Tu ne l'as pas lu?»

Elle se contenta de hausser les épaules en remuant la tête. Pourquoi n'avaient-elles pas voulu en savoir plus, comme moi ?

La maison de Michael n'était pas grande mais elle ne manquait pas de charme dans son genre, avec son côté confortable et sa décoration recherchée. Le rez-de-chaussée était entièrement dégagé, d'un seul tenant. Dans le coin-cuisine bien rangé, une porte-fenêtre donnait sur une cour pavée ornée d'une petite fontaine conique. Je regardai autour de moi : des bibliothèques fournies, des tapis aux couleurs vives posés sur un carrelage austère, des dessins torturés à la mine de plomb qui se tordaient sur des murs d'une sereine blancheur, des plantes en pot verdoyantes et charnues, des casiers à vin entièrement approvisionnés, des photographies de bateaux et de falaises sans le moindre personnage. Comment un simple médecin pouvait-il s'offrir un tel style ? Enfin, au moins était-il prêt pour le niveau de vie qu'il allait bientôt acquérir. Nous nous assîmes devant une longue table de réfectoire et bûmes du vrai café servi dans des tasses aux anses délicates.

« Vous avez eu de la chance de me trouver. Je suis de garde », dit-il. Puis il se pencha en avant et prit ma main dans les siennes. Je remarquai combien il avait les ongles longs et soignés.

« Vous allez bien ? »

Il me parlait comme à une malade. Je dégageai la main.

« Dois-je comprendre que non ? s'enquit-il. Écoutez, toute cette histoire est absolument affreuse, pour vous autant que pour moi. Nous devrions essayer de nous aider l'un et l'autre à nous en sortir.

– J'ai lu le testament de Finn. »

Il leva un sourcil.

« Est-ce qu'elle vous l'a montré ? » Je remuai la tête et il soupira. « Alors c'est de ça qu'il s'agit ?

– Michael, est-ce que vous savez ce qu'elle a écrit dans son testament ? Vous en avez un exemplaire en votre possession. »

Il soupira de nouveau.

« Je sais que j'en suis l'exécuteur, mais je ne sais pas en quoi ça consiste. C'est elle qui me l'a demandé.

– Ça veut dire que vous n'avez pas la moindre idée de ce qu'il y a dedans ? »

Il regarda sa montre.

« Est-ce qu'elle vous a tout légué ? demanda-t-il dans un sourire.

– Non. C'est à vous qu'elle a tout laissé. »

Son expression se figea. Il se leva et se dirigea vers la porte-fenêtre. Je ne voyais que son dos.

« Eh bien ? » demandai-je.

Il se retourna.

« Elle m'a tout laissé ? » Il se passa les doigts dans les cheveux. « Pourquoi a-t-elle fait une chose pareille ?

– Mais vous ne pouvez pas accepter, n'est-ce pas ? »

Le visage de Michael prit une expression énigmatique.

« Je ne sais pas quoi dire. Tout cela est tellement...

– Tellement contraire à l'éthique, complétai-je. Tellement suspect.

– Comment ? » Michael releva les yeux comme s'il venait tout juste d'entendre ce que j'avais dit. « Pourquoi a-t-elle fait une chose pareille ? À quel jeu jouait-elle ?

– Vous allez accepter ?

– Comment ? Tout cela est si brusque. »

Un bip résonna soudain. Il mit la main dans la poche de sa veste.

« Désolé, je dois filer, dit-il. Je suis abasourdi, Sam. » Puis il sourit. « À samedi. » Devant mon air surpris, il continua : « Le bateau, vous vous souvenez ? Ça pourrait nous faire du bien. Nous aider à mettre les choses en perspective. Et il faudrait que nous ayons une véritable conversation. »

J'avais complètement oublié ce projet ; une sortie en bateau, il ne manquait plus que cela.

« Ça me fera du bien », acquiesçai-je d'une voix creuse.

Je tenais Elsie dans mes bras comme un joyau précieux ; j'avais peur de la casser tant mon amour pour elle était puissant. Je me sentais si forte, si vivante, si euphorique de chagrin et de rage. Mon sang bondissait dans mes veines, mon cœur battait à tout rompre ; je me sentais propre, souple, en éveil.

« Est-ce qu'un jour Danny t'a dit quelque chose à propos de Finn ? » demandai-je avec précaution, comme si de rien n'était.

Elle haussa les épaules.

« Et Finn – je caressais ses cheveux soyeux en me demandant quels secrets étaient enfermés sous son petit crâne bien dessiné –, est-ce qu'elle t'a parlé de Danny ?

– Nan. » Elle se mit à gigoter sur mes genoux. « Mais Danny me posait souvent des questions sur Finn.

– Oh. »

Elsie me regarda de ses grands yeux curieux.

« Et Danny disait que tu étais la meilleure maman du monde.

– Vraiment ?

– Ce n'est pas vrai ? »

Après qu'Elsie se fut endormie, je me mis à rôder dans la maison ; j'écartai les rideaux, je me faufilai avec difficulté sous les lits, j'allai fouiller dans tous les coins. Au bout du compte, je me retrouvai avec une ménagerie chiffonnée de six minuscules animaux en papier disposés devant moi sur la table de la cuisine, trois petits oiseaux, deux espèces de chien, et une forme incompréhensible. Je les fixai et ils me rendirent mon regard.

27

Elle avait ses yeux noirs, ainsi que ses lourds sourcils qui se rejoignaient presque au milieu du front. Ses cheveux en revanche étaient plus clairs et plus fins et elle avait la peau d'une texture différente, déjà couverte de taches de rousseur quoique le printemps ait à peine commencé. Danny avait le teint pâle, mais toujours uni. Il prenait une belle couleur égale, brun caramel, aux beaux jours. Je me souvenais de son odeur et de sa légère moiteur quand il était resté au soleil. Je n'avais jamais rencontré aucun membre de sa famille. Danny m'avait dit qu'ils vivaient à l'ouest de l'Angleterre, où son père possédait une entreprise de construction. Il avait un frère et une sœur, c'était tout. J'étais occupée à écrire mon livre – il avançait à toute vitesse à présent, et serait fini d'ici à quelques semaines – quand le téléphone avait sonné. J'avais laissé le répondeur s'en charger.

« Bonjour, docteur Laschen. C'est... enfin... je m'appelle Isobel Hyde, nous ne nous connaissons pas, mais je suis la sœur de Danny et... »

Je fus prise d'un frisson et d'un mouvement de répulsion. Qu'est-ce qu'elle pouvait bien me vouloir ? Je décrochai le téléphone.

« Bonjour, ici Sam Laschen, je me cachais derrière le répondeur. »

S'ensuivit un échange gauche, ponctué de silences embarrassés. Elle craignait que je ne la soupçonne de vouloir mettre la main sur la dernière des affaires de Danny encore en ma possession ; pour ma part, j'ignorai ses intentions. Je lui dis que rien de ce qui me restait de lui n'avait de valeur mais que bien entendu elle pourrait tout récupérer si elle le souhaitait,

241

cependant elle m'expliqua que ce n'était pas ce qu'elle voulait mais que, puisqu'elle était à Londres pour quelques jours, elle se demandait si elle ne pourrait pas monter dans un train pour venir me rendre visite. Je ne sais pas pourquoi, sans doute à cause d'un instinct irrationnel, mais je n'avais pas envie qu'elle vienne jusqu'à la maison. J'avais eu mon compte de tous ces gens qui voulaient voir où j'habitais, et je ne savais pas quels motifs morbides pouvaient pousser une femme à aller découvrir le lieu où son frère avait vécu avec une maîtresse qu'il avait abandonnée, sans parler du reste. En fait, je n'avais pas la moindre idée de ce qui se passait, c'est pourquoi je lui répondis que j'irais la chercher à la gare à Stamford le lendemain matin et qu'ensuite nous pourrions parler dans un pub.

« Comment allons-nous nous reconnaître ? demanda-t-elle.

– Je vous reconnaîtrai peut-être. Moi je suis grande et j'ai les cheveux très courts. Personne dans les rues ne me ressemble de près ou de loin dans tout le comté. »

Je manquai fondre en larmes quand elle descendit du train et fus incapable de proférer le moindre mot. Je me contentai de lui serrer la main puis la conduisis jusqu'à un café en face de la gare. Nous nous assîmes et nous mîmes à jouer avec nos tasses.

« D'où venez-vous ?

– Nous vivons à Bristol pour l'instant.

– Dans quel coin ?

– Vous connaissez Bristol ?

– Pas vraiment, confessai-je.

– Alors il ne servirait à rien de vous donner des détails, vous ne croyez pas ? »

Le charme tranquille de Danny était apparemment un trait de famille.

« Je n'ai apporté aucune des affaires de Danny, avouai-je. Il y a une ou deux chemises, quelques caleçons, une brosse à dents, un rasoir, ce genre de choses. Il n'a jamais semblé posséder grand-chose. Je pourrai vous les envoyer si vous le désirez.

– Non. »

Cela fut suivi d'un silence qu'il me fallut rompre.

« C'est très intéressant pour moi de vous rencontrer, Isobel. Mais c'est aussi très perturbant. Vous lui ressemblez tellement. Danny ne me parlait jamais de sa famille. Peut-être se disait-il que je n'étais pas le genre de femme qu'on peut présenter à sa mère. Il est parti d'une façon horrible. Et je ne suis pas sûre de comprendre le but de votre visite, même si bien sûr je suis profondément désolée pour vous tous.»

Une fois de plus il y eut un silence et je commençais à me sentir un peu inquiète. Qu'allais-je faire avec cette femme qui me fixait avec les yeux de Danny?

«Je n'en suis pas vraiment sûre moi-même, finit-elle par dire. Ça va peut-être vous sembler idiot mais je voulais vous rencontrer, vous voir. Il y a très longtemps que j'avais ce désir, et j'ai pensé qu'il était fort possible que nous n'en ayons plus jamais l'occasion.

– C'est bien probable, étant donné les circonstances. Je veux dire, que nous n'ayons plus l'occasion de nous rencontrer.

– Toute la famille se trouve dans un état épouvantable.

– Ça ne me surprend pas.»

Je ne m'étais pas autorisée à penser aux parents de Danny. Isobel avait pendant tout ce temps gardé le regard baissé sur sa tasse, mais à présent elle leva ses grands yeux noirs aux lourdes paupières et me regarda. Je sentis une onde de désir m'envahir et serrai les dents jusqu'à me faire mal.

«Vous comptez venir à l'enterrement?

– Non.

– C'est ce que nous nous étions dit.»

Une pensée horrible me vint à l'esprit.

«Vous n'êtes pas venue me demander de ne pas m'y rendre, à tout hasard?

– Non, bien sûr que non. Vous ne devez pas penser des choses pareilles.»

Isobel semblait chercher à rassembler son courage avant d'effectuer le grand saut.

«Isobel, y a-t-il quelque chose que vous vouliez me confier, parce que dans le cas contraire...

– Oui, m'interrompit-elle. Je ne suis pas très douée pour présenter les choses mais ce que je voulais dire, enfin, vous

243

savez, Danny a eu des tas d'aventures, avec des tas et des tas de femmes avant vous.

– Eh bien, je vous remercie, Isobel, d'avoir pris la peine de venir pour ça.

– Je me suis mal exprimée. Il était comme ça, vous le savez, et les femmes avaient toujours un faible pour lui. Mais ce que je voulais vous dire, c'est que vous, vous étiez différente. Pour lui. »

Je me sentis soudain près de perdre le contrôle de mes émotions.

« C'est ce que j'ai cru, Isobel. Mais il faut croire que je m'étais trompée, non ? J'ai fini comme les autres, abandonnée et oubliée.

– Oui, je sais ce qui s'est passé. Tout ce que je peux dire c'est que la nouvelle m'a consternée. Je n'ai pas pu y croire. Je n'y arrive toujours pas. »

Je repoussai ma tasse sur le côté. Je voulais mettre fin à cet entretien.

« Oui, seulement vous voyez, ce qui s'est produit s'est produit quoi que votre instinct en dise. C'était gentil à vous de venir me dire ça, et pourtant ça ne change rien. Que voulez-vous que je fasse de ce que vous m'avouez ? Pour être honnête, j'essaie simplement pour l'instant de mettre tout ça derrière moi et de passer à autre chose. »

Isobel parut effondrée par mes paroles.

« Oh ! eh bien, je tenais à vous remettre quelque chose, mais peut-être n'en voulez-vous pas. »

Elle fouilla dans son sac et en sortit une liasse de photocopies. Je vis immédiatement que l'écriture large sur les feuilles était celle de Danny.

« Qu'est-ce que c'est ?

– Danny m'écrivait environ deux lettres par an. C'est la copie de la dernière qu'il m'ait envoyée. Je sais que la rupture a dû être quelque chose de terrible pour vous. Et puis ensuite les morts. J'imagine aussi que vous avez dû souffrir de vous retrouver ainsi humiliée en public ?

– Oui.

– Je n'ai pas fait preuve de beaucoup de tact, n'est-ce pas ? J'ai juste pensé que cette lettre pourrait vous apporter un peu de réconfort. »

Je lui exprimai une gratitude sourde mais je n'étais pas vraiment sûre de la réponse qu'elle attendait. Cependant je pris la lettre, avec précaution, comme si elle risquait de me blesser. Puis elle remonta dans le train et j'adressai un petit signe de la main à cette femme dont je savais que je ne la reverrais jamais. Je fus presque tentée de jeter la lettre photocopiée sans la lire.

Une heure plus tard, je me trouvais dans les bureaux de la police judiciaire au commissariat central de Stamford. Une femme agent m'apporta un thé et me fit asseoir derrière le bureau de Chris Angeloglou. Je regardai sa veste, posée sur le dos de sa chaise, puis la photographie d'une femme et d'un enfant potelé. Je me mis à jouer avec ses crayons. Enfin, Angeloglou en personne apparut. Il posa la main sur mon épaule dans un geste très travaillé de réconfort spontané.

« Sam, vous allez bien ?

– Oui.

– J'ai peur que Rupert ne soit occupé.

– Comment avance l'enquête ?

– Bien. Les interpellations de la semaine dernière ont donné de bons résultats. Nous avons découvert des choses intéressantes.

– À propos des meurtres ?

– Pas exactement. »

Je poussai un soupir.

« Alors comme ça une arrestation est imminente. Regardez cette lettre. Danny l'a envoyée à sa sœur tout juste deux semaines avant sa mort. »

L'air las, Chris la prit.

« Ne vous inquiétez pas, vous n'avez qu'à lire les deux dernières pages. »

Il se pencha sur son bureau et examina la lettre.

« Eh bien ? demanda-t-il quand il eut fini.

– Est-ce là la lettre de quelqu'un qui s'apprête à s'enfuir avec une autre femme ? »

Chris haussa les épaules.

« Vous avez lu, continuai-je. "Je n'ai jamais rencontré personne comme elle auparavant, je ne désire personne d'autre,

245

je veux l'épouser et passer le reste de ma vie avec elle, j'aime sa fille, ma seule inquiétude c'est de savoir si elle m'acceptera. "

– Oui, dit Chris d'une voix gênée.

– Et puis il y a ça. »

Je lui passai la lettre de confirmation que l'agence de voyages avait envoyée. Il l'examina, un demi-sourire aux lèvres.

« Est-ce que vous prenez vos dispositions pour vous enfuir avec quelqu'un quand vous venez de mettre sur pied un tel week-end ? »

Chris sourit, sans malveillance.

« Je ne sais pas. Peut-être. Danny était-il du genre impulsif ?

– Eh bien, un peu...

– Le genre d'homme à s'en aller sans crier gare ?

– Oui, mais il n'aurait pas fait une chose pareille, protestai-je faiblement.

– Y a-t-il autre chose ? demanda Angeloglou avec gentillesse.

– Non, sauf... – je me sentis envahie par le désespoir – ... sauf toute cette histoire. Y avez-vous réfléchi ?

– Comment ?

– Cette jeune fille qui écrit un testament...

– Comment êtes-vous au courant du testament, Sam ? C'est bon, ne répondez pas, je ne veux pas savoir.

– Elle rédige un testament et deux jours après elle est morte. Vous ne trouvez pas ça bizarre ? »

Angeloglou passa quelques minutes à réfléchir en silence.

« Finn n'avait-elle jamais parlé de la mort ?

– Si, bien sûr.

– Lui était-il arrivé d'évoquer le suicide ? »

Je marquai une pause, la gorge serrée.

« Oui.

– Alors, conclut Chris. Et puis de toute façon, que suggérez-vous ?

– Avez-vous jamais envisagé la possibilité qu'ils aient pu être assassinés ?

– Pour l'amour du ciel, Sam. Et par qui ?

– Qui va empocher une fortune colossale suite à la mort de Finn ?

– S'agit-il d'une accusation sérieuse ?

– C'est au moins une piste sérieuse. »

Chris rit.

« D'accord, reprit-il, je cède. Puis-je conserver ces documents ? » J'acquiesçai d'un signe de tête. « Par égard envers tout le monde, vous incluse, je vais poursuivre cette petite enquête aussi discrètement que possible. Mais je vous appellerai demain. Et à présent, docteur, rentrez chez vous, prenez un cachet, ou un verre, ou alors mettez-vous devant la télé, ou les trois à la fois. »

Sauf qu'il n'attendit pas le lendemain. À sept heures du soir, le jour même, Chris Angeloglou m'appela.

« J'ai fait quelques recherches à propos de votre suspect.

– Oui ?

– Que ce soit bien clair, Sam. La voiture a été retrouvée un peu avant six heures du soir le 9. Elle brûlait encore.

– Oui.

– Le 8, le docteur Michael Daley s'est envolé pour Belfast afin de participer à un congrès de généralistes du secteur privé. Il est intervenu le 9 et a repris l'avion pour Londres le soir même. Ça vous suffit ?

– Oui. En fait, j'étais au courant. Je suis désolée. C'est idiot de ma part.

– Pas du tout. Sam ?

– Oui ?

– Nous nous en voulons tous de vous avoir causé tous ces ennuis. Nous ferons tout ce que nous pourrons pour vous aider.

– Merci.

– C'est vous l'expert en matière de traumatismes, mais je crois qu'en vérité nous devrions travailler sur notre enquête, et vous sur votre deuil.

– Ça paraît une bonne suggestion. »

28

Il y a six ans, mon amant, le père de l'enfant que j'attendais, s'était donné la mort. Bien entendu, tout le monde m'avait conjurée de ne pas me sentir coupable, jamais. Je me l'étais moi-même répété, sur mon ton de médecin professionnel. C'était un homme dépressif. Il avait déjà fait plusieurs tentatives. Tu avais pensé que tu réussirais à le sauver mais on ne peut que se sauver soi-même. Et cetera. Il y a une semaine, mon amant – le seul autre homme que j'aie jamais vraiment aimé – s'était donné la mort. Les conjurations à ne pas me tenir pour responsable qu'on m'assenait de toutes parts commençaient à friser légèrement l'hystérie. Les funérailles de Danny étaient prévues pour le lendemain mais je n'allais pas y assister. Il était mort dans les bras d'une autre femme, non ? À la pensée de Danny et de Finn ensemble je me sentis envahie de chaleur, liquéfiée : quelque part entre l'excitation et le désespoir. L'espace d'un instant je me retrouvai malade de jalousie et de désir vain.

« J'y vais à présent, Sally, annonçai-je quelques minutes plus tard. Je ne serai pas de retour avant que tu sois partie, alors j'ai laissé l'argent sur la cheminée. Merci d'avoir donné un coup de propre à la maison.
– Vous n'allez pas travailler ? demanda Sally en jetant un œil à mon vieux jean délavé, déchiré à un genou, et à ma veste en cuir fatiguée.
– Je vais faire du bateau. »
Elle fit la moue. Était-ce en signe de désapprobation ?
« Bonne idée », dit-elle.

Les deux médecins de Finn, son protecteur supposé et le seul bénéficiaire de son testament, n'avaient apparemment pas grand-chose à se dire pendant le court trajet qui les conduisait jusqu'à la mer. Michael semblait préoccupé ; je regardais par la vitre sans rien voir. Quand la voiture ralentit, il se tourna vers moi.

« Vous avez oublié de mettre votre combinaison de plongée. »

Elle se trouvait dans un sac en plastique entre mes pieds.

« Vous avez oublié de me dire de la mettre. »

Nous continuâmes en silence. Je cherchai la mer du regard. Il faisait trop gris. La voiture s'engagea sur un étroit chemin qui se faufilait entre deux hautes haies. Je l'interrogeai du regard.

« J'ai remonté le bateau près du hangar. »

On se serait cru dans un tunnel, et j'éprouvai un soulagement au moment où nous ressortîmes à l'air libre. J'aperçus quelques bateaux. Quand la voiture s'arrêta, je les entendis battre au vent. Il y avait quelques baraques en bois, recouvertes d'une couche de peinture qui partait en lambeaux. L'une d'entre elles était abandonnée, le toit défoncé. Il n'y avait pas âme qui vive aux alentours.

« Vous pouvez vous changer dans la voiture, dit Michael avec brusquerie.

– Je veux un vestiaire, répondis-je d'un ton renfrogné avant de sortir de la voiture. Laquelle de ces cabanes est la vôtre ?

– Je n'ai pas vraiment envie d'avoir à l'ouvrir. La voiture serait plus confortable, si vous n'y voyez pas d'inconvénient.

– Justement, j'en vois. »

Michael s'extirpa avec difficulté de la voiture. Grand, luisant et noir, il avait déjà enfilé sa combinaison.

« D'accord, concéda-t-il avec mauvaise grâce. Par ici. »

Il me conduisit jusqu'à une baraque en bois à deux portes qui faisait face à la mer, abîmée par les intempéries, et me remit un trousseau de clés.

« La porte sera peut-être un peu dure, remarqua-t-il. Elle est fermée depuis le printemps dernier. Il y a un gilet de sauvetage pendu à un crochet. » Il s'éloigna en fendant l'herbe jaune et drue pour aller rejoindre le bateau sur la plage de galets. « Restez près de la porte, sinon vous risquez de marcher sur une pointe ou de vous faire tomber quelque chose sur la tête. »

Je regardai le rivage. Il n'y avait personne, et ce n'était pas étonnant : le ciel arborait toutes les teintes de gris et l'eau était fouettée par de mauvaises bourrasques. De l'écume blanche s'envolait des vagues. Je devinais à peine la pointe de l'endroit où je me trouvais et le vent sur mon visage était glacé. D'une main tremblante, je fis pénétrer la clé dans la serrure, puis la tournai non sans difficulté et entrouvris à peine une des portes. À l'intérieur se trouvait un fatras d'objets : des gilets de sauvetage orange et jaunes pendaient à un gros crochet sur ma gauche, deux cannes à pêche étaient appuyées contre le mur opposé, tandis que le sol était jonché de gros sacs de Nylon qui, interrogés par mon pied curieux, révélèrent des voiles. Au fond de l'abri, j'aperçus une planche à voile. Il y avait des seaux, des écopes, des boîtes contenant des clous, des crochets, ainsi que de petits instruments dont je ne connaissais pas l'utilité, quelques bouteilles de bière vides, une vieille toile cirée verte, quelques pots de peinture, du papier de verre, une boîte à outils, un pied-de-biche, un balai. Il flottait dans l'air une odeur douceâtre d'huile, de sel, de moisi et de pourriture. Il y avait sans doute un rat mort caché quelque part.

Je posai la combinaison sur un vieux banc de bois brut et commençai à me déshabiller. L'air glacé et stagnant me fit frissonner. Puis je m'employai à me débattre avec le caoutchouc froid. Il se refermait sans merci autour de mes membres. Mon Dieu, qu'est-ce que je faisais ici ?

J'avais laissé tomber les chaussons de caoutchouc en m'approchant du banc. Il me fallut donc retraverser le garage d'un pas chancelant pour aller les chercher, en essayant d'éviter de poser mes pieds nus sur les copeaux de bois et les gravillons, avant de retourner m'asseoir. Une fois de retour sur le banc je me frottai la plante des pieds pour ôter les débris qui s'y étaient collés. Un truc – au toucher, on aurait dit un brin de paille – s'était coincé entre deux orteils. Je les écartai pour en dégager l'intrus. J'avais dans la main un bout de papier rose, plié de façon à représenter un animal à quatre pattes agrémenté d'une sorte de tête et d'une drôle de petite queue. Je le fis tourner entre mes doigts. C'était le petit cousin des six créatures posées sur la table de ma cuisine. Danny était venu ici. Se pouvait-il que ce soit Michael qui ait apporté le bout de papier jusqu'à cette cabane ? Était-il resté accroché à ses vêtements ? « Elle est fermée depuis le printemps dernier. » Au printemps dernier, Danny et moi nous baladions dans Londres. Danny était venu ici. Je fus prise de fièvre. Je savais que je devais réfléchir clairement mais les objets dans la pièce changeaient de forme et me donnaient le vertige. Mon estomac se contracta violemment. Je sentis chaque poil de mon corps se dresser sous ma deuxième peau de caoutchouc. Une lueur de clarté se profilait à l'horizon dans mon esprit et je devais bien calculer mon chemin pour venir l'attraper, mais tout ce dont j'avais été sûre jusque-là se trouvait à présent tordu, méconnaissable. Danny était venu ici.

« N'oubliez pas votre gilet de sauvetage, Sam. »

Je me tournai vers la porte dans l'embrasure de laquelle la silhouette de Michael se dessinait contre le gris du ciel. Je refermai mon poing autour de la petite créature de papier. Il se dirigea vers moi.

« Laissez-moi vous donner un coup de main », dit-il. Il remonta la fermeture Éclair dans mon dos, si vite que j'en eus le souffle coupé. J'avais conscience de sa présence physique imposante. « Et à présent les chaussons. » Il s'agenouilla devant moi. Je m'assis et il me prit les pieds l'un après l'autre pour les glisser doucement dans le caoutchouc. Il leva vers moi un visage souriant. « La pantoufle est à votre taille, Cendrillon. » Danny était venu ici. Il descendit un gilet de sauvetage jaune du crochet et le posa sur mes épaules. « Et pour finir les gants. » Je regardai mon poing serré. Je pris les gants dans ma main gauche.

« Je les mettrai dans une minute.

– Très bien, dit-il. Nous voilà prêts. »

Un bras galamment passé dans mon dos, il m'escorta jusqu'au bateau et nous montâmes à bord. Il me regarda. Avec le vent qui soufflait sur nos visages, il me fut impossible de déchiffrer son expression.

251

« À présent, c'est parti pour la rigolade. »

J'étais déjà passée par là. La corde mouillée qui me brûlait les paumes quand je la tirais dur, le bateau qui s'élevait fortement à contre-vent, les voiles qui craquaient, secouées par les rafales, une eau gris acier qui passait par-dessus bord, les cris bizarres des mouettes comme nous filions, solitaires, vers la pleine mer, les ordres secs qui fusaient, « Prêt à virer... On vire », tandis que je me précipitais avec désespoir d'un bord à l'autre de la coque, les minutes silencieuses passées à se pencher en arrière pour prévenir la gîte violente du bateau. Danny était venu dans le hangar. J'essayai de penser à une explication innocente. Était-il possible que Danny s'y soit rendu lors d'une promenade en compagnie de Michael ? La porte n'avait pas été ouverte depuis le printemps dernier. C'est Michael qui l'avait dit. La petite créature de papier était toujours emprisonnée fermement dans mon poing glacé.

Nous nous éloignâmes rapidement de la côte et les embruns me piquaient le visage, de sorte qu'il ne pourrait pas savoir si je pleurais. Je ne le savais pas moi-même. Des images me traversaient l'esprit : Finn, au moment de son arrivée, si blanche et si muette. Danny qui l'observait en face de lui à table – et son expression, elle me revenait nettement, trahissait alors le mécontentement, pas le désir. Danny avec Elsie, il la prenait sur ses genoux, il se penchait vers elle au point que ses cheveux bruns s'emmêlaient dans les mèches blondes de ma fille. Je tentais de m'agripper à des volutes de pensée. Danny était venu ici. Danny ne s'était pas enfui avec Finn. Danny ne s'était pas suicidé.

« Vous êtes silencieuse, Sam. Vous vous habituez aux manœuvres ?

– Peut-être. »

À cet instant, une bourrasque nous attrapa de plein fouet et le bateau se souleva presque à la verticale. Je me courbai de tout mon poids vers l'extérieur.

« Nous y voilà, nous avons presque dépassé la pointe. » Michael semblait tout à fait calme. « Après il ne sera plus nécessaire de serrer le vent de si près. Prêt à... »

Et nous virâmes de bord, avec une rotation nette de la bôme et un claquement sec de la voile, pour nous retrouver en pleine mer. Le vent soutenu arrivait par le côté. Je me tournai pour regarder le rivage et il me fut impossible de distinguer la côte d'où nous étions partis. Elle s'était perdue dans le brouillard et une lumière grise.

« Pas mal du tout.

– Merci.

– Vous commencez à vous sentir mieux, Sam ? »

J'essayai de répondre par un haussement d'épaules et un murmure neutre.

« Qu'avez-vous dit ?

– Je ne me sens pas malade », répétai-je. Il m'examina avec attention. Il se tourna. Il tenait la barre et l'écoute d'une seule main, tout en tripotant quelque chose de l'autre. Je le quittai des yeux. Tout à coup il se trouva tout près de moi.

« Qu'est-ce que vous avez trouvé, Sam ? »

J'éprouvai une sensation froide et métallique au creux de l'estomac.

« Rien. »

D'un geste très vif, avant que j'aie pu faire le moindre mouvement, il m'attrapa la main droite et en ouvrit les doigts. Il était fort. Il me prit le petit animal de papier.

« J'imagine, dit-il, qu'il a pu s'être accroché à vos vêtements.

– Oui, répondis-je.

– Ou alors aux miens.

– Oui. »

Il émit un petit gloussement inquiétant et secoua la tête.

« Malheureusement ce n'est pas le cas. Tenez votre foc plus serré, Sam, nous allons louvoyer un peu. »

Le vent se renforçait à nouveau ; je me mordis la joue. Michael tira la dérive de sorte que le bateau fit une embardée qui l'écarta du vent, et il laissa la grand-voile se gonfler. Nous avions contourné la pointe sans dommage et nous naviguions à nouveau vers la côte, en direction des aiguilles de rocher acérées qu'il m'avait indiquées la dernière fois. Je me tournai et le regardai de près. Son étrange visage était à son meilleur avantage dans le vent et les embruns. Le brouillard dans mon cerveau se dissipait lentement. Finn avait été assassinée. Danny aussi, et à présent c'était mon tour. Il fallait que je parle.

« Vous avez tué Finn. »

Michael me regarda, un demi-sourire toujours accroché aux lèvres, mais sans rien dire. Il avait les pupilles dilatées ; une lueur d'excitation virevoltait sous cette surface composée. Que m'avait-il dit un jour à propos de l'amour du risque ? « Une pointe de vent arrière. Lâchez votre foc, Sam. » Obéissante, je laissai filer la corde, et la petite voile se gonfla de vent. Le bateau bascula en arrière, levant la proue ; l'eau sourdait au-dessous de nous.

« Et est-ce que Danny vous a surpris ? C'est ça qui s'est passé ? Alors vous l'avez tué, vous avez camouflé ça en suicide ? Et ce mot, ce mot horrible ? »

Michael fit un modeste haussement d'épaules.

« Malheureusement il a fallu un peu insister pour y arriver. » Il imita la forme d'un revolver avec sa main droite et la posa sur ma tempe. « Mais l'ensemble vous échappe, Sam.

– Et alors... » Je ne me souciais plus de rien. Je me fichais de ma propre vie, je voulais juste savoir. « Finn et vous avez tué ses parents ensemble, j'imagine. » Le *Belladonna* nous emmenait vers les mauvais courants contraires ; je vis la façon dont il mesurait la distance avec l'œil calculateur du marin. Je baissai les yeux vers l'eau. Mort par noyade.

« Quelque chose dans le genre », répondit-il d'une voix tranquille. Puis il sourit à nouveau comme s'il venait de penser à une bonne blague. Avec ses dents éclatantes, ses yeux gris, ses cheveux tirés en arrière par le vent et l'écume, il avait l'air avide, assez beau, terrifiant.

Et là je pensai à Elsie. Je me souvins de la sensation de son corps contre le mien. Je pouvais presque sentir ses petits bras forts autour de mon cou. Il me revint à l'esprit l'allure qu'elle avait ce matin où je l'avais déposée à l'école, avec ses collants violets, sa robe à carreaux, ses jambes solides et ses taches de rousseur. Les reflets dans ses cheveux. Sa concentration, soulignée par le bout rose de sa langue glissée au coin de ses lèvres, quand elle dessinait. Je n'allais pas mourir ici et faire de ma fille une orpheline. Je tripotai la corde entre mes doigts.

« Alors pourquoi tuer Finn ? »

Il éclata de rire ; il rejeta carrément la tête en arrière et s'esclaffa comme si je venais de faire un mot d'esprit particulièrement fin.

« Pour l'argent, bien sûr. Mais la beauté de l'ensemble vous échappe. »

À ce moment, le bateau versa d'un coup, comme si le vent avait soudain changé de direction. Les voiles se mirent à battre et la bôme menaça de valser. Sans la moindre indication de Michael je serrai le foc au moment où il ramenait la grand-voile, et le bateau se précipita vers le courant violent. Je l'apercevais à présent, ce ruban d'eau étincelant aspiré par le dessous. Les brisants se rapprochaient, on distinguait leurs aspérités et leurs échardes proéminentes. Le vent avait soudain pris de la force et il me fallut crier.

« Needle Point ? »

Il fit oui de la tête.

« Vous allez me tuer. »

Mais j'avais parlé trop bas pour qu'il puisse m'entendre, et il était absorbé par les opérations de navigation. Je scrutai le fond du bateau des yeux. Une écope. Un long pieu de métal. Une voile supplémentaire rangée sous la proue. Une corde enroulée. Une paire de rames. Le bateau semblait un cheval cabré à présent, plongeant sans cesse son nez dans le creux des vagues. Soudain il cessa de remuer, se cala dans ses positions, et je ne sentis plus aucun vent même si je voyais la mer démontée s'agiter tout autour. Les voiles se flétrirent. Nous étions dans l'œil de la tourmente. Je me tournai pour regarder Michael, qui me fixait. Il secoua la tête, comme pour signifier sa déception.

« C'est si agaçant et si inutile, dit-il. Comme cette abrutie de femme de ménage.

– Comme Mrs. Ferrer ? C'est vous... ? »

Michael se détourna. Il regarda autour de lui, tentant de deviner d'où le vent allait venir. Il ne dit rien et nous restâmes assis côte à côte – moi et l'homme qui allait me tuer – dans l'accalmie momentanée. L'espace d'un instant Michael parut presque embarrassé par cette pause maladroite. Puis le vent frappa de plein fouet l'arrière du bateau qui fit un bond. Les voiles craquèrent bruyamment, à la manière d'une détonation, et la poupe s'éleva si haut que je fus précipitée au fond de la coque. Je crus qu'il allait effectuer une pirouette et nous retomber dessus. Je relevai la tête, me débattant à toute force. J'aperçus le visage de Michael qui me regardait, perché au-dessus de moi. Il se dégageait de la bourrasque, beau et poli. « Désolé, Sam », dit-il en se penchant vers moi comme pour une révérence. Il était armé du pieu.

Je me levai, écope à la main, et me jetai sur la bôme. Elle pivota vers Michael mais il évita le coup. Je lui lançai l'écope à la tête et me mis à le frapper de toutes mes forces. Il grogna, lâcha la dérive, la voile et le pieu. De l'eau s'engouffrait à présent dans la coque, la bôme volait dans toutes les directions. Michael plongea sur moi et me précipita à nouveau vers le fond du bateau. Son visage se trouvait à quelques centimètres du mien ; un filet de sang suintait de son front. Je distinguai l'ombre foncée d'une barbe naissante sous la sueur et la bruine. Je dressai mon genou sous l'arceau de son corps qui tentait de se relever et lui assenai un violent coup dans l'entre-jambe. Au moment où il sursauta dans un spasme de douleur je mordis le morceau de chair le plus près de ma bouche. Son nez. Il cria et se mit à me marteler la mâchoire, le cou, les seins, le caoutchouc protecteur sur mon ventre. Un doigt me perça l'œil et pendant un instant le monde se réduisit à une boule de douleur écarlate. Je sentais son souffle et les coups qui pleuvaient sur mon corps, ma mâchoire, mes côtes.

Michael se redressa, les genoux appuyés sur mes bras écar-tés. Il mit ses mains autour de mon cou. Je lui crachai dessus, projetant mon sang sur son visage ensanglanté et grimaçant. C'était la fin. J'allais être étranglée et balancée par-dessus bord comme un vulgaire appât. Il commença à serrer, lente-ment, avec concentration. Derrière sa tête je vis la forme géante de Needle Point nous foncer dessus, obstruant le ciel. Je me cabrai sous son corps. Je devais vivre, je devais telle-ment vivre. Je me dis que si je parvenais à dire tout haut le nom d'Elsie je resterais en vie. J'ouvris la bouche et sentis ma langue glisser de côté tandis que mes yeux roulaient dans leurs orbites. Si j'arrivais à dire le nom d'Elsie je continuerais à vivre, même si mon monde s'était obscurci.

Il y eut un coup sous la quille, un crissement strident de bois sur du rocher. Michael fut rejeté en arrière. Des vagues noires, des rochers noirs tout autour. Je m'agenouillai, j'agrippai le pieu, et tandis que Michael se relevait sur le bateau éventré je le projetai de toutes mes forces dans son ventre. Je le vis perdre pied. Ça n'était pas suffisant. Je jetai un regard désespéré, vorace, autour de moi. La barre. Quels conseils de sécurité Michael m'avait-il donnés ? Je la tirai vivement vers moi. La bôme lâchée virevolta et lui assena un coup terrible ; son corps s'écrasa dans les flots.

« Elsie, criai-je. Elsie, je rentre à la maison.» Puis le bateau se brisa contre les rochers et l'eau se referma sur moi.

29

D'abord je pris vaguement conscience de mouvements autour de moi. Je savais que je revenais de loin, de ténèbres profondes, interminables. Mes paupières tremblèrent, s'entrouvrirent. J'aperçus un visage. Avec soulagement, je me laissai à nouveau glisser dans la pénombre. Plus tard – je ne sais pas exactement combien de temps après –, quand je fis de nouvelles tentatives pour émerger, la lumière me sembla progressivement de moins en moins insupportable et les formes qui remuaient parfois autour de moi se firent plus claires, quoiqu'il me fût toujours impossible de les distinguer. Je commençais à mettre des visages imaginaires sur les formes. Danny, Finn, mon père, Michael. Mais l'effort s'avérait beaucoup trop difficile.

Un jour, la lumière me parut plus grise, moins douloureuse. Je perçus des bruits de pas et sentis quelqu'un s'appuyer sur le lit. J'ouvris les yeux : tout était clair. J'étais revenue et Geoff Marsh se tenait près de moi ; il me regardait d'un œil préoccupé.

« Et merde ! m'exclamai-je.

– À qui le dites-vous, dit-il en jetant un coup d'œil gêné en direction de la porte. Votre mère est descendue à la cafétéria. Je lui ai dit que je resterais là quelques minutes auprès de vous. J'ai juste quitté mon bureau pour un court instant. Je devrais peut-être appeler un médecin. Comment vous sentez-vous, Sam ? »

Je marmonnai quelque chose.

« Pardon ?

– Ça va bien. »

Geoff approcha une chaise et s'assit à côté de moi. Tout à

258

coup, il sourit. Enfin, il pouffa presque de rire. Je fronçai les sourcils d'étonnement. Ce petit geste de rien du tout me fit frissonner de douleur.

« J'étais en train de penser à notre dernière entrevue, expliqua-t-il. Vous vous en souvenez ? »

Lentement, douloureusement, je haussai les épaules.

« Vous aviez accepté de vous faire un peu oublier. D'éviter toute publicité inutile. »

Parler paraissait au-dessus de mes forces.

« Au moins les médias ne s'intéressent plus aux phénomènes de stress post-traumatique, continua Geoff sur un ton jovial. Il n'est plus question que d'accidents de bateau, de sauvetages miraculeux. L'unité de traitement semble tout à fait hors de danger. »

Je rassemblai toutes mes forces pour agripper la manche de Geoff.

« Michael.

– Quoi, Michael ?

– Daley. Où ? » Je redoublai d'efforts. « Où est Michael Daley ? »

Soudain Geoff parut pris de peur, mal à l'aise. Je raffermis ma prise sur sa manche.

« Il est ici ? Vous devez me le dire.

– Ils ne vous ont rien dit ? Vous êtes vraiment restée inconsciente un bon moment.

– Quoi ?

– Je crois que je ferais mieux d'appeler un médecin.

– *Qu'est-ce qui se passe ?* »

Je criai à présent.

« D'accord, Sam, siffla Geoff. Pour l'amour du ciel, ne faites pas de scène. Je vais vous le dire. Daley est mort. Il s'est noyé. Ils n'ont retrouvé son corps qu'hier. Survivre à une telle tempête tenait du miracle. Je ne sais pas comment vous avez réussi à regagner le rivage. Et il s'est passé des heures avant qu'on ne vous trouve. Avec le choc et les circonstances météorologiques, le froid, vous avez de la chance d'être encore en vie. » Il tenta de dégager sa manche de mon emprise. « Pourriez-vous me lâcher maintenant ?

– Baird. Faites venir Baird.

– Qui est ce Baird?

– Un inspecteur. Au commissariat de Stamford.

– Je crois que je ferais mieux de faire d'abord venir un docteur. Et ça fait plusieurs jours que votre mère est là. »

J'étais presque à la limite de mes forces. J'aurais voulu crier, mais je n'arrivai qu'à émettre un murmure rauque.

« Baird. Tout de suite. »

Un bruissement de conversation me réveilla. J'ouvris les yeux. Rupert Baird parlait à un homme d'âge mûr vêtu d'un costume rayé. Quand il s'aperçut que j'étais éveillée, l'homme s'approcha et s'assit sur le bord du lit. Il me présenta un sourire presque malicieux.

« Bonjour. Je m'appelle Frank Greenberg. J'étais impatient de vous rencontrer avant votre arrivée. Je ne m'attendais pourtant pas à ce que ça se passe dans ces conditions. »

Je réussis presque à rire, ce qui me permit de me rendre compte que je me sentais plus forte, plus souple.

« Désolée pour le côté théâtral.

– C'est toujours comme ça que vous vous y prenez quand vous entrez dans vos fonctions?

– Je ne savais pas que j'étais entrée dans mes fonctions.

– Oh! mais pourtant si. Pour être précis, votre unité de traitement du stress post-traumatique se trouvera un peu plus bas au bout du couloir. Vous pourrez y aller en fauteuil roulant d'ici à un jour ou deux si vous continuez de vous remettre au même rythme.

– Je crois que je me sens mieux.

– C'est bien. Vous serez peut-être surprise d'apprendre que vous étiez dans un état très préoccupant quand on vous a amenée ici.

– Quels étaient les symptômes?

– Chute de la pression artérielle. Avec des signes évidents de vasoconstriction périphérique. Un cocktail de refroidissement et d'état de choc. Vous avez eu beaucoup de chance. Comme vous pouvez le constater, vous étiez au bord d'un grave accident circulatoire.

– Comment m'a-t-on retrouvée?

– Un homme se promenait sur la plage avec son chien et un téléphone portable. »

Baird s'avança.

« Je peux vous parler ? » demanda-t-il.

Le docteur Greenberg se tourna vers moi.

« Vous n'y voyez pas d'inconvénient ?

– Non.

– Pas plus de cinq minutes. »

J'acquiesçai d'un mouvement de tête. Le docteur Greenberg me tendit la main.

– Ravi d'avoir fait votre connaissance, docteur Laschen. Je repasserai vous voir demain matin. »

Baird s'approcha et, mal à l'aise, chercha des yeux un siège dans la pièce. La chaise en plastique moulé se trouvait à l'autre bout de la chambre. Il considéra la possibilité de s'asseoir sur le lit à l'endroit qu'avait occupé le docteur Greenberg.

« Asseyez-vous donc », proposai-je, et il s'installa maladroitement à l'extrême bord du lit. Il avait l'air tout à fait contrit.

« Je suis heureux que vous alliez bien, Sam. C'est vraiment une sale affaire, vous ne trouvez pas ? » Il plaça gauchement sa main droite dans la mienne. « À un moment ou à un autre il faudra sans doute qu'on vous pose une ou deux questions de routine, mais il n'y a pas d'urgence...

– C'était Michael.

– Que voulez-vous dire ?

– Je suis allée dans le hangar à bateau et par terre j'ai trouvé un de ces petits animaux en papier que Danny fabriquait. »

Baird émit un soupir résigné et tenta de prendre un air compréhensif.

« Oui, mais vous savez, en soi, ça ne prouve rien...

– Michael m'a tout avoué, Rupert. Il a tenté de m'assassiner sur le bateau. C'est pour ça que nous sommes passés par-dessus bord. Finn et lui ont tué les parents de Finn. Puis il a tué Mrs. Ferrer. Et ensuite Finn, et puis Danny. »

Baird me répondit par un hochement de tête moqueur et ses yeux se plissèrent, trahissant un sourire discret.

« Vous ne me croyez pas.

– Bien sûr que si je vous crois. Cependant, un flic cynique

261

pourrait dire que vous avez vécu une expérience terrible, que vous souffrez de commotion cérébrale, vous êtes en état de choc, et il se peut que vous, enfin...

– Que j'aie tout imaginé ?

– Je suis un homme très prudent. Il faut que j'envisage ce que certains enquêteurs très sourcilleux en matière de preuves pourraient me dire avant de me renvoyer à la circulation. Si vous avez la moindre information concrète à nous fournir, nous serions ravis de nous remettre au travail. »

Je m'étais redressée sur le lit, mais en entendant cela je m'enfonçai à nouveau, épuisée, dans mes oreillers.

« Je me fiche de ce que vous faites, Rupert. Pour ma part, je connais la vérité, et ça me suffit. Vous n'avez qu'à fouiller le hangar de Michael. Je crois que c'est là qu'il a conservé le corps de Danny. C'est là qu'il lui a fait écrire ce mot où il dit s'être suicidé. C'est là qu'il l'a abattu. »

Baird garda longtemps le silence. Il m'était impossible de voir son visage.

« D'accord, finit-il par dire. Nous irons fouiller son hangar. Je crois que les cinq minutes sont écoulées et il y a une autre sommité qui voudrait vous voir sans attendre.

– Oh ! pour l'amour du ciel, si c'est Geoff Marsh ou un autre de ces crétins d'administrateurs, dites-lui d'aller se faire foutre. »

Baird sourit.

« Désolé, Sam. J'ai peur que la personne dont il s'agit ne soit trop haut placée pour que je puisse lui ordonner quoi que ce soit.

– Mais enfin, de qui s'agit-il ? C'est un membre de la famille royale ou quoi ?

– Vous brûlez. » Baird se dirigea jusqu'à la porte ; il s'adressa à quelqu'un qui se trouvait dehors et que je ne pouvais voir. « Elle peut rentrer à présent. »

Je tournai vers la porte un regard intrigué et un visage familier, piqué de taches de rousseur, apparut, environ un mètre plus bas que l'endroit où je l'attendais. Des chaussures claquèrent sur le sol et Elsie sauta sur le lit avant de me bondir dessus. Je la pris contre moi et l'étreignis si fort que j'aurais pu compter ses vertèbres. J'avais peur de lui faire mal dans mon impatience à la presser contre mon corps.

« Oh ! Elsie. Tu vas pouvoir t'occuper de moi maintenant. »

Elle se dégagea de mes bras.

« Je ne suis pas ton infirmière, répliqua-t-elle d'un ton ferme.

– Tu seras mon médecin, dans ce cas.

– Certainement pas. On peut sortir jouer ?

– Pas encore tout de suite, ma chérie. »

Elle me regarda en plissant les yeux, l'air méfiant.

« Tu n'es pas malade, annonça-t-elle, presque comme un défi.

– Non. Je suis un peu fatiguée, mais dans un jour ou deux nous pourrons aller nous balader et jouer ensemble.

– J'ai vu un chameau.

– Où ça ?

– Et c'était un chameau énorme. »

J'aperçus ma mère qui rôdait autour de la porte avec une discrétion ostentatoire. Je lui fis signe de s'approcher et nous nous étreignîmes comme cela ne nous était pas arrivé depuis des années. Puis elle commença à me murmurer à l'oreille certaines choses à propos d'Elsie en prenant de telles précautions que celle-ci se mit immédiatement à poser des questions. Je me mis à pleurer sans pouvoir le cacher et ma mère fit sortir ma fille. Je me retrouvai de nouveau seule. J'avais soudain pensé à Danny. Pas au Danny du passé. Mais à celui dont je ne connaîtrais jamais rien. Je me le représentai menacé par un revolver collé contre sa tempe, contraint de m'écrire un mot, et je me forçai à imaginer ce qu'il avait dû endurer. Il avait dû mourir en pensant qu'il m'avait trahie et que je n'en saurais jamais rien. Depuis l'adolescence je suis capable de me donner des vertiges en pensant à ma propre mort, à cette disparition dans l'oubli. L'idée de la mort de Danny était plus insupportable encore : ce n'était pas seulement dans mon esprit que je la ressentais mais également à même la peau ; elle voilait mon regard, elle bourdonnait dans mes oreilles, elle me rendait froide, implacable.

Ma mère s'était installée à la maison pour s'occuper d'Elsie. Sa commisération à mon égard prenait des dimensions théâtrales.

«J'imagine que la maison va te rappeler beaucoup de souvenirs douloureux. Ça ne va pas être trop dur d'y retourner ? »

Je ne voulais pas qu'on me dise ce que je devais éprouver.

« À la maison, il y a Elsie. Elle n'évoque pas de souvenirs douloureux pour moi. »

Au bout de quelques jours, je me sentis suffisamment forte pour quitter l'hôpital. Deux jours plus tard, je déposai ma mère dans un train à Stamford et me dégageai de ma dette à son égard. Tout se passait bien, sauf que je n'avais aucune nouvelle de Baird. En outre, je savais qu'il y avait une chose à laquelle je me refusais de penser parce que, si je le faisais, je ne savais pas où j'allais m'arrêter. Une bonne semaine après ma conversation avec Baird, Chris Angeloglou m'appela pour me demander si je pouvais venir au commissariat. Quand je lui demandai pourquoi, il me répondit qu'ils avaient besoin d'une déposition. Par ailleurs, ils avaient quelque chose à m'apprendre qui me ferait plaisir. Est-ce que je pouvais venir l'après-midi même ?

On me conduisit vers une salle d'interrogatoire en compagnie de Chris et de Rupert. Tous deux se montrèrent aux petits soins à mon égard, attentionnés, tout sourires. Ils me firent m'asseoir, m'apportèrent du thé et des gâteaux secs, mirent en marche leur magnétophone à double piste et commencèrent à m'interroger sur ce qui s'était passé le jour de la mort de Michael. Avec toutes leurs questions, mes réponses, les interruptions, les détails ajoutés, il me fallut presque une heure et demie. Cependant, au final, ils parurent tout à fait satisfaits de l'interrogatoire.

« Parfait, dit Rupert en éteignant enfin la machine.

– Alors vous me croyez ?

– Bien entendu. Mais attendez. Phil Kale devait être ici à trois heures et demie. Je vais voir si je peux le trouver. »

Rupert se leva et quitta la pièce. Chris bâilla et se frotta les yeux.

« C'est moi qui devrais avoir votre tête crevée, dis-je.

– Tout ça c'est votre faute, répondit-il avec une grimace. Nous n'avons pas arrêté depuis votre accusation. Vous n'allez pas regretter d'être venue.

264

– Tant mieux. J'ai besoin de distractions.» Baird entra à nouveau dans la pièce, précédé de l'homme échevelé, au regard distrait, que j'avais aperçu le jour où nous avions retrouvé le corps de Mrs. Ferrer. Aujourd'hui, il avait rajouté un morceau de sparadrap à ses lunettes cerclées de fer afin d'en consolider une des charnières. Il portait une veste de velours côtelé semblable à celles qu'arboraient autrefois mes professeurs à la fin des années soixante-dix. Il tenait sous son bras une grosse pile de dossiers. Chris lui présenta une chaise et l'homme s'assit.

«Voici le docteur Philip Kale, notre médecin légiste. Phil, je vous présente notre héroïne, le docteur Sam Laschen.»

Nous nous serrâmes la main, ce qui provoqua la chute de nombreux dossiers.

«L'inspecteur en chef Baird m'a dit que vous veniez de faire une déposition relative aux aveux du docteur Daley.

– En effet.

– Très bien. Je ne pourrai pas rester plus d'une minute. On vient de repêcher une femme dans le canal. Je peux juste vous dire que ce que vous avez déclaré à la police semble confirmé par l'ensemble des indices recueillis sur les lieux. Bon Dieu, par où commencer?

– Vous avez fouillé le hangar à bateau de Michael? demandai-je.

– Oui, répondit Kale. Nous y avons trouvé de nombreuses traces de sang. Également des fibres et des cheveux. Nous avons conduit une série de tests sérologiques ainsi que des analyses par activation des neutrons sur les échantillons de cheveux. Nous avons ensuite comparé les résultats avec les échantillons de cheveux de Mr. Rees que vous nous aviez fournis et avec des échantillons prélevés chez les Mackenzie. Nous attendons encore quelques-uns des résultats des tests ADN mais je sais d'ores et déjà ce qu'ils vont nous apprendre. Les corps de Daniel Rees et de Fiona Mackenzie ont séjourné dans le hangar à bateau de Michael Daley pendant une durée indéterminée à une date imprécise. Cela se trouve confirmé par les résultats des autopsies que j'ai pratiquées sur les corps brûlés. Je n'ai trouvé aucune trace d'hyperémie, ni de réaction protéique positive, et un faisceau d'indices similaires établit qu'ils étaient morts longtemps avant que la voiture n'ait pris feu.

– Ce qui veut dire que Finn, enfin, que son corps a également séjourné dans la cabane ?

– On a trouvé des traces de cheveux et de fibres associées à Fiona Mackenzie sur un carré de toile qui se trouvait au fond de la cabane. Nous présumons, avec une quasi-certitude, qu'il a servi à emballer son corps. Et maintenant il faut que j'aille au canal.

– Et pour Mrs. Ferrer ? »

Kale secoua la tête.

« J'ai peur que vous n'ayez mal compris ce qu'il vous a dit à ce sujet. J'ai relu mon rapport d'autopsie. Je n'y ai rien trouvé de suspect.

– Pourquoi l'aurait-il tuée ? demanda Baird.

– Je ne sais pas », répondis-je mollement.

Kale me tendit la main.

« Bien joué, docteur Laschen.

– Bien joué ?

– C'est votre victoire.

– Certainement pas. »

Nous nous serrâmes la main et Kale quitta la pièce. Angeloglou et Baird souriaient comme deux gosses en possession d'un secret croustillant.

« Qu'est-ce qui vous rend si heureux ? demandai-je.

– Nous allons tenir une conférence de presse demain matin, répondit Baird. Nous y révélerons le résultat de nos découvertes et nous annoncerons que l'enquête sur les meurtres de Leopold et d'Elizabeth Mackenzie, ainsi que sur ceux de Fiona Mackenzie et de Daniel Rees est close. Nos recherches sont terminées. Nous ne manquerons pas de vous féliciter comme il se doit pour votre contribution à la résolution de cette affaire et pour votre héroïsme face à Michael Daley. Il est même possible que l'on vous propose une décoration civile. Ça devrait arranger votre situation vis-à-vis de l'hôpital. Et tout le monde sera content.

– N'en faites pas trop.

– Je ne voudrais pas paraître insensible aux épreuves que vous venez d'endurer, continua Rupert. Mais, dans les circonstances, il n'y avait pas de meilleure solution.

– Je suis désolée. Mais il faut que je réfléchisse à tout ça. Savez-vous comment ils s'y sont pris pour assassiner les parents de Finn ?

– C'est à Kale que vous devriez demander ça. Apparemment, Daley et la fille ont ligoté puis tué les parents en pleine nuit. Ensuite Fiona s'est laissé ligoter par Daley. Quand la femme de ménage est arrivée, Daley a utilisé un scalpel et pratiqué ce qui n'était rien d'autre qu'une incision superficielle au niveau du cou, puis il s'est échappé par l'escalier qui mène au jardin. Nous avions attribué le fait qu'elle ait perdu relativement peu de sang à un état de choc, qui aurait provoqué une chute importante de sa pression artérielle. La véritable raison c'était que la blessure avait été infligée à peine quelques minutes avant qu'on ne découvre Fiona. Est-ce que tout va bien ? Vous n'avez pas l'air satisfait.

– Je n'arrête pas de retourner tout ça dans ma tête, pour tenter d'y voir clair. Ce n'était qu'un leurre. Finn a contribué au meurtre de ses propres parents. Après ça elle se serait laissé égorger après m'avoir écrit une longue confession sous la contrainte. Y a-t-il le moindre élément dans son passé qui cadre avec ce comportement ? »

Chris parut décontenancé par la question.

« Vous voulez savoir si elle avait déjà tué auparavant ?

– Non, là n'est pas la question. Avez-vous des preuves qu'elle ait entretenu des relations très conflictuelles avec ses parents ? Ou alors qu'elle ait souffert d'une instabilité médicalement avérée ?

– Il y avait dix-huit millions de livres à la clé. Je crains que beaucoup de gens ne soient prêts à assassiner père et mère pour bien moins que ça. Et nous avons appris auprès de sa banque que le docteur Daley vivait largement au-dessus de ses moyens. Il était très endetté.

– Et ce mot sur le mur ? Le lien avec les défenseurs des animaux ?

– Daley était au courant parce qu'il appartenait à un organisme chargé de surveiller les activités des groupements extrémistes. Ça lui a fourni une occasion rêvée de nous lancer sur une fausse piste. L'affaire est on ne peut plus simple. »

Je me forçai à réfléchir, de la manière dont autrefois je

m'entraînais au calcul mental à l'école, en plissant le nez et le front et en m'obligeant à me concentrer au point d'attraper mal à la tête.

« Vous vous trompez, dis-je. Vous avez peut-être raison, mais l'affaire n'a rien de simple. Pourquoi Finn a-t-elle rédigé un testament en faveur de Michael Daley ? C'était lui faciliter la tâche, non ?

– Peut-être envisageaient-ils de se marier ?

– Oh ! pour l'amour du ciel, Rupert. Et il y a autre chose.

– Quoi ?

– Vous vous souvenez sans doute que j'ai soupçonné Michael Daley avant vous, et vous m'avez démontré qu'il ne pouvait pas être impliqué dans l'incendie de la voiture. D'après ce que je comprends, rien ne vous permet d'affirmer qu'il était présent chez les Mackenzie la nuit du crime, et vous m'avez dit qu'il se trouvait à Belfast quand la voiture a brûlé. »

Les deux hommes échangèrent un regard penaud. À moins qu'il ne s'agît d'un clin d'œil ? Rupert ouvrit les mains dans un geste d'apaisement.

« Sam, Sam, vous aviez raison et nous nous sommes trompés. Vous voulez que nous vous demandions pardon à genoux ? J'admets qu'il reste une ou deux zones d'ombre, et nous faisons de notre mieux pour les éclaircir, mais, dans la réalité, les choses ne sont jamais tout à fait nettes. Nous savons ce qui a été commis, nous savons par qui ça l'a été. Nous ne saurons sans doute jamais exactement comment il s'y est pris.

– Seriez-vous en mesure d'obtenir une inculpation si Michael Daley avait survécu ? »

Baird leva une main pour m'adresser une réprimande solennelle.

« Ça suffit, Sam. Couper les cheveux en quatre n'arrangera rien. Nous avons un résultat. Vous allez devenir une héroïne célèbre, comme Boadicée ou... euh... comme... » Il jeta un regard désespéré en direction d'Angeloglou.

« Comme Edith Cavell, proposa Angeloglou dans un élan d'inspiration.

– Elle a été exécutée.

– Disons Florence Nightingale dans ce cas. L'important c'est que tout ça soit fini et que nous puissions tous retourner à une vie normale. Dans quelques mois nous nous retrouverons autour d'un verre et nous rirons de toute cette histoire.

– La George Cross.

– Comment ?

– J'ai toujours eu un faible pour cette médaille.

– Vous avez été courageuse, mais quand même pas à ce point. Si vous vous étiez noyée, je ne dis pas... »

Je me levai pour partir.

« Si je m'étais noyée, vous n'auriez jamais su quelle belle héroïne je fais. Je vous verrai à la télé, Rupert. »

30

Je faisais un tas de choses en même temps. J'étais assaillie par toutes sortes d'émotions simultanées. Pour une fois, j'appréciais de me retrouver absorbée par toutes ces tâches ingrates qu'on ne remarque que quand personne ne s'en occupe, comme tenir la maison en ordre, faire la lessive, me préoccuper de ce qu'Elsie portait, surveiller Sally pour m'assurer qu'elle ne se contentait pas de laver le sol de la cuisine, d'aligner les piles de papiers sur la table et de sortir les poubelles. Une fois par semaine Elsie passait l'après-midi chez Kirsty à se faire bousculer, et une fois par semaine c'était au tour de Kirsty de venir se faire malmener à la maison. Je lui avais trouvé une deuxième amie, prénommée Susie, une petite fille maigre à l'air anémique qui nouait des rubans dans ses cheveux blonds et dont les cris me faisaient l'effet d'une rafale de marteau piqueur. En prévision des jours où Elsie était seule, j'avais acheté un gros livre plein de dessins colorés et tard dans l'après-midi nous nous asseyions pour compter les bananes dans chaque régime, regrouper les animaux selon qu'ils avaient des pattes ou des ailes, selon leur taille, ou encore selon qu'ils vivaient dans l'eau ou sur terre. Malgré tout le contenu biologique, c'était censé lui apprendre les mathématiques.

J'avançais dans mon livre chapitre après chapitre, telle une taupe creusant ses galeries. Mon emploi du temps variait peu. Emmener Elsie à l'école. Écrire. Manger un sandwich composé de ce qui me tombait sous la main à partir du moment où rien ne poussait dessus qui ne soit facile à enlever. Descendre d'un pas vif jusqu'à la mer pour attraper la marée haute. La regarder en pensant à des choses compliquées. Rentrer à la maison. Écrire.

Des pensées me tournoyaient dans la tête à force de revenir sans cesse dessus pour tenter d'élaborer des raisonnements plus ou moins crédibles à partir des maigres débris que j'arrivais à rassembler. Il y avait des faits simples et d'autres qui étaient plus complexes. L'héritage de Finn, une très forte somme d'argent, constituait le motif du meurtre, à quoi s'ajoutait peut-être une vague sensation de souffrance. C'était Michael Daley qui avait conçu et exécuté le crime avec l'aide d'une enfant qui avait toujours été gâtée et qui n'avait jamais, d'après les témoignages, montré la moindre velléité de rébellion durant son adolescence. Mais bien entendu, nous autres, psychologues, avons toujours une explication simple à ce genre de phénomène. La petite était rebelle ? Rien d'étonnant alors. Elle était très placide ? C'était pire encore : elle avait dû contenir son agressivité sous pression, sans rien en exprimer, jusqu'à ce qu'elle explose d'un coup. Logique cette fois encore.

Le crime en soi ne posait pas de difficulté majeure. Michael planifiait sans doute déjà le meurtre quand, par le biais de la Commission de surveillance des activités terroristes liées à la protection des animaux, il avait appris la menace proférée à l'encontre de Leo Mackenzie. Il avait dû, lui, y voir une occasion évidente. Il ne lui restait plus qu'à commettre les crimes de telle façon qu'ils puissent apparaître comme l'œuvre d'un activiste de la cause animale particulièrement cinglé, d'où la mise en scène, l'égorgement, le barbouillage sur le mur. J'avais l'impression de ne connaître Leo et Liz Mackenzie qu'à travers quelques photographies floues publiées dans les journaux et – ma poitrine se souleva lourdement – à travers une ou deux banalités que Finn avait dites à leur sujet. Mais ils ne me paraissaient pas réels. Ce qui me semblait réel, en revanche, l'énorme tache contre laquelle venaient sans cesse buter mes raisonnements, c'était l'image de Danny avec le canon d'un revolver contre sa tempe. Avait-il pleuré, supplié, ou avait-il supporté la menace en silence, avec courage ? Qu'étais-je en train de faire à l'instant où il avait compris qu'il n'y avait plus d'espoir, qu'il n'arriverait pas à persuader son assassin de l'épargner ? J'étais probablement occupée à ma colère ou à pleurer sur mon sort.

Et il avait aussi tué Finn, sa complice. Je songeai à la lettre alambiquée qu'elle m'avait adressée, et il m'était proprement impossible de comprendre comment elle avait pu produire un tel flot de mots un canon contre la tempe. Mais je la connaissais si peu, après tout. Je n'arrêtais pas de me repasser tous les menus souvenirs que je conservais d'elle dans ma maison, et c'était comme si je sondais une dent cassée avec ma langue. Chaque tentative provoquait des vagues de douleur et de nausée, et pourtant je ne pouvais pas m'empêcher d'y revenir. Finn assise, engourdie, sur mon canapé. Finn dans sa chambre. Mes brillants efforts pour la ramener à la vie dans la douceur, en utilisant ma propre fille. Finn qui jetait tous ses vêtements au feu. Des conversations dans le jardin. Finn et moi assises à boire du vin et à rire. La fois où je lui avais expliqué les échecs. Comment je l'avais laissée s'occuper de moi. Cela s'apparentait à une forme de torture masochiste. Mes confidences à Michael Daley. Michael Daley et ses compliments sur le miracle que j'avais accompli avec Finn. Oh bon Dieu de bon Dieu de bon Dieu de merde ! J'avais été le pigeon dans une gigantesque arnaque à la confiance qui avait commencé par un bain de sang dans une banlieue chic de Stamford, qui s'était poursuivie sous la forme d'un jeu de dupes sous mon toit, avant de s'achever par un incendie sur une portion solitaire de la côte de l'Essex.

Et puis il y avait Mrs. Ferrer. Qu'en était-il à son sujet ? Michael m'avait-il vraiment avoué qu'il l'avait tuée, ou alors est-ce que j'avais mal compris à un moment où je craignais pour ma propre vie ? Je me creusais la tête pour imaginer quelque chose que Mrs. Ferrer aurait pu découvrir. Peut-être, en faisant le ménage dans la maison, était-elle tombée sur une preuve très incriminante et en avait-elle parlé à un homme en qui elle avait toute confiance, son médecin. Mais de quoi pouvait-il s'agir ?

Soudain, un après-midi pluvieux du printemps, alors que je me trouvais sur la côte à regarder les bateaux qui filaient au soleil un kilomètre plus loin, au milieu de l'estuaire, je me posai la question dont je tentais de libérer mes patients : « Pourquoi moi ? » Je songeai à la façon dont j'étais devenue partie prenante dans une tromperie meurtrière, en me disant avec quelle efficacité j'avais joué mon rôle, moi l'experte imbattable, avec ma finesse de perception et mon adresse dans le diagnostic.

« Mais elle n'était pas ma patiente », me murmurai-je tout bas, comme pour éviter qu'une mouette ou que les roseaux ne surprennent mes paroles. Combien j'aurais préféré que ce plan soit exécuté sans moi, ou alors que quelqu'un d'autre ait été choisi, que ce soit sa vie qui ait été détruite, son amant assassiné !

« Pourquoi moi ? Pourquoi moi ? » Puis bientôt je me surpris à raccourcir la question. « Pourquoi ? Pourquoi ? » Je repris l'énigme comme s'il s'agissait d'un problème d'échecs. Si vous avez une tour en position favorable, vous ne vous lancez pas dans des sacrifices hasardeux. Vous simplifiez. Le mobile de Michael Daley et de Finn Mackenzie était répugnant, mais il était simple. Alors pourquoi leur crime était-il si compliqué ? Je passai à nouveau tous les éléments en revue dans ma tête. Je ne pouvais pas comprendre pourquoi Finn devait être présente la nuit du crime, surtout en considérant le risque que Michael Daley soit pris. Elle aurait pu se trouver ailleurs, avec un alibi parfait, et il n'aurait pas été nécessaire de lui couper la gorge ni d'élaborer ce long interlude minutieux et périlleux qui nous avait pris au piège, moi, Elsie, mon pauvre Danny et la malheureuse Mrs. Ferrer, si bien sûr elle aussi avait été victime du même traquenard. Et puis pourquoi Finn avait-elle si brutalement changé son testament, pour tout laisser à l'homme qui allait la tuer ? S'était-elle suicidée en fin de compte ? Michael l'avait-il tuée parce qu'il avait tout à coup décidé que la moitié ne lui suffisait pas ? Aucune des deux versions ne me paraissait plausible. Je tentai de construire un scénario dans lequel Michael tuait les parents et obligeait Finn à devenir sa complice en la menaçant de mort mais tout ça ne tenait pas debout.

Je ne me remis pas au travail cet après-midi-là. Je continuai à marcher dans le vent et la pluie jusqu'à ce que je me rende compte à ma montre qu'il me fallait rentrer en courant à la maison pour accueillir Elsie. En remontant l'allée devant la maison j'étais essoufflée, et je vis que la voiture était déjà là. Je me précipitai à l'intérieur pour prendre ma petite bonne femme dans les bras ; je la serrai fort contre moi, enfouissant mon visage dans ses cheveux. Elle s'écarta et se pencha pour attraper un dessin incompréhensible qu'elle avait fait à l'école. Nous sortîmes les affaires de peinture, j'étalai des feuilles de journaux sur la table, et nous fîmes d'autres dessins. Puis nous passâmes à trois puzzles. Nous jouâmes à mimer des charades, puis à cache-cache dans toute la maison. Elsie prit son bain et je lui lus deux livres entiers. De temps en temps je m'arrêtais sur un mot court – vache, ballon, soleil – pour lui demander ce que c'était ; elle proposait alors n'importe quoi, ou bien elle essayait de deviner en s'aidant des images au-dessus du texte. Si la réponse était absolument évidente – « La vache a sauté par-dessus la... qu'est-ce que c'est le mot suivant, Elsie ? » – elle faisait semblant d'épeler le mot – « Leu... uuu... neu... eu... Lune ! » –, et l'application qu'elle mettait à son mensonge m'impressionnait plus que si elle s'était contentée de lire ce que je lui demandais.

Après son bain je pris dans mes bras son corps dodu, fort et nu. Je frottai mon visage dans ses cheveux au parfum sucré (« Tu cherches des lentilles ? ») et pris soudain conscience de deux choses. J'avais passé presque trois heures sans ruminer sur d'horribles trahisons ni pleurer sur mes humiliations. Et Elsie ne m'avait posé aucune question sur Finn ni même sur Danny. Dans mes moments les plus sombres il me semblait parfois que les murs luisaient de traînées visqueuses laissées par les gens qu'ils avaient abrités, mais Elsie avait continué son chemin. Je la pressai contre moi et songeai qu'elle au moins n'avait pas été corrompue par le mal. Je lui chantai une ou deux chansons d'une voix instable avant de la laisser dans sa chambre.

Quoiqu'il fût à peine plus de huit heures, je me fis une tasse de café instantané ou d'un breuvage similaire réservé nommément à l'usage de Linda, auquel j'ajoutai une bonne rasade de lait, puis je partis me coucher. Elsie avait survécu à toute cette horreur comme les enfants savent le faire ; je fus prise d'un désir soudain de l'écarter de tout cela, de l'emmener dans un coin sûr, loin de la peur et du danger. Je ne m'étais jamais échappée. Adolescente, j'avais gardé la tête baissée et je m'étais plongée dans le travail, j'avais redoublé d'efforts une fois entrée à la faculté de médecine, et travaillé plus dur encore une fois mon diplôme en poche. Il n'y avait jamais eu de lumière au bout du tunnel. Simplement une succession d'examens, de prix, de bourses ou d'emplois dont personne ne pensait qu'ils étaient à ma portée. Au passage, je m'étais contentée de picorer les rares miettes des plaisirs censés constituer le piquant de la vie, la bonne chère, le bon temps, le sexe et autres réjouissances.

Une pensée me vint qui provoqua chez moi un sourire amer. J'avais oublié. Finn avait quitté tout ça, elle était partie, sac au dos, se promener en Amérique du Sud ou dans un autre coin quelconque. Elle avait corrompu les notions de sûreté et de pureté. Je me souvins du seul objet que j'avais conservé d'elle. Je traversai la pièce glacée en courant, attrapai le guide écorné, et rentrai précipitamment dans mon lit, me pelotonnant sous les couvertures. *L'Amérique latine dans la poche : guide pratique.* Je grommelai. *Les meilleurs guides du monde – cinq millions d'exemplaires vendus.* Nouveau grommellement. Quitter tout ça, quelle blague. Malgré tout je commençai à envisager la possibilité de prendre une année ou deux de congé et de m'envoler pour l'Amérique du Sud, juste avec Elsie. Il y avait bien quelques obstacles pratiques : mon unité était sur le point d'ouvrir à l'hôpital, je n'avais pas d'argent de côté, je ne parlais pas un mot d'espagnol. Mais les enfants vont vite en besogne. Elsie l'apprendrait rapidement, elle pourrait devenir mon interprète.

Le Pérou. Tout le monde en vantait la beauté. Je feuilletai le guide jusqu'à ce que j'arrive à un paragraphe consacré au Pérou, intitulé « Problèmes » :

> *Il convient d'envisager avec circonspection l'idée d'un séjour dans une ville péruvienne. Le vol y est endémique et les touristes en sont les premières victimes : poches vidées, sacs à main attrapés à l'arraché, sans compter que les voleurs à la sauvette se sont fait une spécialité d'ouvrir au rasoir poches et bagages. L'arnaque y est très développée, tout comme la corruption policière.*

J'émis un nouveau grognement. Elsie et moi étions de taille à affronter ce genre de problème. Quel endroit Finn avait-elle visité ? Le Mitch quelque chose. Je consultai l'index. Le

Machu Picchu. C'était bien ça. Je me reportai à la section intitulée : « Le site archéologique le plus célèbre et le plus fabuleux de l'Amérique du Sud ». Je pourrais prendre une année sabbatique : nous pourrions voyager et revenir à temps pour l'entrée en primaire d'Elsie. Elle aurait acquis l'avantage de maîtriser l'espagnol. Je parcourus la page d'un œil distrait jusqu'à ce que quelques mots familiers arrêtent mon regard :

> *Si vous avez la chance de vous trouver sur place à la pleine lune, faites la visite du Machu Picchu de nuit (7$ pour un* boleto nocturno*). Regardez l'Intihuatana – le seul calendrier de pierre qui n'a pas été détruit par les Espagnols – et contemplez les effets de la lumière et le destin des empires. L'Empire inca a disparu. L'empire espagnol aussi. Seuls survivent les ruines, les fragments. Et cette lumière sublime.*

C'était ça, la grande expérience transcendante de Finn, piquée dans un petit guide de voyage minable. Je me remémorai son regard brillant, le tremblotement dans sa voix quand elle me l'avait décrite. C'était mon dernier échec. J'avais gardé un petit espoir vain au fond de mon âme, accrochée à l'idée que j'avais réussi quelque chose avec Finn. Malgré la méchanceté et la tromperie, elle m'avait un peu aimée, tout comme elle avait gagné l'amour d'Elsie. À présent je savais que, même là-dessus, où ça n'avait aucune importance, elle n'avait pas pris la peine de me proposer quelque chose de vrai. Tout cela n'avait été qu'un leurre.

31

« As-tu songé à voir quelqu'un, quelqu'un à qui parler de ce qui s'est passé ? Enfin, je veux dire... »

Assise à table dans ma cuisine, Sarah confectionnait des sandwiches. Elle avait apporté du fromage frais, du jambon, des tomates, des avocats – de la vraie nourriture – et s'employait à les disposer en couches successives entre deux tranches épaisses de pain blanc. C'était une des rares personnes que j'arrivais à supporter près de moi. Elle était directe et parlait d'émotions de façon objective, comme un mathématicien qui se pencherait sur un problème. Pour l'instant le soleil pénétrait par les fenêtres et nous avions l'après-midi devant nous avant qu'Elsie ne rentre de l'école et que Sarah ne reparte pour Londres.

« Tu veux parler – j'avalai une gorgée de bière – d'un spécialiste en traumatismes ?

– Ce que je veux dire, rétorqua Sarah d'une voix calme, c'est que ça doit être difficile de se remettre de tout ça. »

Je regardai fixement l'opercule métallique tordu sur le dessus de la canette.

« Le problème, finis-je par répondre, c'est que ça part dans toutes les directions. Je ressens à la fois de la colère, de la culpabilité, de la consternation. Et aussi de la douleur.

– Oui, bien sûr. Il te manque beaucoup ? »

Je rêvais souvent de Danny. En général, c'étaient des rêves heureux : au lieu de le perdre, je le retrouvais. Dans l'un d'eux, j'attendais le bus à un arrêt et je l'apercevais qui marchait dans ma direction ; il ouvrait les bras et je me glissais dans l'arceau vide qu'ils formaient avec le sentiment de rentrer enfin chez moi. L'impression était tellement physique – je sentais les battements de son cœur contre le mien, le creux chaud de son cou – qu'en me réveillant je me tournais dans le grand lit pour l'étreindre. Dans un autre, je parlais à quelqu'un qui n'était pas au courant de sa mort, secouée de sanglots, et tout à coup le visage de l'inconnu prenait les traits de Danny et il me souriait. Je me réveillais les joues baignées de larmes.

Chaque matin, je le perdais à nouveau, complètement. J'en souffrais dans ma chair, pas tant de désir que de solitude. Mon corps en mal de lui se souvenait de son corps, de la façon dont il recueillait ma nuque dans une main, de la caresse rugueuse de ses doigts râpeux sur mes seins, de son corps replié contre le mien dans le lit. Parfois il m'arrivait de prendre Elsie dans mes bras et de la serrer jusqu'à ce qu'elle crie et se débatte pour se dégager. Mon amour pour elle me paraissait, tout à coup, trop grand et trop avide.

Trop souvent je reprenais la lettre qu'il avait écrite à sa sœur. Je ne la lisais pas, mais je fixais sa grande écriture noire et hardie en attendant que les phrases se dessinent sur la page. Il ne me restait qu'une ou deux photos de lui : comme la plupart des hommes, c'était toujours lui qui tenait l'appareil. Il y en avait une de nous deux en short et tee-shirt ; je regardais l'objectif, Danny était tourné vers moi. Je ne me souvenais plus de qui avait pris la photo. Il y en avait une autre de lui : il était couché sur le dos et tenait Elsie sur ses genoux remontés. Son visage éclairé par le soleil était flou. À la place de ses yeux on ne voyait qu'une trace blanche, mais Elsie avait la bouche grande ouverte pour laisser échapper une exclamation de panique ravie. La plupart du temps, il tournait la tête à l'objectif et préférait se cacher. J'aurais voulu une photo de lui où il me regarde directement, comme le portrait léché d'une star de cinéma, parce que j'étais terrorisée à l'idée d'oublier ses traits. Il n'y avait que dans mes rêves que j'arrivais à bien voir son visage.

« Oui, répondis-je à Sarah, en saisissant un sandwich qui dégorgea du jus de tomate alors que je le dirigeais vers ma bouche, oui, il me manque. » Je mâchai un peu ma première bouchée, avant d'ajouter : « Je ne sais pas comment lui rendre sa taille réelle dans mon souvenir. Tu comprends ce que je veux dire ?

– Et elle ?

– Finn ? Mon Dieu, c'est compliqué. D'abord, j'en étais presque venue à l'aimer. Elle était devenue un membre de la famille, tu comprends. Ensuite je l'ai détestée. Je me suis presque sentie malade de haine et d'humiliation. Et puis elle est morte et c'est comme si mes émotions s'étaient arrêtées dans leur élan. Je ne sais pas ce que je ressens pour elle. Je nage. » L'image me fit frémir, évoquant le souvenir de flots lugubres. Je repensai à Michael Daley debout sur le bateau prêt à se briser et, au ralenti, je revis la barre de métal le toucher, la bôme le frapper, son long corps ployer sous le choc.

« Les flics n'arrêtent pas de dire combien ils sont contents que toute l'affaire soit tirée au clair. Peu importent les détails qui clochent, ils s'y attaqueront un à un. Mais je ne suis pas satisfaite. Et c'est un euphémisme. Je n'arrive pas à tout faire coller dans ma tête. Il y a des trucs... enfin... je ne vois pas comment... » Je m'interrompis d'un coup. « Si on faisait une partie d'échecs ? Ça fait une éternité que je n'y ai pas joué. »

Je posai l'échiquier sur la table. Je fis glisser le couvercle de la boîte de bois sombre et en retirai deux pions à la tête douce. Je tendis mes deux poings fermés et Sarah désigna ma main gauche.

« Les blancs », annonçai-je, et nous déposâmes les pièces à leurs places respectives. L'opération finie, elles formaient deux rangées de figurines bien droites, luisantes dans les rayons du soleil. Un oiseau chantait dehors ; ce n'était pas le cri solitaire d'une mouette, ce cri qui me faisait si froid dans le dos, mais le gazouillement tranquille et reposant d'un oiseau de jardin anglais perché sur un petit arbre dont les feuilles étaient sur le point de se déployer.

Plus tard, une fois Sarah repartie pour Londres et Elsie confiée aux bons soins de Linda, je partis faire un saut au supermarché. J'y étais déjà allée quelques jours auparavant et aussi bien les étagères de mes placards que celles du frigo débordaient de conserves et autres plats préparés. Mais cela me calmait de promener mon Caddie entre les rayons familiers, de sélectionner les objets solides et réconfortants qui se trouvaient toujours bien à leur place. J'aimais comparer les prix des conserves, de la lessive en poudre, ou du beurre de cacahuète.

J'étais penchée sur un congélateur rempli de pâtisseries – prendrais-je une autre tarte aux noix, ou valait-il mieux opter pour une tarte au citron meringuée ? – quand j'entendis une voix derrière moi.

« Sam ? »

Je pris les deux desserts et me retournai.

« Oh ! bonjour, euh... » J'avais à nouveau oublié son nom, comme la première fois que nous nous étions rencontrées. Le douloureux souvenir de la première séance de courses avec Finn refit brièvement surface. Ce jour-là, j'avais cru qu'elle commençait à s'ouvrir à moi. À présent je savais que ça faisait partie du jeu.

« Lucy, me rappela-t-elle, Lucy Meyers.

– Oh, bien sûr. Désolée, j'étais à des kilomètres. » Je posai les deux boîtes en équilibre précaire sur le chariot trop rempli. « Comment allez-vous ?

– C'est plutôt à vous qu'il faut demander ça, répondit-elle avec empressement. C'est tellement affreux ce qui vous est arrivé. J'ai lu les comptes rendus dans les journaux, enfin, comme tout le monde. Nous sommes pleins d'admiration pour vous. Vous vous êtes montrée si courageuse. On ne parle que de vous à l'hôpital.

– Super !

– Eh oui. » Elle rapprocha son Caddie, qui se trouvait au milieu de l'allée, de sorte qu'elle me bloquait le passage. J'étais coincée contre le congélateur par les deux cages débordantes de nos chariots, avec Lucy dans le rôle du gardien ravi. Dans son Caddie, j'aperçus de la nourriture pour chien, de l'eau minérale, des poireaux, du déodorant, du Sopalin et des sacs-poubelle. J'éprouvai soudain un léger haut-le-cœur et reposai discrètement la tarte au citron dans le bac. « Enfin, je n'arrive pas à croire combien vous êtes célèbre. Les gens doivent vous reconnaître dans la rue, non ?

– Ça arrive. » Je me débarrassai également de la tarte aux noix.

280

« Vous avez failli vous noyer. Quelle horreur !
– Je ne vous le fais pas dire », répondis-je. Il ne fallait pas
que j'oublie les boîtes pour Anatoly.
« Et vous savez ce qui est le plus incroyable ?
– Non. »
Elle ouvrit un passage entre les deux chariots et se glissa
dans l'interstice. Son visage était à deux doigts du mien. Je
distinguais les contours de ses lentilles de contact.
« Je la connaissais.
– Qui ça ? »
Elle m'adressa un signe de tête appuyé, ravie d'avoir sa
part spéciale de ce drame savoureux.
« Je connaissais Fiona Mackenzie. Vous ne trouvez pas ça
bizarre, le fait que je la connaisse et que je vous connaisse
aussi ?
– Mais...
– C'est vrai. Ma mère était très amie avec la sienne. Je l'ai
même gardée à plusieurs reprises quand elle était petite. »
Lucy gloussa comme si le fait d'avoir gardé une gamine qui
avait assassiné ses parents avant de mourir brûlée dans une
voiture constituait la nouvelle la plus palpitante du monde.
« Ça faisait des années que je ne l'avais pas vue, au moins
trois ans. Elle était venue au mariage de ma sœur avec ses
parents. Elle...
– Une minute, Lucy. » Je m'exprimai avec lenteur, comme
si je m'adressais à quelqu'un qui ne comprenait pas bien
l'anglais. « Vous l'avez rencontrée.
– C'est bien ce que je dis, Sam.
– Non, je veux dire, vous l'avez vue, un jour, avec moi. La
dernière fois que vous m'avez rencontrée, à Goldswan Green,
j'étais en compagnie d'une jeune fille. Vous vous souvenez ?
– Bien entendu.
– C'était Finn. Fiona Mackenzie.
– C'était Fiona ? Elle était si mince. Bien sûr, j'avais
entendu parler de son problème. »
J'acquiesçai. « L'anorexie », confirmai-je.
Elle me regarda. Son visage rond se contracta. À ce
moment un gros type dont la panse débordait de la ceinture
et dont les aisselles étaient auréolées de sueur précipita son
Caddie contre notre groupe à l'arrêt.

281

« Vous pourriez faire attention à ne pas rester dans le chemin ! aboya-t-il.

– Vous n'avez qu'à regarder devant vous », rétorquai-je d'une voix sèche, avant de me retourner à nouveau vers Lucy. Je n'allais pas laisser cette femme m'échapper. J'étais enfin en présence de quelqu'un qui avait connu Finn Mackenzie. « Parlez-moi d'elle.

– Vous voulez que je la décrive ? Eh bien – elle écarta les mains comme pour attraper un ballon de volley –, elle était assez ronde, pourrait-on dire, mais gentille. Oui – Lucy me regarda comme si elle me fournissait une sorte de clé –, très gentille. »

Je levai les sourcils. « Gentille ?

– Oui. Elle était assez sage, il me semble, elle ne se mettait pas en avant. Peut-être était-elle un peu timide.

– Vous diriez donc qu'elle était gentille et sage.

– Oui. » On aurait dit que Lucy était sur le point de fondre en larmes. Comment cette femme arrivait-elle à se sortir de ses tours de garde ? « C'est si loin.

– Comment était-elle physiquement ? Comment s'habillait-elle ?

– Oh ! c'est difficile à dire. Rien de très original il me semble. Je dirais qu'elle était assez mignonne, je crois, même si elle était un peu potelée, bien sûr. Elle avait les cheveux longs et ne les attachait pas. Écoutez, j'ai été ravie de vous voir, mais...

– Désolée, Lucy, vos courses vous attendent. À bientôt.

– Je l'espère. » Sa voix retrouva les inflexions empressées de l'amitié à présent que nous nous séparions. « Eh, Sam, et votre Caddie ?

– J'ai changé d'avis, répondis-je en me dirigeant les mains vides vers la sortie. En fait, je n'avais besoin de rien. »

La maison était parfaitement silencieuse. À l'étage, Elsie dormait, toute propre dans son pyjama repassé. J'étais assise sur le canapé, Anatoly sur les genoux. Une seule lampe éclairait la pièce. Je me souvins d'une soirée passée ici avec Danny, quelques jours après que j'avais emménagé. La pièce était encore encombrée de cartons posés sur un parquet nu. Il avait loué une cassette vidéo et était allé chercher de quoi manger chez un traiteur indien. Il avait étalé les plats sur un journal par terre. Accroupis sur le plancher, nous avions regardé le film et j'avais tant ri que les larmes m'en étaient venues aux yeux. Danny m'avait serrée contre lui, repoussant les récipients en aluminium dans lesquels nageaient des bouts de viande rouge foncé et des légumes peu engageants, et il m'avait dit qu'il m'aimait. J'avais continué de rire et de pleurer. Et je n'avais pas répondu. Je ne lui avais jamais dit que je l'aimais. Pas ce soir-là, ni plus tard. À présent, assise en chemise de nuit, le chat sur les genoux, dans le noir, je le lui dis. Je le lui répétai encore et encore, comme si quelque part dans la pénombre et le silence il écoutait, comme si en le répétant suffisamment j'allais arriver à le faire revenir. Puis je ramassai un coussin que je pressai contre mon visage et me mis à pleurer, déversant mon cœur sur un carré rebondi de velours fleuri.

Ensuite, je songeai à Finn. Elle était restée presque deux mois dans cette maison et elle avait à peine laissé de trace. Elle avait brûlé tous ses vieux vêtements et emporté le peu de nouveaux que nous avions acquis. Elle n'avait pas laissé traîner la moindre miette qui puisse témoigner de son existence. J'examinai la pièce sombre dans laquelle je me trouvais : le sol et les étagères étaient jonchés de choses et d'autres que j'avais réussi à accumuler dans le peu de mois qui venaient de s'écouler. Le bol en terre bancal qu'Elsie avait fabriqué pour moi à l'école, la pêche en papier mâché que Sarah m'avait offerte aujourd'hui même, une coupe de verre que j'avais achetée à Goldswan Green parce que j'aimais la pureté de son bleu de cobalt, le chat d'ébène, la liste de tâches à accomplir de la veille, un bougeoir en bois, un bouquet d'anémones fané, une boîte de bonbons, une pile de magazines, une autre de livres, un pot en étain qui contenait des crayons. Mais sa chambre avait toujours gardé l'apparence d'une chambre d'hôtel ; elle y était entrée et en était sortie sans déranger le moins du monde sa disposition anonyme.

Que savais-je de cette fille qui avait vécu sous mon toit pendant deux mois, qui avait partagé mes repas et charmé ma fille ? Pas grand-chose, même s'il me vint à l'esprit au moment où je formulais cette idée qu'elle de son côté m'avait soutiré beaucoup d'informations. Je lui avais même parlé du père d'Elsie. Qu'est-ce que Lucy avait dit à son sujet ? Et ses camarades de classe que j'avais rencontrées le jour de l'enterrement de ses parents ? Qu'elle était « gentille », il me semble, « gentille » et « sympa ». Et les amis de la famille ? Qu'elle était « charmante », de ce ton condescendant qui signifie qu'elle n'était pas une enfant « difficile ». À mes yeux elle apparaissait saisissante, rayonnante de jeunesse, soyeuse. En général, la mort fixe les gens, elle les immobilise au moment où ils ont terminé leur vie. Mais la mort semblait dissoudre Finn, la disperser comme un nuage.

32

Les jours et les nuits commencèrent à reprendre leur cours normal. Aucun incident ne se produisait, de sorte que l'on glissait naturellement de l'un à l'autre. Il serait exagéré de parler de bonheur, mais le résultat était à peu près supportable, et il fallait se contenter de cela pour le moment. Il se passait des choses, bien sûr. Après un mois de concentration austère, j'avais fini mon livre. Mon imprimante cracha une grosse pile de papier de proportion satisfaisante et j'envoyai le tout à Sarah pour qu'elle effectue une relecture rapide et me prodigue quelques compliments. Elsie évoluait également. Je soupçonnais que si dans un de ses livres de lecture elle tombait sur un mot très court, comme « chat » ou « fils », alors, à condition que je lui en laisse le temps et qu'elle soit d'humeur conciliante, elle parvenait peut-être à le déchiffrer sans l'aide de l'image au-dessus du texte. Et elle se fit une troisième amie, une petite Vanda dont le vrai nom était Miranda. Je l'invitai – en fait, c'est Elsie qui le fit et je confirmai la chose – à passer la nuit à la maison.

Et mon service à l'hôpital était sur le point de démarrer, ce n'était plus qu'une question de jours. On avait recruté deux médecins et un administrateur qui devaient arriver sous peu. Je passais beaucoup de temps dans des bureaux à discuter de détails concernant les modalités de paiement et la prise en charge par la sécurité sociale, je participais à des réunions consacrées à la pratique médicale privée à Stamford, et j'accompagnai Geoffrey Marsh dans une tournée des compagnies d'assurances afin de leur garantir que mon service ne courait aucun risque de se voir poursuivre pour la qualité de sa nourriture ou de l'eau que l'on servait à ses patients. Une semaine du célèbre traitement antivenimeux du docteur Laschen et la crainte de toute poursuite judiciaire serait écartée. J'avais si bien maîtrisé le bagou commercial que j'en étais à me demander si je m'appartenais encore.

Je pensais à Danny, mais pas en permanence. Son souvenir ne s'attardait plus à présent dans toutes les pièces de ma maison. De temps en temps j'ouvrais une porte, un placard, et je le retrouvais dans un détail minuscule, un objet ou un souvenir, mais c'était tout. Parfois je me réveillais en pleine nuit et je pleurais, sans vergogne, mais je ne passais plus autant de temps à ressasser de façon obsessionnelle et absurde ce que nous aurions pu faire ensemble, je ne m'attardais plus sur l'amertume que je ressentais de me l'être fait arracher par une pauvre folle.

L'attention de la presse s'essoufflait. Les articles qui mettaient en doute la fiabilité du traitement des traumatismes avaient laissé la place à des éditoriaux consacrés à la nature du courage féminin. Mon héroïsme avait remplacé mon échec, mais je n'étais pas plus intéressée par le second sujet que par le premier. Je recevais de multiples sollicitations, on voulait me photographier dans mon jardin, discuter de mon enfance, des influences que j'avais reçues, me soumettre à des questionnaires, on m'invitait à parler à la radio et à passer mes disques préférés. On me proposa d'aller m'entretenir avec un psychiatre de la radio pour expliquer ce que ça faisait de perdre son amant, victime d'un assassinat, et de manquer soi-même d'être tuée. J'étais, pour le moment du moins, l'expert le plus célèbre en matière de traumatismes mentaux et de leur guérison. C'est en cette qualité que je décidai qu'une telle publicité ne me serait d'aucune aide, si bien que, malgré l'agacement à peine voilé de Geoff Marsh, je déclinai toutes ces invitations.

Un jour, pourtant, se distingua des autres. C'est le jour où Miranda vint passer la nuit avec Elsie. Je leur avais promis un festin de minuit. Au petit déjeuner, Elsie avait commandé des sablés, des sucettes, des mini-saucisses dans du papier d'argent, du fromage blanc, des Finger au chocolat, et, tout en lui essuyant la bouche puis en lui brossant les cheveux et les dents, je calculais comment j'arriverais à aller au supermarché entre deux réunions. Nous étions très pressées et je remarquai qu'il avait commencé à pleuvoir à verse, en longues traînées gris métallique. J'envoyai promener ma veste pour enfiler un imperméable ; je mis également un chapeau.

« Mets ton ciré, Elsie », ordonnai-je.

Elle me regarda et se mit à glousser.

« Je n'ai pas le temps de m'amuser, dis-je. Allez, habille-toi.

– Tu as une drôle de touche, maman », pouffa-t-elle entre deux éclats de rire.

Avec un soupir d'agacement je me tournai vers la glace. Je me mis à rire moi aussi. C'était plus fort que moi. J'avais effectivement une drôle de touche.

« On dirait Hardy et Hardy », dit Elsie.

En fait, elle voulait dire Laurel et Hardy. Elle s'était souvenue d'une scène dans une de ses cassettes vidéo où ils avaient échangé leurs chapeaux par mégarde. Le couvre-chef était trop petit pour moi et restait perché en équilibre précaire sur le sommet de mon crâne. Qu'est-ce que c'était que cette histoire ? J'ôtai la chose et l'examinai de près. C'était à Finn. Je l'envoyai promener et attrapai mon vieux bob en feutre, puis nous courûmes jusqu'à la voiture.

« C'était un drôle de chapeau, maman.

– Oui, c'était le... euh... » Et puis pourquoi pas à la fin ? « Il appartenait à Finn.

– Celui-là aussi il était à Fing », dit-elle en désignant du doigt le bob qui m'épousait parfaitement le crâne.

Je m'arrêtai net et le regardai.

« En effet. Tu as raison. C'était à elle. C'était...

– Maman-an-an. Il pleut.

– Désolée. »

Je fis le tour de la voiture en courant pour l'installer sur le siège passager et lui mettre sa ceinture. Puis je me précipitai de l'autre côté et m'assis à côté d'elle. J'étais trempée.

« Tu sens le chien, maman. »

Nous avions joué aux statues musicales, aux patatras musicaux, et à un jeu compliqué dont je ne réussis jamais à bien comprendre les règles mais qui provoquait chez Elsie et Miranda des rires en cascade. À huit heures et quart, elles prirent leur festin secret de minuit, puis j'entrai dans la pièce déguisée en fantôme armé d'une brosse à dents pour leur raconter une histoire. Je me mis en quête d'un livre mais Elsie dit : « Non, une histoire que tu connais, maman », sachant qu'il n'y en avait qu'une. Elles s'enfoncèrent donc dans leurs oreillers pendant que j'essayais de me rappeler les principaux épisodes du *Petit Chaperon rouge*. Est-ce que la grand-mère mourait ? Eh bien, ce ne serait pas le cas dans ma version. Je passais sans trop m'attarder sur tous les détails jusqu'à ce que j'en arrive au dénouement dramatique.

« Entre donc, Petit Chaperon rouge, croassai-je d'une voix caverneuse.

– Bonjour, mère-grand, sifflotai-je d'une voix de petite fille. Comme vous avez de grandes oreilles !

– C'est pour mieux t'entendre, mon enfant », répondis-je de ma voix caverneuse. J'entendis des gloussements dans le lit.

« Et comme vous avez de grands yeux !

– C'est pour mieux te voir. » Mon croassement me fit tousser. Les rires redoublèrent.

« Et comme vous avez une grande bouche ! » repris-je de ma voix flûtée. Je fis une longue pause cette fois-ci et plongeai mon regard dans leurs yeux que l'excitation ouvrait tout grands.

« C'est pour mieux te man-an-anger. » Sur quoi je bondis jusqu'au lit, j'attrapai les petites dans mes bras et fis mine de les happer avec mes lèvres. Elles crièrent, éclatèrent de rire et se tortillèrent sous mon poids. Une fois que nous nous fûmes calmées, je me remis à parler avec ce qui me restait de voix.

« Alors, qui se trouvait dans le lit, Miranda ?

– Mère-grand, répondit Miranda qui riait toujours.

– Non, Miranda. Qui se trouvait dans le lit, Elsie ?

– Mère-grand, répondit Elsie, et les deux gamines explosèrent de rire, tout en se roulant sur le lit et en se mettant à sauter.

– Si quelque chose a les yeux d'un loup, les oreilles d'un loup, et la bouche d'un loup, alors qu'est-ce que c'est ?

– Une mère-grand, cria Elsie, et elles se remirent à hurler de plus belle.

– Oh! les vilains petits louveteaux que vous faites. Allez, il est l'heure de dormir. » Je les pris dans mes bras, les embrassai chacune à leur tour, puis je redescendis. Dans le salon la lampe se balançait sur son fil après toute l'agitation sur le lit d'Elsie. Il restait une vieille bouteille de vin blanc dans le frigo ; je m'en servis la moitié d'un verre. Il fallait que je réfléchisse un peu. Quelque chose bourdonnait dans un recoin de mon crâne, et je voulais mettre la main dessus. Si cette chose savait que j'étais à sa recherche, elle m'échapperait sûrement. Il me faudrait la surprendre. Je me mis à marmonner tout bas.

« Si quelque chose a les yeux d'un loup, les oreilles d'un loup, et la bouche d'un loup, alors c'est un loup. » J'avalai une gorgée de vin. « Mais si ça n'a ni les yeux, ni les oreilles, ni la bouche d'un loup, et si ça ne hurle pas à la lune, alors qu'est-ce que c'est ? »

Je trouvai un morceau de papier et un stylo et me mis à noter des idées. Je me retrouvai avec une liste, puis je commençai à souligner, à encercler et à assembler certains éléments d'un trait. Je laissai tomber le stylo. Je songeai à Geoff Marsh et à sa stratégie à moyen terme, je pensai à Elsie et à ma nouvelle vie tranquille, au fait que la presse ne s'intéressait plus à moi, puis, inévitablement, je me mis à penser à Danny.

Dans une poche de mon sac à main, parmi les tickets de bus à moitié déchirés, les reçus de carte de crédit, à côté de ma carte d'identité pour l'hôpital et au milieu d'un fatras de peluches et de trucs idiots dont j'aurais dû me débarrasser, se trouvait un morceau de papier sur lequel était inscrit le numéro de téléphone de Chris Angeloglou. Il me l'avait donné la dernière fois que nous nous étions vus, tout en me disant que s'il me prenait l'envie de parler de quoi que ce soit, je ne devais pas hésiter à l'appeler. Il voulait sans doute me faire essayer sa propre thérapie maison, et je l'avais gratifié du plus sec des sourires. Ô mon Dieu ! La police en avait plus qu'assez de moi. Tout le monde – ma famille, l'hôpital, et tous les autres – n'avait d'autre souhait que d'oublier ces terribles événements. Si je laissais tomber, tout irait bien. Continuer n'aurait d'autre conséquence que de me perturber dans mon travail, de me déséquilibrer sur le plan émotionnel, et de réveiller chez Elsie des vieux souvenirs qui la feraient souffrir. Et si j'appelais Chris Angeloglou maintenant, en plus, il s'imaginerait sans doute que je lui fixais un rendez-vous galant. Mais à l'âge de seize ans je m'étais fait une promesse très bête. À la fin de la vie, ce sont les choses que l'on n'a pas faites que l'on regrette, pas celles que l'on a accomplies. Du coup, quand il me faudrait choisir entre l'action et l'inaction, je m'étais promis que je choisirais toujours d'agir. Cela avait souvent conduit à des catastrophes, et je n'étais guère optimiste. Je pris le téléphone et composai son numéro.

« Allô. Pourrais-je parler à Chris Angeloglou ? Oh ! bonjour, Chris. J'appelais pour... Je me demandais si nous ne pourrions pas nous retrouver pour un verre. Il y a quelque chose dont j'aimerais vous parler. Non, pas le soir. Que diriez-vous de midi ? Très bien... C'est celui qui se trouve sur la place ?... D'accord, à demain. »

Je reposai le combiné.

« Bougre de bougre de nouille », me dis-je pour me consoler.

33

Un responsable de l'équipement vêtu d'un costume dont la veste comportait d'étranges revers essayait de m'expliquer la différence philosophique qui existait entre un lit d'hôpital en tant que concept comptable et un lit d'hôpital en tant que chose, qu'objet physique dans lequel quelqu'un s'allonge ; le temps que j'arrive à comprendre à demi ce qu'il me racontait, je me rendis compte que j'étais en retard. Je tentai de prévenir Chris Angeloglou mais il était sorti. J'honorai un second rendez-vous professionnel au téléphone, puis un autre encore tout en enfilant un couloir de l'hôpital. J'expédiai même ce dernier et courus jusqu'à ma voiture. Je m'arrêtai pour acheter des médicaments qui m'avaient été prescrits pour Elsie (comme s'il existait quelque chose pour guérir un manque de sommeil associé à la turbulence chronique), puis j'arpentai le parking du centre de Stamford, où je me retrouvai coincée de longues minutes derrière des gens qui s'acharnaient à manœuvrer pour s'insérer dans des places minuscules alors qu'on apercevait plus loin de larges portions de rangées entièrement libres.

Quand enfin je poussai la porte du *Queen Ann*, j'avais presque une demi-heure de retard. Je remarquai immédiatement Chris assis au fond du restaurant. Comme je m'approchai de lui, je vis qu'il avait échafaudé une construction compliquée avec des allumettes. Je me laissai lourdement tomber sur ma chaise tout en me confondant en excuses. Naturellement, l'échafaudage s'effondra. J'insistai pour offrir ma tournée ; sans même attendre, je me précipitai au bar pour commander d'une voix hystérique deux grands gin-tonics, des chips à tous les goûts imaginables, et un sachet de biscuits apéritifs au bacon.

«Je ne bois pas, dit Chris.

– Moi non plus, mais je me suis dit que juste pour cette fois...

– Vous n'avez pas compris. Je ne bois jamais.

– Pourquoi? Vous êtes musulman?

– Non. Alcoolique.

– Vraiment?

– Oui, vraiment.

– D'accord. Vous voulez que j'aille vous chercher de l'eau minérale?

– C'est déjà ma troisième bouteille.

– Je suis vraiment désolée. Je sais que vous êtes très occupé. J'ai été retenue et j'ai tenté de vous appeler mais vous étiez sorti. Et maintenant je bafouille.»

Nous restâmes silencieux un moment. J'essayai de jauger le degré d'énervement de Chris tout en me demandant si ma démarche arrangerait les choses. Il but une gorgée et tenta de me gratifier d'un sourire compatissant.

«Vous avez l'air en meilleure forme, Sam.

– Meilleure que quoi?

– Nous étions inquiets à votre sujet. Et nous nous sentions un peu coupables aussi.

– Il n'y avait vraiment pas de quoi. Mon plongeon ne s'est même pas soldé par un rhume.»

Il alluma une cigarette.

«Ça ne vous dérange pas?» Je fis non de la tête. «Ce n'est pas à ça que je pensais, poursuivit-il.

– À quoi alors?

– Ça a été très difficile pour vous, pour différentes raisons. Nous avons beaucoup pensé à vous.

– Je n'ai pas été la plus à plaindre.

– Vous pensez aux victimes?» Angeloglou rit comme si ça lui demandait un effort particulier. «Mouais. De toute façon, tout ça c'est du passé. Ce nouveau boulot doit vous faire du bien. Nous sommes à la recherche de la fille Kendal. Vous en avez sans doute entendu parler à la télévision.»

Je secouai la tête.

«Je ne regarde pas la télévision.

– Vous devriez. Il y a des trucs bien. Des programmes américains pour la plupart...»

Angeloglou se tut et plissa les yeux. Il m'adressa un sourire en forme d'interrogation. Il m'offrait là l'occasion d'expliquer pourquoi j'avais demandé à le voir.

« Chris, quelle est votre version des événements ? »

Son sourire intéressé s'affaissa un peu, comme si l'on avait tourné le bouton. Il avait un beau visage, mat, avec des pommettes saillantes, une mâchoire ferme qu'il caressait parfois du doigt comme si sa fermeté le surprenait. Il était trop bien pour moi. Trop soigné. Il s'était attendu à ce que je lui dise que j'avais ressenti l'envie de mieux le connaître mais que je m'étais contenue tant que l'affaire n'était pas réglée. Mais à présent, pourquoi ne pas dîner ensemble un soir, et nous verrions ce qui pourrait se passer ? Après tout, j'étais une femme active, une de ces féministes, et j'avais une drôle de coiffure, ce qui voulait sans doute dire que j'avais une sexualité aventureuse. Au lieu de quoi je restais obnubilée par l'affaire, comme une névrosée.

« Sam, Sam, Sam, dit-il, comme s'il tentait de calmer un enfant qui s'est réveillé en pleine nuit. Rien ne vous oblige à faire ça, vous savez.

– Je sais, ce n'est pas la question.

– Vous êtes passée par un épisode terrible. Vous avez été traumatisée...

– Ne me parlez pas de traumatisme.

– Ensuite vous êtes devenue une grande héroïne ; nous n'avons pas lésiné sur les compliments à votre égard et nous vous avons été très reconnaissants – nous le sommes d'ailleurs toujours, bien sûr. Mais c'est fini. Je sais que c'est vous l'expert, et je ne devrais pas vous dire ceci, mais il faut que vous laissiez tomber.

– Répondez à ma question, Chris. Dites-moi ce qui s'est passé. »

Il aspira une bouffée de sa cigarette avec une vigueur presque brutale.

« Je n'ai plus envie de parler de cette affaire, Sam. Tous les acteurs du drame sont morts. Personne ne s'en est très bien tiré. » J'émis un ricanement sarcastique. « Mais nous avons bouclé la boucle. Je ne veux pas revenir dessus. »

Je bus une longue gorgée d'un des gin-tonics. Puis j'inspirai profondément et lâchai, avec plus ou moins d'honnêteté :

« Accordez-moi cinq minutes de votre temps. Si ce que je dis ne vous intéresse pas, je ne parlerai plus jamais de cette histoire.

– C'est la meilleure idée que vous ayez eue jusqu'à présent. »

Je m'efforçai de mettre un peu d'ordre dans mes idées.

« Vous croyez que Finn et Michael ont tué les Mackenzie, puis que Michael a fait une incision dans la gorge de Finn, même s'il aurait été très facile pour Finn de se trouver ailleurs avec un très bon alibi. »

Chris alluma une nouvelle cigarette.

« Pour l'amour du ciel, Sam, nous en avons déjà parlé des centaines de fois. Je n'ai pas à vous justifier le comportement de ces meurtriers. Peut-être fallait-il qu'ils soient deux pour commettre le crime. Ce sont des psychopathes, des malades, qui sait ce qu'ils aiment ? Peut-être qu'ils ont trouvé une sorte de plaisir sadomaso à commettre un faux crime.

– Il y a le meurtre de Mrs. Ferrer.

– Mrs. Ferrer est morte parce qu'elle s'était fourré un sac sur la tête. Il s'agit d'un suicide, ça ne fait pas de doute.

– Peut-être. Mais ça nous laisse toujours le meurtre de Danny et de Finn. C'est vous qui m'avez prouvé que Michael ne pouvait l'avoir commis.

– Non mais je rêve ! Concentrez-vous un instant, Sam. Vous nous avez déclaré que Michael Daley avait confessé être l'auteur de ces meurtres. L'analyse d'échantillons prélevés dans la cabane à bateau a entièrement confirmé votre déclaration. Il n'est pas raisonnable de douter du fait que Daley et Fiona Mackenzie ont assassiné les Mackenzie, puis que Daley, avec ou sans Fiona Mackenzie, a tué Danny Rees avant d'éliminer Fiona Mackenzie, se débarrassant ainsi de tout ce qui le reliait au premier crime. S'il était parvenu à mener à bien son faux accident de bateau avec vous, alors il aurait complètement réussi son coup, et on ne l'aurait jamais soupçonné.

– Pouvez-vous me donner une raison pour laquelle Finn aurait soudain fait un testament dans lequel elle léguait tout à Michael Daley ? »

Chris me regardait à présent avec une expression proche du mépris.

«Je n'en ai vraiment rien à secouer. Des patients tombent parfois amoureux de leur médecin, pas vrai?» Il marqua un arrêt avant de reprendre avec une assurance cruelle. « On sait que, soumises à un stress important, des femmes se sont mises à agir de façon irrationnelle. Peut-être était-elle traumatisée, ou alors ses règles allaient commencer. C'est comme ça qu'on boucle une affaire, j'en ai peur. Une fois qu'on a trouvé les coupables, s'il n'y a pas trop de détails qui clochent, on ne va pas chercher plus loin. C'est pour ça que vous vouliez me voir?

– J'ai pensé que vous seriez intéressé d'apprendre un ou deux incidents bizarres qui me sont arrivés ces derniers jours.

– Vous vous sentez bien, Sam?

– Il y a un mois ou deux, Finn et moi faisions des courses, et je suis tombée sur une femme que j'avais rencontrée quand je faisais médecine.

– Voilà qui est fascinant. Je crois que vos cinq minutes sont écoulées...

– Attendez. Je l'ai revue mardi dernier.

– Donnez-lui le bonjour de ma part la prochaine fois que ça vous arrive, dit Chris en se levant.

– Asseyez-vous», ordonnai-je d'une voix sèche.

Chris fronça les sourcils; je vis qu'il se demandait s'il devait passer outre et sortir, mais il soupira et se rassit.

« Elle avait lu ce qui m'était arrivé dans les journaux. Elle m'a dit que c'était une drôle de coïncidence, parce qu'elle était amie avec les Mackenzie. Pourtant, quand nous nous étions rencontrées la fois précédente, elle n'avait pas reconnu Finn.»

Chris ne broncha pas; il attendait toujours la chute de mon histoire.

« C'est censé signifier quelque chose? me demanda-t-il.

– Oui. Vous ne trouvez pas ça bizarre?»

Il rit avec rudesse.

« Est-ce que Fiona avait perdu beaucoup de poids?

– Oui.

– Évitait-elle de se retrouver face à face avec les gens ?

– Oui.

– Alors il se peut que votre amie n'ait pas pu bien la voir, ou peut-être qu'elle n'avait pas ses lunettes.

– Attendez. Quand j'ai lu le guide de l'Amérique du Sud qui avait appartenu à Finn, je suis tombée sur un passage, et ça correspondait exactement – mot pour mot – à quelque chose qu'elle m'avait dit à propos de son voyage là-bas. Comme si elle l'avait appris par cœur. »

À présent il faisait craquer ses articulations. Son visage trahissait une lassitude mêlée à ce qui ressemblait beaucoup à du dédain. Il ne prit même pas la peine de répondre.

« Et il s'est passé une chose étrange hier. J'étais pressée, je sortais en catastrophe, j'ai attrapé un chapeau au hasard et il s'est avéré beaucoup trop petit, c'en était risible. Il dodelinait sur le sommet de mon crâne. Ça a fait rire Elsie.

– J'imagine qu'il fallait être présent pour apprécier pleinement l'humour de la situation.

– Vous voyez ce feutre ? » Je pris mon chapeau sur la table et le posai sur ma tête. « Il me va bien, non ? Il appartenait à Finn.

– Il n'aurait pas rétréci au lavage ? Eh bien, je suis ravi que vous ayez cru bon de partager cette révélation avec moi.

– Vous passez vos chapeaux à la machine à laver ? Ça explique deux ou trois choses. Vous avez fait des sciences physiques à l'école ?

– J'imagine que ça aussi c'est absolument indispensable pour l'enquête. Oui, j'ai fait des sciences à l'école, mais je parie que je n'étais pas aussi bon que vous.

– Ça ne fait pas de doute. Écoutez, je sais que la réalité est compliquée, que les gens n'agissent pas de façon logique, que les indices sont ambigus. Mais... » Je finis mon gin-tonic et reposai le verre avec une telle force que les gens se retournèrent. Chris se tortilla, mal à l'aise, sur sa chaise.

« J'espère que vous n'avez pas l'intention de prendre le volant.

– Mais, répétai-je, ce n'est pas simplement mal ficelé. C'est tout bonnement impossible. Jusqu'à ce qu'on découvre ce qui s'était passé dans la cabane à bateau de Michael, il était possible d'imaginer que Finn et Danny s'étaient enfuis et qu'ils s'étaient suicidés. Ça pouvait à mes yeux paraître peu probable, ne pas coller aux personnages, être très perturbant pour moi personnellement, mais ça restait possible. Il est peut-être probable que Michael ait tué Finn et Danny avant de maquiller le crime en suicide, ça peut coller au personnage, mais c'est absolument impossible. » Je me tus un instant. « Je me trompe ? »

Il tapota sur sa cigarette.

« De la façon dont vous présentez les choses, vous avez peut-être raison. Mais Michael est mort. Finn aussi. Nous ne savons pas ce qui s'est passé. »

Je ne sais pas si c'était l'effet du gin-tonic pris à jeun, ou bien à cause de ma colère, mais il me sembla que le bourdonnement de voix dans le pub résonnait dans mon crâne comme des acouphènes. Tout à coup je me sentis envahie par la rage.

« Merde à la fin ! Rien qu'une minute, oubliez que vous êtes flic et faites comme si vous étiez juste un homme normalement intelligent qui se préoccupe de savoir ce qui s'est vraiment passé. Ne vous inquiétez pas, je vous dis, aucun de vos collègues ne nous espionne. Vous n'avez pas besoin de frimer devant les copains.

– Espèce de... » Au prix d'un effort visible, Chris s'interrompit. « D'accord, Sam. J'écoute. Je voudrais vraiment savoir. Puisque nous sommes si cons, dites-nous ce que nous avons laissé passer. Mais avant que vous ne vous lanciez, j'aimerais ajouter que vous risquez de devenir un sérieux handicap. Pour vos employeurs, pour nous, pour vous-même, pour votre fille. C'est ça que vous voulez ? Vous voulez accéder à la célébrité en qualité de folle obsédée lâchée dans la nature ? Mais allez-y, j'écoute. »

Pendant quelques instants j'envisageai sérieusement de prendre le cendrier sur la table et de lui écrabouiller la cervelle avec. Puis je me calmai et ne songeai plus qu'à lui envoyer à la figure le reste du second gin-tonic. Je continuai de compter jusqu'à un chiffre élevé.

« Je croyais vous rendre service, dis-je.

– Dans ce cas-là, laissez tomber l'affaire. »
Je crus que j'allais exploser.
« N'en demandez pas trop. Mais peut-être que je peux vous aider à réfléchir.
– Je dois y aller.
– Encore une minute. La voiture carbonisée a été retrouvée le 9 mars. Qu'est-ce qu'on a d'abord pensé ? Qu'ils s'étaient tués en mettant le feu à la voiture au moyen d'un chiffon enfoncé dans le réservoir à essence, ou dans le tuyau, qu'importe.
– Oui.
– Mais puisqu'on a trouvé les traces des corps de Danny et de Finn dans la cabane, il est clair qu'ils étaient morts quand on a mis le feu à la voiture, pas vrai ?
– Si.
– Et Michael ne peut l'avoir fait. Pas vrai ?
– Sam, comme je vous l'ai dit, tout ne colle pas, il y a des détails qui clochent. Mais essayez de comprendre une chose. » Il parlait très lentement à présent, comme si l'anglais n'était que ma deuxième langue. « Nous avons la certitude que Michael Daley a tué Danny Rees et Fiona Mackenzie. D'accord ? Nous ne savons pas exactement comment. D'accord ? C'était un homme intelligent. Mais nous trouverons, et quand ce sera fait nous vous tiendrons au courant. D'accord ? » Son visage était secoué de tics, tant il s'efforçait de ne pas perdre son calme.
Je lui répondis avec une extrême lenteur moi aussi. « Michael était à Belfast au moment de l'incendie. Vrai ou faux ?
– Vrai.
– Alors quelles sont les autres possibilités ?
– Il y en a plusieurs.
– Je vous écoute ? »
Chris haussa les épaules.
« Il y a un tas d'explications. Il pourrait s'agir d'un mécanisme de mise à feu, par exemple.
– A-t-on retrouvé la trace d'un tel engin ?
– Non.
– Il aurait fallu que la voiture reste à la même place avec les corps à l'intérieur pendant deux jours entiers. Ça

n'est pas possible non plus. Et quel intérêt y avait-il à cela ?
Pourquoi se donner tant de mal pour amorcer un feu ?
– C'était un psychopathe.
– Soyez gentil, Chris, arrêtez de dire n'importe quoi. Je
ne vous demanderai pas de comptes sur ce que vous me
direz, je ne vous mettrai plus dans l'embarras, mais je veux
juste que vous me disiez comment on a pu s'y prendre
pour mettre le feu à la voiture. »
Chris marmonna quelque chose.
« Pardon, je n'ai pas bien entendu. »
Il alluma une nouvelle cigarette. Il souffla l'allumette
avec une détermination absurde et la posa dans le cendrier
avant de répondre.
« Il est possible, dit-il, que Daley ait eu une sorte de col-
laborateur.
– Non, Chris, vous vous trompez. Ce que vous devriez
dire, c'est qu'il est impossible qu'il n'ait pas eu de collabo-
rateur. »
Chris regarda sa montre et se leva.
« Je dois y aller.
– Je vous raccompagne. »
Durant tout le trajet, il resta enfermé dans un mutisme
renfrogné. Ce n'est qu'au moment où nous arrivâmes
devant les marches de l'entrée principale qu'il se tourna
vers moi pour me regarder en face.
« Vous pensez donc, dit-il d'une voix calme, que nous
devrions rouvrir l'enquête et chercher à identifier le mysté-
rieux complice ?
– Non, répondis-je.
– Pourquoi ça ?
– Parce que je sais de qui il s'agit.
– Qui est-ce ?
– Finn, répondis-je, savourant son effarement incrédule.
En un sens.
– Comment ça, " en un sens " ? Mais enfin qu'est-ce que
vous racontez ?
– C'est à vous de trouver. C'est votre travail. »
Il remua la tête.
« Vous... bégaya-t-il. Vous êtes... »

299

Il paraissait complètement désemparé. Je tendis la main.
« Désolée pour mon retard. Je vous appellerai. »
Il s'en empara avec précaution, comme s'il craignait de recevoir un électrochoc.

« Vous... Vous faites quelque chose ce soir ?

– Oui », répondis-je, et je le laissai planté là sur les marches.

34

J'entendis le bruit de pas qui s'approchaient de la porte, puis je distinguai une silhouette derrière la vitre dépolie. Je me redressai dans le porche aux proportions intimidantes et me composai une expression courtoise et engageante. Je réalisai soudain combien j'étais dépenaillée. La porte s'ouvrit de quelques centimètres et le visage d'une femme se glissa dans l'entrebâillement. Je remarquai qu'elle était encore en peignoir et qu'elle n'avait pas terminé de se maquiller. Un œil était prêt pour la journée, souligné d'un trait de crayon et de mascara ; l'autre, vulnérable, ne portait rien.

« Laura ? m'enquis-je par la fente. Je suis terriblement désolée de vous déranger. Je me demandais si je pourrais vous parler quelques minutes. » Sur son visage, l'expression de politesse irritée envers un inconnu qui sonnait à un moment importun laissa progressivement la place à la surprise et, me sembla-t-il, à une identification un brin consternée. « Je suis Sam Laschen », ajoutai-je. La porte s'ouvrit plus grande sur le vaste hall au parquet ciré qui dégageait une impression discrète de richesse et de goût entretenue par les services quotidiens d'une femme de ménage.

« Chère Sam, bien sûr, vous êtes venue à une soirée, n'est-ce pas, en compagnie de... » L'alarme le disputait à l'intérêt sur son visage.

« En compagnie de Michael Daley. En effet. Je suis désolée de me présenter ainsi à l'improviste. Je suis à la recherche d'un élément et je me demandais si vous ne pourriez pas m'aider. Je peux revenir plus tard si ça vous convient mieux. » Elle me dévisageait, les yeux plissés. Étais-je le sujet brûlant de l'année ou une dangereuse cinglée? C'est la première solution qui l'emporta.

« Mais non, c'est-à-dire, j'ai encore quelques heures devant moi avant d'aller à l'hôpital, et justement hier je disais à Gordon... Mais entrez donc.» Je suivis sa silhouette drapée de tissu-éponge jusqu'à la pièce où quelques mois plus tôt j'avais mangé des tiges d'asperges et bu du vin blanc. «Je vais juste m'habiller. Que diriez-vous d'un café? Ou d'un thé?

– Un café.

– Je ne serai pas longue», promit-elle, et tandis qu'elle montait l'escalier je l'entendis appeler d'une voix pressante : « Gordon. *Gordon!*»

Pendant qu'elle était sortie de la pièce, je m'emparai du téléphone mobile que l'hôpital m'avait fourni et que j'étais encore un peu gênée d'utiliser en public, et composai un numéro.

«Allô, oui, pourriez-vous me passer Philip Kale? Non, j'attendrai.»

Je laissai mon nom; quelques secondes plus tard il prit l'appareil.

«Docteur Laschen?» À l'évidence, il était surpris de m'entendre et, comme les fois précédentes, pressé.

« Oui. Voilà, je me demandais simplement si vous pourriez me donner le groupe sanguin de Finn – de Fiona Mackenzie. Celui que vous avez inscrit sur son rapport d'autopsie.

– Son groupe sanguin? Oui, bien sûr. Je vous rappellerai.»

Je tiquai à la perspective d'entendre mon téléphone mobile se mettre à sonner au fond de ma poche.

« Non. J'ai beaucoup de déplacements aujourd'hui. Moi je vous rappellerai. Disons, dans une heure. Merci beaucoup.»

Le vrombissement d'un moulin à café me parvint de la cuisine, puis le bruit de vaisselle qu'on remue. Je composai un second numéro.

«Allô, je suis bien à l'hôpital? Pourriez-vous me passer Margaret Lessing au bureau du personnel? Maggie? Bonjour, ici Sam.

– Sam! s'exclama sa voix à l'autre bout du fil. Salut, qu'est-ce que tu fabriques?

– Rien de précis. Dis, pourrais-tu faire quelque chose pour moi ? Je voudrais jeter un œil sur le dossier de Fiona Mackenzie, celui qu'on lui a établi quand elle s'est retrouvée à l'hôpital après son agression. Tu pourrais mettre la main dessus ? »

Il y eut un moment d'hésitation.

« Je ne vois pas ce qui m'en empêcherait.

– Merci, Maggie. Je peux venir un peu plus tard dans la journée ?

– Passe-moi un coup de fil avant.

– D'accord. À bientôt. »

Laura se sentait mieux, cela se voyait. Son visage était moins hésitant sous les boucles grises laquées. Elle avait mis un tailleur vert-de-gris qui descendait aux genoux et mettait en valeur deux yeux maquillés et un sourire souligné de rouge. Elle déposa sur la table qui nous séparait un plateau garni d'une cafetière droite, de deux tasses en porcelaine dont les soucoupes contenaient une petite cuillère d'argent, d'un délicat récipient à moitié rempli de lait, et de morceaux de sucre brun pâle ou blanc éclatant. Je pensai à la bouteille de lait et au pot de confiture posés sur la table de ma cuisine, aux cartons que je n'avais toujours pas vidés sur le sol nu de mon bureau. Je n'avais jamais eu ce genre de style. Dieu merci.

« Comment allez-vous ? Nous vous avons tous beaucoup admirée. » Laura me versa d'une main preste une tasse de café fumant, à laquelle j'ajoutai une goutte de lait.

« Très bien, merci. » Je bus une gorgée. « Je souhaitais parler à quelqu'un qui a connu Finn. »

Laura eut l'air flattée. Elle posa une main ferme et soignée sur mon jean.

« Vous avez vécu des événements épouvantables. Même pour des gens comme nous, qui n'étions qu'à la lisière de cette histoire, tout cela a été un grand choc, et...

– Parlez-moi de Finn. »

Elle avala une gorgée de café et s'adossa à son fauteuil, visiblement troublée. C'est moi qu'elle avait souhaité entendre parler.

« Je ne la connaissais pas très bien. C'était une enfant très gentille, très douce, qui avait sans doute souffert à l'école, comme n'importe quelle fille de son âge, à cause de son

303

poids. » Laura leva les sourcils et me regarda. « Puis elle est tombée très malade et s'est éloignée de nous, de tous ceux qui fréquentaient ses parents. Ça a été très difficile pour Leo et Liz. Mais elle s'en est remise. Liz m'a dit que Finn était plus heureuse que jamais. Elle était complètement transformée, d'après eux. Je crois qu'ils considéraient son voyage en Amérique du Sud comme un nouveau départ, une preuve qu'elle avait grandi. »

Tout ça ne menait nulle part. Les diagnostics amateurs de Laura ne m'intéressaient pas. Je voulais des informations, des faits que je pourrais ensuite interpréter moi-même.

« Vous n'auriez pas une photo d'elle, par hasard ? Toutes celles qui se trouvaient chez elle ont été détruites.

– Je ne crois pas. En vérité, c'étaient ses parents que nous voyions de temps en temps. Ne bougez pas. » Elle quitta la pièce. Quand elle réapparut, elle tenait à la main un gros album rouge de format carré. Elle se mit à tourner rapidement les pages remplies de photos en couleurs derrière leurs feuillets transparents. Çà et là, elle remuait la tête et émettait un petit claquement de langue discret. Des visages inconnus défilaient devant mes yeux, ainsi que des maisons sans caractère, des collines, des plages, et des groupes de gens qui posaient devant l'objectif. « Voilà une garden-party à laquelle nous sommes allés en compagnie de Liz et de Leo. Fiona y était peut-être aussi. Mais je ne la vois pas. »

Les parents de Fiona, dont les visages flous avaient occupé la première page des journaux quelques mois plus tôt, se tenaient sur une belle pelouse et souriaient au photographe. Elle était maigre sous un chapeau de paille à larges bords ; lui paraissait avoir trop chaud et souffrir dans son costume cravate. Sur la gauche de la photo, fuyant le champ, on apercevait un bras nu, le bout d'une robe à fleurs et une mèche de cheveux noirs.

Je mis le doigt sur le bras, comme pour en presser la chair. « Voilà Finn, à coup sûr. »

Je m'assis sur un banc dans un square. Une mère poussait son fils à l'unique balançoire qu'on avait installée sur le carré d'herbe.

« Le docteur Kale, s'il vous plaît », demandai-je dans mon téléphone.

Sa voix me parvint bientôt.

« Rebonjour, docteur Laschen. Oui, j'ai ce que vous m'avez demandé sous les yeux. Voyons voir. Nous y voilà : Fiona Mackenzie était de type O, comme la moitié de la population en Europe occidentale et aux États-Unis. C'est tout ce que vous vouliez savoir ? »

À l'hôpital, Maggie avait l'air en plein stress.

« Désolée, Sam, il me faudra un peu plus de temps pour trouver le dossier. Ces saloperies d'ordinateurs, quelqu'un a dû faire une fausse manœuvre et bloquer le système. Ça t'irait, sa fiche d'admission aux urgences ?

– Très bien.

– Rappelle-moi plus tard. »

« Donald Helman ? Bonjour, j'espère que je ne vous dérange pas. Je suis Samantha Laschen. Nous nous sommes rencontrés à une soirée chez Laura et Gor... Oui, c'est ça. Laura m'a donné votre numéro. Vous avez dit que votre fille était amie avec Finn, et je me demandais si je pourrais lui parler de... Oh ! Quand sera-t-elle de retour ? Dans ce cas, il y avait aussi une amie d'école de Finn avec qui j'ai un peu discuté. Je crois qu'elle s'appelait Jenny. Vous ne connaîtriez pas son nom de famille par hasard ? Glaister. Merci beaucoup. »

Jenny Glaister était rentrée pour les vacances de Pâques. Ses parents habitaient une grande maison à une trentaine de kilomètres de Stamford, entourée d'un grand jardin. Elle vint à ma rencontre sur l'allée de gravier au moment où j'arrivais. C'était une journée grise et assez froide, mais elle portait une minuscule jupe de soie bariolée et une chemise légère. Je me souvenais de son assurance et de son aisance à s'exprimer que j'avais remarquées aux funérailles. Ma requête la déroutait, mais je l'intéressais. Les gens étaient suffisamment intrigués par la femme dont ils avaient entendu parler dans les journaux pour me laisser entrer chez eux quelques minutes. Elle nous prépara du thé, puis s'assit en face de moi et posa son visage ovale entre ses mains, qui ne portaient pas de bagues.

« En fait, dit-elle, Finn ne faisait pas vraiment partie de notre groupe. Enfin, oui et non. » Elle se mordit la lèvre inférieure avant d'ajouter : « Elle était timide à l'école. Un peu maladroite. Ce qui a été pénible quand elle... enfin, vous savez... quand elle est tombée malade et qu'elle est partie, c'est que quelques-unes d'entre nous se sont senties un peu coupables. Nous nous sommes dit que nous ne l'avions peut-être pas assez intégrée à notre groupe. C'est-à-dire, peut-être qu'elle était devenue anorexique parce qu'elle voulait être comme nous, vous voyez ce que je veux dire ? Je l'ai entrevue après son retour d'Amérique du Sud et je l'ai à peine reconnue. Nous avons toutes été impressionnées. Elle était si mince, si bronzée, elle portait toutes ces fringues fabuleuses et elle semblait tellement plus confiante, elle cherchait beaucoup moins à nous plaire. Toutes nous l'avons un peu admirée, comme si elle était soudain devenue quelqu'un d'autre. Elle était tout à fait différente de la Finn boulotte qui nous suivait partout. »

Je tentai de lui arracher quelque chose de plus précis. Elle fit un effort évident.

« Il y a quelques semaines, j'aurais dit d'elle que c'était une fille intelligente, gentille. Ce genre de chose. Et loyale, ajouta-t-elle. Oui, j'aurais dit que Finn était loyale. On pouvait lui faire confiance, s'appuyer sur elle. Elle faisait toujours ses devoirs, elle arrivait toujours à l'heure, enfin, on pouvait se fier à elle. Elle voulait plaire. Vous avez passé tout ce temps avec elle avant sa mort. Ça vous paraît cadrer ?

– Vous auriez une photo d'elle ? »

Nous avons farfouillé dans une boîte remplie de clichés, dont la plupart montraient Jenny, toujours charmante, à cheval, à la plage, avec sa famille, au violoncelle, en train de recevoir son prix à l'école, occupée à descendre avec grâce une piste de ski. Pas la moindre trace de Finn.

« Vous pourriez essayer l'école, suggéra-t-elle. Il doit bien y avoir une photo de classe et les vacances n'ont pas encore commencé. La secrétaire, Ruth Plomer, vous aidera dans vos recherches. Elle est adorable. »

Pourquoi n'y avais-je pas songé ?

Du coup, je me rendis à Grey Hall. Contrairement à ce qu'indiquait son nom, l'école n'était pas grise mais rouge, resplendissante, installée en retrait de la route au milieu de jolies pelouses bien vertes. Sur le terrain de sport j'aperçus un groupe de jeunes filles vêtues de shorts gris et de chemisettes blanches en synthétique qui agitaient des crosses de hockey en suivant les aboiements d'une grande femme. À l'intérieur, une odeur de cire, de légumes verts, d'huile de lin et de féminité m'accueillit. Derrière les portes fermées je distinguai le murmure des cours qui s'y déroulaient. Ce n'était pas le souvenir que je gardais de mon collège d'Elmore Hill. Une femme vêtue d'un tablier m'indiqua le bureau de la secrétaire, au fond d'un couloir.

L'œil aussi rond et le nez aussi fin que celui d'un oiseau, Ruth Plomer trônait au milieu d'un nid de dossiers, de corbeilles en osier et de piles de formulaires. Elle écouta ma requête avec attention, puis hocha la tête.

« Pour être franche, docteur Laschen, la presse est venue ici nous demander des photos, des commentaires ou des interviews, et nous avons eu pour règle de n'accéder à aucune demande. » Elle marqua une pause et je gardai le silence. Elle se pencha légèrement en avant. « Vous voulez juste voir une photo, c'est bien cela ? Vous n'avez pas l'intention de l'emporter ? Vous ne désirez parler à personne ?

– C'est exact. J'ai besoin de savoir à quoi elle ressemblait avant de venir vivre chez moi. »

Elle parut troublée ; apparemment, elle débattait intérieurement de la question et finit par céder.

« Je ne vois pas quel mal il y aurait à cela. Nous n'avons pas de portraits individuels, mais nous faisons toujours des photographies de groupes. Quelle a été sa dernière année ici ?

– Je crois qu'elle a officiellement quitté votre établissement à l'été 1995, mais elle a été malade presque toute l'année. Peut-être pourrais-je consulter la photographie de l'année précédente ?

– Laissez-moi une seconde ; je vais voir ce que je peux faire. »

Elle quitta la pièce ; j'entendis le bruit de ses pas s'éloigner puis se rapprocher. Miss Plomer tenait à la main un rouleau de papier qu'elle déroula sur son bureau surchargé. Je m'avançai pour examiner les rangées de visages à la recherche de Finn. Elle chaussa ses lunettes. « C'est la photo de 1994. Voilà la liste de leurs noms. Voyons, oui, elle se trouve au troisième rang. La voilà. » Un ongle soigné se posa sur une silhouette située dans la partie gauche de la photo. Des cheveux noirs, des traits un peu flous : elle avait dû se retourner au moment où le volet s'était ouvert, exactement comme elle l'avait fait quand je l'avais prise en photo. Je pris la feuille pour la tenir à la lumière et la fixai avec intensité, mais l'image semblait s'éloigner de mon regard. Je n'aurais pas reconnu Finn. Ce visage était illisible.

« Maggie. Salut, c'est encore Sam. Tu as trouvé le dossier ? – Non. Il y a un trou dans le fichier des urgences. Quelqu'un a dû le sortir et j'essaie de trouver qui. Rappelle-moi plus tard. » Elle croulait sous le travail, elle était énervée et impatiente de raccrocher.

Tout avait disparu. Que faire maintenant ?

Où l'avais-je mis, mais qu'est-ce que j'avais bien pu en faire ? Je fis voler le couvercle de la malle. Les dessins d'Elsie, des dizaines et des dizaines de gouaches, s'y trouvaient empilés. Certains étaient collés par la peinture. D'autres avaient conservé des bouts de Scotch aux coins, du temps où ils étaient accrochés au mur. Des monstres à trois pattes gris et verts, des pâquerettes jaunes, la tige bien droite complétée de deux feuilles retombantes, de farouches barbouillages violets, des visages aux yeux de guingois, des animaux incertains, des tas de paysages marins sur lesquels des lignes ondulées bleues · traversaient l'épaisse feuille de papier blanc. Des arcs-en-ciel dont les couleurs coulaient. La lune et les étoiles dont le jaune saignait dans des traînées de nuits noires. Je prenais chaque dessin, le regardais, puis le retournais. Il ne pouvait pas ne pas être dans le lot. Je retrouvais des traces de la présence de Finn à la maison : des titres ici et là, tracés d'une écriture nette et agrémentés de la date, un modèle de chien réalisé par un adulte reproduit à côté par un enfant ; à plusieurs reprises des dessins entiers exécutés à la va-vite, des chevaux, des arbres et des bateaux, à l'évidence de la main de Finn. Mais je ne trouvais pas ce que je cherchais. J'étais arrivée dans un cul-de-sac. J'entrai dans la chambre d'Elsie et ouvris ses tiroirs. Des poupées aux membres roses, habillées de robes voyantes, me fixèrent, au milieu d'animaux en tricot, de petites boîtes vides, de perles aux franches couleurs primaires, de rubans satinés et d'armées entières de ces minuscules babioles en plastique qu'on récolte dans les pochettes-surprises. Dans son cahier il y avait plusieurs dessins mais pas celui que je cherchais. Sous le lit je trouvai un chausson, trois chaussettes dépareillées, et Anatoly qui dormait. Je grimpai sur une chaise et j'attrapai au-dessus de l'armoire un tas de vieux papiers pliés en deux. Sur le haut de la pile se trouvait le nom d'Elsie, répété des dizaines de fois, au crayon, en grosses lettres tremblotantes. Au-dessous, la carte au trésor. Je l'avais trouvée.

Je sautai de la chaise puis j'étalai la feuille sur le sol avec tendresse, regardant les taches de couleur et les lettres rouges craquelées. Un S et un E. Et là, un F, signé de son sang.

Je soulevai le papier avec beaucoup de précaution, comme s'il s'agissait d'un de ces rêves qui s'envolent dès que l'on cherche à les attraper. Dans mon bureau, au rez-de-chaussée, se trouvait une pile de grandes enveloppes brunes. J'en pris une dans laquelle je glissai la carte et sa signature de sang avant de la sceller. Puis je m'emparai de mes clés de voiture et me précipitai dehors. Je tenais mon indice.

« C'est encore vous. »
Je m'étais assise mais Chris restait debout, les mains sur les hanches, à me regarder.
« Je l'ai retrouvé. Ce que je cherchais.
– Et qu'est-ce que c'est ? »
Je pris l'enveloppe, toujours fermée, et la posai sur son bureau. « À l'intérieur, commençai-je d'une voix très lente, comme si je parlais à un fou, ou comme si je l'étais moi-même, à l'intérieur il y a un dessin.
– Un dessin. Comme c'est gentil.
– Un dessin, continuai-je, d'Elsie.
– Écoutez, Sam. » Chris se pencha en avant et je remarquai que son visage avait pris une teinte très rouge. « Je n'ai

rien contre vous, au contraire, mais rentrez chez vous, allez retrouver votre fille, fichez-moi la paix.

– C'est la relique d'un jeu d'enfant. Finn et moi l'avons signée de nos initiales, avec notre sang. » Il ouvrit la bouche et je crus qu'il allait se mettre à me hurler dessus, mais aucun son n'en sortit. « Donnez-le à Kale. Faites-le tester. » Il se laissa tomber sur une chaise. « Vous êtes folle. Vous avez complètement perdu la tête.

– Et j'exige un reçu. Je ne veux pas que ce dessin disparaisse. »

Angeloglou me fixa de longues secondes.

« Vous voulez que nous gardions une trace écrite de votre comportement, c'est ça ? D'accord », cria-t-il. Il se mit à fouiller son bureau avec frénésie. Comme il ne trouvait pas ce qu'il cherchait, il sortit en trombe de la pièce et revint un formulaire à la main. Il l'abattit sur le bureau et s'empara d'un stylo avec détermination.

« Nom ? » aboya-t-il.

35

« Je vais prendre... – je parcourus du doigt le menu rédigé à la main – ... un maquereau fumé avec salade. Et vous deux ?

– Du poulet pané avec des frites, annonça Elsie d'une voix ferme. Et un Pschitt à l'orange. Et puis de la glace au chocolat comme dessert.

– OK, acceptai-je sans problème, à sa très grande surprise. Et toi, Sarah ?

– Un sandwich complet, merci.

– Et comme boisson ? Que dirais-tu d'un panaché ?

– Avec plaisir. »

Derrière le comptoir, la serveuse semblait être enceinte de dix mois. Je lui passai la commande puis m'emparai des tickets ainsi que de nos boissons et nous sortîmes nous installer dehors pour profiter d'une superbe journée de printemps, sans pour autant déboutonner nos manteaux. Nous nous assîmes à une table de bois bancale.

« On peut faire de la balançoire ? » demanda Elsie. Elle partit en courant sans attendre une réponse. Sarah et moi la regardâmes se débattre avec le siège d'une balançoire puis le secouer violemment d'avant en arrière, comme si cela pouvait lui donner de l'élan.

« Elle a l'air en forme, commenta Sarah.

– Je sais. » Un petit garçon vêtu d'un pull à rayures monta sur la balançoire voisine ; Elsie et lui se jetèrent des regards soupçonneux. « C'est drôle, non ?

– Les enfants sont résistants. »

Nous sirotâmes nos panachés. Le soleil nous caressait la nuque et nous restâmes silencieuses un moment.

« Allez, Sarah, ne me fais pas attendre. Qu'est-ce que tu as pensé du bouquin ? Et attention, je veux la vérité. Tu ne veux rien dire parce qu'il est nul ?

– Tu sais très bien qu'il est bon, Sam. » Elle passa son bras autour de mes épaules et je faillis fondre en larmes. Cela faisait très longtemps que, mis à part Elsie, quelqu'un ne m'avait prise dans ses bras. « Félicitations. Et je ne te mens pas. » Elle sourit. « Et il est aussi très polémique. Je n'en reviens pas que tu aies pu produire un tel travail en si peu de temps, avec tous ces événements. Ceci explique peut-être cela. C'est du très bon boulot.

– Mais ?

– Il y a une ou deux petites choses que j'ai notées dans la marge.

– Non, je veux dire, réellement.

– Il n'y a pas de mais. Juste une question.

– Pose-la.

– Ce n'est même pas une question, plutôt un commentaire. » Elle marqua une pause, leva son verre et en suivit le bord du pouce. « On dirait le bilan d'une carrière, pas son point de départ.

– J'ai l'habitude de briser mes attaches. »
Sarah rit.

« Oui, mais cette fois-ci tu brises celles qui se trouvent devant toi, pas derrière. Toutes ces attaques que tu lances à l'encontre des directeurs d'hôpitaux et des experts bafoués, et ce que tu dis sur le traumatisme en tant que phénomène de mode. »

Le petit garçon poussait à présent Elsie sur sa balançoire. À chaque fois qu'elle montait, les jambes bien droites pointées vers le ciel et la tête rejetée exagérément en arrière, mon cœur était pris d'un sursaut d'angoisse.

Notre repas arriva. Mon maquereau reposait, orange et volumineux, sur un lit maigrichon de feuilles de salade fatiguées. L'assiette d'Elsie était d'un beige uniforme. « C'est toi qui as fait le meilleur choix », dis-je à Sarah. Puis j'appelai Elsie qui arriva en courant.

Après le repas, une fois qu'Elsie eut mangé ses frites jusqu'à la dernière et léché son godet de glace dans les moindres recoins, nous partîmes faire une courte promenade jusqu'à la vieille chapelle que j'avais visitée avec Finn auparavant, où j'avais parlé de l'Amérique du Sud et du père d'Elsie. «Tu aimes cet endroit?» demanda Sarah. Nous marchions sous l'énorme ciel, longeant une mer bleue et amicale aujourd'hui, sur un sol spongieux, entourées du vol des oiseaux. J'examinai le paysage autour de moi. Près d'ici, Danny m'avait fait l'amour tandis que je scrutais l'horizon d'un œil anxieux de peur d'y découvrir un tracteur. Près d'ici, Finn avait revigoré son maigre corps à coups de longues marches et m'avait incitée à me confier à elle. Là-bas au large, j'avais failli mourir.

Je frissonnai. On aurait dit que nous n'avancions pas. Nous avions beau marcher, le paysage ne changeait pas. Nous aurions pu continuer toute la journée ainsi, et l'horizon se serait déroulé tranquillement devant nous.

J'avais toujours cru que, quand on disait de quelqu'un qu'il était bleu de rage, c'était une métaphore ou une hyperbole. Mais Geoff Marsh était bien bleu. On voyait clairement le sang battre aux veines de son cou et je lui demandai s'il allait bien, mais il éluda la question en m'indiquant une chaise devant son bureau, puis il s'assit en face de moi. Quand il prit la parole, ce fut avec un calme forcé.

«Comment les choses avancent-elles?

– Vous parlez du service?

– Oui.

– Les peintres mettent la dernière couche. Sans oublier la moquette. Notre hall de réception fait très cossu.

– Je vous sens critique.

– J'imagine que je m'intéresse d'abord à l'aspect thérapeutique des choses.

– Peut-être. Mais l'existence du service et son rôle dans notre économie interne dépendent de ses capacités à générer des fonds, ce qui dépend à son tour des sommes que sont prêtes à y investir les caisses et les compagnies d'assurances qui croient qu'un programme de traitement des traumatismes dispensé à certaines catégories de leurs clients leur garantira une protection légale. Ce ne sont pas des enfants battus ou des pompiers terrorisés devant un incendie qui financeront votre précieux environnement thérapeutique.»

Je comptai jusqu'à dix, une fois, puis deux. Quand j'ouvris la bouche pour répondre, ce fut moi aussi avec un calme exagéré.

«Geoff, si je ne vous connaissais pas comme je vous connais et si je ne vous aimais pas ainsi, je pourrais croire que vous essayez de m'insulter. Est-ce que vous m'avez fait venir ici pour me faire la leçon sur les principes fondamentaux en matière de désordres post-traumatiques?»

Geoff se leva, fit le tour de son bureau et vint s'asseoir au coin, prenant une pose qu'on lui avait sans doute inculquée lors d'un séminaire de management.

«Je viens de donner un avertissement officiel à Margaret Lessing. Elle a de la chance que je ne l'aie pas achevée.

– Qu'est-ce que vous entendez par là? De quoi parlez-vous?

– Notre établissement a pour règle de garantir absolument à ses patients le secret médical. Margaret Lessing a violé cette règle. J'ai cru comprendre qu'elle obéissait à des instructions émanant de vous.

– Qu'est-ce que vous me chantez là? Vous vendriez des copies de vos dossiers au colonel Kadhafi s'il vous en offrait de l'argent. À quoi jouez-vous?

– Docteur Laschen, comme vous l'avez vous-même affirmé, Fiona Mackenzie n'était pas votre patiente. Vous n'aviez aucun droit de demander son dossier.

– Je suis médecin dans cet hôpital et j'ai le droit de demander le dossier de n'importe quel patient.

– Si vous relisiez votre contrat ainsi que notre propre contrat de fonctionnement, docteur Laschen, vous verriez que vos prétendus droits reposent sur des termes strictement définis.

– Je suis médecin, Geoff, et j'agis en fonction de ce qui me semble nécessaire en qualité de médecin. Et pendant que nous y sommes, simple curiosité : depuis quand vérifiez-vous les demandes de dossiers médicaux de routine?» Une légère indécision se dessina sur le visage de Geoff et je compris la

vérité. « Cela n'a rien à voir avec l'éthique, vous m'espionnez, n'est-ce pas ?
– Ce dossier d'une jeune morte, est-ce dans le cadre d'un traitement que vous en aviez besoin ? »
Je pris une profonde inspiration.
« Non.
– Était-ce en qualité de médecin que vous le désiriez ?
– Oui. Indirectement.
– Indirectement, répéta-t-il, sarcastique. Par hasard, serait-il concevable, serait-il possible même que, malgré mes avertissements, vous conduisiez, de votre propre initiative, votre propre enquête dans cette affaire ? Une affaire, devrais-je ajouter, qui a été classée.
– Effectivement.
– Et ?
– Comment ça, " et " ? Je n'ai pas à vous répondre.
– Si. Je n'en reviens pas. Par chance essentiellement il semble que nous ayons réussi à échapper à toute mauvaise publicité, et cette tragique affaire a été classée. Quand j'ai appris que vous continuiez à y fourrer votre nez, j'ai d'abord cru que vous faisiez une dépression. Franchement, docteur Laschen, je ne sais pas si je dois prendre des mesures disciplinaires à votre encontre ou vous prescrire un traitement médical. »
Je bondis presque de mon fauteuil et le fixai de si près que je sentis son souffle sur mon visage.
« Qu'est-ce que vous venez de dire ?
– Vous m'avez entendu. »
J'avançai la main et saisis le nœud de sa cravate, avec une telle fermeté que mon poing lui entra dans la gorge. Il couina quelque chose.
« Espèce de salaud », lançai-je avant de le lâcher. Je reculai et réfléchis une seconde. La solution me vint sans la moindre hésitation, provoquant en moi un soulagement immédiat. « Vous essayez de me pousser à démissionner. » Geoff baissa les yeux sans broncher. « J'en ai bien l'intention, de toute façon. » Il ne cilla pas, le regard rivé au sol, presque goulûment. C'était ce à quoi il avait voulu en venir, mais peu importait. « Incompatibilité d'humeur. C'est ce qu'on dit dans ces cas-là, non ? »

315

Geoff me darda un regard défiant. Étais-je en train de lui tendre un piège ?

«J'émettrai une déclaration dans ce sens, dit-il.

– Vous l'avez sans doute déjà dans votre tiroir.»

Je me tournai pour sortir, mais quelque chose me revint à l'esprit.

«Je peux vous demander un service ?»

Il eut l'air surpris. Il s'était peut-être attendu à me voir pleurer, ou à recevoir un coup de poing dans la figure, mais pas à ça.

« De quoi s'agit-il ?

– Retirez l'avertissement que vous avez donné à Maggie Lessing. Je peux me débrouiller toute seule, mais ça va lui causer des problèmes.

– J'y penserai.

– Ça ne sert plus à rien maintenant, il a bien joué son rôle, après tout.

– Ne soyez pas amère, Sam. Si vous aviez été à ma place, je ne crois pas que vous vous y seriez prise autrement.

– Je vais m'en aller sur-le-champ.

– C'est ce que vous avez de mieux à faire.

– Vous avez retrouvé le dossier de Fiona Mackenzie ?»

Geoff fronça les sourcils.

«Apparemment il a disparu, répondit-il. Nous le retrouverons.»

Je secouai la tête.

«Je ne crois pas. Je crois qu'il a effectivement disparu.» Une idée me traversa l'esprit et je souris. «Mais ça ne fait rien. J'ai un dessin de ma fille à la place.»

Quand je fermai la porte, la dernière image que je perçus fut celle de Geoff debout devant son bureau, la bouche ouverte comme un poisson hors de l'eau.

36

J'aurais donné quatorze ans à l'agent immobilier.
«Charmant, dit-il. Tout à fait charmant.»
Ce furent ses premiers mots à peine la porte franchie.
«Un bon produit. Ça partira vite.»
Je lui fis visiter l'étage et il n'y trouva rien que du bon produit qui partirait très vite.
«Je ne me suis pas vraiment attaquée au jardin, confessai-je.
– Un joli défi pour un jardinier aventureux, commenta-t-il.
– Ça n'est pas très attirant.
– Je blaguais. C'est du baratin d'agent immobilier.
– Comme vous pouvez le voir, nous sommes à quelques pas de la mer.
– Bon argument, dit-il. Très attractif. Les acheteurs aiment ces choses-là. Vue sur la mer.
– Euh, ce n'est pas vraiment ça.
– Encore une blague. C'est encore du baratin d'agent immobilier.
– D'accord. Je ne sais pas ce que je pourrais vous dire d'autre. Il y a un grenier et une baraque à outils. Mais c'est vous qui vous êtes occupé de la vente l'année dernière. Vous avez sans doute tous les détails dans un dossier.
– En effet. Mais je voulais venir jeter un coup d'œil. Renifler l'atmosphère, sentir la maison.
– Vous deviez me proposer une évaluation.
– Tout à fait, docteur Laschen. Vous souvenez-vous de la somme que vous avez payée pour la maison?

– Quatre-vingt-quinze mille livres. » Il haussa les sourcils. « J'étais pressée.

– C'est un chiffre intéressant.

– Vous voulez dire que c'était trop cher. J'aurais préféré que vous m'avouiez ça il y a un an quand vous m'avez fait visiter la maison.

– Le marché immobilier dans l'est de l'Essex est assez mou en ce moment. Très mou même.

– C'est ennuyeux ?

– C'est une chance, répondit-il en me tendant la main. J'ai été ravi de vous rencontrer, docteur Laschen. Je vous appellerai dans l'après-midi pour vous faire connaître mon évaluation. Nous devons faire une offre agressive. Je suis sûr que nous pourrons commencer les visites dès la semaine prochaine.

– Je ne serai plus là. Ma fille et moi repartons pour Londres samedi.

– Du moment que nous avons un jeu de clés et un numéro de téléphone. Vous êtes pressée de partir ? Pour quelle raison ? Vous n'aimez pas la campagne ?

– Trop de meurtres. »

Il laissa échapper un rire incertain.

« Vous blaguez, n'est-ce pas ?

– C'est ça, je blague. »

Je passai toute la semaine occupée à des tâches qui ne pouvaient plus attendre. Je m'assis à côté d'Elsie et lui demandai si elle avait envie de rentrer à Londres retrouver ses anciens amis.

« Non », répondit-elle d'une voix enjouée.

Je n'insistai pas. Pour le reste, je procédai par étapes dans la liste que je m'étais fixée : annoncer la nouvelle à Linda et à Sally, qu'aucun choc ne semblait plus pouvoir émouvoir, et les payer en guise de notification ; effectuer les démarches nécessaires auprès des compagnies de gaz et d'électricité ; descendre des cartons du grenier et les remplir avec des objets dont il me semblait que je venais de les en sortir.

Je passais trop de temps au téléphone. Quand je n'essayais pas de joindre un membre du conseil, c'étaient des journalistes ou des médecins qui m'appelaient de nouveau. Je répondis non à tous les journalistes et sans doute à la majorité des médecins. Petit à petit mes « peut-être » firent place à des « sans doute », et à la fin de la semaine je me retrouvai avec un contrat à durée déterminée pour un poste de consultant auprès du département de psychologie de l'hôpital Saint Clementine à Shoreditch. Je reçus des coups de fil de Thelma qui me demandait si j'avais perdu la tête, d'autres de Sarah qui m'affirmait que j'avais pris la bonne décision et qui m'informa qu'un ami à elle était parti passer un an en Amérique, libérant un appartement situé à Stoke Newington, c'est-à-dire à deux rues du parc. Est-ce que ça m'intéresserait qu'il me le prête ? Tout à fait. Le seul problème était la proximité du terrain de football de l'Arsenal, ce qui signifiait une circulation intense un samedi sur deux et parfois le week-end. Y voyais-je un inconvénient ? Pas du tout.

Entre deux coups de téléphone je continuais à appeler Chris Angeloglou. Ils attendaient les résultats du laboratoire. Chris était sorti et, oui, l'inspecteur Baird aussi. On ne pouvait pas les joindre. Ils étaient en réunion. Ou bien au tribunal. Ils étaient rentrés chez eux. Le vendredi matin, la veille de mon départ, j'appelai le commissariat de Stamford une nouvelle fois et on me passa une assistante. Malheureusement, l'inspecteur Angeloglou et l'inspecteur principal Baird étaient injoignables. Ce n'était pas grave, répondis-je, je voulais juste leur transmettre un message. Avait-elle de quoi écrire ? Très bien. Je voulais prévenir Angeloglou et Baird que j'étais sur le point de donner une interview à un journal national et que j'avais l'intention de révéler tous les détails de l'affaire Mackenzie telle que je la voyais, ainsi que d'annoncer mon intention d'attaquer la police pour son refus de rouvrir le dossier. Merci.

Je raccrochai le combiné et commençai à compter. Un, deux, trois... À vingt-sept, le téléphone sonna.

« Sam ?

– Rupert, comment allez-vous ?

– Qu'est-ce que vous voulez ?

– Je veux savoir ce que vous fabriquez.

– Vous pensez que ça vous servira à grand-chose de lancer des menaces absurdes ?

– Oui, et laissez-moi vous dire ce que je veux vraiment. Je veux que vous convoquiez une réunion au commissariat de Stamford. » Il y eut un long silence. « Rupert, vous êtes toujours là ?

– Bien sûr. Nous serions ravis de vous voir. J'allais vous appeler de toute façon.

– À part vous-même et Chris, je veux que Philip Kale soit là aussi.

– D'accord.

– Et la personne qui avait la charge de cette affaire.

– Mais enfin c'était moi.

– Je veux parler à l'organiste, pas à son singe.

– Je ne suis pas certain que l'organiste soit libre.

– Ça vaudrait mieux pour lui.

– Autre chose ?

– Demandez à Kale d'apporter ses rapports d'autopsie du couple Mackenzie.

– Je vais voir ce que je peux faire, Sam, et je vous rappellerai.

– Ne prenez pas cette peine. Je serai là à midi.

– C'est trop court.

– Vous avez eu beaucoup de temps, Rupert. »

Dès que j'eus donné mon nom à la réception, une jeune femme policier me conduisit dans des couloirs et me fit pénétrer dans une salle d'interrogatoire vide. Quand elle revint avec un café, Angeloglou et Baird l'accompagnaient. Ils me gratifièrent d'un signe de tête et s'assirent. On aurait dit que nous nous trouvions dans mon bureau, pas dans le leur.

« Où sont les autres ? »

Baird adressa un regard interrogateur à Angeloglou.

« Kale est au téléphone, répondit Chris. Il sera là dans une minute. Val vient d'informer le commissaire de votre présence. »

Baird se tourna dans ma direction.

« Contente ? demanda-t-il d'un ton pas trop sarcastique.

– Je ne joue pas, Rupert. »

On frappa à la porte, qui s'ouvrit pour laisser passer la tête d'un homme. Il avait une cinquantaine d'années, perdait ses cheveux, et à l'évidence c'était lui le patron. Il me tendit la main.

« Docteur Laschen. J'étais impatient de vous rencontrer. Je me présente, Bill Day. Je suis le responsable du commissariat de Stamford. Je crois que nous vous devons des excuses. » Je lui rendis sa poignée de main.

« Ainsi que je l'expliquais à Rupert, repris-je, il ne s'agit pas pour moi d'une campagne personnelle, pas plus que je ne cherche la reconnaissance. Il s'agit simplement d'arrêter un coupable.

– Eh bien, c'est justement notre travail, répondit Day, ponctuant sa phrase d'un rire qui se termina en une sorte de quinte de toux.

– C'est la raison de ma présence.

– Très bien, très bien. Rupert m'a dit que vous souhaitiez ma présence, et je comprends tout à fait. Malheureusement, j'ai dû quitter une réunion très importante et je dois y retourner. Mais je peux vous assurer de notre entière collaboration. Si vous êtes mécontente de quoi que ce soit, n'hésitez pas à me contacter personnellement. Voilà mon... euh... » Il fouilla dans ses poches et en sortit une carte de visite professionnelle un peu écornée qu'il me présenta. « Je vais vous laisser entre les mains expertes de Rupert. Ravi d'avoir fait votre connaissance, docteur Laschen. » Nous échangeâmes une nouvelle poignée de main et il se glissa dans le couloir. Ce faisant, il manqua de bousculer Philip Kale. Nous nous assîmes tous les quatre.

« Eh bien ? interrogea Rupert. Qui veut commencer ?

– J'ai eu la tentation de venir avec un avocat, dis-je.

– Pourquoi ? Vous songez à faire des aveux ? s'esclaffa Rupert.

– Non, mais j'ai pensé qu'il serait peut-être prudent de s'assurer qu'une personne extérieure à l'affaire conserve une trace de cette réunion.

– Ce ne sera pas nécessaire. Nous sommes tous du même côté. À présent, pour quelle raison vouliez-vous nous voir ?

– Mais enfin, Rupert, à quoi jouez-vous ? Très bien, si vous insistez. » Je sortis mon portefeuille et j'en retournai le contenu jusqu'à ce que je tombe sur le formulaire bleu. « La semaine dernière, je vous ai déposé une pièce à conviction qui à mon sens justifiait qu'on rouvre le dossier Mackenzie. Numéro de reçu SD 4071/A. J'ai demandé qu'on fasse une analyse du groupe sanguin. L'avez-vous fait?

– Oui, répondit le docteur Kale.

– Qu'est-ce que ça a donné?»

Kale ne prit même pas la peine de regarder ses notes.

« L'échantillon de sang prélevé sur l'initiale tracée par Finn sur le dessin est de groupe A, rhésus D+.

– Et vous n'avez pas le moindre doute concernant l'identité du corps trouvé dans la voiture carbonisée?»

Kale secoua la tête.

« La comparaison avec son dossier dentaire ne laissait pas le moindre doute. Mais pour éliminer les dernières incertitudes, l'inspecteur Angeloglou a établi que durant les dernières années Fiona Mackenzie était donneuse de sang.» Kale s'autorisa un léger sourire. « Elle était donneuse de groupe O.

– Simple curiosité, demandai-je. Quels étaient les groupes sanguins de ses parents?»

Kale éplucha son dossier.

« Leopold Mackenzie était de groupe B.» Il remua d'autres feuillets. « Et sa femme de groupe A. Intéressant.»

Mon ricanement n'eut rien à envier au caquètement d'une sorcière.

Angeloglou parut troublé.

« Ce qui veut dire que si nous avions pris la peine de vérifier, il serait apparu clairement qu'elle ne pouvait pas être leur fille», conclut-il.

Je ne pus retenir un soupir courroucé.

« En effet, Chris, dit Kale. Si un des parents est de groupe A et l'autre de groupe B, les enfants ne peuvent appartenir qu'aux quatre groupes sanguins de base. Ce que Michael Daley savait forcément.»

Un très long silence s'ensuivit. Je tremblais d'énervement et dus me forcer à rester calme. Je ne voulais pas parler de peur de ne pouvoir retenir un « Je vous l'avais bien dit » ou quelque formule apparentée. Philip Kale commença à remettre ses papiers en ordre avec ostentation. Angeloglou et Baird avaient l'air mal à l'aise. Baird finit par murmurer quelque chose.

« Comment ? dis-je.

– Pourquoi n'avons-nous pas prélevé un échantillon de son sang sur les lieux du crime ?

– Les seules traces présentes étaient celles des parents, répondit Kale. Il ne m'est pas venu à l'esprit que son groupe sanguin puisse nous intéresser.

– Bon sang de bois, elle est montée dans ma voiture, dit Baird. Tous les deux je les ai transportés dans ma voiture. On va sans doute démolir ce commissariat et retourner le terrain. Transformer ce lieu en parc d'attractions, et faire de Chris et moi les gardiens. Avec ses foutues compétences scientifiques – mots qu'il souligna d'un ton acerbe – notre cher Phil sera certainement en mesure de manier une de ces baguettes pointues pour ramasser les papiers gras. »

Angeloglou proféra en silence une obscénité que je pus lire sur ses lèvres depuis l'autre bout de la pièce. Il faisait d'énormes efforts pour éviter mon regard. Les bras croisés, j'enfonçai ma main droite sous mon bras gauche et en pinçai très fort la peau fine afin de réprimer toute velléité de sourire triomphant.

« Quelle est à présent votre version des événements ? » demandai-je sur un ton que je m'étais efforcée de rendre grave, en évitant de trop accentuer les mots « à présent ».

Rupert couvrait une feuille de papier blanc d'un ensemble de carrés et de triangles emmêlés. Il s'employa ensuite à les remplir d'une série d'ombres et de hachures. Quand il se mit à parler, il ne leva pas une fois les yeux.

« Michael Daley se trouvait devant un double défi. Il devait assassiner toute la famille Mackenzie et récupérer l'argent. Le premier acte ne valait rien sans le second. Le second ne pouvait s'envisager sans le premier. Il a alors élaboré un plan si simple, tellement à découvert, que personne n'a rien vu. Il avait une collaboratrice qui ressemblait un peu à Finn – il suffisait d'une ressemblance très vague, dans la mesure où elle ne se trouverait jamais en présence de quelqu'un qui connaissait la véritable Finn. De plus, étant le médecin de Finn, il savait mieux que tout le monde combien elle avait changé. Les photographies publiées au moment des meurtres étaient vieilles et montraient Finn avant son anorexie. La collaboratrice, disons X, avait les cheveux noirs, à peu près la même taille à quelques centimètres près, mais tout collait plus ou moins. Michael surveillait les actions des groupes de terroristes défenseurs des animaux, ce qui fait qu'il était au courant de la menace proférée à l'encontre de Mackenzie. Il est impossible pour l'instant d'établir les faits avec certitude, mais il est probable que la véritable Finn a été enlevée, assassinée et déposée dans la cabane à bateau dans la journée ou la soirée du 17. Ses parents ont été assassinés tôt le lendemain matin. Fiona Mackenzie était une jeune fille normalement sociable, elle avait l'habitude de voyager. Les Mackenzie ne seraient pas surpris qu'elle rentre tard dans la nuit. Les clés ainsi obtenues furent utilisées pour entrer dans la maison. Ils ont tué Mr. et Mrs. Mackenzie, après quoi Finn, je veux dire X, a enfilé la chemise de nuit de Finn. Michael lui a pratiqué une incision à la gorge au moment où la bonne devait arriver. Elle avait le visage masqué par une bande adhésive, de sorte que personne ne remarquerait que la fille qui ressemblait à Finn, qui se trouvait dans sa chambre habillée dans ses vêtements, n'était pas Fiona Mackenzie. C'est la situation sur laquelle nous sommes tombés.

— Comment ont-ils pu planifier quelque chose d'aussi risqué ? demanda Angeloglou en secouant la tête. Comment ont-ils pu croire qu'ils arriveraient à s'en tirer ?

— Il y a des gens qui accepteraient de prendre un tel risque pour, combien exactement, quelque dix-huit millions de livres ? Et de toute façon, à partir du moment où ils avaient le cran de le faire, était-ce vraiment si risqué que ça ? On se dit que la fille est menacée, on la met à l'abri. Bien sûr, elle doit refuser de voir tous ceux qui ont connu Fiona Mackenzie, mais il n'y a pas de famille immédiate, et puis c'est une réaction compréhensible pour une jeune fille traumatisée, n'est-ce pas, docteur Laschen ?

— Je crois que c'est l'avis que j'ai exprimé à l'époque, confirmai-je d'une voix sourde.

— Et l'identité de la jeune fille n'est jamais remise en question parce que nous avons sous la main son médecin de

324

famille, un homme tout à fait fiable, qui est tout prêt à lui parler et à nous fournir des détails médicaux, tels que son groupe sanguin, d'après une version falsifiée de son dossier médical.

– Et le dossier de Finn, enfin, de X, a disparu des registres de l'hôpital, ajoutai-je.

– Daley a-t-il pu avoir accès à son dossier ? demanda Baird.

– Je l'ai bien fait, enfin, je l'aurais fait si Daley ne m'avait pas devancée.

– Ce qu'il fallait c'est que X joue le rôle de Finn suffisamment longtemps pour lui permettre de rédiger un testament dans lequel elle léguait tout à Daley. La seule compétence requise ici était celle, très rudimentaire, de pouvoir reproduire la signature de Fiona Mackenzie. Mais il y a eu un hic. La femme de ménage de la famille a exprimé le désir de voir Fiona avant de rentrer en Espagne. Ça aurait tout mis par terre.

– Ils ont donc éliminé Mrs. Ferrer, intervins-je. Michael est allé chez elle et l'a étouffée. Puis il y est retourné avec moi. Les éventuels signes de résistance et les traces qu'il avait pu laisser s'expliqueraient par sa tentative bidon de la réanimer.»

Rupert s'agita sur sa chaise, gêné, avant de reprendre :

« Puis, il ne restait plus qu'à mettre en scène un suicide, en utilisant le corps de la vraie Fiona Mackenzie. C'est la raison pour laquelle il était si important de mettre le feu à la voiture. Daley n'avait pas besoin d'un alibi pour le meurtre des Mackenzie parce qu'il ne faisait pas partie des suspects. Mais il se débrouilla pour être en dehors du territoire quand X a emmené la voiture de Danny jusqu'à la côte et y a mis le feu.

– C'était un plan parfait, sifflai-je avec admiration, malgré moi. Le suicide de quelqu'un qui était déjà mort et un alibi créé par quelqu'un dont personne ne soupçonnait l'existence. Si le moindre doute s'était exprimé, on aurait pu examiner le corps de Finn à l'envi. Et Danny, mon pauvre Danny...

– Rees a dû arriver à l'improviste au moment où elle partait, le jour où vous étiez absente.»

Je baissai les yeux vers mon café. Il était froid, recouvert d'une pellicule claire. Je sentis la honte me brûler le corps.

« Je l'ai accueillie chez moi, avec ma fille, avec mon amant. Danny a été assassiné. J'ai voué toute ma vie professionnelle à l'analyse des états psychologiques et cette gamine m'a fait danser comme une marionnette. Elle a simulé le traumatisme, elle a simulé l'amitié, toute son attitude n'était que feinte. Plus j'y repense, pire c'est. Elle ne veut pas assister aux obsèques. J'y vois un symptôme. Elle veut détruire tous les vêtements de la vraie Finn. Je prends ça comme un geste thérapeutique. Elle est constamment vague sur son passé. J'y vois une phase nécessaire. Elle me confie qu'elle se sent tout à fait étrangère à l'enfant obèse qu'elle était et j'y vois un signe de sa capacité à récupérer. »

Rupert leva enfin les yeux de sa feuille.

« Ne vous en veuillez pas, Sam. Vous êtes médecin, pas détective. La vie continue, cahin-caha, parce que la plupart d'entre nous se disent que les gens qu'ils côtoient ne sont pas des psychopathes ou des menteurs. » Il jeta un coup d'œil à Chris. « Nous, en revanche, sommes censés être des détectives, malheureusement.

– Mais que se serait-il passé ? demandai-je.

– Que voulez-vous dire ?

– Après le faux suicide de Finn.

– C'est très simple, répondit Chris. Daley touche l'argent. Ensuite, une ou deux années plus tard, nous aurions entendu des rumeurs comme : le pauvre Daley s'est inscrit aux Joueurs anonymes. Il a dérapé, il a perdu la moitié de sa fortune ou quelque chose dans le genre en jouant aux courses. En fait, la somme aurait servi à payer cash les services de... – Chris ouvrit les mains, reconnaissant sa défaite – ... de X.

– Avez-vous la moindre idée de qui est cette jeune fille ? demandai-je. Une patiente ? Une amie ? Une ancienne liaison ? »

Personne ne me répondit.

« Elle a peut-être un casier, aventurai-je.

– Qui ? demanda Rupert d'une voix sèche. Nous n'avons qu'un lien avec elle.

– Qu'est-ce que c'est ?

– Vous-même.

– Qu'est-ce que vous racontez ?

– Vous êtes celle qui l'avez le mieux connue.

– Vous êtes fou ou quoi ? Je ne la connaissais absolument pas.

– Tout ce que nous vous demandons, dit Chris, c'est d'essayer d'y réfléchir. Nous ne voulons pas de réponse immédiate. Mais essayez juste de vous rappeler quelques détails, une chose qu'elle aurait dite ou faite qui pourrait nous donner un indice quant à son identité réelle.

– Je peux vous répondre tout de suite. J'ai passé des jours entiers à revenir sur le moindre souvenir, à me rappeler tout ce qu'elle m'avait dit, la moindre conversation dont je parvenais à me souvenir. Tout était faux. Qu'est-ce que je pourrais vous dire ? Elle sait cuisiner. Elle est capable de faire des tours de magie très simples. Mais plus j'y pense, plus elle se défait. Tout ce qu'elle a dit, tout ce qu'elle a fait, tout ça n'était que de la poudre qu'elle m'envoyait aux yeux. Quand je cherche à aller plus loin, je ne trouve rien. J'ai peur de ne pas pouvoir beaucoup vous aider. Alors, qu'allez-vous faire à présent ? »

Rupert se leva et s'étira, touchant des doigts les carreaux de polystyrène au plafond.

« Nous allons mener une enquête.

– Quand allez-vous annoncer que vous rouvrez le dossier ? »

Était-ce mon imagination, ou est-ce que je le vis bien prendre une profonde inspiration, se donner du courage pour ce qu'il avait à dire ?

« Nous n'allons pas l'annoncer.

– Mais enfin pourquoi ? »

Rupert s'éclaircit la gorge.

« Après en avoir référé au plus haut niveau, nous avons décidé que nous améliorerions peut-être nos chances si la meurtrière ne savait pas que nous sommes sur ses traces. Elle n'a pas réussi à mettre la main sur l'argent. Elle va peut-être commettre une erreur.

– Qui risque de commettre une erreur ? Comment le saurez-vous si c'est le cas ? »

Rupert marmonna quelque chose.

« Rupert, lançai-je d'une voix forte. Est-ce un moyen d'enterrer l'affaire ? »

Il eut l'air choqué.

« Absolument pas, c'est une accusation ridicule, indigne de vous, mais je sais que ces derniers temps ont été difficiles. Il s'agit simplement de la façon la plus efficace de procéder, et je suis certain qu'elle produira des résultats. Pour l'heure, il me semble que nous avons examiné tout ce qu'il y avait à examiner. Quand rentrez-vous à Londres ?

– Demain.

– Vous nous laisserez votre adresse, n'est-ce pas ?

– Bien sûr.

– Très bien. Si vous pensez à quoi que ce soit, s'il vous arrive quelque chose, appelez-nous. » Il me tendit la main. « Nous vous sommes très reconnaissants pour l'aide que vous nous avez apportée dans la résolution de cette affaire. »

Je pris la main qu'il me présentait.

« Je suis ravie de votre reconnaissance. Mais si jamais j'en venais à soupçonner que vous essayez d'enterrer l'affaire...

– Faites-nous confiance, répondit Rupert. Faites-nous confiance. »

J'émergeai du bâtiment en clignant des yeux. Je m'avançai dans le passage piétonnier à l'angle du marché. Ce faisant, je bousculai une vieille femme dont je fis tomber le chariot. Comme je ramassais les oignons et les carottes répandus sur les pavés, je me sentis dans la peau d'un enfant qui se réveillerait d'un rêve surpris de retrouver le monde tel quel, indifférent à ses problèmes. Et pourtant, il me semblait que je n'étais pas sortie de mon rêve hermétique. Il me restait des visites à effectuer.

37

Il s'ensuivit un week-end de cartons, entre une gamine intriguée, un chat perturbé, un gros camion, des déménageurs portés sur le baratin, des tasses de thé, des arrangements, des trousseaux de clés, jusqu'au garde-meubles que j'avais loué pour remiser mes affaires, après avoir réservé environ cinq pour cent de mes possessions pour l'appartement temporaire.

Dans l'agitation des corvées à accomplir, il y avait deux choses que je devais absolument faire. En premier lieu, il me restait une liasse de lettres de journalistes qui me demandaient de leur accorder une interview. Je les feuilletai et j'appelai quelques amis qui lisaient la presse pour leur demander leur avis. Le lundi matin, je passai un coup de téléphone à Sally Yates, qui travaillait au *Participant*. Dans l'heure qui suivit mon coup de téléphone, elle se retrouva assise dans la cuisine d'un type parti travailler un an aux États-Unis, une tasse de café à la main, un carnet et un crayon en équilibre sur les genoux. Yates était une femme dodue, mal attifée, pleine de compassion et très aimable. Elle ménageait de longs silences que j'étais a priori censée remplir de confidences sur ma vie privée. Mais on n'apprend pas à un vieux singe à faire la grimace. J'avais suffisamment interrogé de personnes vulnérables pour pouvoir interpréter de façon crédible une femme digne dans sa souffrance. Je n'étais pas aussi impressionnante que Finn, que X devrais-je dire, mais ça passait. J'avais échafaudé avec précision les révélations involontaires que j'allais laisser échapper dans la conversation – à propos de la douleur de perdre un amant, du fait de tuer et de la peur physique, de l'angoisse et de l'ironie qu'il y avait à être une spécialiste du traumatisme qui se trouve elle-même victime de ce mal : « Il y a une maxime en médecine qui dit qu'on finit toujours par attraper l'affection dans laquelle on s'est spécialisé », confessai-je, mais avec un sourire triste et un léger reniflement, comme si j'étais sur le point de verser une larme.

Puis, à la fin, je lâchai la déclaration pour laquelle j'avais monté tout l'entretien.

« Et maintenant que vous avez échappé à tout ça... », murmura Sally Yates sur un ton compatissant. Elle laissa sa phrase s'étirer pour me laisser le soin d'en attraper le fil.

« Vous savez, Sally, en tant que médecin et en tant que femme, je ne crois pas qu'on puisse jamais échapper aux expériences simplement en prenant la fuite pour tout laisser derrière soi. » Je marquai une longue pause, trop bouleversée en apparence pour me sentir la force de poursuivre sans perdre tous mes moyens. Sally tendit le bras au-dessus de la table de la cuisine et posa sa main sur la mienne. Au prix de ce qui sembla être un gros effort, je me remis à parler : « Cette histoire a été pour moi une tragédie et, pour ce qui est du nouveau service consacré au traitement du stress post-traumatique, un échec professionnel. Et au cœur de tout ça se trouvaient des gens qui n'étaient pas ce qu'ils paraissaient.

– Vous voulez parler de Michael Daley ? demanda Sally, le front plissé en signe de profonde commisération.

– Non, ce n'est pas ce que je veux dire », répondis-je. Quand elle leva vers moi des yeux interrogateurs, je lui signifiai d'un geste que je n'irais pas plus loin.

Tandis que nous nous disions au revoir sur le pas de la porte, je la serrai dans mes bras.

« Félicitations, soufflai-je. Vous avez réussi à m'en faire dire plus que je ne le voulais. »

Ses joues rougirent d'un plaisir qu'elle s'empressa de cacher.

« Vous rencontrer a été quelque chose de très fort pour moi », dit-elle en me rendant une accolade plus ferme encore.

À l'évidence, sa rédaction se montra très intéressée par l'interview, parce que moins de deux heures plus tard le photographe me rendait visite. Le jeune homme fut déçu de ne pas trouver ma fille ; à défaut, il me plaça à côté d'un bouquet de fleurs. Je posai dessus un regard éloquent, tout en me demandant quel était leur nom. Le lendemain je fus récompensée de mes efforts en découvrant une grande photo de moi sous le titre : « Sam Laschen : une femme héroïque et un mystère persistant ». Ça n'était pas particulièrement accrocheur, mais cela suffirait à faire frémir l'inspecteur principal Baird et ses joyeux compères. La prochaine fois, je me montrerais moins mystérieuse.

J'avais une seconde tâche à accomplir, plus importante et plus douloureuse. Une amie m'avait vaguement offert les services de sa baby-sitter en cas d'urgence. C'en était un. La maison, au coin de la rue, était au bord du chaos, occupée par une adolescente espagnole et un gamin de cinq ans à l'air renfrogné. Elsie entra en tapant des pieds sans même se retourner pour me dire au revoir. Je m'engouffrai dans ma voiture et pris la direction de l'ouest. J'allais me trouver à contresens de la circulation à l'aller comme au retour.

À Bristol, je trouvai sans difficulté St. Anne's Church, dans le quartier à l'embouchure de l'Avon. Je passai les grilles et me dirigeai vers le carré vert et paisible du cimetière, mon bouquet de fleurs de printemps à la main. Il était facile de reconnaître la tombe de Danny : au milieu des pierres tombales grises couvertes de lichens, sur lesquelles on pouvait à peine déchiffrer un nom, sa dalle de marbre rose était flambant neuve. Des mains y avaient déposé des fleurs. Je fixai les lettres noires : Daniel Rees, notre fils et frère bien-aimé. Je fis la grimace. Voilà qui m'écartait sans ménagement. 1956-1996 : il ne verrait jamais la fête que nous avions parlé de faire pour son anniversaire. Pour ma part j'allais vieillir, mon visage changerait et se riderait, mon corps finirait par ressentir les maux, les douleurs et les fragilités de l'âge, je me courberais, je souffrirais, tandis qu'il resterait toujours jeune, toujours fort et beau dans ma mémoire.

Je baissai les yeux vers les deux mètres de méchant marbre rose et frémis. Là-dessous son corps magnifique, que j'avais tenu si fort quand il était chaud et plein de désir, son corps maintenant brûlé pourrissait. Son visage, les lèvres qui avaient exploré mon corps, la bouche qui m'avait souri, les yeux qui m'avaient regardée se décomposaient. Je m'assis à côté de la dalle, posai une main sur la tombe comme s'il s'agissait d'un flanc chaud, et la caressai.

« Je sais que tu ne peux pas m'entendre, Danny », dis-je dans le silence dénué du moindre souffle. Rien que de prononcer son nom à voix haute me brûlait la poitrine. « Je sais que tu n'es pas là, que tu n'es nulle part d'ailleurs. Mais il fallait que je vienne. »

Je regardai autour de moi. Il n'y avait pas un chat dans le cimetière. On n'entendait pas même le bruit d'un oiseau. Seules les voitures qui passaient dans la rue quelques centaines de mètres plus bas en troublaient la quiétude. Alors j'ôtai ma veste, je posai mon sac, j'enlevai les fleurs de la dalle et m'y allongeai, la joue contre la pierre froide. Je m'étendis de tout mon long sur Danny, comme je le faisais parfois encore dans mes rêves.

Allongée sur la tombe, je me mis à pleurer sans retenue, m'apitoyant sur mon sort, submergée par un chagrin facile. Mes larmes salées formaient des flaques sur le marbre. Je sanglotai toutes les larmes de mon corps. Je m'autorisai à repenser à notre première rencontre, à la première fois où nous avions fait l'amour, à nos sorties avec Elsie – rien que tous les trois, précieux trio, inconscients de notre chance. Je repensai à sa mort. Je savais que j'allais m'en sortir. Un jour, je rencontrerais sans doute quelqu'un d'autre, et tout le processus par lequel on tombe amoureux se remettrait en marche, mais à l'instant présent je me sentais transie de froid et terriblement seule. Un soupir de vent traversa le cimetière. Tous ces os morts étendus sous leurs inscriptions.

Alors je me remis sur pied, avec raideur. Quand j'ouvris la bouche pour parler, ce fut avec un sentiment d'embarras absurde. J'avais l'impression de jouer le rôle d'une veuve éplorée dans une production d'amateurs guindés : « Eh bien voilà. Je te fais mes adieux. » Et pourtant je ne pus m'empêcher de répéter ces mots, mélodramatiques fussent-ils. Il m'était simplement impossible de les dire pour la toute dernière fois. « Adieu adieu adieu adieu adieu adieu adieu. »

Puis je remis ma veste, j'attrapai mon sac, je reposai les deux bouquets de fleurs sur la dalle, sans autre forme de procès, et quittai le cimetière sans même me retourner à la porte pour regarder l'endroit où il reposait. Et si je roulais assez vite, je serais de retour à temps pour mettre Elsie au lit et lui chanter une chanson avant qu'elle ne s'endorme.

38

Le téléphone sonnait tandis que je montais l'escalier en courant, une pile de dossiers sous un bras et deux sacs contenant le repas de ce soir à la main. Je trébuchai sur Anatoly, lâchai un juron, laissai tomber les sacs et attrapai le combiné juste au moment où le répondeur se mettait en marche. « Une seconde, dis-je d'une voix essoufflée par-dessus le message courtois que j'avais enregistré, ça va s'arrêter dans un instant.

– Sam, c'est Miriam. J'appelais juste pour vérifier le programme de ce soir. Tu viens toujours ?

– Bien sûr. Le film commence à huit heures et demie et j'ai dit aux autres qu'on se retrouvait devant le cinéma à huit heures vingt. J'ai acheté des plats préparés qu'on pourra manger ici après la séance. Je suis contente de te revoir. »

Je rangeai les barquettes dans le frigo. Elsie et Sophie seraient sans doute de retour du parc d'ici à une heure ou deux. Elles seraient surprises de me voir rentrée avant elles. Je me dirigeai jusqu'à ma chambre (même si à mes yeux le terme « placard » aurait décrit avec plus de précision un espace dans lequel il me fallait me coller contre une petite commode pour parvenir jusqu'à mon lit une place). J'attrapai le tas de linge sale dans le coin et le fourrai dans la machine à laver.

Une pile de factures trônait sur la table de la cuisine, des assiettes s'amoncelaient en équilibre précaire dans le petit évier, des livres et des CD formaient des tours instables le long de toutes les plinthes. La poubelle débordait. La porte de la chambre d'Elsie s'ouvrait sur le spectacle d'un foutoir invraisemblable. Les plantes que de nombreux amis m'avaient offertes au moment de mon emménagement se desséchaient dans leurs pots. Je les aspergeai d'eau à l'aveuglette, tout en fredonnant une des petites comptines absurdes d'Elsie et en établissant mentalement une liste. Appeler l'agence de voyages. Appeler la banque. Ne pas oublier de parler à la maîtresse d'Elsie demain. Appeler l'agent immobilier demain matin. Trouver un cadeau pour les quarante ans d'Olivia. Lire le rapport sur le désastre ferroviaire d'Harrogate. Écrire cet article que j'avais promis au *Lancet*. Faire venir quelqu'un pour installer une chatière pour Anatoly.

La clé tourna dans la serrure et Sophie entra d'un pas incertain, les bras chargés du sac de pique-nique d'Elsie et d'une corde à sauter.

« Salut, dis-je tout en continuant de fouiller le tas de lettres éparpillées sur la table à la recherche de la note envoyée par la compagnie de ferries. Tu rentres tôt. Mais où est Elsie ?

– Il est arrivé un truc dingue ! » Elle posa ses affaires sur la table et s'assit, ronde et luisante dans son caleçon en imitation peau de léopard et son tee-shirt étriqué et brillant. « On est tombé sur votre sœur au moment d'entrer dans Clissold Park. Elsie a eu l'air vraiment ravie de la voir, elle s'est précipitée dans ses bras. Elle a dit qu'elle la ramènerait dans un petit moment. Quand je suis partie elles entraient dans le parc main dans la main. Bobbie – c'est bien comme ça qu'elle s'appelle ? – allait lui acheter une glace.

– Je ne savais pas qu'elle venait dans le coin, m'exclamai-je, surprise. A-t-elle dit ce qu'elle faisait là ?

– Ouais. Elle a dit que son mari l'avait déposée en allant à une réunion et qu'elle était allée choisir des rideaux dans ce magasin de tissus vraiment classe sur Church Street. De toute façon, elle vous racontera tout ça plus tard. Vous voulez que je vous fasse une tasse de thé ?

– Faire tout le trajet jusqu'à Londres pour acheter des rideaux. C'est bien ma sœur. Du coup, maintenant que nous avons du temps et pas d'enfant, nous pourrions commencer à trier les livres et les CD. Je veux que tout soit mis par ordre alphabétique. »

Nous en étions à G et j'étais couverte de poussière et de sueur quand le téléphone se mit à sonner. C'était ma sœur.

« Bobbie, quelle bonne surprise ! Où es-tu ? Quand est-ce que tu arrives ?

– Pardon ? » Bobbie eut l'air tout à fait interdite.

« Tu veux que je vienne te rejoindre au parc ?

– Quel parc ? Qu'est-ce que tu racontes, Sam ? J'appelais juste pour savoir si tu avais eu des nouvelles de maman. Elle...

– Attends un peu. » Ma bouche était devenue étrangement sèche. « D'où est-ce que tu m'appelles, Bobbie ?

– Mais enfin, de la maison, d'où veux-tu que ce soit ?

– Tu n'es pas avec Elsie ?

– Bien sûr que non que je ne suis pas avec Elsie. Je n'ai pas la moindre idée de... »

Mais je ne l'écoutais plus. J'avais déjà raccroché sans attendre la fin de ses protestations étonnées et crié à Sophie d'appeler *immédiatement* la police pour leur dire qu'Elsie avait été kidnappée. Je dégringolai l'étroit escalier, quatre à quatre. Mon cœur se déchaînait dans ma poitrine, pitié qu'il ne lui soit rien arrivé, pitié qu'il ne lui soit rien arrivé. Je me précipitai dehors et me mis à courir, les pieds douloureux sur le trottoir brûlant. En haut de la rue, je bousculai des vieilles dames, des femmes promenant des poussettes et des jeunes garçons accompagnés de gros chiens. Je fendis à contre-courant la colonne molle des citadins qui rentraient du travail. Je traversai la rue sous un tonnerre de Klaxon et le regard courroucé de conducteurs qui abaissaient leur vitre pour jurer.

Passé les grilles de Clissold Park, je laissai derrière moi le petit pont et les canards gavés puis les cerfs qui grattaient les hauts grillages de leur museau de velours pour rejoindre l'avenue plantée de marronniers. Sans ralentir je regardai de part et d'autre, mes yeux sautant d'une petite forme à la suivante. Il y avait tant d'enfants et pas un seul qui soit ma fille. Je me précipitai dans le jardin d'enfants. Des garçons et des filles vêtus d'anoraks aux couleurs vives se balançaient, glissaient sur le toboggan, sautaient, grimpaient. Je m'arrêtai entre la balançoire et le bac à sable, là où le mois dernier le gardien avait trouvé des seringues usagées disséminées, et lançai des regards éperdus autour de moi.

« Elsie ! hurlai-je. Elsie ! »

Elle n'était pas là, même s'il me semblait la voir dans chaque enfant et l'entendre dans chaque cri. J'allai vérifier la pataugeoire, bleu turquoise et déserte, puis je me remis à courir jusqu'au café, puis aux larges étangs au fond du parc où nous allions toujours jeter du pain aux canards et aux querelleuses oies du Canada. Je me penchai par-dessus la rambarde pour voir l'endroit où les croûtons et les détritus s'amoncelaient, comme si je craignais d'apercevoir son petit corps sous l'eau huileuse. Puis je rebroussai chemin et me précipitai vers l'autre extrémité du parc. « Elsie ! appelai-je à intervalles réguliers. Elsie, ma chérie, où es-tu ? » Mais c'était sans espoir de réponse, et je n'en reçus aucune. Je commençai à arrêter des gens, une femme accompagnée d'un enfant à peu près du même âge, un groupe d'adolescents qui faisaient du skateboard, un vieux couple qui se tenait par la main.

« Vous n'avez pas vu une petite fille ? Elle porte un manteau bleu foncé, elle a les cheveux blonds. Avec une femme ? »

Un homme crut se rappeler l'avoir aperçue. Il fit un signe vague en direction d'une plate-bande de rosiers ronde qui se trouvait derrière nous. Un petit garçon dont j'avais accosté la mère déclara qu'il avait vu une petite fille en bleu assise sur le banc, celui-là, en désignant un banc vide.

Elle n'était nulle part. Je fermai les yeux et fis défiler des cauchemars dans ma tête : Elsie emmenée de force, hurlant, Elsie poussée dans une voiture qui s'éloigne, Elsie martyrisée, Elsie qui m'appelait sans cesse. Cela ne servait à rien. Je me remis à courir jusqu'aux grilles du parc d'une foulée trébuchante, meurtrie par un point de côté, l'estomac rongé par la peur. De temps en temps je l'appelai, et les groupes de badauds s'écartaient pour me laisser passer. Une folle.

Je fonçai jusqu'au cimetière proche du parc, parce que si quelqu'un voulait entraîner une victime à l'écart pour lui faire du mal, ce serait l'endroit qu'il choisirait. Des ronces m'agrippaient les vêtements. Je butai sur de vieilles tombes. J'aperçus des couples, des groupes d'adolescents, mais pas d'enfants. J'appelai, je criai, consciente de la futilité de la chose vu l'immensité du lieu, plein de recoins cachés. Même si Elsie était quelque part dans le cimetière il me serait impossible de la trouver.

Alors je retournai à la maison, l'estomac liquéfié à l'idée que peut-être elle m'y attendait. Mais elle n'y était pas.

Sophie m'ouvrit la porte, le visage défait par la peur et la confusion. Deux agents de police étaient aussi présents. L'un d'eux, une femme, était au téléphone. J'expliquai d'une voix haletante ce qui s'était passé – que ce n'était pas ma sœur qui était venue au parc – mais ils avaient déjà entendu le récit fragmentaire de Sophie.

« C'est ma faute, dit-elle, et je perçus une touche d'hystérie dans sa voix d'habitude neutre, tout ça c'est ma faute.

– Non, répondis-je d'une voix lasse. Comment pouvais-tu savoir ?

– Elsie avait l'air si contente de partir avec elle. Je ne comprends pas. Elle ne va pas facilement vers des inconnus.

– Ce n'était pas une inconnue. »

Non, je n'avais pas de photo d'Elsie. Du moins pas ici. Et comme je m'embarquai dans une description détaillée de ma fille, la sonnette retentit. Je dégringolai à nouveau l'escalier et ouvrit la porte. Là, mon regard glissa du visage souriant d'un autre agent en uniforme jusqu'à une petite fille dans un manteau bleu marine qui léchait la fin d'un Esquimau orange. Je tombai à genoux sur le trottoir et pendant un instant je crus qu'il me serait impossible de retenir mon estomac, que j'allais salir les chaussures rutilantes de l'agent. J'entourai Elsie de mes bras et enfouis ma tête au creux de son ventre rebondi.

« Attention à ma glace », dit-elle. Enfin une note d'inquiétude.

Je me remis debout et la soulevai dans mes bras. L'agent me sourit.

« Une jeune femme l'a trouvée en train de se promener dans le parc et me l'a amenée, dit-il. Et cette petite demoiselle futée se rappelait son adresse. » Il chatouilla Elsie sous le menton. « Soyez plus attentive la prochaine fois. » Il leva les yeux en voyant les deux autres agents descendre l'escalier pour nous rejoindre. « La petite était partie se promener dans le parc. » Ils échangèrent un signe de tête. La femme passa devant moi et dit quelques mots dans son poste radio, pour annuler quelque chose. L'autre gratifia son collègue d'un coup d'œil en l'air. Encore une mère cinglée.

« Enfin, pas exactement... commençai-je, mais j'abandonnai. À quoi ressemblait-elle, la femme qui l'a " trouvée " ? »

L'agent haussa les épaules.

« Elle était jeune. Je lui ai dit que vous voudriez sans doute la remercier en personne mais elle a répondu que ce n'était rien. »

Après m'être répandue en fausses excuses, je parvins à fermer la porte et à me retrouver seule avec ma fille.

« Elsie. Avec qui tu étais ? »

Elle leva les yeux dans ma direction, la bouche barbouillée d'orange. « Tu as menti, répondit-elle. Elle est revenue en vie. Je le savais. »

39

Ma sortie au cinéma, tout le projet fut annulé. Nous passâmes la soirée ensemble, juste Elsie et moi à la maison une fois de plus, et je lui servis exactement ce qu'elle demandait. Du gâteau de riz en boîte arrosé d'un filet de caramel en forme de poulain.

« Mais si, c'est un cheval, insistai-je. Regarde, voilà la queue et là les oreilles en pointe. »

Je faisais un effort extraordinaire pour paraître normale.

« Et comment allait Finn ?

– Très bien, répondit Elsie avec insouciance, occupée qu'elle était à étaler le caramel sur le gâteau de riz avec sa cuillère.

– C'est très joli, Elsie. Tu ne vas pas en manger ? C'est bien. Qu'est-ce que tu as fait avec Finn ?

– On a vu des poules. »

Je l'emmenai prendre son bain et m'employai à faire des bulles entre mes doigts.

« Ça, c'est une bulle géante, maman.

– Tu veux que j'essaie d'en faire une encore plus grande ? De quoi vous avez parlé avec Finn ?

– On a parlé parlé parlé.

– Voilà deux bébés bulles. Mais de quoi vous avez parlé ?

– On a parlé de notre maison.

– C'est bien.

– Je peux dormir dans ton lit, maman ? »

Je la portai jusqu'à mon lit, contente de sentir sa chaleur mouillée contre ma chemise. Elle me dit de me déshabiller, ce que je fis, et nous nous allongeâmes ensemble sous les couvertures. Je mis la main sur une brosse posée sur ma table de chevet et nous nous coiffâmes l'une l'autre. Nous chantâmes quelques chansons, je lui appris la pierre et le ciseau, ce jeu où il s'agissait de transformer mon gros poing et sa petite pogne en une pierre, une feuille de papier ou des ciseaux. La pierre écrase les ciseaux, les ciseaux coupent le papier et le papier emballe la pierre. À chaque fois que nous recommencions, elle attendait que je montre ce que j'allais faire avant de prendre sa décision, comme ça elle gagnait, je l'accusais de tricher et nous éclations de rire. Ce fut un moment de bonheur intense ; je dus me retenir à tout moment de sortir de la chambre en courant pour aller hurler. J'aurais pu le faire mais je ne pouvais supporter l'idée de quitter Elsie des yeux ne serait-ce qu'une seconde.

« Quand est-ce qu'on pourra revoir Fing ? » demanda-t-elle tout d'un coup sans prévenir.

Je ne sus pas quoi répondre.

« C'est drôle que tu aies parlé de la maison avec... avec Finn. C'est sans doute parce que tu avais joué à tant de jeux avec elle.

– Non », répondit Elsie avec fermeté.

Je ne pus m'empêcher de lui sourire.

« Pourquoi non ?

– Ce n'est pas cette maison-là, maman !

– Qu'est-ce que tu veux dire ?

– C'était ma maison spéciale.

– Comme c'est mignon, ma chérie. » Je pressai Elsie contre moi.

« Ouille, tu me fais mal.

– Désolée, ma chérie. Elle a mis des choses dans la maison ?

– Oui, dit Elsie qui avait commencé à examiner mes sourcils. Il y a un poil blanc ici. »

Je ressentis une nausée vertigineuse. C'était comme si je regardais au fond d'un précipice ténébreux.

« Oui, je sais. C'est marrant, non ? » Sans déranger Elsie, j'attrapai à tâtons le crayon et le bloc de papier que j'avais vus à côté du téléphone sur la table de chevet. « Si on faisait un tour dans notre maison spéciale ?

– De quelle couleur sont tes yeux ?

341

– Aïe! criai-je quand un doigt investigateur s'enfonça dans mon œil gauche.

– Pardon, maman.

– Ils sont bleus.

– Et les miens?

– Bleus. Elsie, si on faisait un tour dans la maison spéciale pour voir ce qu'il y a? Elsie?

– Bon, d'accord, concéda-t-elle comme une adolescente réfractaire.

– Très bien, ma chérie, ferme les yeux. Parfait. On remonte l'allée. Qu'est-ce qu'il y a sur la porte?

– Des feuilles rondes.

– Des feuilles rondes? C'est étonnant, ça. Ouvrons la porte et voyons ce qu'il y a sur le paillasson.

– Il y a un verre de lait.»

Je le notai sur le carnet.

«Un verre de lait sur un paillasson, dis-je de ma meilleure voix d'institutrice de maternelle. Comme c'est étrange! Nous allons contourner le verre de lait, sans le renverser, et aller dans la cuisine. Qu'y a-t-il dans la cuisine?

– Un tambour.

– Un tambour dans la cuisine? Quelle maison de fous! Et si on regardait ce qui se trouve sur la télévision, d'accord? Qu'y a-t-il sur la télévision?

– Une poire.

– C'est charmant. Tu aimes les poires, pas vrai? Tu mordras dedans tout à l'heure. Ne la touche pas. Je t'ai vue la toucher.» Elsie gloussa. «Allons à l'étage. Qu'y a-t-il sur l'escalier?

– Un tambour.

– Un autre tambour. Tu es sûre?

– Ouiiiii, répondit Elsie avec impatience.

– D'accord. C'est bien comme jeu, non? Maintenant, j'aimerais savoir ce qu'il y a dans le bain.

– Une bague.

– C'est une drôle d'idée d'avoir une bague dans un bain. Elle est peut-être tombée de ton doigt pendant que tu barbotais dans l'eau?

– Non! cria Elsie.

– Maintenant, sortons du bain et allons dans la chambre d'Elsie. Qu'y a-t-il dans le lit ? »

Elsie rit.

« Il y a un cygne dans le lit.

– Un cygne dans le lit. Et comment Elsie va-t-elle faire pour dormir avec un cygne dans son lit ? » Les paupières d'Elsie commençaient à trembler, sa tête se faisait plus lourde. Dans une seconde elle allait dormir. « Allons dans la chambre de maman. Qu'y a-t-il dans le lit de maman ? »

À présent, la voix d'Elsie s'amenuisait, plus lointaine.

« Maman est dans le lit de maman, répondit-elle d'une voix douce. Et Elsie est dans les bras de maman. Et elles ont les yeux fermés.

– C'est magnifique », dis-je. Mais je vis qu'Elsie dormait déjà. Je m'avançai pour écarter quelques mèches de cheveux de son front. Paul, le mystérieux propriétaire absent de l'appartement, avait disposé un bureau dans le coin de sa chambre. Je m'y rendis sur la pointe des pieds et m'assis avec le carnet. Je me frottai doucement le cou du bout des doigts et pris mon pouls le long de ma carotide. Il devait approcher les cent vingt pulsations minute. Aujourd'hui, la meurtrière de mon amant avait kidnappé ma petite fille. Pourquoi ne l'avait-elle pas tuée, pourquoi ne lui avait-elle rien fait ? Tout d'un coup je me précipitai dans la salle de bains. Je ne vomis pas. Je pris quelques inspirations lentes et profondes, mais ce fut limite. Je retournai au bureau, j'allumai la petite lampe et inspectai les notes que j'avais prises.

La meurtrière, X, avait enlevé ma fille. Elle avait risqué de se faire arrêter. Et tout ça pour jouer à un de ces ridicules petits jeux de mémoire que nous pratiquions ensemble dans ma maison à la campagne à l'époque où elle y était. Quand Elsie m'avait dit ce qu'elles avaient fait ensemble, je m'attendais à entendre quelque chose de sordide, mais à la place je me retrouvai avec cette série absurde d'objets ordinaires : des feuilles rondes, un verre de lait, un tambour, une poire, un deuxième tambour, une bague, un cygne, et puis Elsie et moi dans mon lit les yeux fermés. Qu'est-ce que c'était que ces feuilles rondes ? Je fis de petits croquis des objets. Je retins la première lettre de chaque mot pour essayer d'y trouver un message caché, mais sans succès. J'essayai d'établir une relation entre chaque objet et le lieu où il avait été placé. Y avait-il quelque chose de délibérément paradoxal dans le fait de mettre un cygne dans un lit, ou un verre de lait sur un paillasson ? Peut-être cette fille sans nom avait-elle inscrit au hasard des objets dans l'esprit de ma fille dans le but de démontrer son pouvoir.

Je laissai là le bout de papier gribouillé et retournai m'allonger près d'Elsie dans le lit. J'écoutai le bruit de sa respiration, sensible au mouvement d'expansion puis de contraction de sa poitrine. À l'instant précis où je me disais que j'avais passé une nuit entière sans dormir et où je me demandais comment j'arriverais à affronter la journée, je fus réveillée par Elsie, qui me tirait les paupières. J'émis un grognement.

« Qu'est-ce qui se passe aujourd'hui, Elsie ?

– Je ne sais pas. »

C'était son premier jour dans sa nouvelle école. Au téléphone, ma mère s'était montrée critique. Elsie n'est pas un meuble qu'on peut emporter à la campagne puis ramener à Londres selon son bon plaisir. Elle a besoin de stabilité et d'un foyer. Oui, je savais ce que ma mère voulait dire. Qu'elle avait besoin d'un père, de frères et de sœurs, et, de préférence, d'une mère qui me ressemble aussi peu que possible. Je m'étais montrée sûre et enjouée au téléphone. Quand elle avait raccroché, j'avais pleuré, j'étais passée de la colère à la déprime, puis je m'étais sentie mieux. L'école primaire était obligée d'accepter Elsie parce que l'appartement que nous occupions donnait presque sur la cour de récréation.

Mon ventre se noua quand Elsie, vêtue d'une robe jaune toute neuve, les cheveux bien peignés retenus par un ruban, traversa avec moi la rue qui la conduisait dans sa nouvelle école. Je voyais des petits enfants arriver et s'embrasser. Comment Elsie arriverait-elle à survivre à cette nouvelle épreuve ? Nous entrâmes dans le bureau de la directrice. Une femme d'âge mûr sourit à Elsie, qui lui répondit par un regard insistant. Elle nous conduisit jusqu'à la séance de réception des enfants, qui se déroulait dans une annexe. La maîtresse était une jeune femme aux cheveux noirs, dont j'enviai immédiatement le calme. Elle vint tout de suite à notre rencontre et prit Elsie par les épaules.

« Bonjour, Elsie. Tu veux que ta maman reste un peu avec nous ?

– Non, dit Elsie, soulignant sa réponse d'un froncement de sourcils décidé.

– Bon, alors fais-lui un bisou pour lui dire au revoir. » Je la pris dans mes bras et sentis ses petites mains derrière mon cou.

« Ça va ? » demandai-je.

Elle hocha la tête.

« Elsie, pourquoi les feuilles sont-elles rondes ? »

Elle sourit.

« On avait mis des feuilles rondes sur la porte.

– Quand ?

– Pour le père Noël. »

Des feuilles rondes. Elle voulait dire une guirlande. Je restai bouche bée. J'embrassai Elsie sur le front et me précipitai dans le couloir. C'est une urgence, criai-je à l'attention d'une institutrice qui me lança un regard désapprobateur. Je remontai la rue à toute vitesse et me ruai jusqu'à l'appartement. Je sentis un point douloureux dans ma poitrine et un mauvais goût dans ma bouche. Je n'étais pas en forme. J'avais presque tout remisé au garde-meubles mais il me restait un ou deux cartons pleins des livres d'Elsie. J'en renversai un par terre et me mis à fourrager dans les albums. Il n'y était pas. Je renversai le deuxième carton. *Douze jours avant Noël en images.* Je l'emportai dans la chambre et m'assis au bureau. C'était bien ça. Les cygnes sur le lac. Cinq anneaux d'or. Les tambours au défilé. Et une perdrix dans un poirier. Et le verre de lait ? Je feuilletai le livre en me demandant s'il se pouvait que je sois sur une mauvaise piste. Non. Je m'autorisai un demi-sourire. Huit crémières à l'étable. Alors c'était ça, une référence un peu arrangée à des comptines de Noël. Où voulait-elle en venir ?

J'inscrivis les titres dans l'ordre qu'Elsie m'avait donné : huit crémières à l'étable, neuf tambours au défilé, une perdrix dans un poirier, de nouveau neuf tambours au défilé, cinq anneaux d'or, sept cygnes sur le lac. Je fixai la liste et soudain les objets semblèrent s'éloigner tandis que les chiffres flottaient librement sur la page. Huit, neuf, un, neuf, cinq, sept. Un numéro si familier. J'attrapai le téléphone et composai le numéro. Pas de réponse. Bien sûr. J'appelai les renseignements pour obtenir l'indicatif correspondant à la région d'Otley, puis je refis le numéro. Il n'y eut pas de sonnerie, juste une tonalité continue. La ligne avait-elle été coupée lorsque j'avais déménagé? Perturbée, j'appelai Rupert au commissariat général de Stamford.

«J'étais sur le point de vous appeler» furent ses premiers mots.

«Je voulais vous dire... – je m'arrêtai net. Pourquoi?

– Il n'y a pas eu de victimes, vous n'avez pas à vous inquiéter, mais j'ai peur qu'il n'y ait eu un incendie. Votre maison a brûlé hier soir.» Je ne pus proférer un seul mot.

«Sam, vous êtes là?

– Oui. Que s'est-il passé?

– Je ne sais pas. Mais il a fait tellement chaud et sec. Nous avons eu un tas de feux. Ça pourrait venir d'un problème électrique. Nous allons regarder ça de près. Nous saurons vite ce qui s'est passé.

– D'accord.

– Drôle de coïncidence que vous appeliez justement maintenant. Que vouliez-vous me dire?»

Je repensai aux mots qu'Elsie avait prononcés au moment où elle s'était endormie hier soir.

«Maman est dans le lit de maman. Et Elsie est dans les bras de maman. Et elles ont les yeux fermés.» Étions-nous en train de dormir en toute sécurité, ou alors mortes et froides comme ces couples de corps que X avait contemplés auparavant? Leo et Liz Mackenzie. Danny et Finn, réunis dans la mort.

«Rien de précis, répondis-je. Je voulais juste savoir où en étaient les choses.

– Nous avançons», dit-il.

Je n'en crus pas un mot.

40

Mark, le jeune agent immobilier, m'appela plus tard dans l'après-midi.

«J'espère que vous avez un alibi, plaisanta-t-il.

– N'allez pas vous...

– Je blaguais, docteur Laschen. Tout va très bien.

– Ma maison a brûlé.

– Il n'y a pas eu de victimes, c'est le principal. En outre, même si ce n'est pas ainsi que je présenterais moi-même les choses, là où vous y gagnez c'est que vous êtes assurée, et d'aucuns pourraient souligner qu'en cette période l'incendie vous rapportera plus que ne l'aurait fait la vente de la maison.

– Comment est-ce possible?

– Je ne dis pas ça pour moi, mais certaines propriétés mettent du temps à disparaître de nos classeurs, et les ventes tendent à se porter sur celles qui proposent un prix compétitif. Très compétitif.

– Mais je croyais que ma maison serait très facile à vendre.

– En théorie, oui.

– Vous avez l'air de prendre tout ça très à la légère. Vous étiez assuré vous aussi?

– Pour autant qu'il nous faut prendre certaines précautions financières.

– Il semblerait donc que nous nous tirions tous les deux plutôt bien de ce désastre.

– Il se peut que vous ayez deux ou trois formulaires à remplir pour nous. Nous pourrions peut-être en parler autour d'un verre?

– Envoyez-les-moi. Au revoir, Mark.»

Je reposai le récepteur tout en me demandant si l'incendie avait été un avertissement ou un cadeau pervers de la part d'une femme qui connaissait mes tendances pyromanes, ou bien les deux.

« Tout s'est très bien passé, déclara Miss Olds quand j'arrivai pour récupérer Elsie. Elle a été un peu fatiguée cet après-midi, mais je l'ai prise sur les genoux et nous avons lu un livre ensemble. N'est-ce pas, Elsie ? »

Elsie, qui m'avait adressé un signe de main insouciant à mon arrivée, était partie dans le coin maison, où en compagnie d'une autre petite fille elle servait en silence dans de la dînette une nourriture de plastique qu'elles faisaient semblant de manger. Elle leva les yeux en entendant la question de la maîtresse mais se contenta d'acquiescer d'un hochement de tête.

« Ces dernières semaines ont été très... comment dire... très bousculées pour elle », dis-je. J'avais encore le cœur qui galopait dans la poitrine, comme un moteur de voiture qui vrombit avant une course. Je serrai les poings tout en m'efforçant de respirer plus calmement.

« Je sais », répondit Miss Olds avec un sourire. Elle aussi avait lu les journaux.

Je posai de nouveau les yeux sur ma fille, me retenant de traverser la salle en courant pour la prendre dans mes bras et la serrer trop fort.

« C'est pour ça que je tiens vraiment à ce qu'elle se sente en sécurité. »

Miss Olds m'adressa un regard compréhensif. « Je crois qu'elle est en train de bien s'adapter ici.

– Vous m'en voyez ravie. » Et j'ajoutai : « Il n'est pas possible à des inconnus d'entrer et de se promener dans l'école, n'est-ce pas ? »

Miss Olds posa une main légère sur mon bras. « En effet, c'est impossible. Même si on ne peut pas assurer une sécurité absolue dans une école où il arrive chaque matin deux cents enfants. »

Avec une grimace, je hochai la tête. Des larmes brûlantes me brouillèrent la vue.

« Merci.

– Elle ira très bien.

– Merci. »

J'appelai Elsie, lui tendis la main, et elle trotta jusqu'à moi dans sa robe bouton-d'or, une cicatrice de feutre bleu sur sa joue enflammée.

« Viens, ma poupée.

– On rentre à la maison ?

– Oui, on rentre à la maison. »

« Au cœur de tout ça se trouvaient des gens qui n'étaient pas ce qu'ils paraissaient. » C'était ce que j'avais déclaré, avec tant de finesse, à la journaliste. J'avais envisagé cette remarque comme un avertissement à l'encontre de Rupert Baird mais elle avait été lue et comprise comme une menace par X, quelle que soit son identité. Elle avait démontré une nouvelle fois que rien n'était sûr. Ma maison avait brûlé et elle avait pénétré le cerveau de ma fille.

Une fois à la maison, je mis Elsie dans un bain, pour la laver de tout. Tandis que, dans la baignoire, elle s'occupait en se parlant à voix haute, je m'assis dans l'escalier à l'extérieur de la salle de bains. Je fixai le mur tout en me racontant une histoire. Je ne savais rien de la fille mais j'avais quelques informations concernant Michael Daley. Il était possible qu'en m'intéressant de près à sa vie à lui, je trouve les ténèbres dont elle avait émergé. Puis je pensai à l'image finale dans la maison d'Elsie. Maman et Elsie endormies dans les bras l'une de l'autre. Il y avait deux fins envisageables à l'histoire. Elsie et maman mortes sur le lit. Ou Elsie et maman promises à vivre heureuses pour l'éternité. Non, c'était exagéré. En vie. C'était suffisant. Ma rêverie fut interrompue par la sonnerie du téléphone. C'était Baird, bien entendu.

« J'espère que vous avez un alibi, déclara-t-il sur un ton jovial, comme l'agent immobilier l'avait fait avant lui.

– Vous ne m'attraperez jamais, m'sieur l'agent », répondis-je. Il rit. Puis il y eut un silence. « C'est tout ? demandai-je.

– Nous avons appris qu'il s'était produit un incident hier. »

Ainsi ils me surveillaient de loin. C'était le moment de prendre ma décision mais, tout en écoutant Elsie patauger, je compris que j'avais déjà fait mon choix.

« Il s'agissait d'un malentendu, Rupert. Elsie s'est perdue dans le parc. Ce n'était rien.

– Vous en êtes sûre, Sam ? »

Nous agissions comme deux joueurs d'échecs qui testent leurs défenses respectives avant d'accepter le match nul, de laisser tomber et de rentrer chez eux.

« Oui, Rupert, j'en suis sûre. »

Je ressentis le soulagement à l'autre bout de la ligne. Il me gratifia d'un au revoir chaleureux, affirmant qu'il prendrait de mes nouvelles, mais je savais que cette conversation serait la dernière.

Je sortis Elsie de son bain pour l'asseoir sur le canapé dans sa chemise de nuit. Je déposai sur ses genoux une assiette de toasts tartinés de Marmite.

« Je peux regarder une cassette ?

– Tout à l'heure peut-être, après le dîner.

– Tu peux me lire un livre ?

– Dans une minute. Mais d'abord nous pourrions jouer à un jeu toutes les deux.

– On peut jouer à chat perché musical ?

– C'est difficile si nous ne sommes que deux, et que l'une de nous doit s'occuper de la musique. Mais puisque c'est ton anniversaire dans quelques semaines, nous y jouerons pour la fête en ton honneur.

– Une fête ? Je vais avoir une fête ? Pour de vrai ? » Son visage pâle rayonnait derrière une nuée de taches de rousseur. Sa langue rose lécha une trace de Marmite sur sa lèvre.

« Écoute, ça fait partie du jeu, Elsie. Nous allons planifier cette fête et nous allons en disposer les éléments les plus importants dans ta maison.

– Comme ça on n'oubliera rien !

– Tout à fait, pour ne rien oublier. Par quoi allons-nous commencer ?

– Par la porte. » Elsie se trémoussait joyeusement sur le canapé, une main poisseuse de Marmite dans la mienne.

« Parfait! Enlevons la guirlande de feuilles. Noël est passé depuis longtemps. Qu'allons-nous y mettre à la place, si tu fais une fête?

– Je sais, des ballons!

– Des ballons : un rouge, un vert, un jaune et un bleu. Et puis nous y dessinerons des têtes de bonshommes!» Je me représentai intérieurement l'image d'une rangée de petites filles vêtues de leurs robes de fête roses et jaunes, toutes là pour fêter l'anniversaire d'Elsie. Je me souvins des fêtes auxquelles j'étais allée enfant : un gâteau au chocolat gluant, des boudoirs recouverts d'un glaçage rose, des chips et des boissons pétillantes; des pêches au trésor et des lancers de cadeaux afin que tout le monde gagne quelque chose, des concours de danse, des « Jacques a dit », et à la fin un cornet-surprise contenant un petit tube de Smarties, un bibelot de plastique qui serait adoré pendant une heure puis oublié pour toujours, un sifflet et un ballon plat et luisant. Elsie aurait droit à tout ça, à toutes ces fadaises de mauvais goût. « Et ensuite?

– Le paillasson, le paillasson sur lequel Fing a mis le verre de lait.

– D'accord, et voilà, nous avons renversé le verre à présent.» Elsie gloussa. « Qu'est-ce que nous allons mettre à la place?

– Hum, qu'est-ce qu'on peut mettre sur un paillasson, maman?

– Eh bien, il y a quelqu'un que nous aimons beaucoup et qui depuis tout à l'heure n'arrête pas de se rapprocher de ta Marmite, tu ferais mieux de faire attention, et il aime bien dormir sur le paillasson.

– Anatoly!

– Ce sera notre chat de garde. Qu'allons-nous mettre dans la cuisine? Si on mettait quelque chose que nous avons préparé?»

Elsie se mit à tressauter. Du coup l'assiette glissa et j'attrapai le toast collant dans la paume de ma main. « Mon gâteau! Mon gâteau en forme de chevalerie!»

L'image me revint à l'esprit. C'était le gâteau qu'elle avait vu à la fête d'anniversaire d'une de ses amies, avec les murs façonnés en copeaux de chocolat et des chevaux en plastique au milieu ; l'écœurement l'avait gagnée à la moitié de sa part. Je l'embrassai.

« Un gâteau avec chevaux. Et maintenant qu'est-ce qu'il y a sur la télévision ? » Elle fronça les sourcils. « Si on mettait le cadeau que je vais te faire ? Une chose que tu veux depuis longtemps, peut-être même quelque chose qui chante. »

Elle s'immobilisa.

« Vraiment, maman, tu me promets ? Je pourrai vraiment en avoir un ?

– Nous irons le choisir ensemble ce week-end. Donc un canari sur la télévision, qui chante.

– Je pourrais l'appeler Jaunisse ?

– Non. Et maintenant, qu'est-ce que nous allons mettre dans l'escalier ? »

Elle ne montra pas la moindre hésitation : « Je veux Thelma et Kirsty et Sarah et mamie et papi, parce qu'ils doivent tous venir à ma fête. Et la fille avec qui j'ai joué aujourd'hui à l'école. Et l'autre aussi, celle avec qui tu m'as vue. Je veux leur envoyer des invitations.

– D'accord, tous tes invités sont dans l'escalier. Qu'est-ce qu'il y a dans la baignoire ?

– C'est facile. Mon bateau rouge avec l'hélice qui ne coule jamais, même pas quand il y a des grosses vagues.

– Bien. » Un autre bateau me traversa l'esprit, un bateau cassé qui s'enfonçait dans les crêtes d'eau. « Quelle pièce maintenant ?

– Ma chambre.

– Eh bien, qu'allons-nous mettre dans ton lit, Elsie ?

– Est-ce qu'on peut y mettre mon ours en peluche ? Est-ce qu'on peut le sortir de son carton pour qu'il ne manque pas la fête ?

– Bien sûr. Je n'aurais jamais dû l'y mettre de toute façon. Et, pour finir, je sais ce qu'il y a dans mon lit.

– C'est quoi ?

– Nous deux. Toi et moi. Nous sommes allongées sur le lit, les yeux bien ouverts, et la fête est finie, tous nos invités sont partis et nous parlons de tous les anniversaires que nous fêterons.

– Tu es très vieille, maman ?
– Non, je suis juste une adulte, mais pas vieille.
– Alors tu ne vas pas mourir bientôt ?
– Non, je vais vivre encore longtemps.
– Quand je serai aussi vieille que toi, tu seras morte ?
– Peut-être que tu auras des enfants à mon âge, et que je serai grand-mère.
– Est-ce que nous vivrons toujours ensemble, maman ?
– Aussi longtemps que tu voudras.
– Et je peux regarder une cassette maintenant ?
– Oui. »

Je refermai la porte sur *Mary Poppins* et me rendis dans la cuisine, où j'ouvris la fenêtre en grand. Le bruit de Londres envahit la pièce : des enfants qui rentraient de l'école, entre rires et querelles, la musique syncopée produite par un gros magnétophone portable, le rugissement et les vrombissements impatients des moteurs, un Klaxon secouant une file à un stop, une alarme persistante à laquelle personne ne prêtait attention, des sirènes au loin, un avion au-dessus des toits. J'inspirai l'odeur du chèvrefeuille, des gaz d'échappement, d'ail en train de frire, de la chaleur urbaine, cette odeur de la ville.

Elle était là quelque part, dans ce magnifique et gigantesque remue-ménage, noyée dans la foule. Peut-être était-elle près d'ici, à moins qu'elle n'ait quitté la ville pour toujours. Je me demandai si j'allais jamais la revoir. Un jour peut-être, sur le trottoir d'en face, ou dans la queue à un aéroport, ou sur une place dans une ville à l'étranger, j'apercevrai un visage lisse penché en arrière de cette façon que je connaissais si bien, je m'arrêterai pour secouer la tête et m'éloigner d'un pas vif. Je la verrai dans mes rêves, elle me sourira encore avec douceur. Sa liberté était un prix modique à payer pour la sécurité d'Elsie. Et je lirai les journaux. Elle avait échappé à la police, mais sans l'argent, sans le moindre sou. Qu'allait-elle devenir ? Je fermai les yeux et me mis à inspirer, expirer, inspirer, expirer, au rythme du bruissement londonien. Danny était mort mais nous, Elsie et moi, nous en étions sorties. Ce n'était pas rien.

Les échos de Mary Poppins qui chantait d'une voix enjouée aux enfants et à ma fille me parvinrent depuis le salon. Je poussai la porte. Elsie était enfoncée dans le canapé, les jambes repliées, à fixer l'écran. Je m'agenouillai à ses côtés et elle me tapota la tête d'une main absente. « Tu peux regarder le film avec moi, maman, comme Fing le faisait ? » Alors je suis restée et j'ai regardé, jusqu'à la toute dernière minute.

Achevé d'imprimer par GGP
pour le compte de France Loisirs, Paris
en février 2000

Cet ouvrage a été imprimé
sur du papier bouffant sans bois et sans acide

Dépôt légal: février 2000
N° d'éditeur: 33040

Imprimé en Allemagne